BLEU
série dirigée par Thierry Fabre

CHICAGO

DU MÊME AUTEUR

L'IMMEUBLE YACOUBIAN, Actes Sud, 2006 ; Babel n° 843, 2007.

Initialement paru en langue arabe en 2007
sous le titre *Chicago*.
Traduit en français avec l'accord de
The American University in Cairo Press.

© Alaa El Aswany, 2006

© ACTES SUD, 2007
pour la traduction française
ISBN 978-2-7427-7037-3

Illustration de couverture :
© Ouka Leele / Coleccion de arte contemporaneo de la Consejeria de cultura
y deportes, Communidad de Madrid / Agence VU

ALAA EL ASWANY

Chicago

roman traduit de l'arabe (Egypte)
par Gilles Gauthier

ACTES SUD

1

Chicago, peu de gens le savent, n'est pas un nom anglais. Il appartient à la langue des Algonquins, une des nombreuses que parlaient les Indiens d'Amérique. Dans cette langue, Chicago veut dire "odeur forte". Cette dénomination vient de ce que l'endroit aujourd'hui occupé par la ville était à l'origine un vaste champ consacré à la culture des oignons. Pendant des dizaines d'années, les Indiens vécurent en paix à Chicago, sur les rives du lac Michigan, cultivant les oignons, menant paître le bétail, jusqu'à l'année 1673 où arriva dans la région un explorateur et cartographe, Louis Joliet, accompagné de Jacques Marquette, un jésuite français. Les deux hommes découvrirent Chicago, vers laquelle se mirent aussitôt à affluer des milliers de colons, comme des fourmis sur un pot de miel.

Pendant les cent années suivantes, les colons livrèrent dans tous les coins de l'Amérique d'atroces guerres d'extermination au cours desquelles périrent entre cinq et quinze millions d'Indiens. Il faut nous arrêter un instant sur un paradoxe : ces colons blancs qui ont tué des millions d'Indiens, qui se sont emparés de leur terre et qui ont pillé leur or étaient en même temps des chrétiens convaincus. Cette contradiction s'élucide toutefois si l'on connaît les idées répandues à cette époque : beaucoup de colons blancs étaient convaincus que les Indiens, même s'ils étaient d'une certaine façon des créatures de Dieu, n'étaient pas nés du souffle divin mais d'une autre force défectueuse et malfaisante. D'autres renchérissaient en assurant que les Indiens comme les animaux étaient des créatures sans âme ni conscience et que, par conséquent, ils n'avaient pas le même degré d'humanité que les hommes blancs. Grâce à ce point de vue dominant, les colons avaient donc la faculté de tuer autant d'Indiens qu'ils voulaient, sans une once de regret ni le plus petit sentiment de péché. Quelle que soit l'horreur des massacres qu'ils accomplissaient dans la journée, cela n'altérait pas la pureté de la prière qu'ils faisaient tous les soirs avant de dormir.

Les guerres d'extermination se terminèrent par la victoire écrasante des pères fondateurs, et Chicago fut proclamée ville américaine pour la première fois, en 1837. Elle connut ensuite un développement prodigieux. Sa superficie fut multipliée par seize en moins de dix ans. Sa situation sur la rive du lac Michigan et le fait de disposer de vastes terres pour le pâturage du bétail accrurent son importance. Enfin, l'apparition du chemin de fer fit de Chicago la reine incontestée de l'Ouest.

Mais l'histoire des villes ressemble à la vie des hommes : sans cesse, les moments de douleur y succèdent aux moments de joie. Le dimanche 8 octobre 1871 fut la journée noire de Chicago.

A l'ouest de la ville vivait Catherine O'Larry, avec son mari, ses fils, un cheval et sept vaches. Cette nuit-là, le bétail de Mme O'Larry paissait paisiblement dans l'arrière-cour. Vers neuf heures, une des vaches, poussée par l'ennui, s'avisa d'abandonner l'arrière-cour et d'entrer dans le hangar du fond, où un fourneau au kérosène éveilla sa curiosité. Elle tourna un peu autour, tendit la tête pour le renifler et soudain, cédant à une pulsion obscure, elle lui donna un violent coup de sabot qui le renversa, répandant sur le sol son carburant qui s'enflamma. Le feu gagna un tas de paille tout proche. La maison fut rapidement incendiée, puis ce fut le tour des maisons voisines. Le vent qui était extrêmement fort propagea le feu de toutes parts et, en moins d'une heure, toute la ville brûlait.

Les pompiers étaient exténués d'avoir veillé toute la nuit précédente pour éteindre un autre incendie qui avait détérioré leur matériel encore rudimentaire à cette époque : la catastrophe fut totale.

Les langues de flammes s'élevaient vers la voûte céleste, dévoraient les maisons de Chicago, pour la plupart construites en bois. Les cris retentissants et tourmentés des gens, semblables à une incantation maléfique, se mêlaient au bruit du feu qui dévorait la ville dans d'effrayants craquements. Le spectacle prodigieux et terrifiant ressemblait aux descriptions de l'enfer des livres sacrés. L'incendie se poursuivit implacablement pendant deux jours et deux nuits jusqu'à ce qu'il soit finalement éteint, à l'aube du troisième jour. On dénombra les dégâts : plus de trois cents victimes et cent mille sans-logis, soit près d'un tiers des habitants. Quant aux pertes financières, elles dépassaient deux cents millions de dollars au taux du XIXe siècle.

Mais la catastrophe ne s'arrêta pas là. Avec l'incendie et les destructions, s'était installée une complète anarchie. Comme des vers sur un cadavre, des hordes errantes de voyous, de criminels, de voleurs, d'assassins, de drogués et d'obsédés sexuels s'étaient abattues sur les ruines. Ils venaient de partout pour vivre leur débauche dans la ville sinistrée. Ils se mirent à piller le contenu des maisons incendiées, des commerces, des banques et des dépôts d'alcool. Ils tuaient tous ceux qui se dressaient sur leur route. Ils enlevaient les femmes pour les violer publiquement en groupe sous la menace des armes.

Au cœur de cette épreuve, les églises célébrèrent à Chicago des messes pour implorer le ciel et conjurer les malheurs. Les prêtres parlaient tous de la catastrophe, avec des accents de contrition, comme d'un juste châtiment du Seigneur en réponse à la propagation de l'impiété et de l'adultère parmi ses habitants.

La destruction était totale. Tous ceux qui ont vu la ville à cette époque étaient persuadés qu'elle était condamnée sans espoir de rémission. Ce qui se passa contredit pourtant tous les pronostics. L'énormité du désastre stimula les ardeurs et fit renaître le courage des habitants de Chicago. Ainsi, chez un commerçant du nom de John Write qui, durant toute sa vie, n'avait connu que les chiffres et les opérations commerciales et chez qui l'on n'avait jamais connu l'amour des concepts et de l'éloquence, le fait de se trouver au milieu de dizaines d'infortunés, plongés dans la stupeur et le désespoir après que tout ce qu'ils possédaient eut été dévoré par le feu, fit jaillir en lui une étrange puissance poétique. Il se mit alors à leur adresser des paroles improvisées qui, par la suite, allaient faire partie des adages de la ville. John Write tendait les bras en avant, le visage comme contracté par la douleur (il était un peu ivre), puis proclamait d'une voix de stentor :

"Tenez bon, vous, les hommes. Chicago n'a pas brûlé, elle est entrée dans les flammes pour se débarrasser de ses mauvais éléments. Elle en sortira plus belle et plus forte qu'elle ne l'a jamais été."

Et il en fut ainsi.

Le profond instinct de survie se ranima. La solidarité innée qui rassemble les gens en cas de danger réapparut. Les rescapés se mirent au travail avec une ardeur infatigable. Des groupements armés de volontaires se constituèrent, prêts à mourir pour leur ville. Ils se mirent à pourchasser les gangsters et à les combattre jusqu'à la mort ou jusqu'à la fuite. Des dizaines d'abris furent construits pour les familles. Les dons se mirent à pleuvoir pour fournir de la nourriture, des vêtements, des soins médicaux aux familles déplacées. De tous les coins de l'Amérique, des dizaines de milliers de dollars se déversèrent sur Chicago pour la reconstruire et pour s'investir dans des projets commerciaux.

Toutefois, la reconstruction entraîna de nouveaux problèmes. Le conseil municipal décida d'interdire la construction de maisons en bois qui avaient causé la propagation du feu. La conséquence de cette décision fut la hausse des loyers et le maintien dans la rue de la plupart des habitants de la ville qui n'avaient pas de quoi payer le loyer des maisons en pierre, d'autant plus que les salaires avaient baissé à cause de l'afflux de milliers d'étrangers sur le marché du travail. La crise économique s'exacerba et poussa des cohortes de pauvres et d'affamés à des manifestations violentes où l'on scandait ce slogan radical : "Du pain ou la mort !" Mais le système capitaliste américain fut encore une fois capable de trouver à la crise une solution provisoire sur laquelle les livres d'histoire sont restés silencieux.

Les investissements furent à l'origine de plusieurs nouvelles dynasties de millionnaires, tandis que la majorité des habitants restait plongée dans la misère. Malgré cela, la prédiction de John Write s'était réalisée : quelques courtes années avaient suffi pour que Chicago redevienne plus belle et plus forte qu'elle ne l'avait jamais été. Elle fut définitivement proclamée la plus importante ville de l'Ouest, la troisième ville américaine, le principal centre commercial, industriel et culturel du monde. C'est alors que commença à se diffuser une chanson populaire qui commençait par ces mots : "Chicago est à nouveau devenue la reine de l'Ouest." De la même façon que des parents cajolent leurs enfants qui viennent de surmonter une maladie mortelle, les Américains inventèrent de nombreux surnoms affectueux pour Chicago. Ils la surnommèrent "la reine de l'Ouest" pour sa taille et sa beauté, "la ville du vent" parce que des vents forts y soufflent tout au long de l'année, "la ville du siècle" à cause de sa croissance extraordinaire dans un laps de temps si court, "la ville aux grandes épaules" en référence à la hauteur de ses gigantesques bâtiments et au grand nombre d'ouvriers parmi ses habitants, "la ville du futur" en raison de l'élan qui pousse les Américains à y émigrer, en quête d'un meilleur avenir, "la ville des banlieues" à cause des soixante-dix-sept banlieues qui l'entourent et dans lesquelles vivent des habitants d'origines diverses : des Noirs, des Irlandais, des Italiens, des Allemands, chaque banlieue conservant la culture de ses habitants et leurs traditions.

Plus de cent ans se sont écoulés depuis le grand incendie, mais son souvenir est encore présent comme une cicatrice sur un beau visage. Les habitants de Chicago se le remémorent de temps en temps avec douleur et émotion. Chez eux, le feu prend une autre signification. Dans n'importe quel autre endroit du monde, le mot incendie ne produit pas le même impact qu'à Chicago. La peur du feu a conduit à y développer le meilleur système de lutte contre l'incendie du monde. On a créé une académie spécialisée dans l'extinction des incendies, à l'emplacement de la maison de Catherine O'Larry où avait commencé le grand incendie. Les habitants de la ville ont fait tout ce qui leur était possible pour que la tragédie ne se reproduise pas. "Le service des pompiers de Chicago est si efficace qu'il lance l'alerte avant même que vous n'ayez commencé à allumer le feu", dit une boutade célèbre, répétée avec un mélange de fierté et d'humour par les responsables de la ville.

*

Comment Cheïma Mohammedi aurait-elle pu connaître toute cette histoire, elle qui avait passé toute sa vie à Tantâ*, et n'en était sortie qu'à de rares exceptions : pour aller au Caire assister au mariage de quelques-uns de ses parents ou pour aller passer l'été à Alexandrie avec sa famille quand elle était petite.

Cheïma est arrivée à Chicago, comme ça, d'un seul coup, sans préparation ni préambule, comme quelqu'un qui se jette à la mer tout habillé et qui ne sait pas nager. Ceux qui la voient parcourir

---

* Chef-lieu du gouvernorat de Gharbieh, au centre du delta du Nil. Loin des charmes du Caire et d'Alexandrie, on est là dans l'Egypte profonde. *(Toutes les notes sont du traducteur.)*

les galeries de l'université de l'Illinois, avec sa tenue islamique flottante et son voile qui lui couvre la tête, ses souliers plats, sa démarche ample et droite, son visage paysan sans maquillage qui rougit à la moindre occasion, son anglais lourd et trébuchant qui lui rend souvent la compréhension plus facile par les gestes que par la parole, tous doivent se demander ce qui a conduit cette jeune paysanne en Amérique.

Les raisons en sont multiples. En premier lieu, Cheïma Mohammedi était l'une des meilleures étudiantes de la faculté de médecine de Tantâ. Elle possède une intelligence exceptionnelle et une prodigieuse capacité de travail qui lui permet de s'absorber dans l'étude pendant de longues heures, sans dormir ni même se lever, sauf pour prier, manger ou faire ses besoins. Elle étudie avec calme et une profonde concentration, sans pause et sans hâte. Elle dispose devant elle ses livres et ses notes sur le lit, elle s'assoit en tailleur, laissant ses cheveux fins tomber d'un côté de sa tête qui penche un peu vers la droite, puis elle inscrit de sa belle petite écriture les points essentiels du cours qu'elle apprend ensuite par cœur avec une sorte de jouissance, comme si elle s'adonnait à une agréable distraction ou si elle tissait un vêtement pour un bien-aimé absent. La supériorité écrasante de son niveau lui a fait obtenir une bourse sans difficulté.

D'autre part, Cheïma est la fille aînée du professeur Mohammedi Hamed, directeur du lycée de garçons de Tantâ pendant de nombreuses années au cours desquelles il avait formé des dizaines de lycéens qui avaient grandi et obtenu des postes éminents. Cinq ans après sa mort, toute la province de Gharbieh se souvenait encore de lui avec estime et affection, et l'on priait sincèrement Dieu pour lui. Il était un rare exemple, en voie d'extinction, du véritable pédagogue, dévoué, désintéressé, sérieux et affectueux avec ses élèves.

La vie du professeur Mohammedi – comme c'est notre lot à tous – n'avait pas été dépourvue de déceptions : la volonté divine l'avait privé de fils et lui avait accordé successivement trois filles, après quoi il avait interrompu ses tentatives. Cela lui causa une grande tristesse qu'il surmonta vite en vouant à ses filles une affection débordante. Il les éduqua exactement comme ses autres enfants, les lycéens. Il leur apprit la droiture, l'effort et la confiance en soi. Le résultat fut éclatant. Cheïma et Alia devinrent assistantes à la faculté de médecine et Nada, la plus jeune, assistante au département des télécommunications de la faculté d'ingénierie. L'éducation reçue par Cheïma a donc eu sa part du défi qu'elle avait relevé d'aller étudier à l'étranger.

Mais enfin, la raison la plus importante, c'est qu'à trente ans passés Cheïma était toujours célibataire. Sa situation de professeur assistant à la faculté de médecine avait beaucoup diminué ses chances, car l'homme oriental préfère généralement que la femme soit moins éduquée que lui. D'autre part, elle était dépourvue de tout ce qui peut faciliter un mariage rapide : son vêtement flottant cachait systématiquement son corps et son visage n'était pas d'une beauté flagrante. Ce que ses traits banals pouvaient susciter dans l'esprit d'un homme, c'était tout au plus un sentiment de sympathie qui ne suffisait pas bien sûr à le pousser au mariage. De plus, elle n'était pas riche et vivait avec ses sœurs et sa mère grâce au salaire de la faculté et à la retraite de son père qui, tout au long de sa vie, avait refusé de céder à la tentation du départ vers les pays du Golfe et des leçons particulières.

De plus, en dépit de son génie scientifique, elle ignorait totalement les moyens de séduire les hommes, ce que la plupart des femmes connaissent à la perfection et qu'elles utilisent avec virtuosité, soit d'une façon directe, en se maquillant et se parfumant, en portant des vêtements courts et collants pour mettre leur corps en relief, soit d'une manière indirecte par une séduisante modestie, une attirante timidité, une confusion pleine de sous-entendus, renforcée par l'arme subtile des regards mélancoliques et impénétrables. Ce sont là de véritables arts que la nature a octroyés aux femmes pour que la vie perdure. Mais, pour une raison quelconque, elle en avait privé Cheïma Mohammedi. Cela ne voulait absolument pas dire qu'elle manquait de féminité. Au contraire, sa féminité était débordante. Elle aurait suffi à assurer une vie normale à plusieurs femmes à la fois, mais seulement elle n'avait pas appris à l'exprimer. Son désir féminin la harcelait, la faisait souffrir, la mettait sens dessus dessous, la poussant au bord des larmes. Seuls ses rêves défendus avec Kazem Saher* et les accès de jouissance subreptice de son corps nu permettaient d'alléger la tension qu'elle éprouvait. Elle le regrettait chaque fois et, en signe de pénitence, elle ajoutait deux prosternations à sa prière pour demander pardon à Dieu de tout son cœur. Mais elle ne tardait pas à recommencer.

En vérité, la pression psychologique qu'elle subissait du fait de son célibat prolongé était la véritable cause de son départ en Amérique.

* Chanteur à la mode d'origine irakienne, au physique plein d'attrait.

Pendant de longs mois, elle avait déployé des efforts exténuants pour venir à bout des formalités nécessaires à l'obtention de sa bourse : demandes, formulaires, démarches sans fin depuis la faculté jusqu'à l'administration de l'université, et vice-versa. Puis il y eut de violentes négociations avec sa mère qui, dès qu'elle fut au courant de son projet de départ, explosa de colère et lui cria au visage :

— Ton problème, Cheïma, c'est que tu es entêtée comme ton père. Tu le regretteras. Tu ne sais pas ce que c'est qu'être loin de chez soi. Tu vas aller en Amérique où l'on opprime les musulmans alors que tu portes le voile ! Pourquoi ne termines-tu pas ton doctorat ici, honorablement, au milieu des tiens ? Rappelle-toi qu'en partant tu détruis toutes tes chances de mariage. Qu'est-ce que ça peut bien me faire, ton doctorat en Amérique si, à quarante ans, tu es toujours vieille fille !

Pour sa famille, pour ses proches et même pour la ville de Tantâ tout entière, l'idée qu'une fille puisse partir seule en Amérique pour quatre ou cinq ans était totalement extravagante. Mais grâce à sa persévérance, son insistance et aussi à de violentes colères, Cheïma était finalement parvenue à soumettre sa mère à ses désirs. Plus la date du départ approchait, plus son enthousiasme augmentait. Même les derniers jours, elle ne ressentit ni crainte, ni angoisse. Quand le moment arriva, elle ne fut pas émue par les larmes de sa mère et de ses sœurs et, dès que l'avion s'éleva au-dessus du sol, en même temps qu'un léger serrement de cœur, elle fut envahie par un sentiment de soulagement et d'optimisme. Elle se dit qu'en laissant derrière elle les trente années qu'elle avait passées à Tantâ, c'était maintenant une vie nouvelle qui s'ouvrait à elle.

Malheureusement, ses premiers pas à Chicago ne répondirent pas à son attente. Le décalage horaire lui causa des maux de tête, elle eut des insomnies et, lorsqu'elle dormait, c'était d'un sommeil haché, plein d'affreux cauchemars. Dès l'atterrissage de l'avion à l'aéroport d'O'Hare, un lourd sentiment de détresse s'empara d'elle et ne la quitta plus.

L'agent de sécurité qui la trouvait suspecte l'avait fait attendre hors de la file, puis il avait pris ses empreintes digitales et l'avait interrogée en la scrutant d'un regard inquisiteur et méfiant. Les papiers universitaires qu'elle avait sur elle, son visage livide et sa voix mourante qui s'étranglait de frayeur, tout cela dissipa ses doutes et il la laissa passer d'un signe de la main. Elle s'était ensuite retrouvée immobile sur le tapis roulant avec sa grosse valise sur laquelle, comme le font les paysans, étaient écrits à l'encre de Chine son nom complet et son adresse à Tantâ. Cet accueil hostile avait laissé dans son esprit un sentiment d'oppression. Elle avait découvert que le tapis sur lequel elle se tenait se mouvait dans un énorme tuyau qui en croisait des dizaines d'autres. Cela faisait ressembler l'aéroport à un jouet qui aurait été agrandi des milliers de fois. Lorsqu'elle était sortie de l'aéroport, elle avait été stupéfaite : elle voyait autour d'elle des rues d'une largeur qu'elle n'aurait jamais pu imaginer, de gigantesques gratte-ciel à perte de vue, qui donnaient à la ville un aspect fabuleux et magique, comme dans les bandes dessinées pour enfants. Des vagues ininterrompues d'Américains, hommes et femmes, affluaient de toute part comme des colonnes de fourmis, recouvrant la terre avec vitesse et gravité, comme s'ils se hâtaient pour attraper un train. A ce moment-là, elle avait ressenti qu'elle était étrangère, seule et perdue, comme un brin de paille, jouet des vagues d'un océan rugissant. La peur s'était emparée d'elle et lui tordait les viscères comme à un enfant qui aurait perdu sa mère dans la foule du *mawled* de Sidi el-Badawi*. En dépit de ses tentatives épuisantes, deux longues semaines s'écoulèrent sans qu'elle parvienne à s'acclimater à sa vie nouvelle. La nuit, lorsqu'elle s'allongeait sur son lit, dans sa petite chambre plongée dans une épaisse obscurité, à peine trouée par la lumière jaune des réverbères de la rue, Cheïma se souvenait avec tristesse que, pendant toutes ces années à venir, elle allait dormir seule dans cet endroit désolé. Alors la submergeait la violente nostalgie de sa chambre chaleureuse, de sa mère, de ses sœurs, de tous les gens de Tantâ qu'elle aimait.

La veille, les soucis avaient été nombreux et elle ne parvenait pas à s'endormir. Pendant plus d'une heure, elle se retourna dans son lit. Elle se sentait extrêmement misérable et se mit à pleurer dans l'obscurité, tellement qu'elle mouilla son oreiller. Elle se leva et alluma la lumière. Elle se dit qu'elle ne pourrait pas supporter cette souffrance durant quatre ans. Que se passerait-il si elle écrivait pour demander l'annulation de sa bourse ? Pendant quelque temps, elle serait en proie à la joie maligne et aux sarcasmes de certains de ses collègues de Tantâ, mais ses sœurs l'accueilleraient à bras ouverts et sa mère ne se réjouirait en aucun cas de ses malheurs. Le désir

---

* Un des saints les plus vénérés d'Egypte qui a son tombeau à Tantâ. Tous les ans son *mawled* (sa fête) rassemble des dizaines de milliers de personnes.

de mettre fin à sa mission l'obséda et elle réfléchit à la façon de procéder pour y parvenir. Mais tout à coup une autre idée surgit : elle fit ses ablutions, ouvrit la sourate *Ya Sin*, fit la prière divinatoire* suivie d'invocations puis, la tête à peine posée sur l'oreiller, elle s'endormit profondément. Dans son sommeil, elle vit son père Mohammedi avec son beau costume bleu en laine anglaise, celui qu'il réservait pour les grandes occasions telles que la visite du ministre ou la distribution des prix. Son père se trouvait dans le jardin, devant la porte principale du département d'histologie où elle étudiait. Son visage était lumineux, sans rides, son regard pur et rayonnant, ses cheveux abondants, noirs comme du charbon sans un seul cheveu blanc, ce qui le faisait paraître vingt ans plus jeune. Il sourit à Cheïma.

"N'aie pas peur, je suis avec toi. Allons… je ne t'abandonnerai jamais." Puis il lui prit la main et lui fit gentiment franchir la porte de sa salle de cours. Lorsque Cheïma se réveilla le lendemain, elle avait retrouvé son calme, elle s'était complètement libérée de ses obsessions. Cette vision, se disait-elle, était fidèle. Elle avait été envoyée par Notre-Seigneur, qu'il soit exalté et glorifié, pour lui donner le cœur d'affronter son difficile devoir. Elle croyait que, même si nous ne les voyons pas, les morts vivaient avec nous. Son père lui avait rendu visite dans son rêve pour l'encourager à terminer sa formation et elle ne le trahirait pas. Elle oublierait ses malheurs et s'habituerait à sa nouvelle vie.

Elle ressentit un profond soulagement d'avoir enfin pris sa décision et décida de fêter cela. Ses

---

* Deux prosternations pour demander à Dieu de vous inspirer une conduite sur un point précis.

sœurs et elle avaient l'habitude d'exécuter certains rites dans les circonstances heureuses : elle commença par préparer sur le feu un mélange de sucre et de citron, puis elle alla se déshabiller dans la salle de bains et commença à s'épiler, assise toute nue sur le rebord de la baignoire. Elle jouissait de la douleur délicieuse, brève et répétitive que produisait sur sa peau l'arrachage des poils. Ensuite elle prit un long bain chaud pendant lequel elle massa méticuleusement chaque partie de son corps jusqu'à ce qu'elle se sente parfaitement à l'aise et détendue.

Quelques minutes plus tard, dans sa cuisine, Cheïma offrait un spectacle authentiquement égyptien. Elle avait revêtu une *galabieh** en coton bon marché ornée de petites fleurs et des *chebchab*** Khadouga – larges à l'avant avec quatre lanières croisées – qu'elle préférait parce que ses doigts de pied y étaient à l'aise et qu'elles lui donnaient une plus grande liberté de mouvement. Ses cheveux noirs longs et souples tombaient sur ses épaules. Elle avait décidé de se faire plaisir. Elle mit sur la chaîne *As-tu un doute ?*, une chanson de Kazem Saher qu'elle aimait tellement qu'elle l'avait enregistrée trois fois de suite sur la même cassette pour ne pas être obligée de revenir chaque fois en arrière. La voix de Kazem s'éleva dans toute la pièce et Cheïma commença à danser en suivant le rythme.

En même temps, elle avait entrepris de faire frire des piments, l'un après l'autre, dans de l'huile bouillante pour préparer son plat favori,

---

* Large robe de coton qui est le vêtement traditionnel des classes populaires mais est également souvent utilisée comme vêtement d'intérieur tant par les hommes que par les femmes.
** Sortes de sandales que l'on enfile.

la *messaa* alexandrine. Peu à peu, elle fut complètement absorbée. Elle parcourait la cuisine de part en part en dansant et en chantant avec Kazem, comme si elle faisait un numéro dans une revue de cabaret, puis elle retournait devant son Butagaz pour faire revenir un nouveau piment. Lorsque Kazem se mit à chanter "Mon assassin danse pieds nus", elle jeta les jambes en avant et envoya promener à l'autre bout de la pièce ses *chebchab* Khadouga puis, lorsque Kazem demanda à sa bien-aimée "Où es-tu partie, pourquoi es-tu partie et pourquoi m'as-tu arraché l'âme ?", elle fut submergée par l'émotion et entra en transe. Elle se lança alors dans une figure qui suscitait toujours l'admiration de ses amies de Tantâ : elle tomba tout à coup à genoux, les deux bras levés puis elle se redressa lentement en agitant les hanches et en faisant frémir sa poitrine. Cette fois-ci, elle jeta dans l'huile deux piments en même temps, qui produisirent en tombant un bruit épouvantable et une épaisse fumée.

Elle crut alors un instant entendre dans le lointain quelque chose qui ressemblait au bruit d'une sirène mais, comme elle voulait écarter tout ce qui était susceptible de troubler le bonheur de cet instant, elle se lança dans un nouveau pas de danse. Elle tendit les bras comme si elle allait étreindre quelqu'un en avançant et reculant la poitrine sans se déplacer de l'endroit où elle se trouvait. Au moment même où elle prenait un nouveau piment et où elle levait la main pour le jeter dans l'huile, à ce moment précis, elle fut victime d'un horrible cauchemar. Elle entendit un bruit terrible, puis la porte de son appartement s'ouvrit violemment et des hommes énormes se jetèrent sur elle, la ceinturèrent tout en hurlant en anglais des phrases qu'elle ne comprenait pas.

L'un deux la prit avec force dans ses bras, comme s'il voulait la soulever de terre. Stupéfaite, elle ne résista pas jusqu'à ce qu'elle prenne conscience des deux mains qui la serraient dans le dos et de la forte odeur qu'elle respirait, le visage plaqué contre un manteau de cuir noir.

C'est alors seulement qu'elle se rendit compte de l'énormité de la situation. Elle rassembla toutes ses forces pour résister à l'inconnu et se mit à pousser des hurlements interminables dont l'écho se répercuta dans tous les coins du bâtiment.

2

L'université de l'Illinois est l'une des plus grandes des Etats-Unis. Elle est divisée en deux parties : la médecine à l'ouest de Chicago, et toutes les autres facultés dans le centre-ville. Le centre des études médicales a vu le jour en 1890 avec des moyens très limités, puis il s'est développé avec une vitesse inouïe, comme tout le reste de Chicago, jusqu'à devenir une ville indépendante d'une superficie de trente acres* (à peu près un million trois cent mille pieds carrés) contenant plus de cent bâtiments. Il regroupe les facultés de médecine et de pharmacie, la faculté dentaire, un institut de formation d'infirmiers ainsi qu'une bibliothèque, des services administratifs, des cinémas, des théâtres, des clubs de sport, d'immenses centres commerciaux avec des transports intérieurs gratuits pour les étudiants vingt-quatre heures sur vingt-quatre.

La faculté de médecine de l'université de l'Illinois est la plus grande au monde et elle possède l'un des plus prestigieux départements d'histologie. Construit sur quatre étages de style moderne, il est entouré d'un vaste jardin au centre duquel se trouve le buste en bronze d'un homme d'une cinquantaine d'années, qui semble contempler

---

* Un acre fait approximativement 0,4 hectare.

le ciel de ses grands yeux las et distraits. Une inscription est gravée sur le socle, en lettres majuscules : "L'ÉMINENT SAVANT ITALIEN MARCELLO MALPIGHI, 1628-1694, FONDATEUR DE L'HISTOLOGIE. LUI-MÊME A COMMENCÉ, NOUS POURSUIVONS SON TRAVAIL."

Ce ton volontariste reflète l'esprit du département.

Dès que l'on franchit sa porte vitrée, on sent qu'on laisse derrière soi le monde, avec ses préoccupations et son tumulte, et qu'on pénètre dans le temple de la science. L'endroit est profondément calme, avec sa légère musique très doucement diffusée par un système interne, son éclairage centralisé calculé de façon à reposer la vue, à ne pas distraire l'attention et à couper toute relation avec l'heure qu'il est à l'extérieur et, sans cesse, des dizaines d'étudiants et de chercheurs s'y déplacent et y travaillent.

L'histologie est un mot grec dont le sens est "la science des tissus". C'est une science qui utilise le microscope pour l'étude des tissus. Elle est la base de la médecine, car la découverte de n'importe quel traitement pour n'importe quelle maladie commence toujours par l'étude de tissus dans leur état naturel. En dépit de l'importance exceptionnelle de l'histologie, elle est peu populaire et les revenus qu'on en tire sont modestes. Un chercheur en histologie est généralement un médecin qui a choisi de renoncer aux spécialités comme la chirurgie, la gynécologie et la pédiatrie, qui rapportent de l'argent et de la renommée, pour passer sa vie dans un laboratoire glacial, penché de longues heures sur un microscope, dans le seul espoir de découvrir un élément inconnu d'une cellule infiniment petite et dont les gens n'entendront jamais parler. Les savants en histologie sont des soldats inconnus qui sacrifient fortune et gloire à la science. Avec l'âge, ils acquièrent l'allure de ceux qui pratiquent des métiers manuels comme les menuisiers, les sculpteurs ou les artisans en vannerie. Ils ont une allure posée, l'air solide, le bas de leur corps est marqué par l'embonpoint, ils ne parlent pas beaucoup, mais ils ont une grande puissance d'observation et un regard précis et scrutateur. Ils sont patients, calmes, leur esprit est clair et ils ont une forte capacité de concentration et une grande aptitude à la contemplation.

Le département compte cinq professeurs dont l'âge varie entre cinquante et soixante-dix ans. Chacun d'eux est arrivé à ce poste après des années d'un travail ponctuel et assidu. Leurs journées sont trop courtes et leurs agendas remplis des semaines à l'avance. Les recherches scientifiques qu'ils poursuivent leur font passer tout leur temps dans les laboratoires. Ils n'ont pas de week-end et trouvent à peine le temps de se parler et, lors de la réunion hebdomadaire du conseil du département, ils prennent les décisions rapidement pour ne pas perdre de temps.

On pouvait donc considérer comme exceptionnel ce qui s'était passé lors de la réunion du conseil, mardi dernier. Les professeurs s'étaient assis selon un ordre immuable. A la tête de la table, le docteur Bill Friedman, chef de la section, avec sa large calvitie, son visage pâle et ses traits amènes qui lui donnaient une allure de père noble. A sa droite, les deux professeurs américains d'origine égyptienne, Raafat Sabet et Mohamed Saleh, puis le professeur de statistique John Graham avec son embonpoint, sa fine barbe blanche, ses cheveux blancs toujours ébouriffés, ses petites lunettes rondes derrière lesquelles brillaient des yeux vifs et ombrageux, un léger sourire ironique et sa longue pipe qui ne quittait pas sa bouche même si elle était maintenant éteinte, car il était interdit de fumer pendant les réunions. Graham ressemblait au grand écrivain américain Ernest Hemingway, ce qui était toujours l'objet de plaisanteries de la part de ses collègues. De l'autre côté de la table était assis George Michael qu'on appelait le Yankee parce que tout en lui révélait l'Américain brut de décoffrage : ses yeux bleus, ses cheveux blonds tombant sur les épaules, sa façon décontractée de s'habiller, son corps athlétique et ses muscles gonflés par un entraînement sportif assidu, son habitude de tendre les pieds au visage de ceux à qui il parlait et de sucer ses doigts quand il mangeait, sa petite bouteille d'eau minérale qui ne le quittait jamais et dont il ingurgitait de temps en temps une petite gorgée et sa façon de parler avec l'accent du Texas où il était né et avait vécu avant de venir à Chicago. Restait Denis Baker, le plus âgé et le plus fécond des professeurs, plongé dans le silence, habillé de vêtements simples et toujours un peu froissés, peut-être parce qu'il ne trouvait pas le temps de les repasser avec soin. De taille élevée, il avait un corps de vieillard ferme et solide, il était complètement chauve et ses grands yeux perçants se mettaient parfois à briller avec une intensité d'où émanait une mystérieuse impétuosité.

Les collègues de Denis Baker se moquaient gentiment de lui en disant qu'il utilisait la parole comme les automobilistes utilisent le klaxon, uniquement lorsque cela était indispensable.

La réunion se déroula de la façon habituelle, mais Friedman, le chef du département, retint les professeurs avant qu'ils ne quittent les lieux. Il rougit comme chaque fois qu'il devait prendre la parole, regarda des papiers posés devant lui puis dit d'une voix calme :

— Je voulais vous consulter sur un point. Vous savez que le bureau des bourses s'était mis d'accord avec le département pour lui envoyer des étudiants égyptiens préparant un doctorat en histologie. Nous avons maintenant trois étudiants : Tarek Hosseïb, Cheïma Mohammedi et Ahmed Danana. Cette semaine, le bureau des bourses nous a envoyé le dossier de candidature d'un nouvel étudiant qui s'appelle (il s'arrêta un instant et lut le nom avec difficulté) Nagui Abd el-Samad. Cet étudiant est différent des autres, d'abord parce qu'il prépare un magistère et pas un doctorat, ensuite parce qu'il ne travaille pas dans une université. Au début je me suis étonné. Je ne comprenais pas pourquoi il voulait obtenir un magistère en histologie s'il ne travaillait pas dans la recherche scientifique ou dans l'enseignement. J'ai téléphoné ce matin au responsable du bureau des bourses à Washington, qui m'a informé que la nomination de cet étudiant à l'université du Caire avait été écartée pour des raisons politiques et que s'il obtenait son magistère cela renforcerait sa position dans le procès qu'il avait intenté à cette université. J'ai lu le dossier de candidature et je l'ai trouvé encourageant. Ses notes à l'épreuve d'anglais ainsi qu'aux épreuves générales sont élevées. Comme vous le savez, le bureau des bourses prendra en charge ses frais d'études. Je voudrais connaître votre point de vue. Accepterons-nous cet étudiant ? Comme vous le savez, chez nous les places réservées aux études supérieures sont limitées. Si nous ne tombons pas d'accord, je soumettrai la question au vote.

Friedman promena son regard sur l'assistance et ce fut George Michael (le Yankee) qui demanda le premier la parole. Il avala une gorgée de sa bouteille de Pepsi et dit :

— Je ne m'oppose pas à l'admission des étudiants égyptiens. Je vous rappelle seulement que nous sommes un des plus importants départements d'histologie du monde. Les possibilités d'étudier ici sont rares et précieuses et il ne faut pas que nous les gaspillions simplement parce qu'un étudiant africain veut gagner un procès contre son gouvernement. Je crois que l'enseignement chez nous a un plus grand dessein. La place que cet étudiant occuperait doit revenir à un véritable chercheur, venu pour recevoir une formation sérieuse et pour faire de nouvelles découvertes scientifiques. Je refuse son admission.

— Bien, Michael, c'est votre position. Qu'en est-il des autres ? interrogea le chef du département en souriant.

Raafat lui fit un signe et commença sur le ton de la plaisanterie :

— Comme je l'ai moi-même été un jour, je sais très bien comment raisonnent les Egyptiens. Ils n'étudient pas pour acquérir des connaissances et s'ils obtiennent des magistères ou des doctorats, ce n'est pas pour se consacrer à la recherche scientifique, mais pour obtenir une promotion ou un contrat alléchant dans un pays du Golfe. Cet étudiant va accrocher son diplôme de magistère sur la porte de son cabinet au Caire pour convaincre les malades qu'il est capable de les guérir.

Friedman le regarda avec étonnement :

— Comment peuvent-ils permettre cela en Egypte ? L'histologie est une science académique qui n'a aucune relation directe avec les soins apportés aux gens.

Raafat éclata d'un rire caustique :

— Vous ne connaissez pas l'Egypte, Bill. Tout est permis là-bas et d'ailleurs les gens ne savent pas ce que veut dire l'histologie.

— Raafat, vous n'exagérez pas un peu ? demanda Friedman à voix basse.

— Bien sûr qu'il exagère, intervint Saleh.

— Vous, précisément, vous savez que je n'exagère pas.

Friedman soupira :

— De toute façon, ce n'est pas le sujet. Vous avez maintenant le point de vue de Michael et de Sabet qui sont contre l'admission de l'étudiant égyptien. Qu'en pense Graham ?

Graham retira de la bouche sa pipe éteinte et s'emporta :

— Messieurs, vos propos sont dignes d'indicateurs de la police, pas de professeurs d'université.

Il y eut un murmure de réprobation, mais Graham continua d'une voix forte :

— La décision juste s'impose d'elle-même. Quiconque franchit les épreuves que lui impose le règlement intérieur du département a le droit d'y être inscrit. Ce qu'il fera ensuite de son diplôme et le pays dont il vient ne nous concernent pas.

— Ce sont des paroles comme celles-là qui ont conduit l'Amérique au 11 Septembre, dit George Michael.

Graham lui jeta un regard et rétorqua sarcastiquement :

— Ce qui a conduit l'Amérique au 11 Septembre, c'est que la plupart de ceux qui prennent les décisions à la Maison Blanche ont raisonné comme vous. Ils ont soutenu au Moyen-Orient des régimes tyranniques pour augmenter les profits de sociétés pétrolières et de marchands d'armes, ce qui a entraîné une recrudescence de la violence armée qui a fini par nous atteindre chez nous. Pensez que cet étudiant va laisser sa famille et partir au bout du monde pour acquérir des connaissances. Ne trouvez-vous pas que c'est là une attitude noble qui mérite le respect ? N'est-il pas de notre devoir de l'aider ? Rappelez-vous, Michael, que vous avez toujours été opposé à l'admission d'étudiants étrangers. Quant à vous, Raafat, vos propos relèvent de la loi contre le racisme.

— Je n'ai pas tenu de propos racistes, camarade Graham, réagit avec vivacité Raafat, en se tournant vers lui.

— Si vous m'appelez camarade en vous moquant, sachez que j'aime cette appellation. Je persiste à dire que vos propos sont racistes. Le racisme, c'est la croyance qu'une différence ethnique entraîne une différence de comportement et de capacité des hommes. Cette définition s'applique à vos propos sur les Egyptiens. Le plus étonnant c'est que vous êtes vous-même égyptien.

— J'ai été un jour égyptien, puis je m'en suis sorti. Quand reconnaîtrez-vous mon passeport américain ?

Friedman fit un signe de la main :

— Graham, vous êtes d'accord avec l'admission de cet étudiant. Et vous Saleh ?

— Je suis d'accord, répondit calmement ce dernier.

Le chef du département eut un large sourire :

— Deux voix pour et deux voix contre. Je garderai mon opinion pour la fin. Nous voudrions entendre Denis Baker. Je ne sais pas si nous sommes dans une journée causante ou s'il va nous falloir attendre plusieurs jours.

Tout le monde éclata de rire, ce qui évacua un peu de la tension causée par la discussion. Baker sourit et resta un instant silencieux, puis ses yeux s'écarquillèrent et il dit de sa voix rauque :

— Je préfère que le vote ait lieu d'une façon réglementaire.

Le président baissa immédiatement la tête, comme s'il venait de recevoir un ordre. Il inscrivit quelques mots sur une feuille puis se racla la gorge et donna à sa voix un timbre plus officiel :

— Messieurs, ceci est un vote formel. Acceptez-vous l'admission de l'étudiant égyptien Nagui Abd el-Samad au programme de magistère d'histologie ? Que ceux qui sont d'accord lèvent la main.

3

A la résidence universitaire de l'université de l'Illinois, au troisième étage, juste devant l'ascenseur, Tarek Hosseïb vivait comme l'aiguille d'une montre : seul, maigre, discipliné et propulsé vers l'avant sur un rythme immuable. De huit heures du matin à trois heures de l'après-midi, chaque jour, il allait des salles de cours aux laboratoires, des laboratoires à la bibliothèque, puis rentrait chez lui pour déjeuner devant la télévision. Il faisait ensuite deux heures de sieste. A sept heures exactement, quoi qu'il arrive et quels que fussent les événements qui survenaient dans le monde, ce que faisait Tarek Hosseïb ne variait pas d'un pouce. Il coupait son téléphone portable, mettait de la musique douce puis prenait la position dans laquelle il avait passé la plus grande partie de ses trente-cinq années de vie : penché sur son bureau, il étudiait ses cours ou plutôt il entreprenait une guerre sans merci contre les savoirs pour en prendre le contrôle, pour les graver dans son esprit d'où ils ne s'effaceraient jamais. Il disposait autour de lui les livres et les feuilles de papier et fixait sur eux ses grands yeux légèrement globuleux. Son front se plissait, il serrait ses lèvres minces, les muscles de son visage blême se contractaient et il prenait une expression sévère comme s'il souffrait avec endurance. A cet instant, la concentration atteignait son apogée. Il était complètement coupé de tout ce qui l'entourait, au point de ne pas prêter attention à la sonnette, ou d'oublier la théière sur le feu jusqu'à ce que l'eau s'en évapore et qu'elle se mette à cramer. Il restait dans cet état, impassible puis, d'un seul coup, bondissait de sa place, se mettait à hurler, tapait des mains en poussant des jurons grossiers à l'intention d'êtres imaginaires, ou bien il levait les bras en l'air et se lançait dans une danse obscène à travers la pièce. C'était sa manière habituelle d'exprimer sa joie d'avoir réussi à résoudre une question scientifique qui avait jusque-là résisté à son entendement. C'est avec la même détermination que Tarek Hosseïb poursuivait chaque jour sa marche sacrée, à l'exception du dimanche où il se consacrait aux travaux qui auraient pu le distraire de ses études, le reste de la semaine. Il faisait alors ses commissions au centre commercial et sa lessive à la laverie de la résidence. Il passait l'aspirateur et faisait sa cuisine hebdomadaire qu'il conservait dans des plats en carton faciles à réchauffer. C'était cette discipline militaire qui lui avait permis de se maintenir à bout de bras au sommet. Il avait eu la première place du gouvernorat du Caire au certificat d'études primaires, puis la troisième au brevet et la huitième au baccalauréat avec une moyenne de 99,8 %. Ensuite, il avait conservé la mention d'excellence pendant les cinq années de la faculté de médecine mais, comme il n'avait pas pu obtenir d'appui, il avait été orienté vers la section d'histologie au lieu de la chirurgie générale dont il rêvait. Il avait toutefois surmonté rapidement son désappointement, s'était plongé à nouveau dans le travail et avait été reçu au magistère avec la mention très bien, ce qui lui avait permis d'être sélectionné pour une bourse de doctorat. Au cours de ses deux années à l'université de l'Illinois, Tarek avait toujours eu la mention *straight as**.

Cela voulait-il dire que Tarek Hosseïb ne se distrayait jamais ? Non, car il avait également ses petits plaisirs. Le premier consistait en un plateau de *besbousa* dont il faisait venir les ingrédients d'Egypte et qu'il mettait tous ses soins à préparer. Il le plaçait ensuite sur la table de la cuisine et, s'il avait étudié d'une façon satisfaisante, il décidait de se récompenser en en avalant un morceau dont la taille était proportionnelle au travail réalisé. Il s'octroyait également une heure de détente qu'il veillait à préserver, même en période d'examens. Cette heure était divisée en deux parties : le catch et la bagatelle. Il ne pouvait pas s'endormir sans avoir regardé en entier sur une chaîne sportive une compétition de catch entre deux professionnels. Il prenait d'emblée parti pour le catcheur le plus gros et lorsque celui-ci rouait de coups le visage de son adversaire et en faisait gicler le sang, lorsqu'il le prenait par la taille et le jetait sur le ring, qu'il lui prenait la tête avec ses bras énormes et la cognait contre la barrière comme une pastèque sur le point d'éclater, alors Tarek applaudissait, bondissait de plaisir, et criait de toutes ses forces comme un spectateur possédé par la musique dans un récital d'Oum Kalsoum : "Allez, allez, mon joli, ma bête sauvage, bois son sang, fais-lui éclater la cervelle, finis-en avec lui ce soir."

A la fin du match, Tarek tombait prostré sur son lit, le souffle coupé, en sueur, comme si c'était

*"Excellent." La meilleure mention possible dans les universités américaines.

lui qui avait combattu. Il avait alors satisfait quelque chose de profond en lui, peut-être un penchant pour la force, car il était lui-même chétif et de santé fragile depuis son enfance.

L'extase de la compétition de catch terminée, venait le moment de la bagatelle. La délicieuse jouissance secrète pour laquelle il brûlait de désir le faisait haleter. Il sentait les battements de son cœur lui secouer la poitrine lorsqu'il sortait le DVD de sa cachette, dans le tiroir du bas du bureau. Il le mettait dans son ordinateur et, soudain, lui apparaissait un monde ensorcelé plein de beauté : des femmes blondes au corps parfait, aux jambes et aux cuisses douces et délicieuses, aux seins splendides de toutes les dimensions avec leurs mamelons excitants qui le rendaient fou ; des hommes aux allures de débardeurs, aux muscles saillants, aux membres en érection, longs et volumineux, lisses comme d'énormes matraques d'acier poli. Les hommes et les femmes se mettaient aussitôt à forniquer en cadence pendant que s'élevaient des cris de plaisir et des gémissements lascifs. La caméra fixait le visage de la femme quand elle criait sous le joug de la jouissance en mordant sa lèvre inférieure. Tarek ne pouvait supporter toute cette excitation que quelques brèves minutes, après quoi il se précipitait vers la salle de bains, courant comme s'il participait à une compétition ou s'il allait éteindre un incendie. Il se mettait devant la cuvette et jouissait en se masturbant. Il se calmait peu à peu, puis retrouvait son équilibre. Il prenait ensuite un bain chaud, faisait ses ablutions et récitait la prière du soir suivie des deux prières surérogatoires. Enfin, il mettait sur sa tête un bas de femme qu'il avait apporté d'Egypte pour que ses cheveux, le matin, soient souples et flottants et qu'ils recouvrent dans la mesure du possible sa calvitie, qui malheureusement s'élargissait régulièrement. Ainsi s'achevait une journée de la vie de Tarek Hosseïb.

Il éteignait ensuite la lumière et s'allongeait sur son lit du côté droit comme le veut la tradition du Prophète, prière et salut de Dieu sur lui, puis il chuchotait d'une voix pleine de déférence : "Mon Dieu, je me soumets à toi, je tourne mon visage vers toi, je me confie à toi, je place mon dos sous ta protection, par amour et par crainte de toi. Il n'y a ni refuge ni protection contre toi, si ce n'est en toi. Je crois en ton Livre que tu as fait descendre et en ton Prophète que tu as envoyé."

Puis il s'endormait.

*

Plus une machine est précise, plus elle se dérègle facilement. Un seul coup violent suffit à détraquer le plus moderne des ordinateurs. Dimanche dernier, Tarek Hosseïb avait reçu un coup de cette sorte. Pour comprendre ce qui était arrivé, il fallait d'abord savoir comment Tarek se comportait avec les femmes.

Quand un homme est épris d'une femme, il lui fait connaître son affection par des paroles douces, il réjouit son cœur en lui faisant la cour, en la flattant, en la faisant rire ou en la distrayant avec des anecdotes piquantes. Ceci est dans la nature des hommes mais également des animaux. Même dans le monde des insectes, si le mâle veut s'accoupler avec la femelle, il doit d'abord caresser doucement ses antennes jusqu'à ce qu'elle s'adoucisse et se laisse fléchir.

Cette loi de la nature ne s'appliquait malheureusement pas à Tarek Hosseïb. Bien au contraire, quand une belle femme lui plaisait, il se comportait immédiatement avec hostilité à son égard et n'avait de cesse de l'embarrasser et de la vexer. Plus une femme lui plaisait, plus il se montrait dur avec elle.

Pourquoi ? Personne ne le savait. Peut-être pour déguiser une excessive timidité ou parce que son attirance pour une femme lui faisait ressentir une faiblesse qu'il essayait de vaincre par une agressivité dévastatrice. Ou bien parce que, dans sa solitude de vautour, dans son combat forcené pour réussir, il luttait contre tout sentiment susceptible de le détourner de son travail.

Cet étrange trait de caractère avait fait échouer de nombreux projets de fiançailles que Tarek avait d'abord abordés avec de bonnes intentions et qui s'étaient tous terminés par des incidents déplorables. Le dernier cas s'était produit deux ans plus tôt, avant son départ pour Chicago. Il était allé avec sa mère demander en mariage la fille d'un général en retraite. L'entretien avait commencé d'une manière aimable. On avait servi des boissons fraîches et des gâteaux et fait assaut de politesses. La fiancée s'appelait Racha et était diplômée de la section d'espagnol de la faculté des langues. Elle était très belle avec ses longs cheveux noirs et souples. Son sourire ensorceleur laissait voir des dents éclatantes et régulières et deux fossettes de chaque côté de son séduisant visage clair. Quant à son corps, pulpeux, frais et débordant de vie, il envoyait des ondes de sensualité dans l'atmosphère. Tarek perdit alors instantanément tout contrôle de lui-même. Il s'imagina posséder le corps de sa fiancée et en disposer à sa guise et, soudain, l'attraction se transforma en pulsions hostiles qu'il tenta d'abord de maîtriser, sans succès, et qui finirent par l'envahir avec violence.

Le père de la fiancée, comme d'habitude dans ce genre d'occasions, parlait de sa fille avec amour et admiration. Il disait avec fierté :

— Racha est notre fille unique et nous avons fait tout ce qui est en notre pouvoir pour lui offrir la meilleure des éducations. Elle a toujours été inscrite dans des écoles de langues*, depuis le jardin d'enfants jusqu'au baccalauréat.

Tarek le toisa de ses yeux légèrement globuleux, puis lui demanda avec un rictus sarcastique et crispé :

— Pardon, mon pacha, dans quelle école exactement était Mlle Racha ?

Le général se tut un instant, interloqué par la question, puis lui répondit en souriant, toujours disposé à être conciliant :

— L'école Amoun.

A cet instant, Tarek se jeta devant les buts et prit violemment la balle au vol. Il dit avec un léger sourire qu'il donnait l'impression de vouloir dissimuler pour le rendre encore plus vexant :

— Pardon, mon général, l'école Amoun n'a jamais été une école de langues. Amoun est une école expérimentale, c'est-à-dire une école gouvernementale ordinaire avec des frais de scolarité très symboliques.

Le visage du général parut d'abord embarrassé, puis cette gêne fit tout à coup place au dépit. Il entra dans une violente controverse avec Tarek

---

* Les écoles de langues sont des écoles privées appartenant généralement à des ordres catholiques mais accueillant sans distinction de religion des jeunes filles et des jeunes gens. Ces écoles sont le socle de la francophonie égyptienne.

sur la différence entre les écoles expérimentales et les écoles de langues. La mère de Tarek tenta d'intervenir par des propos apaisants. Avec les sourcils ou les lèvres, elle fit à plusieurs reprises discrètement signe à son fils de se taire, mais sa hargne s'était déchaînée et il n'était plus capable de la retenir. Il se mit à démolir avec rudesse les convictions du père de la fiancée, à qui il était décidé à faire subir une défaite écrasante, à qui il voulait faire mordre la poussière. Il soupira, comme s'il en avait vraiment assez de discuter de choses évidentes :

— Avec tout mon respect pour Votre Excellence, ce que vous dites n'est absolument pas vrai. La différence est grande entre l'école Amoun et les écoles de langues. Les écoles de langues ne sont pas très nombreuses, en Egypte. Elles sont réputées et n'importe qui ne peut prétendre y entrer.

— Que voulez-vous dire ? demanda le général, le visage rouge de colère.

Tarek prit son temps avant de décocher le coup fatal :

— Je veux dire ce que j'ai dit. Rien de plus.

Quelques moments de silence s'écoulèrent pendant lesquels le général fit de grands efforts, presque audibles, pour maîtriser sa colère, puis il se tourna vers la mère de Tarek qui était assise à sa gauche et lui dit sur un ton éloquent, tout en bougeant sur sa chaise pour signifier en même temps la fin de la visite et celle des fiançailles :

— Que Dieu vous bénisse, madame, très honoré...

Le retour parut long. Dans le taxi, il y eut un lourd silence entre Tarek et sa mère. Elle avait revêtu ses plus beaux vêtements pour ces fiançailles : un long tailleur bleu marine, un bonnet de la même couleur serti de paillettes.

Elle avait espéré fiancer son fils avant qu'il ne parte pour ses études, mais il avait réagi comme chaque fois. Il avait fait échouer les fiançailles. Elle désespérait de lui faire entendre ses conseils. Elle lui avait souvent dit qu'il était un bon parti et que toutes les filles voulaient de lui, mais que ses manières provocatrices laissaient aux gens l'impression qu'il était agressif et fantasque. Les parents avaient peur de lui pour leurs filles.

Comme s'il devinait ce que sa mère était en train de penser, il lui dit tout à coup :

— Tu as vu, maman, comme ces gens sont menteurs ! Ils disent que l'école Amoun est une école de langues !

Sa mère le fixa du regard, puis lui répondit d'une voix faible :

— Cela n'avait pas d'importance, mon chéri. Il voulait seulement vanter sa fille.

Tarek la coupa vivement :

— Qu'il soit fier de sa fille s'il veut, mais qu'il ne nous mente pas. Quand il dit que l'école Amoun est une école de langues, cela veut dire qu'il nous prend pour des imbéciles. Je ne pouvais pas permettre ça.

*

Ce soir-là, une fois réveillé de sa sieste, Tarek Hosseïb s'était dit qu'il allait terminer ses exercices de statistique avant de descendre faire les courses de la semaine. Il s'était plongé dans les exercices. Son cerveau travaillait comme un forçat. Il notait les chiffres puis vérifiait avec appréhension à la fin du livre, espérant chaque fois que les réponses seraient justes...

Et tout à coup, la sirène d'alarme se déclencha, retentissant dans tous les recoins de la résidence, et une voix s'éleva dans le système interne de communication, prévenant que le bâtiment était menacé d'incendie et appelant les résidents à quitter leurs appartements le plus vite possible. Tarek avait l'esprit saturé de chiffres et il mit un moment à comprendre ce qui se passait. Il bondit alors de sa chaise et se précipita dans les escaliers au milieu des étudiants paniqués. Les pompiers s'étaient déployés de toutes parts et vérifiaient avec soin que tous les étages étaient vides avant d'appuyer sur des boutons spéciaux fixés aux murs, ce qui faisait immédiatement descendre des portes d'acier. Les étudiants s'étaient rassemblés dans le hall d'entrée. Ils étaient en proie à l'émotion, riaient nerveusement et chuchotaient avec anxiété. La plupart étaient descendus en vêtements de nuit, ce qui, en dépit de la gravité de la situation, donna à Tarek l'occasion peu fréquente de contempler les jambes nues des filles. Trois personnes apparurent dans le fond de la salle et peu à peu leurs traits se précisèrent : deux policiers municipaux, l'un blanc, plutôt petit et bedonnant, et l'autre noir, de taille élancée et musclé. Entre eux marchait Cheïma Mohammedi avec sa *galabieh* de coton qu'elle n'avait pas eu le temps de changer. Ils arrivèrent au bureau d'accueil où le policier blanc prit une feuille de papier et lui dit sur un ton officiel et d'une voix forte :

— Mademoiselle, vous allez signer cette déclaration reconnaissant que vous êtes responsable de tous les dommages qui pourraient survenir par la suite, à cause de l'incendie que vous avez provoqué. Il faut que vous signiez également un engagement que cet incident ne se reproduira pas à l'avenir.

Cheïma fixa le visage du policier blanc comme si elle ne comprenait pas, et le policier noir l'interpella d'un air goguenard :

— Excusez, l'amie, je ne sais pas quel genre de cuisine vous mangez dans votre pays, mais je vous conseille de changer votre plat favori parce qu'il a failli mettre le feu à l'université.

Le policier noir se mit à rire sans retenue tandis que son collègue, par courtoisie, dissimulait un sourire. Cheïma se pencha et signa les feuilles en silence. Les policiers échangèrent quelques mots puis se retournèrent et partirent. Peu de temps après, les haut-parleurs informèrent qu'il n'y avait plus de danger et les étudiants commencèrent à remonter dans leurs appartements, tandis que Cheïma restait immobile devant le bureau d'accueil, le visage pâle comme la mort. Elle continuait à trembler et à haleter. Elle essayait de retrouver ses esprits comme si elle venait de se réveiller en sursaut d'un cauchemar. Elle avait l'impression que son âme s'était retirée et que tout ce qui venait de lui arriver n'était pas réel. Elle se sentait tout particulièrement humiliée que le pompier l'ait prise dans ses bras. Il l'avait serrée tellement fort que son dos lui faisait encore mal.

Tarek Hosseïb, immobile, la regardait avec circonspection. Il tourna deux fois autour d'elle, en reconnaissance, comme un animal qui en renifle un autre d'une espèce inconnue. Dès le premier instant, il se sentit attiré par elle et, comme d'habitude, son attirance se transforma en fureur. Il connaissait son nom car il l'avait vue auparavant au département d'histologie, mais il prit plaisir à faire semblant de ne pas la reconnaître. Il s'approcha lentement d'elle et, quand il se trouva juste en face, la toisa du même regard inquisiteur et désapprobateur qu'il jetait sur les étudiants de la faculté de médecine du Caire lorsqu'il les surveillait à l'écrit des examens et lui dit avec dédain :

— Tu es égyptienne ?

Elle hocha la tête d'un geste las et il se mit à la mitrailler de questions :

— Qu'étudies-tu ? Où habites-tu ? Comment as-tu provoqué l'incendie ?

Elle répondit d'une voix faible en détournant le regard. Le silence s'établit un instant et ce fut l'occasion pour Tarek de l'attaquer par surprise :

— Ecoute, sœur Cheïma. Tu es ici en Amérique, tu n'es pas à Tantâ. Il faut que tu te comportes de manière civilisée.

Elle le regarda en silence. Que pouvait-elle lui dire ?

— Ce que tu as fait est la preuve de ta sottise.

Elle chuchota pour lui répondre et lui s'approcha d'elle, sur le qui-vive, prêt à la confondre, à la pulvériser.

4

Le professeur Denis Baker leva la main en signe d'approbation, ce que fit également le docteur Friedman qui compta ensuite les voix d'un regard rapide, puis il se pencha sur ses papiers pour inscrire la décision du conseil d'admettre Nagui Abd el-Samad. La réunion se termina et les professeurs se séparèrent. Raafat Sabet prit sa voiture pour revenir chez lui. Furieux du résultat du vote, il serrait avec force le volant et soupirait avec exaspération. Il se disait que les Egyptiens allaient perturber le département. C'était pourtant vrai. Les Egyptiens n'étaient pas faits pour travailler dans des endroits respectables. Ils avaient trop de défauts : la lâcheté, l'hypocrisie, le mensonge, la fourberie, la paresse, l'incapacité de penser d'une façon ordonnée et, pire que tout cela, l'improvisation et l'à-peu-près.

Cette vision négative de ses compatriotes avait ses racines dans l'histoire personnelle de Raafat Sabet. Il avait quitté l'Egypte pour l'Amérique au début des années 1960, après que Nasser eut nationalisé les usines de fabrication de verre qui appartenaient à son père Mahmoud Pacha Sabet. En dépit de la main de fer du régime à cette époque, il avait pu s'enfuir avec une somme importante qui lui avait permis de commencer sa nouvelle vie. Ensuite, il avait étudié, obtenu son doctorat et enseigné dans plusieurs universités avant de se fixer à Chicago, depuis trente ans maintenant. Il s'y était marié avec Michelle, une infirmière, et avait obtenu la nationalité. Il était devenu complètement américain, ne parlait plus du tout arabe, pensait en anglais qu'il prononçait avec un parfait accent. Mieux encore : il remuait les épaules, bougeait les mains, émettait des sons avec sa bouche en parlant exactement comme les Américains. Le dimanche, il assistait à des matchs de baseball où il était devenu expert au point qu'on lui demandait conseil lorsque éclatait un différend sur les règles du jeu. Il s'asseyait sur les gradins avec sa casquette à l'envers et suivait le jeu avec passion tout en buvant un grand verre de bière qu'il gardait toujours à la main. C'était l'image qu'il aimait de lui-même, celle d'un Américain sur toute la ligne, net, sans mélange et sans tache. Dans les réceptions et dans ses relations sociales, lorsque quelqu'un lui demandait d'où il venait, il répondait immédiatement :

— Je suis de Chicago.

Beaucoup de gens acceptaient simplement cette réponse, mais parfois quelques autres, regardant avec suspicion ses traits arabes, lui demandaient :

— Où étiez-vous avant de venir à Chicago ?

Alors Raafat répétait en secouant les épaules sa phrase préférée, qui était devenue sa devise :

— Je suis né en Egypte, mais j'ai fui l'oppression et l'arriération pour la justice et la liberté.

Cette glorification sans limites de tout ce qui était américain en contrepartie de son mépris de tout ce qui était égyptien expliquait tous ses actes. Comme les Egyptiens avaient des corps avachis et que leur mode de vie n'était pas sain, il veillait à conserver sa sveltesse et à se maintenir en bonne forme physique et, bien qu'il eût atteint soixante ans, il conservait une apparence attractive, une taille élancée, un corps sportif et mince, une peau ferme presque sans rides et des cheveux teints qui laissaient de façon raisonnable et convaincante quelques cheveux blancs sur les tempes et à l'avant de la tête. C'était en vérité un bel homme, d'une élégance aristocratique innée dans ses vêtements et dans ses gestes. Il ressemblait dans une large mesure à Rochdi Abaza*, si ce n'était quelque chose de veule et d'irrésolu qui diminuait en permanence l'attrait de son visage.

Comme il était fier des réalisations de son pays, le docteur Raafat tenait toujours à acquérir les derniers appareils produits en Amérique, à commencer par sa nouvelle Cadillac (dont il avait payé les arrhes avec les émoluments des cours qu'il avait donnés l'hiver précédent à Harvard), le dernier modèle de téléphone portable, un rasoir électrique qui diffusait du parfum, une tondeuse électrique qui coupait l'herbe en musique... Cela lui faisait plaisir, particulièrement en présence des Egyptiens, de faire étalage avec fierté des performances de ces appareils modernes. Il leur demandait ensuite d'un ton caustique :

— Quand l'Egypte sera-t-elle capable de produire de tels appareils ? Dans combien de siècles ?

Ensuite, il éclatait de rire au milieu de la gêne de l'assistance. Lorsqu'un élève égyptien avait un bon résultat, Raafat ne pouvait pas s'empêcher de lui lancer une pique. Il s'approchait de lui, un verre à la main, en lui disant :

— Je te félicite d'avoir obtenu ce résultat en dépit de l'enseignement déplorable que tu as

* Acteur considéré comme un modèle de beauté masculine selon les critères du cinéma égyptien.

reçu en Egypte. Il faut que tu remercies l'Amérique de ce à quoi tu es parvenu.

Depuis les événements du 11 Septembre, Raafat affichait des opinions anti-arabes et anti-islamiques susceptibles d'embarrasser même les Américains les plus extrémistes :

— Les Américains ont le droit d'interdire à n'importe quel Arabe l'entrée de leur territoire jusqu'à ce que la preuve ait été faite qu'il s'agit d'une personne civilisée ne considérant pas que l'assassinat est une prescription religieuse.

C'est pourquoi l'admission de Nagui Abd el-Samad constituait une défaite personnelle pour le docteur Raafat. Il décida toutefois de chasser cette affaire de son esprit, retira sa main droite du volant, appuya sur le bouton du magnétophone pour écouter des chansons qu'il aimait de Lionel Richie et se mit à penser à la soirée paisible qu'il allait passer avec sa femme Michelle et sa fille Sarah. Il se souvint de la bouteille d'excellent whisky Royal Salute qu'il avait achetée plusieurs jours plus tôt et décida de l'ouvrir ce soir où il avait besoin de boire un bon verre.

Un peu plus tard, il arriva chez lui : une maison blanche, élégante, sur deux étages, entourée d'un beau jardin, avec une vaste cour à l'arrière. Son chien Mitza, un berger allemand, l'accueillit en aboyant longuement. Comme d'habitude, il fit le tour de la maison avec sa voiture pour arriver au garage, mais il fut surpris de trouver de la lumière dans la salle à manger, ce qui voulait dire qu'ils avaient un invité. Cela l'étonna, car sa femme ne lui avait pas dit qu'elle attendait quelqu'un pour le dîner. Il appuya sur la télécommande qui ferma automatiquement les portes de la voiture et celles du garage, puis il tira le loquet pour s'assurer qu'il était bien fermé. Il marcha lentement vers la maison en essayant de deviner qui cela pouvait être. Il caressa rapidement Mitza, puis entra par la porte latérale et traversa avec précaution le vestibule. Sa femme entendit son pas sur le parquet et se précipita vers lui. Elle lui donna un baiser sur la joue en lui annonçant jovialement :

— Viens vite, nous avons une bonne surprise.

Lorsqu'il entra dans la salle à manger, Jeff, l'ami de sa fille, se trouvait à ses côtés. C'était un garçon d'environ vingt-cinq ans, maigre, le visage pâle. Il avait de beaux yeux bleus et des lèvres minces et serrées. Ses souples cheveux châtains lui tombaient dans le dos en une longue tresse. Il portait un tee-shirt blanc, des jeans bleus constellés de taches de couleur et de vieilles sandales laissant voir des doigts de pied sales. Jeff se leva pour serrer la main de Raafat tandis que l'on entendait en arrière-plan la voix de Michelle :

— Jeff vient de terminer un nouveau tableau, ce soir, et il a décidé que nous serions les premiers à le voir. N'est-ce pas merveilleux ?

— Superbe ! Bienvenue, Jeff, répondit Raafat en jetant un coup d'œil sur sa femme qui s'était coiffée, maquillée et avait mis son pantalon de velours.

Jeff s'avança pour le saluer et lui dit en riant :

— Permettez-moi d'être franc avec vous, Raafat. Votre opinion m'importe, naturellement, mais quand j'ai terminé mon nouveau tableau j'ai seulement pensé à une chose : que Sarah soit la première à le voir.

— Merci, murmura Sarah en serrant sa main dans la sienne et en regardant avec admiration son beau visage. Michelle lui demanda alors, comme s'ils se trouvaient dans une émission télévisée :

— Dis-moi, Jeff, que ressent un artiste lorsqu'il vient de terminer une nouvelle œuvre ?

Jeff releva lentement la tête, regarda le plafond, ferma les yeux, se tut un instant, tendit les bras en avant comme s'il allait étreindre le monde, puis déclara d'un ton rêveur :

— Je ne sais pas comment décrire cela. Lorsque je donne le dernier coup de pinceau, c'est le plus beau moment de ma vie.

Ses paroles firent une grande impression sur les deux femmes qui le regardaient avec passion et admiration. Puis Michelle demanda :

— Qu'en penses-tu, Raafat ? Nous passons à table tout de suite ou nous regardons le tableau ?

Raafat avait faim, mais il répondit calmement :

— Comme vous voulez.

Sarah applaudit et cria joyeusement :

— Je ne peux pas attendre un instant de plus avant de voir le tableau.

— Moi non plus, ajouta Michelle en riant et en entraînant Raafat par la main vers un coin de la pièce.

Jeff avait posé le tableau sur un chevalet et l'avait recouvert d'un tissu blanc brillant. Ils se mirent tous devant, puis Jeff s'avança, tendit la main et découvrit le tableau en enlevant le morceau de tissu d'un rapide mouvement théâtral.

Michelle et Sarah s'écrièrent :

— Ah, c'est merveilleux, merveilleux !

Sarah se retourna, se dressa sur la pointe des pieds et embrassa Jeff sur les deux joues. Pendant ce temps, Raafat regardait le tableau et hochait lentement la tête comme s'il faisait des efforts pour comprendre. Le tableau était entièrement peint en bleu sombre avec trois grandes taches jaunes au milieu et, en haut, à gauche, un seul trait de couleur verte, presque invisible dans l'obscurité du fond. Sarah et sa mère se répandaient en éloges emphatiques tandis que Raafat restait silencieux. Michelle lui demanda d'une voix douce, non dépourvue de reproches :

— Est-ce que tu n'aimes pas cette toile admirable ?

— J'essaie de comprendre. J'ai des goûts un peu traditionnels.

— Que voulez-vous dire ? l'interrogea Jeff, le visage soudain contrarié.

Raafat répondit sur le ton de quelqu'un qui cherche à se justifier :

— A vrai dire Jeff, je préfère la manière ancienne de peindre parce que je la comprends mieux. J'aime que l'artiste peigne un beau visage, par exemple, ou un paysage naturel. Quant au style contemporain, franchement, je ne le comprends pas.

— Je regrette que votre compréhension de l'art soit aussi primitive. J'attendais mieux de vous. Vous avez étudié en Amérique ! L'art ne se comprend pas avec l'intelligence. On y a accès par les sens. A ce propos, Raafat, je vous prie de ne pas employer devant moi le mot peindre. Cela me rend nerveux. La peinture, nous l'apprenons à l'école primaire. Les arts plastiques sont bien au-dessus de tout cela.

Une soudaine véhémence s'était emparée de Jeff. Il respira profondément et détourna le visage avec désapprobation, puis regarda à nouveau les deux femmes en s'arrachant un sourire pour donner l'image de l'artiste qui vient de subir un violent affront mais qui, pétri de tolérance, a décidé d'oublier l'offense.

Cela impressionna Michelle qui rabroua vivement son mari :

— Si tu ne comprends pas l'art, Raafat, il vaut mieux que tu n'en parles pas.

Raafat sourit et ne répondit pas. Peu de temps après, ils étaient tous assis à table, Jeff à côté de Sarah et Raafat à côté de Michelle qui avait ouvert en l'honneur de son cher invité une bouteille de vin italien. Les deux amoureux s'isolèrent dans une conversation intime à voix basse tandis que Michelle les couvait du regard avec une évidente satisfaction. Raafat dit à voix haute :

— Michelle, est-ce que les problèmes sont terminés au centre de santé ?

— Oui, répondit-elle laconiquement.

Il était visible qu'elle n'avait pas envie de parler de ce sujet, mais Raafat poursuivit en s'adressant aux amoureux pour les détourner de leur flirt :

— Ecoutez cette histoire insolite. Vous savez que Michelle travaille au centre de Chicago dans une maison de santé pour malades au stade terminal. La mission de cette institution est d'aider les malades qui n'ont plus d'espoir de guérison, ceux qui attendent la mort.

— Comment les aide-t-elle ? demanda Jeff à demi intéressé.

Raafat lui répondit avec empressement :

— Le but du centre de santé est de rendre l'idée de la mort acceptable et non douloureuse pour les agonisants. On fait venir des hommes de religion ou des psychologues qui leur parlent jusqu'à ce que disparaisse la peur d'affronter la mort. Bien sûr, les clients de la clinique sont tous riches. La semaine dernière a eu lieu un épisode singulier concernant un malade millionnaire dont le nom est…

— Shields, Stewart Shields, murmura Michelle tout en continuant à mastiquer sa viande.

Raafat poursuivit :

— M. Shields était sur le point de mourir, et l'administration du centre de santé avait informé ses enfants qui étaient venus en avion de Californie pour assister à sa mort et s'occuper des formalités de l'enterrement.

Mais, dès qu'ils furent arrivés, la santé de leur père s'améliora subitement et il surmonta la crise. Cette situation se reproduisit deux fois. Savez-vous ce qu'ont fait les enfants du millionnaire Shields ? Ils ont envoyé un avertissement par voie de justice au centre de santé. Ils ont dit que son système de pronostic médical souffrait de graves défaillances, que chaque fois ils abandonnaient leur travail et subissaient la fatigue du voyage pour assister à la mort de leur père, mais qu'ils avaient la surprise de trouver leur père bien vivant. Ils ont prévenu le centre de santé que si cela se reproduisait à l'avenir ils demanderaient une grosse indemnisation pour le temps et l'argent qu'on leur avait fait perdre… Que pensez-vous de cette anecdote ?

— Très amusante, répondit Jeff en se moquant.

Il bâilla ostensiblement et Sarah éclata de rire.

Raafat ignora le sarcasme et poursuivit :

— Pour la mentalité orientale, ce comportement est une forme de reniement de la part des enfants, mais moi, j'y vois un signe du respect du temps dans la société américaine.

Personne ne répondit à Raafat et les deux amoureux s'isolèrent à nouveau dans leurs chuchotements. Jeff dit quelques mots à l'oreille de Sarah qui sourit en rougissant tandis que Michelle était absorbée par la découpe d'un morceau de viande. Raafat se leva et s'essuya les lèvres avec sa serviette, un vague sourire aux lèvres :

— Excuse-moi, Jeff, je dois rejoindre mon bureau. J'ai du travail à faire. Je te verrai à la fin de la semaine pour reprendre notre conversation sur l'art.

Raafat agita la main en signe d'adieu et monta l'escalier de bois jusqu'à l'étage supérieur. Dès qu'il eut fermé la porte du bureau derrière lui, il se dirigea vers l'armoire à côté de la fenêtre, en sortit une bouteille de whisky neuve et se servit un verre avec de la glace et du soda, puis il s'assit sur un fauteuil à bascule et se mit à boire à petites gorgées. Il en ressentait agréablement les premières morsures. Il n'avait aucun travail à faire et leur avait menti, parce qu'il ne supportait pas plus longtemps la compagnie de Jeff. Mon Dieu, comment une fille intelligente et douée comme Sarah avait-elle pu se lier à ce personnage insipide ? Comment ce Jeff pouvait-il avoir autant confiance en lui ? C'était un raté qui avait abandonné le lycée et fui sa famille. Il avait même été renvoyé de la station-service où il avait travaillé. Il vivait maintenant dans le quartier d'Oakland avec les clochards et les criminels. Ce n'était qu'un chômeur qui se prenait pour un artiste avec un culot inimaginable ! Raafat avait essayé d'entamer la conversation, par politesse à l'égard d'un invité, mais il s'était moqué de lui, lui avait bâillé au nez. Quel voyou ! Qu'est-ce que Sarah pouvait bien lui trouver ? Il était sale, ne se lavait qu'aux grandes occasions. Comment cela ne la dégoûtait-elle pas quand il l'embrassait ? Il éclaboussait ses tableaux n'importe comment, ces deux idiotes de femmes le prenaient pour un génie et, comme si cela ne lui suffisait pas, il voulait lui donner des leçons d'art ! Quel impudent ! se disait Raafat en souriant avec amertume tout en se versant un second verre. Peu à peu l'alcool soulagea son irritation. Il se sentit détendu. Il ferma les yeux et avala une gorgée avec délectation… lorsque, soudain, la porte s'ouvrit violemment devant Sarah et Michelle, debout devant lui, prêtes à bondir.

— Quel est ce travail pour lequel tu nous as quittés ? l'interrogea Michelle.
— J'ai fini.
— Tu mens !
Il regarda sa femme en silence puis lui demanda d'un air excédé :
— Où est passé Jeff ?
— Il est parti.
— Aussi vite ?
— C'était normal qu'il s'en aille après ce que tu lui as fait. Il a sa susceptibilité comme tout le monde. Est-ce que tu sais qu'il avait attendu plus d'une heure pour dîner avec toi ?

Raafat baissa la tête et se mit à remuer son verre pour faire fondre la glace. Il était décidé à éviter la confrontation dans la mesure du possible, mais son silence redoubla la colère de Sarah qui s'approcha de lui, tapa sur la table en faisant violemment vaciller un vase de fleurs et se mit à crier sur un ton qui lui parut hystérique et extravagant :

— Ce n'est pas correct de te comporter avec mon ami de cette façon !
— Je n'ai rien fait d'incorrect. C'est lui au contraire qui a débarqué chez nous sans y être invité.
— Jeff est mon ami. J'ai le droit de le recevoir n'importe quand.
— Sarah, s'il te plaît, ça suffit. Je suis fatigué. Je veux dormir. Bonne nuit, répondit Raafat en se levant et en se dirigeant vers la porte.

Mais Sarah le poursuivit de ses cris :
— Ne t'enfuis pas. Je ne te permettrai jamais d'humilier mon ami. Il est venu gentiment nous présenter son nouveau tableau et le résultat, c'est que toi, tu l'as méprisé. Mais tu n'auras plus

l'occasion de le faire. Je t'ai réservé une bonne surprise. Tu veux savoir ?

*

Le soldat combat ses ennemis avec acharnement, il souhaite tous les exterminer, mais s'il lui était possible, une seule fois, de passer de l'autre côté et de circuler dans leurs rangs, il trouverait que ce sont des gens normaux, comme lui. Il en verrait un en train d'écrire une lettre à sa femme, un autre regardant des photographies de ses enfants, un troisième se rasant la barbe en fredonnant. Que penserait alors ce soldat ? Peut-être croirait-il qu'il avait été trompé lorsqu'il combattait ces gens sympathiques et qu'il devrait changer de point de vue à leur sujet, ou bien peut-être penserait-il que tout ce qu'il avait vu n'était qu'une apparence trompeuse et que toutes ces personnes paisibles, dès qu'elles retrouveraient leurs postes de combat et qu'elles brandiraient leurs armes, redeviendraient des criminels qui massacrent ses proches et humilient son pays. Moi aussi, je ressemble à ce soldat.

Je suis maintenant dans cette Amérique que j'ai longtemps combattue. J'ai crié des slogans appelant à sa mort. J'ai brûlé son drapeau dans des manifestations. L'Amérique responsable de la misère et des maux de millions de personnes dans le monde, l'Amérique qui aide Israël, qui l'arme, qui lui permet de tuer des Palestiniens et de s'emparer de leur terre, l'Amérique qui, pour défendre ses intérêts, soutient tous les régimes corrompus et tyranniques du monde arabe, cette Amérique maléfique, je la vois maintenant de l'intérieur et je suis pris par le même désarroi que ce soldat. La même interrogation me harcèle : ces Américains sympathiques qui se comportent aimablement avec les étrangers, qui vous sourient en face, qui vous saluent lorsqu'ils vous rencontrent, qui vous aident et qui, depuis le pas de leur porte, vous montrent le chemin, qui vous remercient chaleureusement pour la moindre raison, sont-ils au courant de la monstruosité des crimes contre l'humanité que commet leur gouvernement ?

J'ai écrit le paragraphe précédent pour commencer mon récit, puis je l'ai effacé. Il ne me plaisait pas. J'ai décidé d'écrire avec simplicité ce que je ressentais. Je ne publierai pas ces pages et personne en dehors de moi ne les lira. J'écris pour moi, pour enregistrer ce tournant dans ma vie. Je suis maintenant transporté de mon ancien monde, le seul que j'ai connu jusqu'ici, jusqu'à un monde nouveau, stimulant, plein d'aléas et de promesses.

Je suis arrivé ce matin à Chicago. Je suis descendu de l'avion et j'ai attendu dans une longue file avant d'arriver au policier des frontières qui a examiné à deux reprises mes papiers et m'a posé plusieurs questions d'un air hostile et suspicieux, avant de tamponner mon passeport et de me laisser entrer. J'avais à peine fait quelques pas dans le hall que j'ai aperçu mon nom écrit en anglais sur une pancarte portée par un homme dans la soixantaine, aux traits égyptiens, à la belle peau sombre, complètement chauve et portant des lunettes d'argent qui donnaient à son visage un caractère officiel. Il était vêtu avec un chic et une harmonie qui révélaient son bon goût : un pantalon de velours sombre, une légère veste grise, une chemise blanche à col ouvert et des souliers de sport noirs. Il s'approcha de moi, qui tirais mes deux valises. Son visage s'éclaira :

— Vous êtes Nagui Abd el-Samad ?

Je hochai la tête et il me serra la main avec force en s'exclamant avec chaleur :

— *Bienvenu à Chicago ! Je suis Mohamed Saleh, professeur au département d'histologie dans lequel vous allez étudier.*

A la fin de la phrase, je commençai à noter un léger accent dans sa façon de parler arabe. Je le remerciai vivement et lui dis que j'appréciais l'honneur qu'il me faisait en laissant sa famille un jour de congé pour venir m'accueillir. Il agita la main devant son visage à la façon américaine, comme s'il chassait une mouche, ce qui voulait dire que l'affaire ne méritait pas de remerciements. Il tenta de m'aider à porter mes valises vers la voiture, mais je refusai en le remerciant. Il me dit en mettant le moteur en route :

— *Nous autres, Egyptiens, nous apprécions l'affabilité et les sentiments chaleureux. Lorsque nous voyageons, même sur une courte distance, nous aimons que quelqu'un nous attende, n'est-ce pas ?*

— *Merci beaucoup, docteur.*

— *Cela fait partie des attributions du maire.*

Je le regardai avec hésitation, mais il éclata de rire et me dit jovialement tout en tournant le volant :

— *Les Egyptiens m'ont surnommé le maire de Chicago, et je fais tout mon possible pour ne pas perdre ce titre.*

— *Vous êtes à Chicago depuis longtemps ?*

— *Trente ans.*

— *Trente ans ? répétai-je avec étonnement.*

Le silence se fit pendant quelque temps puis il me dit d'un ton différent :

— *Normalement, c'est le président de l'Union des étudiants égyptiens d'Amérique qui aurait dû vous accueillir, mais il s'est excusé... Il avait des*

engagements. Il était étudiant avec vous à l'université du Caire...
— *Comment s'appelle-t-il ?*
— *Ahmed Danana ?*
— *Ahmed Abd el-Hafez Danana ?*
— *Je crois que c'est son nom complet. Vous le connaissez ?*
— *Tous les anciens étudiants de Qasr el-Aïni le connaissent. C'est un agent de la Sécurité d'Etat.*

Le docteur Saleh se tut et eut l'air embarrassé. Je regrettai ce que je venais de dire :
— *Je suis désolé, docteur, mais pendant la deuxième guerre du Golfe ce Danana a été la cause de mon arrestation ainsi que de celle de nombre de mes condisciples.*

Il resta silencieux, les yeux fixés sur la route, puis il dit :
— *Même si cela est vrai, je vous conseille de l'oublier. Il faut que vous commenciez votre parcours académique, débarrassé de toutes vos anciennes querelles.*

J'allais lui répondre, mais il me devança pour changer de sujet :
— *Comment trouvez-vous Chicago ?*
— *Grande et belle.*
— *Chicago est une ville extraordinaire, mais on est injuste à son égard. Elle a la réputation d'être une ville de gangsters alors qu'en réalité c'est un des plus grands centres de culture d'Amérique.*
— *Il n'y a pas de gangsters ?*
— *Dans les années 1920 et 1930, la mafia y était très active – au temps d'Al Capone. Maintenant, il y a des gangsters à Chicago comme dans n'importe quelle ville américaine, mais Chicago est plus sûre que New York, par exemple. Au moins, ici, les endroits dangereux sont connus,*

tandis qu'à New York le danger est partout. Des hommes en armes peuvent vous attaquer n'importe où. Voulez-vous que je vous fasse faire un tour ?

Il n'attendit pas ma réponse et sortit de l'autoroute. Pendant une demi-heure, il me fit passer devant la tour Sears et la tour de l'Eau*, puis il passa lentement près du musée d'Art moderne, pour que je puisse contempler la statue offerte par Pablo Picasso. Lorsque nous passâmes en voiture sur la rive du lac, il me fit un signe de la main :

— Le grand parc. Est-ce que cet endroit ne vous rappelle pas la corniche d'Alexandrie ?

— Vous pensez toujours à l'Egypte ?

Il sourit :

— Bien sûr, quand l'occasion se présente. Que se passe-t-il en Egypte, ces jours-ci ? Ce que je lis dans les journaux m'inquiète.

— Au contraire, ces événements rendent optimiste. Les Egyptiens se sont réveillés et ont commencé à réclamer leurs droits. Le régime corrompu est fortement ébranlé. Je crois que ses jours sont comptés.

— Vous ne croyez pas que les manifestations et les grèves vont conduire le pays à l'anarchie ?

— Nous ne pourrons pas parvenir à la liberté sans en payer le prix.

— Vous croyez que les Egyptiens sont capables de pratiquer la démocratie ?

— Que voulez-vous dire ?

— Je veux dire que la moitié des Egyptiens sont analphabètes. Est-ce qu'il ne vaut pas mieux concentrer ses efforts pour leur apprendre à lire et à écrire ?

— L'Egypte a eu le plus ancien parlement du Moyen-Orient. D'ailleurs, l'analphabétisme n'est

---

* Deux bâtiments emblématiques de Chicago.

pas en contradiction avec la pratique de la démocratie, comme le prouve le succès de la démocratie en Inde malgré l'analphabétisme. Les hommes n'ont pas besoin d'un diplôme universitaire pour savoir que leurs dirigeants sont corrompus et tyranniques. Et si nous voulons venir à bout de l'analphabétisme, il faut que nous ayons un régime politique juste et compétent.

Une fois de plus, je me rendis compte que mes propos l'embarrassaient. Il ramena la voiture sur la voie rapide et me dit :

— *Vous devez être fatigué par le voyage. Il faut que vous vous reposiez. Nous aurons plus tard le temps de visiter Chicago. Nous nous dirigeons maintenant vers l'université. Souvenez-vous de la route.*

— *Je vais essayer, mais je n'ai pas beaucoup le sens de l'orientation.*

— *Vous ne pouvez pas vous tromper à Chicago. Les rues se croisent à angle droit. Il suffit que vous connaissiez le numéro de n'importe quel bâtiment pour y arriver facilement.*

Nous parcourûmes le centre commercial de l'université et il m'aida à acheter des produits d'épicerie. Il me dit gentiment :

— *Si vous voulez de la purée de fèves*, il y en a des boîtes au bout du rayon.*

— *Est-ce que les Américains mangent des fèves et de la* taamieh** *comme nous ?*

---

* En arabe, *foul moudammes*. Des fèves mijotées à l'égyptienne.
** Appelé *falafel* au Liban. Ce sont des boulettes végétales frites dans l'huile.

— *Non, bien sûr, mais il y a un émigré palestinien qui en produit ici. Vous voulez essayer ?*
— *J'ai mangé de telles quantités de fèves en Egypte que cela me suffit jusqu'au jour du Jugement dernier.*

Lorsqu'il riait, son visage prenait un air bienveillant.

Nous arrivâmes à la résidence universitaire. C'était un grand bâtiment entouré d'un vaste jardin. Une employée du bureau d'accueil nous souhaita la bienvenue. Il était visible que c'était une amie du docteur Saleh parce qu'elle lui demanda des nouvelles de sa famille. Elle cliqua sur mon nom sur l'écran de l'ordinateur et tous les renseignements apparurent : appartement 407, quatrième étage. Elle me tendit la clef en souriant. Je dis adieu au docteur Saleh et le remerciai à nouveau, puis je pris ma valise et montai jusqu'à l'appartement. Je fermai la porte derrière moi et me déshabillai. Il faisait chaud et je restai en sous-vêtements. Dès que j'aperçus le lit, j'y tombai comme un cadavre. Je plongeai dans un sommeil profond et ne me réveillai pas avant l'après-midi. L'appartement se composait d'une chambre à coucher, d'une salle de bains et d'une cuisine ouverte sur une salle de séjour à peine assez grande pour une table et deux sièges. L'espace était réduit mais l'endroit propre. Ses papiers peints, son épaisse moquette et ses lampes à éclairage indirect lui donnaient un aspect occidental élégant, comme ce que l'on voit dans les films étrangers. Je pris un bain chaud et me préparai du café, puis allumai une cigarette. Il se passa alors quelque chose d'étrange. Je fus tout à coup submergé de pensées obscènes. Une excitation sexuelle débordante m'envahit, tellement forte et pressante qu'elle en était presque douloureuse. Je me sens un peu honteux en écrivant cela. C'était peut-être la conséquence de *l'euphorie que je ressentais au moment de commencer une vie nouvelle en Amérique, ou bien était-ce l'air pur que je respirais sur les bords du lac Michigan, ou bien peut-être aussi l'atmosphère calme de l'appartement, sa douce pénombre, le silence d'un jour de vacances qui me ramenaient des images de vendredi matin dans l'appartement de Gizeh, témoin de mes aventures. Je ne sais pas. J'essayai de lutter contre le désir en pensant à autre chose, mais j'échouai. Je me levai du lit et décrochai le téléphone pour demander à l'employée du bureau d'accueil si j'avais le droit de recevoir une amie dans mon appartement. Elle rit et me dit gaiement :*

— Bien sûr, vous en avez le droit. Vous êtes dans un pays libre, mais le règlement interdit que votre amie passe la nuit avec vous. Elle doit partir avant dix heures du soir.

Les propos de l'employée redoublèrent mon excitation. Je me levai et me préparai un sandwich au thon, puis j'ouvris la bouteille de vin que j'avais achetée dans l'avion. Je commençai à boire lentement tout en feuilletant l'annuaire du téléphone. Je savais que la prostitution était interdite à Chicago, mais je me rendis tout à coup compte qu'elle y portait un autre nom. Je trouvai dans l'annuaire des annonces pour de belles femmes proposant des "massages spéciaux". Je me dis que c'était exactement cela que je voulais. J'écartai les grandes publicités dont je supposai qu'elles devaient être hors de prix. Je choisis la plus petite d'entre elles et j'appelai. L'écouteur collé à mon oreille, sous le coup de l'émotion, j'entendais très forts et très rapides les battements de mon cœur. La voix douce et ensommeillée d'une femme parvint à mon oreille. On aurait dit qu'elle venait de se réveiller :

— Qu'y a-t-il pour votre service ?

Je lui répondis précipitamment :
— Je veux une belle femme pour me masser.
— Cela vous coûtera deux cent cinquante dollars l'heure.
— C'est trop cher, je suis étudiant et je n'ai pas beaucoup d'argent.
— Comment t'appelles-tu ?
— Nagui, et toi ?
— Moi, c'est Douna. D'où viens-tu ?
— D'Egypte.
Elle s'écria avec enthousiasme :
— L'Egypte ? Ah comme je l'aime ! Je rêve d'aller un jour aux pyramides, de monter sur un chameau et de voir des crocodiles dans le Nil. Dis-moi, Nagui, ressembles-tu à Anouar al-Sadate ? Il était très beau.
— Tout à fait. Je ressemble tellement à Anouar al-Sadate que beaucoup de gens pensent que je suis son fils. Comment le savais-tu ?
— C'était une simple supposition. Que fais-tu en Amérique ?
— J'étudie à l'université de l'Illinois. Ecoute-moi, je t'inviterai l'hiver prochain à passer des vacances en Egypte. Qu'en penses-tu ?
— C'est le rêve de ma vie.
— Je te le promets, mais, mon amie, je ne peux pas payer deux cent cinquante dollars une heure d'amour.
Elle resta un moment silencieuse puis me dit à voix basse :
— Je vais faire un effort, Nagui. Raccroche le téléphone et appelle-moi dans cinq minutes.
Douna raccrocha soudainement et la tonalité du téléphone tinta dans mon oreille. L'inquiétude s'empara de moi : pourquoi avait-elle ainsi mis fin à la conversation ? De quoi avait-elle peur ? Est-ce qu'elle était surveillée par la police ? Avaient-ils

enregistré mon numéro de téléphone ? Est-ce qu'ils allaient m'arrêter en m'accusant d'être entré en relation avec un réseau de prostitution ? Quel beau début pour une mission scientifique de bon augure ! L'angoisse s'empara de moi. Je commençais à regretter cette aventure, mais je n'étais pas capable de revenir en arrière. Au bout de cinq minutes, je la rappelai. Elle me dit :

— Je te fais une proposition en dehors de ma société. Au lieu de deux cent cinquante dollars, je viendrai moi-même pour seulement cent cinquante dollars l'heure.

J'hésitai un peu et elle me dit en riant :

— C'est une proposition spéciale de la part de Douna parce que tu es un bel Egyptien comme Sadate. Si j'étais à ta place, j'accepterais immédiatement.

— Tu me feras bien jouir ?

— Je t'emmènerai au paradis.

— D'accord.

Je lui donnai le numéro de l'appartement et lui fixai un rendez-vous à sept heures. Avant de raccrocher, elle me chuchota d'une voix craintive :

— Ton numéro a été enregistré par la société. Quelqu'un va te demander pourquoi tu as renoncé à faire venir une femme. Dis-lui que tu as changé d'avis, que tu es fatigué et que tu appelleras demain. Je t'en prie, ne leur dis pas que nous nous sommes mis d'accord. Je pense que tu n'as pas envie de me nuire.

Comme elle me l'avait dit, un homme m'appela. Je lui répondis comme elle me l'avait conseillé. A sa voix, il ne semblait pas convaincu, mais il me remercia et raccrocha. L'inquiétude s'empara à nouveau de moi, mais mon violent désir qui avait maintenant redoublé sous l'influence de l'alcool me fit tout oublier en dehors *d'elle, même les cent cinquante dollars que je devais lui payer et qui allaient mettre à mal mon budget. Je n'avais plus que Douna dans mon esprit, la belle femme avec qui j'allais faire l'amour. A quoi pouvait-elle ressembler ? Serait-elle blanche de peau et bien en chair, avec des fesses rebondies et une poitrine plantureuse, comme Monica, la maîtresse de Clinton ? Ou bien mince, avec l'allure d'une Parisienne et un visage de moineau rêveur, comme Julia Roberts ? Quand bien même elle ressemblerait à Barbra Streisand, avec son nez un peu trop long et son corps osseux au lieu d'être arrondi et bien profilé, je m'en contenterais, je ne m'arrêterais pas à ces petits défauts sans importance. Que Dieu soit glorifié pour avoir créé cent formes de beautés différentes !*

Une heure avant le rendez-vous, je commençai à me préparer. Je pris un nouveau bain et me lavai avec soin, puis j'enfilai sur mon corps nu une robe de chambre en soie, comme celles que portent les femmes dans les films égyptiens.

J'écris maintenant en "buvant à grands traits*" du vin (comme disent les poètes arabes). Il ne reste plus que quelques minutes avant le rendez-vous et j'attends, plus brûlant que la braise, ma bien-aimée Douna. On sonne à ma porte. Ma bien-aimée est à l'heure. Y a-t-il quelque chose de plus beau au monde ? Je me lève pour ouvrir la porte.

Ah mes amis, quel bonheur !

---

* L'auteur emploie ici un verbe que l'on trouve fréquemment sous la plume des poètes de l'époque abbasside – comme Abû Nuwâs – qui chantaient le vin et le sexe.

5

Dès que le métro s'arrêta, ses portes s'ouvrirent et les passagers des fins de semaine en jaillirent en se bousculant : de jeunes amoureux qui s'étreignaient, des mendiants avec leurs instruments de musique qui prenaient immédiatement place sur le quai pour jouer, des ivrognes errant d'un bar à l'autre depuis la veille, des touristes européens armés de cartes et de guides touristiques, de jeunes Noirs dansant au rythme de la musique assourdissante qui sortait de leurs énormes lecteurs de cassettes, des familles américaines typiques – le père, la mère et les enfants – revenant d'une journée dans les jardins publics... Dans les encoignures se tenaient des policiers en tenue, aux corps massifs, avec sur la poitrine – comme s'ils y puisaient leur force – l'inscription : "Police de Chicago." A leurs côtés, leurs chiens dressés levaient le nez en l'air pour renifler l'odeur de la drogue. Dès qu'ils aboyaient en direction d'un passager, les policiers se jetaient sur lui, l'immobilisaient, le poussaient contre le mur, découvraient sa poitrine si c'était un Noir, pour voir s'il portait un tatouage signalant qu'il était dangereux, le fouillaient jusqu'à ce qu'ils découvrent la drogue, puis l'arrêtaient.

Au beau milieu de cette scène typiquement américaine, Ahmed Danana avait l'air complètement incongru. On aurait dit qu'il venait d'apparaître tout à coup d'une lampe magique ou d'une machine à remonter le temps ou que c'était un acteur sorti se promener dans la rue en costume de théâtre. Il avait les traits d'un paysan égyptien avec une triple *zbiba** au front, des cheveux poivre et sel, très frisés, une grosse tête, d'épaisses lunettes rondes aux verres en cul-de-bouteille, légèrement bleutées, qui laissaient filtrer, de façon déconcertante pour ses interlocuteurs, un regard rusé à travers leur prisme télescopique. Il avait toujours à la main un chapelet** et portait, été comme hiver, un complet-veston qu'il avait fait venir d'Egypte, par souci d'économie, en même temps que ses cartouches de cigarettes Cleopatra Super.

Danana marchait dans les rues de Chicago comme il avait appris à le faire, à l'heure de la prière de l'après-midi, sur les chemins agricoles du village de Shouhada, dans la province de Menoufieh, d'où il était originaire. Qu'il fût pressé ou non, il progressait d'un pas sûr et lent, en jetant autour de lui des regards pleins d'un mélange de hauteur et de défiance. Il lançait avec assurance le pied droit, suivi du pied gauche et avançait, le dos raide, son gros ventre en avant, produit de toute la graisse qu'il ingurgitait au dîner.

C'est ainsi qu'Ahmed Danana, dans ses fonctions de président de l'Union des étudiants égyptiens d'Amérique, fondait la crainte révérencielle qui l'entourait.

---

* Marque de piété causée par le frottement du front sur le tapis de prière.
** La *misbaha*, en égrenant laquelle on récite les quatre-vingt-dix-neuf noms de Dieu.

L'Union avait été créée à l'époque de Gamal Abdel Nasser et de nombreux étudiants s'étaient succédé à sa tête. A leur retour en Egypte, tous avaient par la suite occupé des postes importants dans l'appareil d'Etat, mais Danana était le seul qui soit parvenu à être élu président de l'Union à l'unanimité trois fois de suite. Il bénéficiait par ailleurs de plusieurs autres privilèges : cela faisait sept ans qu'il préparait son doctorat en histologie alors que la limite maximale pour les boursiers était de cinq ans. Il était parvenu à contourner le règlement en se fondant sur le fait qu'il avait passé deux ans à apprendre l'anglais, puis deux autres années à étudier la sécurité industrielle à l'université de Loyola, avant de commencer son cursus doctoral à l'université de l'Illinois. Bien que la loi interdise aux boursiers égyptiens de travailler, il avait réussi à obtenir un emploi à mi-temps en échange d'un salaire intéressant qu'il touchait en dollars et qu'il faisait virer sur un compte connu de lui seul à la banque Ahli.

Grâce à ses relations et à l'appui de l'ambassade, il avait pu organiser à Chicago un récital du chanteur Amr Diab qui lui avait procuré de gros bénéfices s'ajoutant à ses économies. Tout cela avait constitué une somme importante qui lui avait permis d'épouser, l'année précédente, la fille d'un riche commerçant, propriétaire d'un grand magasin d'installations sanitaires à Roueiei*.

Tous ces privilèges provenaient de ses liens étroits avec l'appareil d'Etat égyptien. Les étudiants le considéraient plus comme leur chef que comme leur compagnon d'études. Il était plus vieux qu'eux et son air compassé le faisait

---

* Ancien quartier populaire plein d'authenticité du centre du Caire, près de la place Ataba.

davantage ressembler à un directeur général de l'administration qu'à l'étudiant en sciences qu'il était en fait. Il avait un pouvoir absolu sur tous les aspects de leur existence. Cela commençait par les journaux égyptiens qu'il leur distribuait gratuitement, cela passait par son extraordinaire capacité à aplanir les difficultés qu'ils pouvaient rencontrer, cela se concrétisait enfin par le pouvoir qu'il avait de leur infliger des châtiments effrayants. Il suffisait d'un simple rapport de sa part – immédiatement couvert par l'ambassade d'Egypte – pour que soit décidée au Caire la suppression de la bourse de l'étudiant fautif.

Danana franchit la porte de la station pour sortir dans la rue et entra aussitôt dans un bâtiment voisin. Il salua la vieille concierge noire assise derrière sa vitre de protection, prit l'ascenseur jusqu'au quatrième étage et ouvrit la porte de l'appartement. Le local n'avait pas été utilisé depuis une semaine et il fut accueilli par une odeur de renfermé. Dans la petite salle, il y avait un long canapé, quelques fauteuils de cuir et, sur le mur, une photographie de M. le président de la République, sous laquelle était accroché le verset du Trône, en lettres dorées, ainsi qu'un panneau en langue arabe – le texte en minuscules de couleur bleue avec un titre calligraphié : Union des étudiants égyptiens d'Amérique, règlement intérieur. Au fond du couloir, se trouvaient deux petites pièces mitoyennes. La première servait de bureau à Danana, et la deuxième était une salle de réunion au centre de laquelle une longue table entourée de sièges exhalait une odeur de vieux bois comme celle que dégagent les amphithéâtres et les salles de classe en Egypte. D'ailleurs, cet appartement tout entier, en dépit du fait qu'il se trouvait à Chicago, avait acquis d'une manière mystérieuse un cachet gouvernemental égyptien qui rappelait le Mougamma* de la place Tahrir ou le tribunal de Bab el-Khalq.

Danana s'assit au centre de la table, surveillant du regard les boursiers qui affluaient vers la salle de réunion. Ils le saluaient avec respect, puis s'installaient autour de la table. Lui-même prenait son temps avec une lenteur royale avant de répondre à leur salut d'une voix rauque sur un ton où la hauteur et la bienveillance s'équilibraient avec précision. Il fronçait les sourcils et se donnait un air de haut fonctionnaire, préoccupé de sujets importants ne pouvant souffrir de délai et impossibles à divulguer.

Danana promena son regard sur l'assistance, puis il frappa la table de la main et le brouhaha s'interrompit immédiatement. Un profond silence s'établit, interrompu seulement par le petit toussotement qui précédait ses propos et se terminait généralement par une quinte de toux causée par son abus de cigarettes. Il tendit la main et mit en marche le magnétophone qui se trouvait sur la table, puis sa voix rauque retentit :

— Au nom de Dieu tout-puissant et miséricordieux – en lui est notre secours –, prière et salut sur la plus noble des créatures, Notre-Seigneur le prophète de Dieu, l'élu, prière et salut de Dieu sur lui, je vous souhaite la bienvenue à la section de Chicago de l'Union des étudiants égyptiens d'Amérique. Nous sommes tous présents aujourd'hui, à l'exception de Cheïma Mohammedi et de Tarek Hosseïb. Ils ont tous les deux une

---

* Grand bâtiment construit à l'époque nassérienne, accueillant de nombreux services ministériels. Il est devenu le symbole de la bureaucratie égyptienne.

excuse valable : Cheïma a eu un gros problème ce matin...

Toute l'assistance le regarda avec curiosité. Il aspira profondément une bouffée de sa cigarette et ajouta avec une jouissance visible :

— La sœur Cheïma était en train de cuisiner et elle a failli provoquer un grand incendie, si ce n'avait été la protection de Dieu. Quant à notre frère Tarek – que Dieu soit bienveillant à son égard – il est à ses côtés pour la consoler.

Il prononça cette dernière phrase sur un ton plein de sous-entendus, plongeant dans la perplexité les personnes présentes qui se réfugièrent dans un silence gêné. C'était là une de ses nombreuses façons d'assurer son emprise sur les boursiers : les surprendre par la connaissance de leurs secrets les plus intimes, puis leur lâcher quelques commentaires perfides, à double sens.

Il tendit sa grosse tête en avant et croisa ses deux bras sur la table :

— Chers frères, je vous annonce une nouvelle qui va tous vous réjouir, si Dieu le veut. Hier, la municipalité de Chicago a donné son accord pour affecter un grand bâtiment de quatre étages, sur Michigan Avenue, l'endroit le plus élégant de la ville, à l'établissement d'une mosquée et d'un centre culturel islamique, si Dieu le veut. Son Excellence l'ambassadeur a envoyé une demande en Egypte pour qu'elle dépêche un prédicateur d'Al-Azhar et, dans deux mois tout au plus, nous prierons ensemble, avec la permission de Dieu, dans la nouvelle mosquée.

Des murmures de satisfaction se firent entendre et un étudiant proclama avec enthousiasme :

— Que Dieu vous accorde ses bienfaits, docteur.

Danana l'ignora totalement et poursuivit :

— L'accord pour la réalisation d'une mosquée à cet endroit était presque impossible à obtenir, mais Notre-Seigneur, qu'il soit glorifié et exalté, a voulu que nous réussissions.

Le même étudiant s'écria avec flagornerie :

— Nous vous remercions, docteur Danana, pour les grands efforts que vous avez déployés pour nous.

Danana fixa sur lui un regard réprobateur et demanda avec un semblant de colère :

— Qui vous a dit que j'ai fait quelque chose pour vous ? Je n'attends de récompense que de Notre-Seigneur, qu'il soit glorifié et exalté.

— Qu'il vous accorde la prospérité, monsieur.

L'assistance ressentit la nécessité de s'associer aux éloges et un brouhaha de remerciements s'éleva dans la pièce. Danana feignit de les ignorer et baissa la tête en silence comme un acteur s'incline devant les spectateurs en espérant, dans le fond, que les applaudissements ne cesseront jamais. Puis il enchaîna :

— Voyons maintenant un autre sujet de la plus grande importance. Certains boursiers n'assistent pas aux cours avec régularité. Hier, j'ai passé en revue le niveau des absences et je l'ai trouvé très élevé. Je ne vais pas citer nommément ceux qui sont concernés pour ne pas les gêner, mais ils se reconnaîtront.

Il aspira une bouffée de sa cigarette :

— Excusez-moi, mes amis, mais à partir d'aujourd'hui je ne couvrirai plus personne et n'interviendrai pour personne. Je me suis fait beaucoup de souci pour vous, mais si vous ne vous aidez pas vous-mêmes je ne peux pas vous aider. Je ferai un rapport au bureau des bourses sur tous ceux qui dépassent le nombre d'absences tolérées et celui-ci prendra à leur égard les mesures prévues par le règlement intérieur.

Il se fit un silence tendu et Danana jeta un regard sévère sur l'assistance avant d'annoncer qu'on allait passer à l'ordre du jour. Comme d'habitude, il était plein de demandes variées telles que faciliter les voyages en Egypte, obtenir des billets à prix réduits et des cartes de transport gratuites. Parfois, un étudiant se plaignait de la dureté de son directeur d'études, un autre avait atteint la durée limite de sa bourse. Une étudiante voulait changer de logement parce que sa colocataire américaine y recevait son amant. Danana écoutait avec attention chaque question, demandait des éclaircissements sur certains détails, puis il regardait le plafond en tirant une grande bouffée de sa cigarette. Les stigmates de la réflexion apparaissaient sur son visage. Enfin, il annonçait la solution avec confiance et simplicité. Le visage du boursier était alors illuminé par la gratitude. Il s'empêtrait dans ses remerciements, mais Danana l'ignorait complètement, comme s'il ne le voyait pas. A ce moment-là, il aimait l'embarrasser par une plaisanterie vulgaire ou une vexation quelconque par laquelle il assurait sa domination psychique sur lui. Il lui disait par exemple : "L'important c'est que tu étudies et que tu réussisses, espèce de jobard." Ou bien il s'interrogeait sarcastiquement : "Que voulez-vous que je fasse du mot reconnaissance ? Dans quelle banque je vais pouvoir le changer ? Pauvre type !" Il ne restait plus à l'étudiant humilié, pris au dépourvu, mis en état d'infériorité par la nécessité et rendu silencieux par la gratitude qu'à ignorer l'humiliation et à rire nerveusement ou à se taire en détournant le regard comme s'il n'avait rien entendu.

— L'ordre du jour est terminé ? Avez-vous d'autres problèmes ? demanda Danana.

Personne ne parla, à part un étudiant barbu :

— Docteur Danana, le boucher palestinien chez qui nous achetons la viande vient malheureusement de fermer ses portes et de quitter Chicago. Dans les magasins ordinaires, la viande, monsieur, n'est pas égorgée selon les règles de la charia...

Danana, évacuant une affaire aussi simple, lui coupa la parole d'un geste et tira de la bibliothèque qui était derrière lui une feuille qu'il lui tendit :

— Tenez, Maamoun, voici les adresses de l'ensemble des bouchers halal de Chicago.

Les traits de Maamoun s'éclairèrent. Il prit la feuille en murmurant :

— Que Dieu vous couvre de bienfaits, monsieur.

Comme d'habitude, Danana ignora les remerciements et dit à nouveau :

— Y a-t-il encore quelque chose ?

L'assistance resta silencieuse. Danana tendit la main et éteignit le magnétophone. Ainsi se termina la réunion. Il ne restait plus, conformément à la tradition, que la distribution des journaux aux boursiers.

Tout à coup, le téléphone de Danana se mit à sonner. Lorsqu'il répondit, son visage passa de la cordialité ordinaire à l'extrême empressement. Il mit rapidement fin à la conversation, se leva brusquement et dit en rassemblant rapidement ses affaires :

— Je dois m'en aller tout de suite. Une personnalité officielle très importante vient d'arriver à Chicago et il faut que je sois là pour l'accueillir. Prenez les journaux et n'oubliez pas de fermer les portes et d'éteindre les lumières.

6

Le docteur Mohamed Saleh ne s'attendait pas qu'on lui rende visite à cette heure. Il avait terminé son dîner avec sa femme, Chris. Ils avaient bu une bouteille de vin rosé. Elle s'était assise à côté de lui sur le canapé, s'était collée à lui et avait posé la tête sur sa poitrine. Il l'avait caressée avec tendresse plongeant les doigts dans ses cheveux fins et souples. Elle avait poussé un léger soupir dont il connaissait la signification. Il s'était un peu écarté et s'était mis à lire des papiers qu'il avait apportés avec lui. Elle avait chuchoté presque sur un ton de prière :

— Tu as du travail, ce soir ?
— Il faut que je lise cette étude que je dois expliquer demain aux étudiants.

Elle s'était tue un instant, avait soupiré, s'était levée, l'avait embrassé sur le front et lui avait dit affectueusement :

— Bonne nuit.

Il avait écouté le son de plus en plus étouffé de ses pas sur l'escalier de bois et quand il l'avait entendue fermer la porte de sa chambre à coucher, il avait remis l'étude dans sa serviette et s'était servi un verre. Il n'avait pas envie de boire mais voulait traîner un peu en attendant que Chris soit plongée dans le sommeil.

Il entendit alors sonner à la porte. Cela l'étonna un peu, mais un deuxième coup, très clair, l'assura qu'il ne s'était pas trompé. Il se leva en hésitant et regarda l'horloge murale. Il était plus de onze heures et demie. Il se souvint que l'interphone était en panne depuis une semaine. Il avait demandé à Chris d'appeler quelqu'un pour le réparer, mais elle avait oublié, comme d'habitude. A quelques pas de la porte, il eut l'idée très préoccupante que l'interphone avait peut-être été détérioré volontairement. Lui vinrent alors à l'esprit une multitude de détails semblables qu'il avait lus dans les chroniques de faits divers : des gangsters surveillent une maison puis coupent les alarmes avant d'y pénétrer par effraction. Généralement cela se passait de la façon suivante : une jeune fille à l'air complètement innocent frappait à la porte à une heure tardive en demandant de l'aide et dès que le maître de maison ouvrait la porte des hommes en armes l'attaquaient. Il fit un effort pour évacuer ces appréhensions, sans y parvenir. Il ralentit le pas, s'arrêta devant une petite armoire fixée au mur, appuya sur un bouton secret et un tiroir s'ouvrit d'où il retira un vieux Beretta qu'il avait acheté dès qu'il était arrivé à Chicago et qu'il n'avait jamais utilisé, mais qu'il avait pris soin de conserver en bon état. Cela l'émut d'entendre le cliquetis du barillet. Il se dirigea à pas feutrés vers la porte, le froid de l'acier contre sa main, son doigt caressant la gâchette. Maintenant, il suffirait d'une seule pression pour fracasser la tête de celui qui était derrière la porte s'il lui voulait du mal. Il s'approcha avec beaucoup de précaution et regarda à travers l'œilleton.

Tout à coup, la pression de sa main sur le revolver se relâcha, il ouvrit la porte et s'écria chaleureusement :

— Hello ! Quelle surprise !

Raafat Sabet se tenait debout devant la porte, un peu confus, un sourire d'excuse aux lèvres :

— Je suis désolé de t'embêter, Saleh. Je t'ai appelé, mais ton téléphone était décroché. Il fallait absolument que je te voie ce soir.

— Tu m'embêtes toujours, Raafat, il n'y a là rien de nouveau, lui dit-il en riant et en le tirant vers l'intérieur.

C'était leur manière à eux, pince-sans-rire et caustique, de plaisanter, comme pour cacher sous la muflerie apparente tout ce qu'il y avait entre eux de tendresse, leur profonde amitié affermie tout au long de ces trente années, leur longue camaraderie de frères d'armes. Ils avaient traversé ensemble des chagrins, des joies, des orages et cela avait créé entre eux une exceptionnelle facilité de compréhension, au point que maintenant un seul coup d'œil de Saleh sur le visage de Raafat suffisait à lui faire comprendre que celui-ci avait un problème sérieux. Son sourire s'évanouit immédiatement et il lui demanda avec inquiétude :

— Rien de grave ?
— Donne-moi un verre.
— Que veux-tu boire ?
— Un whisky-soda avec beaucoup de glace.

Raafat se mit à boire et à parler. Il se lança dans son propos avec chaleur et précipitation, comme s'il se libérait d'un poids trop lourd. Après s'être vidé, il resta un moment la tête basse puis la voix de Saleh lui répondit, compréhensive et profonde :

— Est-ce que Sarah a quitté la maison pour de bon ?

— Elle va la quitter à la fin de la semaine.
— Comment a réagi sa mère ?
— J'évite de lui en parler pour ne pas nous disputer, mais, bien sûr, elle soutient Sarah.

Le silence se fit à nouveau et Raafat se leva pour se verser un autre verre, et sa voix fatiguée se fit à nouveau entendre au milieu du cliquetis des glaçons.

— Ne trouves-tu pas étrange, Saleh, d'avoir une fille, de s'attacher à elle, de l'aimer plus que n'importe quel être au monde, de faire tout ton possible pour lui procurer une vie heureuse... puis, dès que cette fille grandit, elle te traite avec dureté et te fuit avec son ami à la première occasion.
— C'est une chose naturelle.
— Moi, je ne trouve absolument pas ça naturel.
— Sarah est américaine, Raafat. Toutes les filles américaines abandonnent le foyer familial pour aller vivre indépendantes avec leur ami. Tu le sais mieux que moi. Dans ce pays, il n'est pas possible de régenter la vie privée de ses enfants.
— Même toi, Saleh, tu me dis ça. Tu parles exactement comme Michelle. Vous m'embêtez vraiment ! Comment dois-je faire pour vous convaincre que j'accepte l'idée que ma fille ait un ami ? Je te prie de croire une bonne fois pour toutes que je suis américain et que j'ai élevé ma fille dans les valeurs américaines. Je me suis définitivement débarrassé de l'arriération orientale. Pour moi, l'honneur d'une personne n'a rien à voir avec ses organes génitaux.
— Ce n'est pas ce que je veux dire.
— C'est pourtant bien le sens de tes paroles.
— Je suis désolé si je t'ai vexé.
— Tu ne me comprends pas, Saleh, c'est tout. Je ne me mêle pas de la vie de Sarah, mais je

n'ai pas confiance en ce voyou. Pas un seul instant je ne pourrai lui faire confiance.

— Si Jeff est quelqu'un de mauvais, Sarah le découvrira un jour. Elle a le droit de faire ses expériences toute seule.

— Mais, Saleh, Sarah a une personnalité indéchiffrable. Je m'imagine parfois que c'est une autre personne. Ce n'est pas la Sarah que j'ai portée dans mes bras quand elle était bébé. Je ne la comprends vraiment plus. Pourquoi se comporte-t-elle durement avec moi ? Pourquoi est-elle irritée par la moindre de mes paroles ? Elle est calme et gentille, puis la voilà tout à coup qui se met en colère, sans raison. Elle est en mauvaise santé, elle a le teint terreux, le visage pâle...

— C'est le propre de la jeunesse : la confusion des sentiments et les sautes d'humeur. Même sa dureté envers toi est naturelle. Souviens-toi comment tu te comportais avec ton père quand tu étais jeune. A cet âge-là, le désir de nous libérer de nos parents nous pousse à être durs avec eux. Cela ne veut pas dire qu'elle ne t'aime plus, mais qu'elle se révolte contre le pouvoir que tu représentes.

Leur conversation dura plus d'une heure au cours de laquelle ils répétèrent les mêmes propos sous des formes différentes, puis Raafat se leva en disant :

— Il faut que je parte.
— Tu as cours demain ?
— Non.
— Alors, dors bien, mon ami, et tu verras demain matin que le problème est simple.

Raafat s'en alla et Saleh ferma la porte derrière lui avant de monter lentement l'escalier qui conduisait à la chambre à coucher, en essayant de ne pas faire de bruit pour ne pas réveiller Chris. Il enleva sa robe de chambre en soie et la suspendit à la patère, puis se glissa avec précaution dans le lit à ses côtés. Une faible lumière provenait d'une petite lampe de chevet qu'elle laissait allumée la nuit, car elle avait peur de l'obscurité. Il fixa le plafond : les ombres projetées par la lampe dansaient comme des spectres de revenants. Il fut soudain pris de pitié à l'égard de son ami. Il le comprenait parfaitement. Raafat ne supportait pas que sa fille aime un autre homme que lui. Il était mortellement jaloux de Jeff. C'était cela la vérité. Dostoïevski avait écrit dans un de ses romans que chaque père au monde vouait une haine profonde au mari de sa fille même s'il faisait semblant du contraire. Mais le problème de Raafat était encore plus complexe : il ne supportait pas que sa fille ait des relations sexuelles en dehors du mariage. Malgré son long plaidoyer en faveur de la culture occidentale, il avait encore la mentalité de l'homme oriental qu'il combattait pourtant et qu'il tournait en dérision. Saleh se dit qu'il avait de la chance de ne pas avoir d'enfants. Il valait mieux être stérile que se trouver dans la situation de Raafat. Mais, pensa-t-il à nouveau, le problème de Raafat est dans sa propre personnalité. De nombreux Egyptiens ont eu des enfants en Amérique et ont su conserver un équilibre entre les deux cultures, tandis que Raafat méprisait sa propre culture, même s'il la portait en même temps à l'intérieur de lui-même, ce qui compliquait tout. "Pauvre Raafat", chuchota-t-il en anglais. Il jeta un coup d'œil à la pendule : il était une heure du matin ! Il ne lui restait que quelques heures avant le réveil. Il se recouvrit de la couverture pour s'endormir et se pelotonna sur le côté, posa la tête sur l'oreiller, ferma les yeux et commença peu à peu à ressentir cet abandon progressif à l'ombre d'un sommeil apaisant... Mais Chris, allongée à ses côtés, toussa tout à coup et se mit à bouger. Une certaine raideur dans le rythme de ses mouvements lui révéla qu'elle était éveillée. Il fit semblant de ne pas s'en rendre compte et essaya de plonger dans le sommeil mais elle se tourna vers lui et le serra dans ses bras. Quand elle l'embrassa, sa bouche exhala une odeur d'alcool. Il lui dit, contrarié :

— Tu as encore bu ?

Elle se colla à lui, l'étreignit et l'embrassa en haletant. Il essaya de parler, mais elle lui mit la main sur les lèvres avec douceur et son visage, dans la faible lumière, parut tout à coup s'embraser, comme s'il en émanait de la chaleur. Il sentit ses mains chercher leur chemin entre ses cuisses. Elle chuchota en approchant les lèvres de sa bouche :

— J'ai envie de toi.

7

Tarek se tenait sur le qui-vive et fixait Cheïma comme un gardien de but prêt à bloquer la balle qui pouvait arriver de n'importe quel côté. Il attendait qu'elle dise un mot pour lui donner la réplique et se moquer d'elle, mais elle avait fait ce à quoi il ne s'attendait absolument pas : ses traits s'étaient tout à coup crispés, puis elle avait fondu en larmes comme un enfant perdu, et son corps s'était mis à trembler. Il l'avait regardée sans savoir que faire, puis il lui avait dit très vite, d'un ton qui semblait étrange à sa propre oreille :

— Cela suffit, docteur, tout s'est bien terminé, grâce à Dieu.

— Je suis fatiguée, je n'en peux plus. Demain, je renoncerai à ma bourse et je rentrerai en Egypte.

— Ne vous précipitez pas.

— C'est décidé. L'affaire est réglée.

— Pensez au doctorat de l'université de l'Illinois que vous allez décrocher. Pensez aux efforts que vous avez faits pour obtenir cette bourse. Combien de vos collègues de Tantâ auraient souhaité être à votre place !

Cheïma baissa la tête. Il crut qu'elle était un peu calmée et lui dit :

— Ne vous abandonnez pas à vos idées noires.

— Que puis-je faire d'autre ?

— Vous habituer à votre nouvelle vie.
— J'ai essayé et j'ai échoué.
— Est-ce que vous avez des difficultés dans vos études ?
— Non, grâce à Dieu.
— Alors, où est le problème ?
Elle lui dit d'une voix faible comme si elle se parlait à elle-même :
— Je suis complètement seule ici, docteur Tarek. Je n'ai pas d'amis, pas de connaissances. Je ne sais pas comment me comporter avec les Américains. Je ne les comprends pas. J'ai toujours eu la meilleure note en langue anglaise mais avec eux c'est une autre langue. Ils parlent vite et mâchent leurs mots. Je ne comprends pas ce qu'ils disent.
Tarek l'interrompit :
— C'est naturel que vous vous sentiez dépaysée. Au début, nous avons tous affronté le problème de la langue anglaise. Je vous conseille de beaucoup regarder la télévision pour vous exercer à comprendre l'accent américain.
— Même si mon niveau de langue s'améliore, ça ne changera rien. Je me sens rejetée par ce pays. Les Américains ont de l'antipathie pour moi parce que je suis arabe et voilée. A l'aéroport, ils m'ont interrogée comme si j'étais une criminelle et à la faculté certains étudiants se moquent de moi chaque fois qu'ils me voient. Vous avez vu comment ce policier m'a traitée ?
— Vous n'êtes pas la seule à avoir ce problème. Nous nous heurtons tous à des situations absurdes. L'image des musulmans s'est beaucoup détériorée après le 11 Septembre.
— Est-ce ma faute ?
— Mettez-vous à leur place. L'Américain moyen ne sait même pas ce que c'est que l'islam, et

voilà que l'islam se trouve mêlé dans son esprit au terrorisme et au meurtre !

Ils se turent un instant, puis elle poursuivit avec amertume :

— Avant de venir en Amérique, je me plaignais des difficultés de la vie en Egypte. Maintenant, je rêve de retourner là-bas.

— Nous souffrons tous comme vous de l'exil. Moi, bien que je sois ici depuis deux ans, j'ai toujours la nostalgie du pays et je passe par des moments de dépression, mais je me dis que le diplôme que je vais obtenir mérite tous ces ennuis. Je prie et je demande à Dieu de me rendre patient. Priez-vous régulièrement ?

— Oui, grâce à Dieu, lui répondit-elle en baissant la tête.

C'est alors qu'il se surprit à lui dire :

— A propos, Chicago est une belle ville. Est-ce que vous l'avez visitée ?

— Je ne connais que le bâtiment de l'université.

— Je dois sortir maintenant faire les courses de la semaine. Pourquoi ne viendriez-vous pas avec moi ?

Elle écarquilla les yeux, surprise par la proposition. Elle regarda sa *galabieh* puis tendit ses pieds devant elle et demanda, un peu espiègle :

— Je vais avec vous en *chebchab* ?

Il rit pour la première fois et, comme si elle hésitait, elle lui demanda :

— Cela va-t-il nous prendre beaucoup de temps ? J'ai beaucoup de travail.

— Moi aussi, j'ai un long devoir de statistique. Nous reviendrons vite.

Il s'assit dans le salon d'accueil en attendant qu'elle se change. Elle revint peu de temps après dans une grande robe flottante bleue. Il la trouva élégante, débarrassée de sa gêne et presque gaie.

Ils avaient passé la soirée ensemble. Ils avaient pris le métro vers le centre de Chicago. Il lui avait montré la tour de l'Eau et la tour Sears. Elle semblait heureuse comme un enfant à ses côtés, dans l'ascenseur vitré du célèbre magasin *Marshall Fields*. Ensuite, ils étaient retournés au centre commercial et avaient fait leurs courses. Ils avaient pris enfin l'autobus de l'université pour revenir à la résidence. Ils avaient parlé tout au long du chemin.

Elle lui avait dit son admiration pour son père et son amour pour sa mère et ses sœurs qu'elle n'appelait qu'une fois par semaine, malgré ses sentiments à leur égard, car elle était obligée d'économiser chaque dollar de sa maigre bourse. Elle lui avait posé des questions sur lui. Il lui avait dit que son père était un officier de police parvenu à être promu directeur adjoint de la Sécurité du Caire. Il l'avait élevé dans la ponctualité et la discipline. Il le battait très fort lorsqu'il commettait des fautes. Une fois, lorsqu'il était au collège, il l'avait obligé à prendre ses repas à la cuisine avec les domestiques pendant une semaine parce qu'il avait eu l'audace d'annoncer à table qu'il n'aimait pas les épinards. Tarek avait ri en se rappelant cela puis il avait ajouté avec fierté :

— Avec mon père, que Dieu l'ait en sa sainte garde, j'étais à bonne école. Par cette punition, il voulait faire de moi un homme. Depuis ce jour-là, j'ai appris à manger tout ce qu'on me présentait, sans protester. Vous savez, la sévérité de mon père m'a été très utile. Toute ma vie, j'ai eu la mention d'excellence et s'il n'y avait pas eu de passe-droits je serais maintenant un grand chirurgien. Quoi qu'il en soit, je remercie Dieu, mes résultats sont honorables. Vous savez quelle est ma moyenne ? 3,99 sur 4 !

— Bravo !

— Souvent les étudiants américains me demandent de les aider à comprendre les cours. J'en suis fier, parce que je suis égyptien et que je suis meilleur qu'eux.

Il s'était redressé et avait regardé au loin, comme s'il se souvenait de quelque chose :

— L'an dernier, au cours de biologie, il y avait avec moi un étudiant américain qui s'appelait Smith. Il avait dans toute l'université la réputation d'être un génie. Tout au long de ses études, il avait eu la mention d'excellence. Ce fameux Smith a voulu me défier sur mes connaissances, mais je lui ai donné une leçon.

— Vraiment ?

— Je vous jure que je l'ai mis KO. J'ai été trois fois premier. Quand il me voit maintenant, il se met au garde-à-vous.

Tarek avait insisté pour porter ses paquets et l'avait accompagnée jusqu'à son appartement au septième étage où il lui avait longuement fait ses adieux. Sa voix à elle se fit chevrotante quand elle le remercia :

— Je ne sais pas quoi vous dire, docteur Tarek. Que Dieu vous rende ce que vous avez fait pour moi.

— Vous pouvez m'appeler Tarek, sans titre.

— A condition que vous m'appeliez Cheïma.

Le son de sa voix le fit frémir. En la saluant, il sentit la douceur de sa main. Il retourna à son appartement et y trouva la lumière allumée, ses livres de statistique ouverts, le verre de thé à sa place et son pyjama jeté sur le lit. Tout était comme il l'avait laissé mais lui n'était plus le même. Des sentiments nouveaux s'étaient embrasés à l'intérieur de lui. Il était si ému qu'une fois déshabillé il se mit à arpenter l'appartement de long en large, en sous-vêtements, avant de se jeter sur le lit et d'y rester à regarder le plafond. Pourquoi s'était-il comporté avec elle de cette manière ? D'où lui était venue cette audace ? C'était la première fois de sa vie qu'il sortait avec une jeune fille. Il lui semblait que ce n'était pas lui, mais quelqu'un d'autre, qui était assis à côté d'elle dans le métro. Maintenant encore, il s'imaginait que leur rencontre était une illusion et que, s'il se mettait à la rechercher, il n'allait pas la retrouver. Mon Dieu, pourquoi était-il aussi attiré par elle ? Ce n'était qu'une campagnarde, moyennement belle, comme des dizaines de filles qu'il voyait tous les jours au Caire. Qu'est-ce qui la rendait différente ? C'est vrai qu'elle avait des lèvres pulpeuses et appétissantes dont on pouvait attendre des délices. Sa tunique flottante se collait parfois malgré elle à son corps et laissait entrevoir deux seins aux aguets, qui n'étaient pas à dédaigner. Pourtant, on ne pouvait absolument pas la comparer aux étudiantes américaines de l'université, ni aux jeunes filles égyptiennes à qui il avait fait des offres de fiançailles, et ce n'était pas non plus la peine d'en parler à côté des séductrices nues qui allumaient son désir dans les films pornographiques.

Pourquoi donc lui avait-elle plu ? A cause de son désespoir et de son innocence ? Parce qu'elle l'avait apitoyé en pleurant ? Ou bien parce qu'elle avait éveillé sa nostalgie de l'Egypte ? Tout en elle, vraiment, était typiquement égyptien : sa *galabieh* de coton bon marché avec de petites fleurs, son beau cou clair, ses oreilles menues d'où pendaient des boucles d'oreilles de paysanne en or, en forme de grappes de raisin, ses *chebchab* Khadouja qui découvraient des petits pieds propres, aux ongles longs, soigneusement limés et sans vernis pour ne pas invalider ses ablutions*, et cette légère odeur de propreté qui émanait de son corps lorsqu'il était assis à ses côtés. Ce qui l'attirait vers elle, il le ressentait et ne pouvait pas le décrire. C'était quelque chose d'aussi purement égyptien que les fèves, la *taamieh*, la *bessara***, la danse orientale, la voix du cheikh Raafat pendant le ramadan et les invocations de sa mère après la prière de l'aube. Tout ce qui lui manquait après deux ans d'exil.

Il resta plongé dans ses pensées jusqu'à ce qu'il prenne conscience du tic-tac de la montre accrochée dans le salon. Il sauta du lit et poussa un cri en se souvenant de son devoir de statistique : "Mon Dieu, quelle catastrophe !" Il s'assit à son bureau, se prit la tête entre les mains et se concentra pour mettre fin à sa rêverie. Peu à peu il se plongea dans le travail et résolut le premier problème d'une façon correcte, puis le second, puis le troisième. A la fin du cinquième, il avait le droit, selon une tradition bien établie, de manger un petit morceau de *besbousa*, mais pour la première fois, à son grand étonnement, il ne ressentit pas d'appétit. L'idée du cours était devenue parfaitement claire et il résolut plusieurs nouveaux problèmes pendant une demi-heure. Il pensa se reposer un peu, mais craignit de briser son élan et il continua à travailler jusqu'à ce qu'il entende sonner à la porte. Il se leva lourdement, l'esprit tout encombré de chiffres. Il ouvrit la porte et la vit devant lui. Elle était toujours dans

---

* C'est un signe d'une certaine rigueur religieuse. Le vernis empêche le contact de l'eau lustrale avec les ongles des pieds au moment des ablutions.
** Délicieuse purée de lentilles.

sa tenue de sortie. Dans la faible lumière bleue qui éclairait le couloir, son visage lui parut plus beau qu'il ne l'avait jamais été. Elle lui tendit, embarrassée, un plat recouvert d'une feuille de papier d'aluminium :

— Vous devez avoir faim et vous n'avez certainement pas eu le temps de vous préparer à manger. Je vous ai apporté des sandwichs. Je vous en prie. Bon appétit !

*

Quelle que soit la puissance de mon imagination, je n'aurais pas pu deviner ce qui allait arriver. J'ouvris la porte ivre de vin et de désir et fus réveillé en sursaut, comme si, planant dans les nuages, je tombais tout à coup et me fracassais la tête contre la terre ferme. Je restai plusieurs instants abasourdi, incapable de réfléchir. Je voyais devant moi une femme qui avait dépassé les quarante ans, peut-être cinquante, noire, grosse, louchant de l'œil gauche. Elle portait une vieille robe bleue usée aux coudes, étroite, mettant en relief les replis de son corps plein de graisse. Elle sourit en découvrant de grandes dents irrégulières et noircies par la nicotine, puis elle me dit avec empressement :

— *C'est toi, Nagui ?*

— *Oui, c'est à quel sujet ? lui demandai-je en me raccrochant à l'espoir infime qu'il y avait une erreur, que ce n'était pas elle la femme que j'attendais.*

Mais elle se dirigea doucement vers moi en balançant ses hanches pour avoir l'air attirante :

— *Je croyais que ton cœur allait me reconnaître. Je suis Douna, chéri. Ah, tu as un bel appartement ! Où est la chambre à coucher ?*

Elle s'assit sur le lit et, dans la lumière de la pièce, son visage m'apparut encore plus laid qu'auparavant. J'avais l'impression d'être dans un rêve. Ce qui m'arrivait n'était pas réel. Il fallait que je me donne le temps de réfléchir. Je m'assis sur le siège en face d'elle et me servis un autre verre.

Elle m'observa en souriant :

— Tu es vraiment beau, mais tu ne ressembles pas à Anouar al-Sadate. Tu m'as menti au téléphone pour me séduire, n'est-ce pas ?

J'avalai mon vin en silence avant de lui dire :

— Vous voulez un verre ?

— Merci, je ne bois pas de vin en dehors des repas. Tu as un peu de whisky ?

— Non, désolé.

— Alors, as-tu quelque chose à manger ? J'ai faim.

— Regardez dans le frigo.

J'évitais de la regarder. Elle se leva, ouvrit le réfrigérateur et s'écria aussitôt sur un ton de reproche :

— Du fromage, des œufs et des légumes ! C'est tout ce que tu as ? C'est de la nourriture pour les lapins. Tu es généreux, mon chéri, tu vas m'inviter ce soir dans un bon restaurant, n'est-ce pas ?

Je ne prononçai pas un mot. J'avalai mon verre d'un seul coup, le cœur lourd de désespoir. Je me servis un autre verre, la tête baissée. Lorsque je la relevai, elle avait enlevé ses vêtements, elle était debout en combinaison au milieu de la pièce. Son corps noir était énorme, avachi et difforme comme celui d'un monstre marin qui viendrait d'être pêché dans l'océan. Elle s'approcha de moi. Je sentis sa poitrine contre mon visage. Elle haletait, essoufflée par l'abus du tabac. Elle posa la main sur ma cuisse et me dit :

— Viens chéri, je vais t'emmener au paradis.

Son odeur était un mélange de transpiration fétide et de mauvais parfum. Je me levai pour m'éloigner d'elle, puis rassemblant mes forces :

— Douna, je suis vraiment désolé, mais je ne me sens pas très bien.

Elle s'approcha de nouveau et chuchota :

— Je sais comment te remettre en forme.

Cette fois, je la repoussai de la main et lui dis avec plus de courage :

— Je suis heureux de t'avoir connue, mais je suis vraiment très fatigué et je ne peux pas.

Elle me regarda comme si elle cherchait à comprendre, puis elle se mit tout à coup à genoux, posa sa main entre mes cuisses et me susurra :

— Ça te dirait avec la bouche ? Je suis experte. Je vais te faire bien jouir.

— Non, merci.

— Comme tu veux...

Elle se leva lentement et me dit d'un ton calme, en cherchant ses vêtements :

— ... Mais tu me paieras mon salaire.

— Comment ?

— Ecoute, je ne plaisante pas. Je me suis entendue avec toi pour cent cinquante dollars. Puisque je suis venue chez toi, tu me les paieras, que tu aies couché avec moi ou non.

— Mais...

— Tu me paieras cent cinquante dollars, *cria-t-elle.*

Le visage rembruni par la colère, elle me fixait, de son œil sain écarquillé, tandis que l'autre œil produisait en louchant une impression différente.

— Je ne paierai pas, *lui répondis-je avec détermination.*

— Tu paieras.

— Pas un dollar, *hurlai-je au comble de la colère.*

Cela la rendit folle. Elle s'empara de la manche de ma robe de chambre et se mit à me secouer violemment :

— *Il faut que tu apprennes à te conduire avec les femmes en Amérique, tu comprends, espèce d'Arabe. La femme, ici, est une citoyenne respectable, ce n'est pas une créature sans dignité comme vous l'imaginez, dans le désert d'où tu viens.*

— *Je respecte les femmes, pas les putains.*

Elle me regarda un instant puis soudain me donna une gifle. Je retirai rapidement la tête, et sa main rata son coup et atteignit mon oreille droite. Je fus pris de vertige et mon estomac se contracta. Le vin, l'humiliation, le désespoir m'avaient fait perdre mon sang-froid. Je la repoussai violemment par les épaules en criant :

— *Sors !*

Elle recula devant moi et je la repoussai encore plus fort. Elle tituba, perdit son équilibre et tomba par terre.

— *Sors maintenant, ou j'appelle la police pour qu'elle vienne te ramasser, espèce de putain.*

Elle resta assise dans la même position, les deux cuisses écartées devant elle, les mains posées sur le sol et la tête penchée en arrière comme si elle regardait quelque chose au plafond.

J'employai toutes les insultes que je connaissais en anglais. Elle me regarda avec colère puis tendit le bras vers moi, le doigt pointé, comme si elle me menaçait. Elle ouvrit la bouche pour dire quelque chose puis, tout à coup, son visage fut pris de convulsions et elle éclata en sanglots. Je la regardai en silence. J'étais interloqué par la tournure prise par les événements. Un sentiment soudain de tristesse m'envahit, qui se transforma rapidement en regret. Je lui dis d'une voix faible :

— *Douna, je suis désolé. La vérité, c'est que je suis complètement saoul.*

Elle resta silencieuse au point que je pensais qu'elle n'avait pas entendu, puis, la tête basse, elle me répondit d'une voix mourante :

— Tu ne sais pas à quel point j'ai besoin de cet argent. J'ai trois enfants à nourrir avec ce travail-là.

— Je suis désolé.

— Leur père est parti avec une femme de vingt ans plus jeune que lui et il m'a laissée seule avec eux. Je n'ai aucun droit légal parce que nous n'étions pas mariés, et même si j'avais eu des droits, je n'aurais pas la possibilité de les faire respecter parce que je ne sais pas où il se trouve. Je ne peux pas abandonner les enfants. Ils ne sont pour rien dans cette affaire. C'est moi qui dois tout payer toute seule, l'école, les vêtements, les factures de gaz et d'électricité. Je ne voulais pas être une prostituée. Simplement, je n'ai pas trouvé d'autre travail. J'ai souvent essayé et je n'en ai pas trouvé.

Je me suis levé pendant qu'elle parlait et je me suis mis à genoux à côté d'elle. Je me suis rapproché et je lui ai baisé le front :

— Excuse-moi, Douna.

— Ce n'est pas ta faute.

— Est-ce que tu m'excuses vraiment ?

Elle leva lentement la tête et me sourit tristement :

— Je te pardonne.

Nous restâmes silencieux, complètement épuisés comme deux lutteurs venant de terminer un violent combat. Elle me regarda et me dit doucement :

— Est-ce que tu peux me payer la moitié de la somme ?

Je ne répondis pas et elle murmura en me posant la main sur l'épaule :

— Paie-moi la moitié de la somme, j'ai vraiment besoin d'argent. J'ai perdu ma nuit et je ne trouverai pas d'autre client.

Je ne répondis toujours pas et elle fit une dernière tentative :

— Considère cette somme comme un prêt à une amie, que je te rendrai dès que je le pourrai.

Je me levai, allai vers l'armoire et en revint avec un billet de cent dollars. Douna le prit lentement et me serra dans ses bras en me donnant un baiser sur la joue :

— Merci, Nagui, tu es vraiment généreux.

A peine rhabillée, elle avait retrouvé sa bonne humeur :

— Je m'en vais. Tu ne veux rien ?

— Merci.

Elle se dirigea vers la porte d'entrée, l'ouvrit et, comme si elle avait oublié quelque chose, se retourna vers moi d'un air encourageant et artificiellement séducteur, comme celui qu'affectent les professionnels de la publicité :

— Si tu veux des jeunes filles de vingt ans, appelle-moi. Elles sont vraiment belles, blondes ou brunes, comme tu veux. Ce sera le même prix parce que c'est pour toi et je soustrairai les cent dollars du montant. Il faut que je sois généreuse avec toi comme tu l'as été avec moi.

Je la raccompagnai en silence et refermai la porte.

8

Lorsque le docteur Ahmed avait présenté sa demande en mariage avec Mlle Maroua, il était apparu, selon tous les critères, comme un excellent parti. Il était pieux, avec la marque de la prière sur le front, le chapelet à la main et, à chaque instant, l'invocation du Coran et des hadiths. Il était à cheval sur le respect des heures fixées pour la prière, quelles que soient les circonstances. De plus, il était capable d'assumer les charges d'un ménage : il possédait un appartement luxueux de deux cents mètres carrés sur deux niveaux qui donnait sur la rue Fayçal, dans le quartier des Pyramides et avait annoncé qu'il était prêt à payer la dot demandée et à acheter, dans les limites du raisonnable, la parure* que choisirait la mariée. Mais, plus important que tout cela, il était maître de conférences à la faculté de médecine, étudiait en Amérique d'où, après son doctorat, il reviendrait pour occuper des postes de premier plan en Egypte. Comme la brise caresse les feuilles des arbres, l'espoir que son gendre devienne ministre et peut-être même président du Conseil berçait le hadj Naoufal,

* La *chabaka* est la parure en or que le marié doit payer à la mariée. Cela fait partie des conditions du mariage que négocient les familles.

commerçant en matériel sanitaire à Roueiei. Le docteur Danana était un membre éminent du secrétariat de la Jeunesse du parti au pouvoir. Il avait des relations importantes et, pendant ses vacances au Caire, il rencontrait quotidiennement d'importants hommes d'Etat. Quels défauts pouvait-il bien avoir comme époux ? Son âge un peu avancé ? Cela plaidait au contraire pour lui : un homme mûr serait attentionné avec Maroua. A l'inverse, il se serait plutôt méfié d'un jeune écervelé qui se comporterait mal avec elle.

Le hadj Naoufal accepta avec empressement la demande de Danana. Il calcula les frais du mariage avec sa mentalité de commerçant et se rendit compte qu'il allait payer deux fois ce que payait le marié, mais il se dit que Dieu lui avait donné une grande fortune et qu'il lui revenait de dépenser en fonction de ses moyens. D'ailleurs, à ses yeux, aucune dépense pour sa fille aînée ne pouvait être trop importante.

Quant à Maroua elle-même, pendant des années, après avoir terminé ses études à la section anglaise de la faculté de commerce, elle avait refusé l'idée, dont elle se moquait, d'un mariage arrangé. Elle savait qu'elle était belle et que sa beauté était de celles qui provoquent le désir des hommes. Depuis son adolescence, elle n'avait pratiquement jamais rencontré un homme sans que brille dans ses yeux une lueur de désir. Elle avait des cheveux noirs comme du charbon, fins et souples, qui tombaient sur ses épaules, de merveilleux yeux noirs, des lèvres charnues et appétissantes, un corps délicieusement dessiné, avec une poitrine saillante, une taille mince, des hanches larges et de belles jambes. Quant à ses deux petits pieds, avec leurs doigts réguliers et leurs ongles ronds et vernis, ils ressemblaient davantage à un bel objet précieux qu'à l'extrémité d'un individu.

Pendant des années, Maroua était restée plongée dans ses rêves. C'était une princesse qui attendait le beau chevalier qui viendrait la chercher sur son cheval blanc. Elle avait refusé beaucoup de fiancés – des notables, des riches – parce qu'elle ne ressentait de véritable attirance pour aucun d'entre eux. Puis, elle s'était tout à coup rendu compte qu'elle avait dépassé vingt-neuf ans et qu'elle n'avait pas rencontré le grand amour. Alors, elle s'était dit qu'elle devait revoir sa position dans un esprit plus pratique. Sa mère lui avait souvent dit que l'amour qui venait après le mariage était plus solide et plus respectable que les sentiments enflammés et inconstants qui pouvaient tout à coup disparaître ou finir par une catastrophe. Par la suite, Maroua lut le même point de vue dans les réponses aux problèmes des lecteurs, publiées chaque vendredi dans le courrier d'*Al-Ahram*. Elle fut alors convaincue que les propos de sa mère reflétaient une des vérités de l'existence.

Elle dut donc en rabattre sur ses rêves de grand amour, sous peine de risquer de passer sa vie sans le trouver. La vie réelle était différente de celle du cinéma. Elle n'avait qu'à faire comme les autres ! En fin de compte, il fallait bien qu'elle ait une maison à elle, une famille et des enfants. Elle n'était plus si jeune ! Dans quelques mois, elle fêterait ses trente ans. Le plus important maintenant, c'était qu'elle se marie. L'amour viendrait plus tard. Elle n'avait rien contre Ahmed Danana, et rien en sa faveur. Ses sentiments à son égard étaient neutres, mais elle estima, dans une démarche purement cérébrale, qu'il ferait un mari convenable si elle pouvait simplement oublier ses traits épais, les rides de son front, ses cheveux crépus et son ventre proéminent malgré la pression du gilet qu'il mettait pour paraître plus svelte. Si elle parvenait à faire disparaître de son esprit tous ces aspects négatifs, elle pourrait d'une certaine façon vivre sans histoire avec lui. N'était-il pas délicat et tendre avec elle ? Y avait-il une seule occasion où il ne lui avait pas offert de cadeaux coûteux ? Ne l'emmenait-il pas dans les restaurants les plus luxueux du Caire ? Ne dépensait-il pas pour elle sans compter, au point qu'elle avait eu plus d'une fois pitié de lui pour les énormes factures qu'il payait de bon cœur ? Pourrait-elle oublier cette soirée merveilleuse où ils avaient dîné à la lumière des bougies et au son du violon, tandis que le bateau *Atlas* croisait pour eux sur les eaux du Nil. Ces deux heures s'étaient écoulées pour elle comme un beau rêve. Il l'aimait, il était aux petits soins pour elle et faisait tout ce qui lui était possible pour la rendre heureuse. Que pouvait-elle demander de plus ? Parfois, il est vrai, elle avait des crises de mélancolie qui lui faisaient ressentir de l'aversion à son égard, mais cela n'arrivait que rarement et elle se laissait alors convaincre par les explications de sa mère qui lui disait qu'elle était victime du mauvais œil de celles qui la jalousaient, et qui lui conseillait de lire souvent le Coran, surtout la nuit*.

La période des fiançailles se passa le mieux du monde et Son Excellence le cheikh d'Al-Azhar présida lui-même la cérémonie du contrat de mariage, à la mosquée de Notre-Seigneur Hussein**

---

* Pour se protéger contre le mauvais œil.
** Célèbre mosquée du Caire supposée contenir les restes de Hussein, fils d'Ali. La vénération qui l'entoure est un reste de l'époque très lointaine où l'Egypte était chiite (époque fatimide).

(que Dieu l'agrée). Les noces furent l'occasion d'une soirée féerique pour laquelle le hadj Naoufal dépensa un quart de million de livres. Elles eurent lieu au *Méridien* et furent animées par Ihab Tewfiq et Hicham Abbas, ainsi que par la danseuse Dina. Une foule de célébrités et d'hommes d'Etat y assistèrent comme le rapporta la presse. La présence d'une danseuse à demi nue au mariage d'une famille connue pour sa profonde religiosité provoqua de sévères protestations sur le plan religieux, mais le hadj Naoufal affronta les protestataires d'une phrase tranchante :

— Maroua est ma fille aînée et c'est mon premier mariage. Un mariage sans danseuse serait insipide. Dieu, qu'il soit glorifié et exalté, connaît les intentions et il est clément et miséricordieux.

En vérité, l'obstination du hadj Naoufal à avoir la danseuse Dina, connue pour ses tenues scandaleuses et ses mouvements provocants, puis la façon dont il l'encouragea de ses applaudissements et de ses exclamations pendant qu'elle dansait, de même que cette conversation souriante qu'ils eurent à voix basse à la fin de la noce et qui dura tant qu'elle fit apparaître des signes de contrariété sur le visage de son épouse, la hadja Ansaf, tout cela fit revenir à la mémoire des histoires que l'on racontait en secret sur la façon dont le hadj se vautrait autrefois dans les plaisirs et sur son obsession des danseuses lorsqu'il était jeune, avant qu'il n'ait demandé pardon à Dieu et ne soit revenu dans le droit chemin.

Les mariés allèrent passer leur lune de miel en Turquie, aux frais du hadj Naoufal et, de là, ils s'envolèrent pour Chicago où Danana loua un nouvel appartement, plus vaste, en dehors de la résidence universitaire. Maroua aborda sa nouvelle vie avec zèle et bonne volonté. Au plus profond d'elle-même, elle voulait rendre son mari heureux, lui faciliter la vie et l'aider à réussir et à parvenir au sommet. Mais dès les premiers jours l'image radieuse fut altérée et maintenant, au bout d'un an de mariage, Maroua était confinée toute seule dans sa maison. Les événements s'étaient écoulés comme dans un film qu'elle se repassait sans cesse en se reprochant cruellement de ne pas avoir vu dès le début les signes avant-coureurs, pourtant clairs, du comportement de son mari. Peut-être d'ailleurs les avait-elle remarqués, mais elle s'était forcée à les ignorer pour protéger ses illusions romanesques, et voilà maintenant que ses rêves tombaient de haut, se fracassaient sur les rochers de la réalité et volaient en éclats comme du verre.

Les problèmes commencèrent avec l'affaire du costume. Pour ses noces, Danana portait un élégant costume blanc de chez Versace. Après le mariage, alors qu'elle rangeait les vêtements dans l'armoire, Maroua ne le trouva pas. Cela la mit très en colère et elle se demanda s'il avait été volé ou perdu dans l'avion. Quand son mari revint de la faculté, elle l'interrogea. Il resta un moment silencieux et la regarda d'un regard fourbe et hésitant, avant de lui dire, comme en plaisantant :

— Ce costume est un subside américain.

Elle lui demanda des explications et lui, affectant de lutter contre le rire pour cacher sa gêne, lui répondit :

— Il existe une règle en Amérique qui donne le droit de rapporter n'importe quelle marchandise achetée, en en présentant la facture, dans le mois qui suit l'achat.

— Je ne comprends toujours pas. Qu'est devenu le costume du mariage ?

— Rien du tout ! J'ai pensé que j'allais le porter une seule fois dans toute ma vie alors que son prix était très élevé. J'avais conservé la facture. Je l'ai rapporté et j'ai récupéré l'argent.

— Mais n'est-ce pas une forme de supercherie d'acheter un costume, de se marier avec et de le rapporter au magasin ?

— Les sociétés de confection américaines sont énormes et leur budget se compte en millions. Elles ne sont pas affectées par le prix d'un costume. De plus, nous ne sommes pas dans un pays musulman. J'ai consulté des oulémas dignes de confiance qui m'ont dit que l'Amérique, du point de vue de la religion, ne faisait pas partie du foyer de l'islam* et qu'elle était considérée comme une terre de mécréance. Or, il y a une jurisprudence connue qui assure que la nécessité justifie ce qui est prohibé. Par conséquent, mon besoin de récupérer le montant de ce costume rend licite, conformément à la loi religieuse, le fait que je le rapporte au magasin.

Ce raisonnement surprit beaucoup Maroua qui faillit lui demander qui lui avait dit que l'islam ordonnait de voler les non-musulmans. Elle essaya néanmoins de lui trouver des excuses. Elle se disait qu'elle devait se rappeler qu'il n'était pas riche comme son père et qu'il avait vraiment besoin de l'argent du costume.

Cela ne fut qu'une péripétie qu'elle aurait presque oubliée si un autre événement regrettable ne lui avait succédé. Danana avait commencé à se plaindre de la faiblesse de sa bourse

---

* D'un point de vue traditionnel, le monde est divisé entre Dar el-Islam (le foyer de l'islam) et Bilad el-Harb (les pays de la guerre, c'est-à-dire ceux contre lesquels faire la guerre est licite).

qui ne suffisait pas aux dépenses de la maison. Il avait plusieurs fois répété ses plaintes et Maroua, répondant à un obscur pressentiment, les avait ignorées, mais, rapidement, il passa des insinuations aux déclarations et lui demanda sans détour :

— Puis-je emprunter à ton père chaque mois une somme d'argent que je lui rendrai quand nous rentrerons en Egypte ?

Elle resta silencieuse et il poursuivit en riant avec désinvolture :

— Je peux lui faire un reçu s'il veut être rassuré pour son argent.

Pour Maroua, cela fut un choc. La vraie nature de son mari commença à la hanter. Malgré cela, elle téléphona à son père pour lui demander une aide financière. Pourquoi le fit-elle ? Peut-être parce qu'elle se raccrochait aux dernières illusions qui la protégeaient du désespoir. Elle essaya de se convaincre que son mari avait des difficultés parce qu'il étudiait dans un pays étranger, qu'il était normal qu'il ait des embarras financiers et qu'il n'était pas honteux de demander de l'aide à son père. Elle fut d'ailleurs étonnée que celui-ci accepte la chose avec calme, comme s'il s'y attendait. A partir de ce moment-là, il envoya à sa fille mille dollars que Danana attendait au début de chaque mois et qu'il recevait de sa main sans aucune honte. Il la pressait, au contraire, s'il y avait du retard.

Ce n'était pas l'argent lui-même qui inquiétait Maroua. Elle était disposée à participer davantage aux frais de la maison, car l'éducation qu'elle avait reçue avait imprimé en elle le modèle de la véritable épouse qui aide son mari autant qu'elle le peut grâce à ses efforts et à son argent. Mais le pur hasard lui fit trouver dans la poche de Danana un virement bancaire qui lui fit comprendre qu'il touchait une somme importante en plus de sa bourse. Alors, elle ne se contrôla plus. La colère s'empara d'elle à la vitesse d'un nuage, un jour de mauvais temps :

— Pourquoi m'as-tu caché ton salaire complémentaire ? Pourquoi m'as-tu fait demander l'aide de mon père, alors que nous n'en avions pas besoin ?

Danana fut d'abord un peu gêné, mais il retrouva vite son aplomb :

— Je ne t'ai pas informée du salaire complémentaire parce que je n'en ai pas eu l'occasion. D'ailleurs, en tant qu'épouse, tu n'as pas, selon la religion, le droit de connaître le salaire de ton mari. Je peux t'apporter des références de ce que je dis dans la charia. Quant à la petite aide que nous envoie ton père, je la vois comme une chose naturelle. Notre-Seigneur lui a donné beaucoup d'argent alors que nous commençons notre vie et que nous devons économiser. L'économie est une grande vertu à laquelle nous a incités la plus noble des créatures, l'Elu, prière et salut de Dieu sur lui.

Cette fois, bien sûr, elle ne fut pas convaincue. L'avarice de Danana se révélait sans déguisement, comme le soleil un jour d'été. Elle commença à remarquer qu'il se renfrognait chaque fois qu'il était obligé de régler quelque dépense que ce soit. Une avidité presque douloureuse se lisait sur son visage lorsqu'il comptait son argent avant de le mettre précautionneusement dans son portefeuille qu'il glissait dans sa poche intérieure, comme s'il l'accompagnait à sa dernière demeure.

Peu à peu, elle devint la proie d'horribles pressentiments. Elle était loin de sa famille, séparée d'eux par l'océan Atlantique et des dizaines de milliers de kilomètres. Elle était étrangère et complètement seule à Chicago. Personne ne la connaissait et personne ne se souciait d'elle. Son niveau d'anglais était faible et elle ne pouvait même pas comprendre les gens dans la rue. Dans son exil, elle n'avait que Danana. Pouvait-elle compter sur lui ? Qu'arriverait-il si elle tombait malade ou si elle avait un accident ? Cet homme qu'elle avait épousé ne la prendrait absolument pas en charge. Il la jetterait à la rue si elle devait lui coûter dix dollars. C'était ça la vérité. Il était avare, égoïste, ne pensait absolument qu'à lui. Peut-être même qu'elle comprenait, maintenant mieux qu'à n'importe quel autre moment, pourquoi il l'avait épousée. Il avait commencé à traire sa fortune, mais, sans aucun doute, il avait un plan pour s'emparer de son héritage après la mort de son père. Peut-être même le calculait-il dès maintenant avec précision.

Mais le problème ne se limitait pas à son avarice et à son égoïsme. Il y avait entre eux deux quelque chose de détestable qui se renforçait de jour en jour. Une question très particulière et très gênante, au sujet de laquelle Maroua ne pouvait même pas se confier à ceux qui lui étaient les plus proches, à laquelle elle se reprochait même de simplement penser et qui pourtant la faisait souffrir et lui gâchait la vie : elle détestait la façon qu'avait son mari de s'accoupler avec elle. Il la prenait d'une manière étrange, l'attaquait sans préambule, qu'elle soit assise en train de regarder la télévision dans sa chambre à coucher ou qu'elle sorte de la salle de bains. Il sautait sur elle, tout d'un coup, en érection, comme font les adolescents avec les bonnes à tout faire. Cette façon de procéder grossière lui causait de la panique, de la tension nerveuse et un sentiment d'humiliation, en même temps qu'elle lui produisait des ulcérations douloureuses. Un soir, elle fit allusion à ce problème, tout en évitant par honte de le regarder en face, mais il se moqua d'elle en riant, avec une sorte de fierté :

— Essaie de t'y habituer parce que j'ai une nature solide et puissante. Tous les hommes de ma famille sont comme ça. J'ai un oncle au village qui s'est marié et qui a eu un enfant à quatre-vingts ans passés.

Elle se sentit frustrée parce qu'il ne la comprenait pas et qu'elle ne se sentait pas capable d'entrer dans les détails. Elle aurait voulu lui conseiller de lire l'admirable formule coranique "Préparez pour vous-mêmes", pour qu'il comprenne ce qu'elle voulait dire, mais la honte l'emporta et elle se tut. Après cela, elle le surprit à essayer d'employer pendant l'action une sorte de crème à l'odeur pénétrante. Elle refusa et le repoussa violemment puis sauta du lit avec une rage redoublée. Elle se mit à fuir son intimité sous tous les prétextes possibles. Une nuit, il l'assaillit et elle lui résista en sautant loin de lui. En colère, haletant à la fois à cause de son désir et de l'effort qu'il venait de fournir, il lui dit :

— Crains Dieu, Maroua, prends garde à la punition de Dieu, qu'il soit glorifié et exalté. Ce que tu fais est un péché selon la loi religieuse. Tous les oulémas partagent cet avis. Le Prophète, prière et salut de Dieu sur lui, a dit dans un hadith : "La femme qui refuse son lit à son mari sera éternellement en proie à la malédiction des anges." Il était allongé devant elle dans le lit et elle était debout devant lui en chemise de nuit. La colère s'empara d'elle et elle lui jeta un regard de haine et de dérision. Elle faillit répondre que ce n'était pas possible que l'islam contraigne les femmes à vivre avec des maris répugnants comme lui et que le Prophète, prière et salut de Dieu sur lui, avait ordonné le divorce d'une femme, simplement parce qu'elle n'était pas heureuse avec son mari. Sa rage arriva à tel point qu'elle pensa pour la première fois au divorce. Qu'il la répudie maintenant et la laisse retourner en Egypte ! Ce serait plus généreux que d'abuser d'elle chaque nuit de façon si dégoûtante.

"Répudie-moi, maintenant." Ses pensées se concentrèrent sur cette phrase au point qu'elle en vit les lettres inscrites dans son cerveau, mais, pour une raison quelconque qu'elle essaya de comprendre par la suite sans jamais y parvenir, alors qu'elle allait ouvrir les lèvres pour prononcer la phrase définitive, des sentiments contradictoires et mystérieux y firent obstacle et la réduisirent au silence. Elle se vit se rapprocher de lui lentement, comme si elle était hypnotisée et enlever ses vêtements de manière mécanique, l'un après l'autre, jusqu'à ce qu'elle soit entièrement nue. Lorsqu'il se jeta sur elle, elle ne lui résista pas.

Cette nuit-là commença entre eux une étape nouvelle : elle lui livrait son corps avec une froideur totale, en fermant les yeux et en supportant courageusement son souffle lourd et détestable et la viscosité de son corps répugnant. Elle luttait contre la nausée puis, lorsqu'il avait joui, et qu'il était allongé sur le dos, vaniteux comme s'il venait de remporter un combat armé, elle courait dans la salle de bains pour vomir. Elle pleurait d'humiliation, de douleur, d'impuissance. Elle sentait son corps brisé comme s'il avait été roué de coups. Après leurs relations, son visage se crispait, se congestionnait, devenait comme tuméfié.

Malgré sa défaite face à lui dans la bataille du sexe, elle continuait à refuser avec obstination l'idée d'avoir un enfant. Il la harcelait pour qu'ils aient un enfant en Amérique. Il s'évertuait à la convaincre par tous les moyens. Il lui disait :
— Tu es idiote.
— Ne me parle pas sur ce ton !
Elle détournait le regard et il s'approchait d'elle d'un air caressant et lui susurrait :
— Ma chérie, écoute ce que je te dis. Si nous avons un enfant maintenant, il aura la nationalité américaine et nous l'obtiendrons nous aussi ensuite automatiquement. Les gens paient des dizaines de milliers de dollars pour avoir un passeport américain, et toi, tu méprises cette faveur.
— Ça ne te fatigue pas de répéter toujours la même chose ? Je ne veux pas avoir d'enfant maintenant, et il n'est pas question que j'en aie un pour avoir un passeport américain.

*

Ce soir-là, Maroua était tranquillement assise sur le canapé dans la salle de séjour, en train de regarder un feuilleton sur le canal satellitaire égyptien, quand elle entendit sonner à la porte. Cela l'inquiéta car elle n'attendait personne. Elle se leva, hésitante, avec à l'esprit toutes les mises en garde qu'elle ne cessait d'entendre sur le danger d'ouvrir à des inconnus, à Chicago. Elle regarda à travers l'œil de la porte et vit Safouat Chaker, debout et souriant, qui dit d'une voix forte :
— Le docteur Danana est-il ici ?
— Non, il n'est pas ici.
— Je suis désolé, madame, mais je suis venu de Washington spécialement pour le rencontrer.

Mon téléphone, malheureusement, est en panne. Puis-je entrer pour l'attendre ?

Comme elle ne répondait pas, il insista :

— Je veux le voir pour une chose importante qui doit être réglée sans délai.

Elle connaissait Safouat Chaker. Elle l'avait vu plus d'une fois aux réceptions du consulat, mais elle ne s'était jamais sentie à l'aise avec lui. Elle le trouvait imbu de lui-même et inquiétant, mais elle savait le grand cas que son mari faisait de lui et n'avait pas d'autre choix que de lui ouvrir la porte. Il était élégant, comme d'habitude et exhalait un parfum coûteux. Il lui serra la main et s'assit le plus près possible de l'entrée. Elle s'assit en face de lui tout en laissant ouverte la porte de l'appartement. Elle appela Danana qui lui répondit qu'il arrivait immédiatement. En attendant, il lui fallait s'occuper de son hôte. Elle lui prépara un verre de thé tout en opposant une fin de non-recevoir à ses tentatives répétées d'entamer la conversation. Dès que Danana arriva, elle se retira dans sa chambre. D'ailleurs, celui-ci ne lui accorda pas la plus petite importance. Il était entièrement obnubilé par son hôte important. Il se précipita pour lui souhaiter la bienvenue, tout essoufflé en exagérant un peu pour lui montrer qu'il était venu en courant. Il lui dit avec un sourire flagorneur :

— Bienvenue, monsieur, Chicago est illuminée par votre présence.

— Pardon d'être venu sans rendez-vous.

— Votre Excellence m'honore, à quelque moment que ce soit.

— Je vous prie de m'excuser auprès de votre épouse pour le dérangement.

— Au contraire, monsieur, Maroua est heureuse de votre présence parce qu'elle sait ce que vous représentez pour moi.

Safouat se cala à nouveau dans le fauteuil et lui dit :

— L'affaire pour laquelle je suis venu est de la plus haute importance.

— Rien de grave ?

— J'ai d'abord quelques questions à poser.

— A vos ordres.

— Est-ce que vous avez des coptes dans votre département ?

— Il n'y a pas de coptes dans la section d'histologie. Ils sont dans la section de médecine interne, de chirurgie et de physiologie. Le centre médical de l'université de l'Illinois compte seulement sept coptes et je les connais tous.

Safouat sortit de la poche de sa veste une feuille pliée qu'il ouvrit lentement, il la tendit à Danana qui la prit et la lut avec intérêt, puis la colère marqua son visage :

— Ce sont de grossiers mensonges.

— C'est un des nombreux manifestes qu'ils ont distribués la semaine dernière. Conservez-le et lisez-le avec soin. Les activités des coptes de l'émigration s'accroissent d'une manière inquiétante. Ils attaquent l'Egypte et M. le président d'une manière éhontée et, malheureusement, l'administration américaine les écoute.

— Ce sont des traîtres, des agents stipendiés par Israël.

Safouat Chaker baissa un instant la tête, puis déclara d'un ton sérieux :

— Israël a des relations avec une seule organisation. Les autres travaillent seules et s'appuient sur leurs financements propres. Ils attaquent le régime afin d'obtenir des avantages pour les coptes en Egypte.

— Pas question, monsieur. L'Egypte ne cédera pas à la provocation. Et puis, aller chercher des appuis à l'étranger, c'est de la traîtrise, répondit rapidement Danana, comme s'il récitait une leçon.

Safouat hocha la tête en signe d'approbation, puis interrogea Danana d'un ton sérieux :

— Que savez-vous de Karam Doss ?

— C'est un chirurgien du cœur, un millionnaire qui habite un palais luxueux à Oak Park. C'est l'un des chefs des coptes de l'émigration.

— Faites-moi un rapport détaillé sur lui.

— A vos ordres.

— Je veux des informations complètes avec une évaluation de la situation.

— Ce sera fait.

— Quant au jeune Nagui Abd el-Samad, les responsables de la Sécurité d'Etat m'ont envoyé une copie complète de son dossier. Il faut le surveiller de près. C'est un agitateur subversif.

Danana éclata d'un rire sarcastique :

— Le jeune Nagui est cuit. Je le connais depuis l'Egypte et je lui ai préparé un programme qui plaira à Votre Excellence.

Ils se turent pendant quelques instants, puis Safouat soupira :

— Maintenant, passons au sujet le plus important.

Danana alluma une cigarette et regarda avec une extrême attention, à travers ses lunettes, Safouat qui poursuivit à voix basse :

— Son Excellence le président va, si Dieu le veut, se rendre en visite officielle en Amérique, dans deux mois. C'est une visite très importante qui aura lieu dans des circonstances extrêmement délicates. Cela implique pour nous une excellente préparation. Nous avons peu de temps devant nous et n'importe quelle faute de notre part peut conduire au désastre.

— Votre Excellence connaît-elle le parcours ?

— Le parcours est toujours annoncé au dernier moment, et il change souvent soudainement pour des raisons de sécurité, mais je sais par mes propres sources que Son Excellence le président se rendra à Washington et à New York ainsi qu'à Chicago. Bien sûr, Son Excellence rencontrera ses enfants, les étudiants.

— La rencontre de Son Excellence le président sera une nouvelle fête nationale pour l'ensemble des étudiants.

— Vous êtes intelligent, Danana, et vous comprenez qu'une visite de M. le président peut changer notre vie. Elle peut me mener à un ministère ou à la retraite.

— Ce sera vers un ministère, avec la permission de Dieu, mais promettez-moi de ne pas m'oublier.

Safouat se mit à rire. Il semblait de bonne humeur. Il se leva pour partir, mais Danana insista pour le retenir à dîner. Il le supplia presque :

— Safouat bey, je vous en prie, ne me privez pas de cet honneur, dînez avec nous.

— J'ai un rendez-vous important au consulat.

— Mangez une bouchée en vitesse, excellence, avant d'aller à votre rendez-vous.

Danana se précipita vers l'intérieur et, au bout d'un quart d'heure, Maroua apparut portant un plateau. Safouat l'accueillit avec le sourire et la déshabilla du regard :

— Excusez-moi à nouveau de vous avoir dérangée, madame.

Elle grommela quelques mots, comme pour nier le dérangement, mais son visage n'était pas détendu. Danana fixa à plusieurs reprises ses regards sur elle pour la mettre en garde puis, désespérant de la rendre plus attentionnée, il ouvrit à nouveau le chapitre des paroles de bienvenue, ce dont Maroua profita pour se retirer.

Safouat lui demanda avec aplomb :

— Vous ne dînez pas avec nous ?

Elle répondit aussitôt à la question, comme si elle s'y était attendue :

— Je viens de manger, mais je vous en prie, excellence, bon appétit.

Danana s'assit à table face à Safouat qui ouvrit son cartable pour en tirer une petite bouteille de whisky :

— Pouvez-vous m'apporter de la glace ?

Quelques minutes plus tard, Danana revint avec les glaçons et un grand verre vide. Safouat lui dit en se servant le whisky :

— J'ai pris cette habitude pendant les longues années de mon séjour en Occident. Je prends toujours un verre avec le repas.

— Mais, monsieur, Votre Excellence fait des efforts surhumains dans son travail. Vous avez le droit de vous distraire un peu.

Safouat lui répondit par un sourire réservé, tout en buvant son verre à petites gorgées. Il mangea avec appétit et se leva pour partir. Danana l'accompagna à la porte où ils eurent une courte conversation sur ce qu'il convenait de faire les jours suivants. Danana suivit son maître du regard jusqu'à ce qu'il soit dans l'ascenseur, soupira, rentra dans l'appartement, ferma la porte derrière lui et, de la même façon que dans les films de science-fiction le visage du héros passe du bien au mal, les traits de Danana se transformèrent au fur et à mesure qu'il franchissait le vestibule. Lorsqu'il arriva devant la chambre à coucher, son visage exprimait un extrême mécontentement. Il ouvrit violemment la porte et trouva sa femme allongée sur le lit. Il lui cria d'une voix tonitruante :

— Tu t'es comportée avec cet homme d'une façon extrêmement grossière.

Maroua lui répondit calmement :

— C'est lui qui ne connaît pas les bonnes manières. Comment a-t-il pu se permettre d'entrer chez toi alors que tu étais absent ?

— Il avait besoin de moi pour une affaire importante.

— Il aurait pu te laisser un message.

— L'affaire était beaucoup trop importante.

— Je ne me sens pas en confiance avec lui.

— Sais-tu qui est Safouat Chaker ?

— Cela m'est complètement égal.

— Safouat est responsable du service de renseignements de l'ambassade d'Egypte. C'est lui le plus important. Plus que l'ambassadeur lui-même. Il lui suffit d'écrire un rapport pour me faire monter jusqu'au ciel ou pour détruire complètement mon avenir.

Maroua le regarda fixement, comme si elle le voyait pour la première fois :

— Quelles que soient ses fonctions, il n'a pas le droit d'entrer chez toi quand tu es absent. Par ailleurs, je refuse que ma maison devienne une taverne.

— Je ne te permettrai pas de détruire mon avenir. Je te préviens. S'il revient et si tu te conduis de cette manière inconvenante, ce sera la fin entre nous.

— Si tu savais comme je la souhaite, cette fin ! Je l'attends avec impatience, lui dit-elle en le regardant en face, prête à bondir.

— C'est ma faute, je n'aurais pas dû me marier dans une famille ignorante.

— Je ne te permets pas d'insulter ma famille.
— Ce n'est pas une insulte, c'est la vérité.
— Tu n'as pas honte ?
— Ton père, le hadj Naoufal, est-il cultivé ou inculte ?
— Les circonstances n'ont pas permis à mon père d'étudier, mais il a tout fait pour que nous recevions la meilleure éducation possible.
— Cela n'empêche pas qu'il est inculte.
— Ce père inculte qui ne te plaît pas, c'est lui qui te fait vivre.

La main de Danana s'abattit sur son visage. La violente gifle la fit vaciller. Elle se jeta sur lui, le saisit par la chemise et cria :

— Tu me frappes ? Je ne vivrai pas avec toi un jour de plus. Répudie-moi maintenant. Immédiatement !

9

Trente ans plus tard, il se souvenait encore clairement de cette nuit-là.

Il avait dû quitter son tour de garde pour aller la chercher. Les forces de sécurité assiégeaient complètement l'université du Caire, en interdisant l'entrée et la sortie. Entre le pont de l'université et l'entrée principale se trouvaient plusieurs barrages de police. Ils lui posaient tous la même question et il leur répondait de la même façon. Au dernier contrôle, apparut un colonel qui lui sembla être le chef. Il avait l'air épuisé, nerveux et fumait avec acharnement. Il aspira une bouffée et lui dit après avoir examiné sa carte de médecin :

— Que voulez-vous, docteur ?

— J'ai une parente parmi les manifestants qui occupent l'université. Je viens pour la ramener à sa famille.

— Comment s'appelle-t-elle ?

— Zeïneb Redouane, de la faculté d'économie.

L'officier l'examina d'un regard professionnel comme pour vérifier la sincérité de ses propos, puis il lui dit :

— Je vous conseille de la ramener avec vous rapidement. Nous les avons mis en demeure de mettre fin à leur occupation, mais ils cherchent la bagarre. Nous allons d'un instant à l'autre recevoir l'ordre d'employer la force. Alors, nous allons les frapper sans pitié et nous les arrêterons tous.

— Je vous prie de considérer que ce sont des jeunes en colère pour leur pays.

— Nous aussi, nous sommes égyptiens et patriotes, mais nous ne manifestons pas et nous ne saccageons rien.

— J'espère que vous vous comporterez avec eux avec un esprit paternel.

— Quel père et quelle mère ? J'appliquerai les instructions, cria l'officier qui luttait contre son sentiment intérieur.

Ensuite, il recula de deux pas, fit un signe de la main et les soldats se mirent en mouvement pour lui ouvrir le passage.

L'université était complètement plongée dans l'obscurité et le froid de janvier pénétrait les os. Il se serra dans son manteau et enfonça les mains dans ses poches. Les banderoles et les placards muraux recouvraient le bâtiment. Dans l'obscurité, il ne pouvait pas distinguer ce qui y était écrit, en dehors d'un grand portrait d'Anouar al-Sadate représenté en train de fumer la *gouza*. Il vit des centaines d'étudiants assis sur le gazon et sur les marches du perron. Nombre d'entre eux étaient endormis. Certains fumaient et parlaient, d'autres chantaient des airs de Cheikh Imam*. Elle était assise devant la salle de réunion, en train de discuter fougueusement avec quelques étudiants. Il s'approcha d'elle et l'appela. Elle se rapprocha de lui et s'écria, de sa manière chaleureuse qu'il n'avait pas oubliée :

— Bonjour !

---

* Chanteur révolutionnaire des années 1970. Ses chansons étaient devenues de véritables hymnes.

Il lui répondit laconiquement :
— Tu as l'air fatigué.
— Je vais bien.
— Je voudrais que tu viennes avec moi.
— Où ?
— Chez toi, dans ta famille.
— Tu es venu me prendre par la main pour me ramener dans le giron de maman ? Tu veux que je me lave les pieds et que je boive mon lait avant de me mettre au lit ? Puis tu me borderas et tu me raconteras une histoire pour que je m'endorme.

Son ironie lui fit comprendre que sa mission n'allait pas être facile. Il la regarda d'un air plein de reproche et lui dit d'un ton sévère :
— Je ne te permettrai pas de te faire du mal.
— C'est mon affaire.
— Que cherches-tu exactement ?
— Mes collègues et moi, nous avons de nombreuses revendications. Nous ne suspendrons pas l'occupation avant qu'elles ne soient satisfaites.
— Vous croyez que vous allez changer le monde ?
— Nous allons changer l'Egypte.
— L'Egypte ne changera pas avec une manifestation.
— Nous représentons l'ensemble des Egyptiens.
— Arrête de te faire des illusions. Les gens en dehors de l'université ne savent rien de vous. Zeïneb, viens avec moi. L'officier m'a dit qu'ils allaient tous vous arrêter.
— Qu'ils le fassent, s'ils le veulent !
— Tu veux que les soldats te frappent, qu'ils te traînent par terre.
— Je n'abandonnerai pas mes amis, quoi qu'il arrive.

— J'ai peur pour toi, murmura-t-il avec anxiété.

Elle lui tourna lentement le dos et rejoignit ses camarades. Elle reprit sa conversation avec eux et l'ignora totalement. Il resta un moment sur place à la regarder, puis il partit furieux, en se disant qu'elle était folle, qu'elle n'était absolument pas faite pour lui et que s'il l'épousait elle transformerait leur maison en champ de bataille. Elle était orgueilleuse et entêtée et se comportait à son égard d'une façon désinvolte et insultante. Il l'avait prévenue et elle avait persisté dans sa folie. Les soldats pouvaient bien la frapper, la traîner par terre, la violer, à partir de maintenant, il ne ressentirait plus aucun attachement pour elle. C'est elle qui avait choisi son destin. Il se réfugia dans son lit, complètement épuisé, mais il fut incapable de dormir. Il n'arrêta pas de se retourner dans son lit, jusqu'à ce qu'il entende l'appel à la prière de l'aube. Il se leva, prit un bain et retourna à l'université. Il apprit que les soldats avaient donné l'assaut et arrêté les étudiants. Il fit des pieds et des mains pour entrer en contact avec des relations pour qu'on lui permette enfin de lui rendre visite, à midi, à la direction de la Sécurité. Elle était livide et sa lèvre inférieure était tuméfiée. Il y avait aussi des hématomes autour de son sourcil gauche et sur son front. Il tendit la main et palpa son visage. Il lui demanda tristement :

— Cela te fait mal ?

Elle lui répondit brusquement :

— C'est l'Egypte tout entière qui est blessée.

Après toutes ces années, il continuait à se souvenir de Zeïneb Redouane. En vérité, il n'avait pas arrêté un seul jour de penser à elle. Les images anciennes apparaissaient dans son esprit avec une clarté étonnante. Une cascade de souvenirs l'assaillait, le submergeait, comme si tout ce passé sortait pareil à un gigantesque génie de sa lampe magique. Il la voyait devant lui, avec sa taille mince, son beau visage et ses longs cheveux noirs peignés en queue de cheval. Ses yeux brillaient d'enthousiasme. Elle lui parlait de l'Egypte d'un ton mystique, comme si elle récitait un poème d'amour :

— Notre pays est magnifique, Saleh, mais il a longtemps été opprimé. Notre peuple a des capacités extraordinaires. Si la démocratie voyait le jour, l'Egypte deviendrait un pays puissant et développé en moins de dix ans.

Il l'écoutait en cachant son absence d'intérêt derrière un sourire neutre. Combien de fois n'essaya-t-elle pas de l'amener à ses positions, mais lui marchait dans une autre vallée. Le jour de son anniversaire, elle lui offrit l'*Histoire universelle* d'Abderrahmane el-Gabarti* :

— Bon anniversaire, lui dit-elle, lis ce livre pour mieux me comprendre.

Il commença à lire le livre, mais cela l'ennuya et il lui dit en mentant qu'il l'avait terminé. Il n'aimait pas mentir et le faisait rarement, seulement il ne voulait pas la fâcher.

Il voulait conserver le souvenir de ses meilleurs moments, lorsqu'elle était de bonne humeur et que son visage rayonnait, de leurs merveilleux instants de sérénité, quand ils étaient assis côte à côte dans le jardin d'Al-Ormane**, ses livres posés à côté d'elle, sur le banc arrondi de

* Abderrahmane el-Gabarti (1754-1825), témoin de l'expédition de Bonaparte. Ses célèbres annales sont une source d'information exceptionnelle sur son époque.
** Jardin botanique situé à Gizeh et créé par le khédive Ismaïl.

marbre blanc. Les heures passaient sans qu'ils s'en rendent compte. Ils rêvaient de l'avenir, ils parlaient à voix basse. Il s'approchait d'elle et respirait son parfum qui lui revenait maintenant avec force. Il lui prenait la main, se penchait et lui volait un baiser sur la joue et elle lui décochait un regard où se mêlaient le reproche et la tendresse. Comme les rêves se terminent vite !

Et enfin, la dernière séquence – qu'il reverrait encore mille fois par la suite, en s'arrêtant sur chaque mot, chaque regard, chaque moment de silence. Ils se trouvaient dans leur endroit préféré du jardin lorsqu'il lui annonça sa décision d'émigrer. Il essayait de rester calme. Il voulait que la situation fasse l'objet d'une discussion rationnelle, mais elle s'emporta :

— Tu fuis.

— Non, je me sauve.

— Tu parles seulement de toi.

— Je suis venu te proposer de partager avec moi une vie nouvelle.

— Je n'abandonnerai jamais mon pays.

— Assez de slogans, s'il te plaît.

— Ce ne sont pas des slogans, mais le sens du devoir. Tu ne peux pas comprendre.

— Zeïneb !

— Tu as étudié grâce à l'argent du peuple égyptien misérable et tu es devenu médecin. Il y a des milliers de jeunes Egyptiens qui auraient voulu être à ta place à la faculté de médecine. Et maintenant, tu veux abandonner l'Egypte et partir pour l'Amérique qui n'a pas besoin de toi, l'Amérique qui est la cause de tous nos problèmes. Comment appelles-tu celui qui abandonne son pays dans l'épreuve et qui se met au service de ses ennemis ?

— J'ai étudié la médecine et j'ai obtenu ma place à la faculté grâce à mes efforts, parce que j'avais une mention d'excellence. D'ailleurs, la science n'a pas de patrie. La science est neutre.

— La science qui approvisionne Israël en napalm pour faire griller le visage de nos enfants à Bahr el-Baqar* ? Cette science-là ne peut pas être neutre.

— Je crois, Zeïneb, qu'il faut voir la réalité comme elle est et non pas comme nous la voulons.

— Cause toujours, monsieur le philosophe.

— Nous avons été vaincus. L'affaire est close. Ils sont beaucoup plus forts que nous. Ils peuvent nous écraser à chaque instant.

— Nous ne vaincrons jamais si nous raisonnons comme toi.

Provoqué par son mépris, il se mit à crier d'une voix qui fit se retourner les promeneurs du jardin :

— Quand est-ce que vous allez vous réveiller de vos illusions ? Notre victoire est impossible à cause de notre sous-développement et de notre régime dictatorial. Comment pourrions-nous les vaincre, alors que nous sommes incapables de fabriquer les microscopes électroniques les plus rudimentaires ! Nous mendions tout à l'extérieur, jusqu'aux armes avec lesquelles nous nous défendons. Le problème ne vient pas des gens comme moi, mais des gens comme toi. Gamal Abdel Nasser a vécu comme toi, dans les rêves, et cela ne nous a apporté que la destruction.

Leurs voix s'élevèrent et ils entrèrent dans une violente altercation. Son visage se rembrunit. Elle se leva et, en ramassant ses livres, elle les fit tomber par terre. Ils se répandirent sur le sol.

---

* Ecole égyptienne du Delta bombardée par l'aviation israélienne en avril 1970. Plus de trente enfants furent tués.

A ce moment-là, ses cheveux noirs et fins lui tombèrent sur le front et elle lui parut encore plus séduisante. Il aurait voulu la prendre dans ses bras et l'embrasser. Il tenta effectivement de s'approcher d'elle, mais elle le repoussa d'un geste de la main. Elle lui dit d'une voix qui avait la marque du destin :

— A partir d'aujourd'hui, tu ne me verras plus.
— Zeïneb !
— Dommage que tu sois lâche.

Quelle affreuse migraine ! Cela commence par le haut de la tête, cela rampe comme une armée de fourmis qui vous dévore. Etait-il en train de rêver maintenant ou bien ce qui arrivait était-il réel ? Un éclair le ramena à la conscience. Il était allongé sur le long divan du psychanalyste. Il baignait dans une musique légère. Une faible lumière se diffusait derrière lui. Le médecin, assis à ses côtés, notait avec soin tout ce qu'il disait. Qu'était-il en train de faire ? Qu'est-ce qui l'avait conduit ici ? Est-ce que ce médecin allait pouvoir réparer sa vie ? Quelle absurdité ! Il connaissait bien ce type de jeunes gens : les rejetons de la classe moyenne supérieure qui étudiaient grâce à l'argent de leurs parents, obtenaient leurs diplômes et trouvaient leur place réservée au sommet de la société américaine. C'étaient toujours les pires des étudiants auxquels il avait eu à faire cours : ignorance, paresse et fatuité. Celui-là était l'un d'entre eux : un corps sportif, un visage éclatant, un regard indifférent. Que savait ce garçon de la vie ? Tout ce qu'il savait de la douleur, c'était celle dont il souffrait après une partie de squash !

Le médecin sourit d'une manière professionnelle et factice. Il lui dit, le stylo à la main, comme s'il jouait un rôle dans un film :

— Parlez-moi encore de votre amie Zeïneb.

— Je n'ai plus rien à en dire.
— Je vous demande de m'aider pour pouvoir vous aider à mon tour.
— Je fais tout mon possible.

Le médecin lui dit en regardant les feuilles qui étaient devant lui :

— Comment avez-vous rencontré votre épouse américaine, Chris ?
— Par hasard.
— A quel endroit ?
— Dans un bar.
— Dans quel bar ?
— Est-ce si important ?
— Extrêmement.
— Je l'ai rencontrée dans un bar pour célibataires.
— Quel était son métier ?
— Employée dans un magasin.
— Ne vous mettez pas en colère à cause de ce que je vais dire, mais la franchise est à la base du traitement. Avez-vous épousé Chris pour obtenir la nationalité ?
— Non, je l'aimais.
— Etait-elle mariée ?
— Elle était divorcée.

Le médecin resta quelques instants silencieux. Il nota quelques mots sur une feuille, puis lui décocha tout à coup un regard étrange :

— Saleh, je vois votre histoire de la façon suivante : vous vouliez obtenir la nationalité américaine, vous êtes allé dans un bar pour célibataires. Vous avez rencontré là-bas une pauvre employée, divorcée, seule. Vous l'avez subjuguée sexuellement pour qu'elle vous épouse et qu'elle vous procure vos papiers.

— Je ne vous permets pas, cria le docteur Saleh suffoquant de colère, mais le médecin poursuivit comme s'il ne l'entendait pas.

— C'était un marché raisonnable et juste. Le médecin arabe, de couleur, qui donne sa maison et son nom à une employée américaine blanche et pauvre et qui, en échange, obtient un passeport américain.

Le docteur Saleh se leva suffoquant de colère :

— Si vous me parlez avec cette insolence, je ne veux pas de vos soins.

Le docteur sourit et, comme s'il redevenait lui-même, lui dit sur un ton d'excuse :

— Je suis désolé. Je vous prie de m'excuser. Je voulais seulement vérifier quelque chose.

Il se mit à nouveau à écrire sur ses feuilles puis demanda :

— Vous avez dit que vous souffriez d'impuissance sexuelle avec votre épouse ?

— Oui.

— Depuis quand ?

— Trois mois, peut-être plus.

— Avez-vous perdu votre capacité sexuelle progressivement ou d'un seul coup ?

— D'un seul coup.

— Décrivez-moi en détail ce que vous ressentez avant d'avoir une relation sexuelle avec votre épouse.

— Tout se déroule d'une façon normale, puis le désir disparaît tout à coup.

— Pourquoi cela arrive-t-il ?

— Si je le savais, je ne serais pas venu vous voir.

— Racontez-moi comment évoluent vos sentiments.

— Le désir voile les détails et, si je vois les détails, je perds mon désir.

— Je ne comprends pas, donnez-moi un exemple.

— Si vous avez faim, vous ne remarquez pas les morceaux d'oignon collés au bord du plat. Vous les remarquez seulement quand vous n'avez plus faim. Si vous les remarquez avant de manger, vous perdez l'appétit. Me comprenez-vous ?

Le médecin hocha la tête et lui fit signe de continuer.

— Quand vous désirez une femme, vous ne voyez pas les petits détails. C'est seulement après avoir fait l'amour que vous remarquez par exemple que ses ongles ne sont pas complètement propres, qu'elle a un doigt trop court ou que son dos est couvert de taches sombres. Si vous remarquez cela avant de faire l'amour avec elle, votre désir disparaît. C'est exactement ce qui arrive avec ma femme. Quand je m'approche d'elle, ces petits détails m'apparaissent clairement et m'obsèdent. Alors, je cesse de la désirer.

— Ces propos vont beaucoup nous aider, murmura le docteur.

Puis il reprit son sourire professionnel, ouvrit un tiroir et, d'un air confiant, lui tendit une boîte de médicaments :

— Un comprimé au petit-déjeuner pendant une semaine.

Puis il prit devant lui un autre médicament :

— Et ce comprimé, une demi-heure avant la relation sexuelle.

Est-ce que des comprimés allaient guérir soixante ans de tristesse ? Comme tout cela semblait ridicule ! Pourquoi ce jeune avait-il tellement confiance en lui ? Va au diable, toi et tes comprimés ! Que connais-tu de la vie réelle ? Le voilà maintenant qui le raccompagnait à la porte amicalement et respectueusement. Il appliquait au pied de la lettre ce qu'on lui avait appris à l'université au chapitre "Comment vous comporter avec vos malades". Le médecin retint sa main puis lui dit lentement :

— Docteur Saleh, dans votre cas, le patient essaie généralement de fuir le traitement, et sa haine retombe sur le médecin. Je crois que vous êtes trop intelligent pour cela. Soyez persuadé que je veux vous aider. Je suis désolé si mes propos vous ont choqué. Je vous verrai dans une semaine. A la même heure.

*

Au département d'histologie, on m'avait réservé un petit bureau et l'on m'avait demandé de faire graver une plaque à mon nom pour l'accrocher au-dessus de la porte. Je suis descendu au rez-de-chaussée où j'ai trouvé le vieil Américain responsable des plaques. Il m'accueillit aimablement et me demanda d'écrire mon nom sur un bout de papier. Sans lever les yeux de la plaque sur laquelle il était en train de travailler, il ajouta :

— *Repassez me voir après le déjeuner.*

Cela me surprit car il ne restait qu'une heure avant le repas. Je revins le voir au moment prévu. Il me fit un signe de la main :

— *Vous la trouverez ici.*

Mon nom était élégamment écrit sur la nouvelle plaque. Je la pris et restai un moment hésitant :

— *Que dois-je faire maintenant ?*

— *Prenez-la.*

— *Il ne faut pas que je signe un reçu ?*

— *Ce n'est pas votre plaque ?*

— *Si.*

— *Quelqu'un d'autre pourrait avoir l'idée de la prendre ?*

Je hochai la tête et le remerciai et une fois dans l'ascenseur je ris de moi-même. Il fallait que je me débarrasse de l'héritage bureaucratique égyptien que j'avais dans le sang. Ce modeste employé américain m'avait donné une leçon : pourquoi, en effet, signer un reçu pour une plaque qui portait mon nom ?

La journée se passa calmement. Après le déjeuner, j'étais en train d'examiner le cursus pédagogique de la section lorsque apparut Ahmed Danana. Il entra brusquement dans mon bureau et me dit d'une voix forte :

— *Bonne arrivée, Nagui !*

Je me levai et lui serrai la main. Je me souvenais du conseil du docteur Saleh et tentai de lui paraître amical. Nous parlâmes de choses et d'autres, puis, tout à coup, il me tapa sur l'épaule et me dit d'un ton impérieux :

— *Venez avec moi.*

Je l'accompagnai à travers les couloirs du département avant d'arriver dans une petite pièce couverte d'étagères bourrées de feuilles et de cahiers de formes et de couleurs diverses. Il me dit :

— *Prenez tous les cahiers, tous les stylos, tout le papier que vous voulez.*

Puis il ajouta en riant :

— *Ces fournitures sont réservées aux chercheurs de la section. Tout est gratuit. Aux frais du propriétaire !*

— *Merci.*

Je pris ce dont j'avais besoin. Sur le chemin du retour, il me dit :

— *Je rends service à tous les Egyptiens. Je suis à leurs côtés, je les aide, mais ils se montrent rarement reconnaissants.*

Ses propos ne me plurent pas, mais je gardai le silence. Lorsque nous arrivâmes devant la porte

de mon bureau, il se sépara de moi en me serrant la main :
— Bonne chance, Nagui !
— Merci.
— Nous avons une réunion ce soir, à l'amicale des étudiants égyptiens. Pourquoi ne viendriez-vous pas pour que je vous présente à vos collègues ?
Comme je semblais hésitant, il poursuivit d'un ton affirmatif :
— Je vous attends ce soir à six heures. Prenez l'adresse.

Je revins à la maison et me mis à réfléchir : Ahmed Danana est un agent de la Sécurité d'Etat. Rien de bon ne me viendra jamais de lui. S'il se montre aimable, c'est certainement dans un but précis. Pourquoi donc me suis-je empêtré de lui ? J'aurais mieux fait de l'éviter complètement.
J'eus envie de l'appeler pour m'excuser, mais je revins sur cette idée et me dis que l'Union regroupait tous les étudiants égyptiens à Chicago et que c'était mon droit d'en être membre et de faire leur connaissance. Je n'allais pas renoncer à mon droit par peur de Danana. Je pris un bain, m'habillai et partis pour la réunion. L'adresse était précise et accompagnée d'un plan indiquant le trajet, si bien que je parvins facilement au siège de l'amicale. Il y avait là une vingtaine de boursiers et trois étudiantes voilées. Je fis leur connaissance et lorsque commença la réunion je me mis à les observer : des jeunes gens brillants et travailleurs, comme des centaines d'autres dans le corps professoral égyptien. Pas un seul d'entre eux, pensai-je, n'était préoccupé d'autre chose au monde que de ses études, de sa carrière universitaire et de

l'amélioration de ses revenus. La plupart étaient pieux et portaient la marque de la prière sur le front. Certains étaient barbus. En général, pour eux, la religion c'était la prière, le jeûne et le voile.

Je remarquai un magnétophone à côté de Danana et lui demandai :

— Vous enregistrez ce que nous disons ?

— Bien sûr, vous avez une objection ? rétorqua-t-il rudement en me jetant un regard agressif.

Son changement soudain à mon égard me surprit. Je me réfugiai dans le silence et me mis à suivre les propos des boursiers. Je remarquai l'énorme ascendant qu'il exerçait sur eux. Ils s'adressaient à lui avec révérence et flagornerie, comme s'il était leur chef hiérarchique civil ou militaire, et non pas un simple collègue. Au bout d'une bonne demi-heure de discussion sur des points de détail ennuyeux, Danana annonça d'un ton plein de ferveur :

— Au fait, j'ai une nouvelle qui va vous réjouir. J'ai appris de source sûre que Son Excellence le président de la République va se rendre prochainement aux Etats-Unis et qu'il passera par Chicago.

Ils se mirent tous à chuchoter et il poursuivit :

— Vous avez de la chance. Un jour, vous pourrez dire à vos enfants que vous avez rencontré le grand chef en personne.

Il aspira ensuite une bouffée de sa cigarette :

— Je vous demande votre accord pour envoyer en votre nom un télégramme à Son Excellence le président, afin de lui renouveler notre allégeance et de lui exprimer notre joie de sa précieuse visite.

— Je ne suis pas d'accord, dis-je aussitôt.

Les chuchotements firent place à un lourd silence autour de moi.

Danana se tourna lentement vers moi et me dit d'un ton menaçant :

— A quoi vous opposez-vous exactement ?

— Je m'oppose à ce que l'on envoie un télégramme d'allégeance au président. En tant qu'étudiants, nous ne pouvons pas accepter cette hypocrisie.

— Nous ne sommes pas hypocrites, nous aimons véritablement le président. Niez-vous que sa présidence soit historique ? Niez-vous que l'Egypte ait connu sous son mandat des réalisations gigantesques et sans précédent ?

— La corruption, la misère, le chômage, la dépendance, c'est cela que vous appelez des réalisations ?

— Vous êtes toujours communiste, Nagui. Je croyais que vous aviez mûri et que vous étiez devenu raisonnable. Ici, sachez-le, à l'amicale, il n'y a pas de place pour les communistes parmi nous. Nous sommes tous, grâce à Dieu, des musulmans pratiquants.

— Je ne suis pas communiste et si vous compreniez le sens de ce mot vous sauriez que, de toute façon, ce n'est pas un crime.

— Son Excellence M. le président, qui n'a pas l'heur de vous plaire, a pris en charge le pays alors qu'il était grevé de problèmes chroniques. Grâce à sa sagesse et à l'impulsion qu'il a donnée, il a été capable de le conduire à la stabilité et à la sécurité.

— Ce sont les mensonges du parti au pouvoir. La vérité, c'est que la moitié des Egyptiens vivent au-dessous du seuil de pauvreté. Simplement au Caire, plus de quatre millions de personnes vivent dans des habitats précaires.

Il me coupa la parole d'une voix forte :

— Même si vous voyez des aspects négatifs dans la façon de gouverner de Son Excellence *le président, votre devoir religieux est de lui obéir.*

— *Qui dit cela ?*

— *L'islam, si toutefois vous êtes musulman. Il y a un consensus chez les docteurs en religion pour stipuler l'obligation pour les musulmans d'obéir à leurs dirigeants, même s'ils les oppriment, aussi longtemps qu'ils attestent qu'il n'y a de Dieu que Dieu et que Mohamed est son Prophète, et qu'ils font la prière aux heures prescrites. La sédition qui résulte de la lutte contre les dirigeants est beaucoup plus dangereuse que l'oppression pour la communauté des croyants.*

— *Ce discours n'est absolument pas celui de l'islam, c'est celui qu'ont forgé les théologiens de cour en se servant de la religion pour renforcer les régimes despotiques.*

— *Si vous contestez ce discours, vous enfreignez le consensus de l'ensemble des docteurs en religion et vous contrevenez à des principes avérés. Savez-vous quel en est le châtiment ?*

— *Puis-je le lui dire, docteur ? s'écria un jeune homme barbu d'un ton moqueur.*

Danana le regarda en riant avec une sorte de gratitude et conclut :

— *Ce n'est pas nécessaire. Les conversations avec les communistes ne se terminent jamais. Ce sont des experts en dialectique stérile. Nous n'avons pas de temps à perdre. Je mets la question au vote. Mes amis, êtes-vous d'accord pour envoyer un télégramme d'allégeance à Son Excellence le président ? Que ceux qui sont d'accord lèvent la main, s'il vous plaît.*

Tous levèrent immédiatement la main. Danana éclata de rire et me jeta un regard dédaigneux :

— *Alors, qu'en pensez-vous ?*

Je ne répondis pas et restai complètement silencieux jusqu'à la fin de la réunion. Je remarquai que mes condisciples m'ignoraient complètement. Je sortis rapidement en disant : "La paix soit sur vous." Personne ne répondit.

Le métro était bondé et je dus rester debout. Il était clair que Danana m'avait invité à la réunion pour me donner une mauvaise réputation auprès des boursiers, de façon à ce que je n'aie plus ensuite la possibilité de les convaincre d'adopter une position patriotique. J'étais maintenant à leurs yeux un communiste athée. C'étaient là les procédés habituels de la Sécurité d'Etat, qui étaient toujours efficaces pour noircir l'image de n'importe qui.

Je sentis tout à coup une main qui me tapotait l'épaule. Je me retournai et vis le jeune homme barbu qui s'était moqué de moi. Il sourit et me dit :

— Vous êtes en faculté de médecine à l'université de l'Illinois, n'est-ce pas ?

— Oui.

— Je suis votre frère Maamoun Arafa. Je prépare un doctorat en ingénierie civile à l'université de North Western. Est-ce que vous habitez à la cité universitaire ?

— Oui.

— J'y ai habité un moment, puis j'ai déménagé dans un appartement moins cher avec un étudiant libanais.

Je restai silencieux. Quelque chose me poussait à éviter de lui parler. Il me dit subitement :

— On voit que vous êtes très engagé politiquement. Vous attaquer du premier coup au président de la République ! Toutes les réunions de l'amicale sont enregistrées !

Nous passâmes plusieurs stations. Il fallait que je descende et je commençais à me frayer un chemin dans la foule lorsque, tout à coup, il me prit le bras et me chuchota à l'oreille :

— Attention à ne pas vous mettre Ahmed Danana à dos. Il tient tout entre ses mains, ici. S'il est en colère contre vous, il peut vous perdre.

Je retirai brusquement mon bras de sa main et il ajouta :

— Je vous ai prévenu. Libre à vous !

Le matin suivant, dès que je vis le docteur Saleh, il me dit d'emblée avec un sourire :

— Nagui, vos problèmes continuent.

— Pourquoi ?

— Danana m'a informé que vous vous étiez disputé avec lui.

— Ah bon ! Il voulait envoyer un télégramme de complaisance au président et je m'y suis opposé. Ni plus ni moins.

Il me regarda d'un air interrogateur :

— J'admire vraiment votre ardeur, mais cela méritait-il une dispute ?

— Vous voudriez que je signe un document d'allégeance comme ces hypocrites du Parti national démocratique ?

— Bien sûr que non, mais ne gaspillez pas votre énergie dans ces affaires. Vous avez une chance extraordinaire de vous instruire. Ne la gâchez pas.

— Cela ne sert à rien de m'instruire si je ne prends pas position sur ce qui se passe dans mon pays.

— Etudiez et obtenez votre diplôme, puis vous pourrez servir votre pays comme vous voudrez.

— Nos condisciples de l'université du Caire qui refusaient de participer aux manifestations patriotiques employaient le même raisonnement : remplir son devoir patriotique par la réussite professionnelle, c'est se raconter des histoires. Non, monsieur,

l'Egypte a actuellement beaucoup plus besoin d'action patriotique directe que d'enseignants et de comptables. Si nous ne luttons pas pour le droit des gens à la justice et à la liberté, toute la science que nous pourrons acquérir ne servira à rien.

Je parlais avec exaltation et je m'étais visiblement laissé emporter, car tout à coup le docteur Saleh sembla irrité et me cria au visage :

— *Ecoutez-moi, vous êtes ici seulement pour vous instruire. Si vous voulez prêcher la révolution, retournez en Egypte.*

Je fus surpris par sa colère et je me tus. Il reprit son souffle et poursuivit sur le ton du regret :

— *Essayez de me comprendre, Nagui. Tout ce que je cherche, c'est à vous aider. Vous êtes dans une des plus grandes universités d'Amérique. C'est une occasion irremplaçable. Il a fallu mener une bataille pour que vous soyez admis.*

— *Une bataille ?*

— *Ils hésitaient à accepter votre dossier parce que vous n'êtes pas enseignant à l'université, et j'ai été parmi ceux qui ont défendu votre candidature avec le plus d'ardeur.*

— *Je vous en remercie.*

— *Je vous prie de ne pas trahir ma confiance.*

— *Entendu.*

— *Vous le promettez ?*

— *Je le promets.*

Le docteur Saleh soupira comme s'il était soulagé, puis il me dit d'un ton sérieux, en me tendant une feuille :

— *Voici mes propositions de matières à étudier.*

— *Et pour la recherche ?*

— *Aimez-vous les mathématiques ?*

— *J'y ai eu la note maximale.*

— *Parfait ! Que penseriez-vous de faire une étude sur la façon dont se forme le calcium dans*

les os ? Vous travailleriez sur du calcium radio-actif. Une grande partie de votre recherche s'appuierait sur les statistiques.
— Sous votre direction ?
— Ce n'est pas ma spécialité. Il n'y a que deux professeurs qui travaillent dans ce domaine : George Michael et John Graham.
— Lequel des deux me conseillez-vous ?
— Vous ne vous entendrez pas avec Michael.
— Je ne voudrais pas que vous vous fassiez une mauvaise opinion de moi. Je peux m'entendre correctement avec n'importe quel professeur.
— Ce n'est pas vous, le problème. George Michael n'aime pas travailler avec les Arabes.
— Pourquoi ?
— Il est comme ça. De toute façon, cela n'a pas d'importance. Allez voir Graham.
— Quand ?
Il regarda la pendule accrochée au mur :
— Vous pouvez le trouver maintenant. Il va vous sembler bizarre, mais c'est un excellent professeur.

Je frappai à la porte du bureau de Graham, au bout du couloir. Une voix rauque me répondit :
— Entrez !
Je fus accueilli par un grand nuage de fumée du tabac parfumé de sa pipe.
Je jetai un coup d'œil autour de moi pour voir s'il y avait une fenêtre. Il me demanda :
— Est-ce que la fumée vous gêne ?
— Je fume moi aussi.
— C'est un premier point commun.
Il éclata d'un rire retentissant, tout en exhalant une épaisse fumée. Il était vautré sur son fauteuil, les pieds posés sur le bureau, à l'américaine. Je remarquai que ses yeux reflétaient en permanence l'ironie, comme s'il était un spectateur en

train de regarder quelque chose de distrayant, mais dès qu'il se mit à me parler son visage devint sérieux :

— En quoi puis-je vous aider ?

— Je souhaite que vous dirigiez mon mémoire de magistère, lui dis-je en souriant poliment et en essayant de faire bonne contenance.

— J'ai une question.

— Je vous en prie.

— Pourquoi vous fatiguez-vous à obtenir ce magistère en histologie si vous ne travaillez pas à l'université ?

— J'espère que vous ne trouverez pas ma réponse étrange. En vérité, je suis poète.

— Poète ?

— Oui, j'ai déjà publié deux recueils au Caire. La poésie est la chose la plus importante dans ma vie. Mais il faut que j'aie un métier pour pouvoir en vivre. Ils ont refusé de me nommer à l'université du Caire à cause de mes activités politiques. J'ai fait un procès à l'université, mais je crois que cela ne va pas conduire à grand-chose. Même si je gagne mon procès, l'administration peut faire pression sur moi jusqu'à ce que je quitte l'université comme cela est arrivé à de nombreux autres collègues. Je veux obtenir le magistère de l'université de l'Illinois afin de travailler pendant quelques années dans les pays du Golfe et économiser assez d'argent pour revenir en Egypte me consacrer à la littérature.

Graham me regarda, souffla une nouvelle bouffée de fumée et dit :

— Donc, vous étudiez l'histologie pour la littérature.

— Exactement.

— C'est étrange, mais cela m'intéresse. Je n'accepte pas de prendre la direction de n'importe

quel étudiant avant de connaître autant que possible sa façon de penser. Pour moi, la personnalité d'un étudiant est plus importante que ses connaissances. Que faites-vous, samedi soir ?
— *Rien de précis.*
— *Que diriez-vous si nous dînions ensemble ?*
— *Avec joie.*

10

Pendant plus d'une heure, Raafat Sabet n'arrêta pas de se retourner dans son lit, pourchassant en vain le sommeil. La pièce était sombre et le silence profond, seulement coupé par la respiration de sa femme qui dormait à ses côtés. Il se redressa et appuya son dos sur le montant du lit, et les événements du jour se mirent à défiler dans son esprit. C'était une journée qu'il n'oublierait pas. Jeff était venu chez lui et lui avait pris sa fille unique, comme ça, et Sarah l'avait fui pour aller vivre avec son ami. Les deux amoureux semblaient au comble du bonheur pendant qu'ils chargeaient les valises dans la voiture. Ils riaient, échangeaient des caresses... Jeff profitait de l'occasion pour lui voler un baiser... Raafat les avait observés longuement depuis la fenêtre de son bureau puis il avait décidé tout à coup d'ignorer sa fille. Qu'elle aille au diable ! A partir de maintenant, il ne se ferait plus de souci pour elle. Puisqu'elle ne l'aimait pas plus que cela, il cesserait lui aussi de l'aimer. Il vivrait le reste de sa vie comme s'il n'avait pas eu d'enfant. Il s'éloigna de la fenêtre et s'étendit sur le canapé. Il les entendait rire dans le jardin. Sa femme, Michelle, partageait leur allégresse. On aurait dit qu'elle fêtait cela avec eux. Il ressentit tout à coup une profonde animosité à leur égard à tous.

Quelques instants plus tard, il entendit des coups légers, puis la porte s'ouvrit et Sarah apparut. Elle semblait calme, revigorée, sa peau était lumineuse, elle avait attaché ses cheveux en arrière. Elle le regarda innocemment et lui dit d'une voix ordinaire, comme si elle partait pour un voyage scolaire :

— Je suis venu te dire au revoir.
— Où vas-tu ?
— Je crois que tu le sais.
— J'avais pensé que tu avais peut-être changé d'avis.
— Ma décision est prise. C'est fini.

Il s'approcha d'elle et la serra avec force dans ses bras. Il émanait de son corps la même odeur de propre qui emplissait ses narines quand elle était une petite fille qu'il portait dans ses bras. Il la regarda longuement :

— Fais bien attention à toi. Si tu as besoin de quoi que ce soit, appelle-moi.

Après le départ de Sarah, il passa avec sa femme un dimanche ordinaire. Ils allèrent au cinéma puis dînèrent dans un restaurant italien, au bord du lac. Cela l'étonnait maintenant que, tout au long de la journée, ils n'aient pas une seule fois parlé de Sarah, comme s'ils s'étaient mis d'accord pour éviter le sujet. Ce qui l'étonna également, c'est que, à peine de retour à la maison, il fut pris d'un désir irrésistible. Il fit l'amour avec elle comme il ne l'avait pas fait depuis des années. Il se jeta sur elle, submergé par un sentiment chaud et violent, comme s'il voulait enfouir en son sein ses chagrins, y trouver refuge, ou bien comme s'il la pourfendait pour se venger du départ de Sarah. Lorsqu'ils eurent terminé, elle s'abandonna à un sommeil calme tandis que lui restait plongé dans ses pensées.

Subitement, la lumière de la lampe de chevet s'alluma. Le visage ensommeillé de Michelle le contemplait :
— Raafat, pourquoi ne dors-tu pas ?
— J'ai une insomnie à cause du café que j'ai bu après le dîner.
Elle sourit affectueusement et lui posa la main sur la tête.
— Non, Raafat, ce n'est pas à cause du café. Je sais exactement ce que tu ressens. Moi aussi, je suis triste du départ de Sarah, mais que pouvions-nous faire ? C'est la vie, il faut l'accepter.
Il resta silencieux et elle poursuivit :
— Sarah nous manquera beaucoup, mais ce qui me console, c'est qu'elle habite à Chicago, pas dans une ville lointaine. D'une certaine façon, elle vit à côté de nous, nous pourrons lui rendre visite, nous l'inviterons de temps en temps à passer un week-end avec nous.
Ce regret n'est pas sincère, elle est heureuse de ce qui arrive, pensa Raafat. C'est elle qui a encouragé Sarah à partir et maintenant elle fait semblant d'être triste.
Michelle se rapprocha de lui et l'embrassa sur la joue puis le serra dans ses bras. Il se sentait complètement vide, épuisé. Il n'avait rien à dire.
Tout à coup il lui demanda :
— Sais-tu où habitent Sarah et Jeff ?
— Chez lui.
— Bien sûr, chez lui, mais est-ce que tu sais où c'est ? A Oakland, le quartier le plus pauvre et le plus sale de Chicago.
— Jeff m'a expliqué pourquoi. Il n'a pas encore les moyens de payer un loyer dans un autre quartier, mais quand il aura vendu sa nouvelle toile sa situation sera meilleure.
— Alors, toi aussi, il t'a convaincue ! Est-ce que tu crois qu'il y aura quelqu'un pour payer

un dollar cette saloperie dont il barbouille ses toiles ?

— Saleh, je ne comprends pas pourquoi tu le détestes à ce point.

— Et moi, je ne comprends pas cet abrutissement qui t'a frappée. Ce voyou a pris ta fille unique pour l'emmener dans le quartier le plus sale de Chicago, et toi tu prends encore sa défense.

— Je ne prends pas sa défense.

— Non seulement tu la prends, mais en réalité c'est toi la cause de tout cela.

— Comment peux-tu dire ça ?

— C'est toi qui l'as encouragée à partir.

— Raafat !

— Arrête cette comédie stupide.

— Ecoute-moi.

— C'est toi qui dois m'écouter. J'en ai par-dessus la tête de tes manigances. Tu ne m'as jamais aimé. Tu as regretté de t'être mariée avec moi. Tu as toujours cru que tu méritais mieux. Tu m'as toujours fait sentir que j'étais inférieur à toi dans tous les domaines. Tu as tout fait pour me montrer que je n'étais qu'un Egyptien sous-développé, alors que, toi, tu venais d'un bon milieu.

— Arrête de dire ça.

— Je ne m'arrêterai pas. Nous devons maintenant affronter la réalité. Tu me détestes et tu veux te venger de moi en utilisant Sarah. Tu as tout fait pour que je la perde.

Michelle le regarda, épouvantée. Il était debout au milieu de la pièce, comme s'il avait perdu la raison. Il donna des coups de pied dans le lit et se mit à crier :

— Parle, pourquoi ne dis-tu rien ? Est-ce que ce n'est pas toi qui as tout planifié ? Bravo, Michelle, tu as gagné, tu m'as fait perdre ma fille unique.

Il se dirigea vers l'armoire, l'ouvrit violemment, enleva son pyjama, le jeta par terre et se mit à s'habiller pour sortir. Michelle sauta du lit et essaya de le retenir, mais il la repoussa. Elle essaya à nouveau. Elle se plaça devant la porte. Il hurla :
— Pousse-toi !
— Où vas-tu ?
— Ça ne te regarde pas.
Elle essaya de parler, mais il l'écarta brutalement. Elle perdit l'équilibre et tomba au bord du lit. Il sortit en claquant violemment la porte. Peu de temps après, elle entendit le bruit de la voiture qui s'éloignait.

11

Comme Cheïma avait changé !
Elle suivait à la lettre tous les conseils du programme *Beauté de la femme*, diffusé les mercredis sur le canal satellitaire égyptien. Elle s'était débarrassée de son acné en utilisant un gommage à base d'huile d'olive et de sel. Sa peau avait acquis douceur et luminosité grâce à des masques de yaourt au concombre. Elle s'épilait les sourcils avec soin et supportait avec endurance l'application de khôl – venu du pays – qui lui brûlait les yeux et faisait couler ses larmes en abondance avant de se fixer sur ses cils et de leur donner un éclat irrésistible. Même ses vêtements conformes à la loi islamique... Elle avait incrusté des paillettes sur leurs manches et elle les avait légèrement cintrés, juste assez pour faire apparaître les rondeurs de son corps, tout au moins sa poitrine plantureuse dont elle connaissait assez le prix pour avoir parfois l'air de la porter en avant avec fierté. Elle ne marchait plus au pas comme un soldat mais en ondulant avec une élégance féminine, à mi-chemin entre la coquetterie et la pudeur. Et même ses lunettes de vue, symbole de sérieux et d'application, elle les laissait glisser le long de son nez, puis elle les relevait de temps en temps du bout des doigts, ce qui lui donnait un air enjoué et espiègle.

Tout cela pour Tarek !

Tarek ! Elle prononçait son nom avec tendresse, comme si elle lui donnait un baiser. Dieu tout-puissant ! A Tantâ, elle avait attendu jusqu'au désespoir que vienne sa chance, et c'était à l'autre bout du monde qu'elle l'avait trouvée. C'était pour son bien que Notre-Seigneur, qu'il soit glorifié et exalté, avait mis sa bourse d'études sur son chemin et l'avait fait s'obstiner à l'obtenir. Aurait-elle pu rêver d'un meilleur mari que Tarek Hosseïb ? Professeur de médecine comme elle, il ne serait pas jaloux de son niveau d'études et ne lui demanderait pas, comme l'auraient fait les autres, d'abandonner l'université et de rester à la maison. Son âge convenait et son apparence, en dépit de son extrême maigreur, de son nez trop long et de ses yeux écarquillés, était acceptable. Elle n'avait jamais aimé l'excessive beauté. Les hommes beaux c'est comme l'excès de sucre, ça finit par écœurer. Seul pouvait la séduire un homme âpre et rude.

Elle aimait Tarek. Elle prenait soin de lui. Elle éprouvait de la tendresse pour lui, comme si elle était sa mère. Elle savait par cœur les horaires de ses cours et suivait sa vie à la minute près. Elle regardait sa montre et souriait en pensant que son cours était en train de se terminer et elle l'imaginait en route vers le laboratoire. Elle l'appelait plusieurs fois par jour sur son portable et, subjuguée par la passion, elle lui envoyait des messages pour se tranquilliser.

Elle lui faisait la cuisine le dimanche et elle connaissait tous ses goûts : le riz pimenté, les cornes grecques, les plats de pommes de terre et de macaronis au four et, pour dessert, la *mahlabieh** et le riz au lait. Souvent il lui disait en avalant la nourriture :

— Que tes mains soient bénies, Cheïma.

Cette expression la comblait de bonheur. Elle oubliait les heures qu'elle avait passées debout dans la cuisine. Elle le remerciait en rougissant pudiquement. Elle le regardait longuement comme pour lui dire :

— Ce n'est qu'une petite partie de ce que je ferai pour toi, lorsque nous serons mariés.

La nuit, lorsqu'elle regagnait son lit, des images venaient la hanter. Elle se voyait assise en robe blanche sur le trône de la mariée. Comment serait la noce ? Une grande fête animée par des artistes connus, avec des dizaines d'invités ? Ou bien un simple dîner avec des proches ? Où passeraient-ils leur lune de miel ? A Charm el-Cheikh ou à Mersa Matrouh ? On dit que la Turquie est belle et bon marché. Après le mariage, est-ce qu'ils habiteraient au Caire ou à Tantâ ? Combien auraient-ils d'enfants et est-ce qu'il lui permettrait de les appeler Aïcha et Mohamed, du nom de ses parents ?

Mais, bien qu'elle fût heureuse avec Tarek, son comportement l'étonnait. Elle comptait pour lui, il insistait pour la voir, il se comportait avec gentillesse à son égard, puis tout à coup, sans raison ni préambule, il se métamorphosait et devenait revêche, comme s'il était possédé par un démon. Pour la moindre broutille, il se mettait à lui crier au visage. Dans ces moments-là, elle se taisait, elle ne lui répondait jamais, suivant le conseil de sa mère : "Une femme intelligente ne se dispute pas avec un homme d'égal à égal. Au contraire,

---

* Délicieuse crème blanche saupoudrée de raisins secs et de noix de coco ou plus souvent de pistaches.

elle l'entoure de sa tendresse et l'apaise, comme le dit le Livre sacré. Cela ne diminue en rien sa dignité. Si elle répond à une offense par une offense semblable, l'altercation se transforme en pugilat, alors que si elle se tait l'homme retrouve sa conscience et revient vers elle en s'excusant."

Ses crises de colère n'étaient pas ce qu'elle craignait le plus. Elle sentait que ce n'était pas vraiment contre elle qu'il se révoltait, mais contre les sentiments qu'il éprouvait, comme si, en se disputant avec elle, c'était à son amour qu'il résistait. Elle ressentait aussi un certain soulagement parce que les disputes, en fin de compte, n'étaient qu'une sorte de répétition générale du mariage. Le fait qu'elles surviennent était la preuve que le mariage aussi pouvait survenir.

Mais ses insomnies avaient une autre raison. Cela faisait longtemps que durait leur relation. Tout les liait maintenant, mais jamais jusque-là il n'avait prononcé un seul mot d'amour ou parlé de mariage. En dépit de son absence d'expérience en matière de relations amoureuses (excepté un amour silencieux et à sens unique pour le fils des voisins, alors qu'elle était en première année secondaire), elle était certaine que l'attitude de Tarek n'était pas naturelle. S'il l'aimait, pourquoi ne le lui déclarait-il pas ? Il était sérieux, très doué pour les études et pieux. Ce n'était pas pensable qu'il ait l'intention de se moquer d'elle. De plus, il la respectait. Il n'avait jamais touché son corps, à l'exception de deux fois (peut-être trois) où ils s'étaient collés l'un à l'autre sans le vouloir dans le métro bondé.

Pourquoi donc ne lui parlait-il pas ? Avait-il peur des responsabilités ? Etait-il mal dégrossi et empoté au point d'ignorer comment se comporter avec les femmes ? Voulait-il la mettre à l'épreuve avant de se lier à elle ? Ou bien encore avait-il une fiancée en Egypte et avait-il enlevé sa bague pour le lui cacher ? Peut-être, le pire de tout, n'était-il pas convaincu de ses sentiments pour elle, ne la voyait-il pas comme la mère de ses enfants ? Comme elle, il venait d'une famille conservatrice et pieuse : peut-être considérait-il que le fait qu'elle le fréquente prouvait qu'elle n'était pas sérieuse. Ce serait vraiment le comble ! Il fallait qu'il comprenne qu'elle sortait avec lui à cause des conditions exceptionnelles de la vie à l'étranger. Si elle l'avait rencontré en Egypte, il n'aurait obtenu d'elle rien de plus que des conversations passagères, comme n'importe quel autre collègue. Pourquoi ne lui parlait-il pas ? A plusieurs reprises, elle avait fait des allusions, elle l'avait encouragé, mais il avait ignoré ses invites. Tout ce qu'elle souhaitait, c'était une simple phrase : "Je t'aime, Cheïma, et je veux t'épouser." Cela lui écorchait donc tellement la langue !

Ces pensées l'obsédaient depuis la veille et lorsqu'elle se réveilla, le matin, elle avait pris sa décision. Elle devait aller à l'université vérifier les échantillons de sa recherche. Ensuite, elle irait au Lincoln Park où ils avaient l'habitude de déjeuner ensemble tous les samedis. "Je n'accepterai pas plus longtemps qu'il fasse traîner les choses. Aujourd'hui, je tranche dans le vif", se disait-elle. Elle releva le menton, serra les dents, puis descendit rapidement à la station du métro. Quelques minutes plus tard, elle arrivait au parc. Tarek était déjà là, assis, comme d'habitude, sur leur banc de marbre préféré, à côté de la fontaine. Il l'accueillit chaleureusement et elle répondit d'un air réservé. Elle s'assit à ses côtés et étendit entre eux une nappe bleue sur laquelle elle posa avec soin les sandwichs et les desserts dans des plats en carton, à côté d'une bouteille thermos de thé à la menthe. Tarek avala deux grands sandwichs garnis à ras bord, l'un de salami de poulet farci d'olives confites, l'autre d'une omelette au pastorma, puis il sirota avec délice son verre de thé à la menthe. Tout en regardant avec intérêt le plat de *mahlabieh* garni de raisins secs et de noix de coco, il lui dit :

— Que tes mains soient bénies, Cheïma. C'est délicieux, comme d'habitude.

Elle décida alors de mettre immédiatement son plan à exécution :

— As-tu lu l'exégèse du cheikh Chaaraoui ?

— Quand j'étais en Egypte, je suivais régulièrement ses émissions à la télévision.

— Il faut que tu lises ce qu'il a écrit. Je l'ai emportée avec moi et j'en lis un passage tous les soirs.

— Le cheikh Chaaraoui était un très grand savant.

— Qu'il reçoive mille miséricordes et mille lumières !

— Que Dieu le comble de ses bienfaits.

— L'islam ne laisse de côté aucun aspect de l'existence, petit ou grand.

— C'est vrai.

— Tu sais que l'islam parle de l'amour ?

Tarek se tourna vers la fontaine et se mit à contempler l'eau qui jaillissait de ses orifices. Elle poursuivit :

— L'islam encourage l'amour tant qu'il ne conduit pas au péché.

Tarek soupira et sembla un peu inquiet, mais elle le poussa dans ses retranchements :

— Le cheikh Chaaraoui a prononcé une *fatwa* selon laquelle un garçon et une fille peuvent

s'aimer sans péché pourvu qu'ils aient l'intention de se marier.
— Bien sûr. C'est clair.
— Et toi, qu'en penses-tu ?
— A propos, j'ai découvert une pizzeria très bon marché, dans Rush Street.
Elle le regarda avec colère :
— Pourquoi changes-tu de sujet ?
— Quel sujet ?
— Le sujet de Chaaraoui.
— Qu'est-ce qu'il a, Chaaraoui ?
— Il dit que l'amour n'est pas un péché quand il conduit au mariage.
— Tu répètes la même chose. Je ne comprends pas ce que nous avons à voir avec ce sujet, répliqua-t-il vivement.

Un lourd silence se fit, juste entrecoupé par le murmure de l'eau qui se déversait dans la fontaine et par les cris des enfants jouant autour d'eux.

Elle se leva tout à coup et dit en ramassant ses affaires dans son sac :
— Je rentre à la résidence.
— Pourquoi ?
— Je viens de me souvenir que j'ai un examen demain.
— Reste un peu. Il est très tôt et il fait beau.
Elle le regarda avec colère, redressa d'un doigt ses lunettes et lui dit d'un ton irrité :
— Profites-en tout seul.
— Cheïma, un instant ! s'exclama Tarek pour la retenir.

Elle partit sans attendre. Tarek se leva et courut presque derrière elle, mais il retourna vite s'asseoir et la suivit du regard jusqu'à ce qu'elle disparaisse dans la foule.

12

En dépit de la crainte révérencielle qu'Ahmed Danana imposait par sa présence, un regard d'une plus grande acuité permettait de déceler chez lui une incontestable composante féminine. Cela ne voulait pas dire qu'il était efféminé – Dieu l'en préserve. Il était né complètement homme, avec tous les attributs de la virilité, mais son gros corps mou, sans aucun muscle apparent, sa façon de lever les sourcils lorsqu'il était étonné, de serrer les lèvres et de poser ses mains sur ses hanches quand il était en colère, son engouement pour les détails, les secrets, les commérages et les médisances, sa façon de proférer des expressions à double sens, sa manie d'embrasser sur les deux joues ceux qu'il rencontrait et d'employer des sobriquets affectueux comme "mon âme", "chéri de mon cœur", tous ces détails le faisaient plus ressembler à une femme hystérique qu'à un homme plein de gravité.

Cette féminité s'était instillée en lui sous l'influence de sa mère, la hadja Badria, que Dieu l'ait en sa sainte garde. Bien qu'analphabète, elle avait une grande force de caractère et beaucoup d'opiniâtreté. Elle gouvernait avec une main de fer une grande maison où vivaient ses quatre fils, ses deux filles, ainsi que leur père. Un seul de ses regards suffisait à plonger dans la confusion n'importe quel membre de la famille, en premier lieu son mari qui, même s'il était plus âgé qu'elle, était devenu une sorte de secrétaire particulier ou de subordonné obéissant. Danana, surtout lorsqu'il était nerveux, s'était imprégné de la personnalité de sa mère. Inconsciemment, il lui empruntait sa manière de s'exprimer, laissant transparaître sa voix, son regard et ses gestes.

Ainsi, après s'être disputé avec Maroua et l'avoir giflée, il se lança dans toute une série de manigances féminines : il coupa toute relation avec elle. Chaque fois qu'il la voyait, il pinçait les lèvres et lui jetait un regard de mépris. Il soupirait en se frappant les mains et en implorant à voix haute le pardon de Dieu pour elle. En se dirigeant vers son tapis de prière, après avoir fait ses ablutions, il passait à côté d'elle pendant qu'elle regardait la télévision et lui jetait une phrase chargée d'intention. Par exemple : "Dieu est mon meilleur appui", "Mon Dieu protège-moi de l'adversité !" ou bien "La *Fatiha** pour ton âme, ma mère, toi qui étais le modèle de la femme vertueuse".

C'était sa façon à lui de punir sa femme. On pourrait d'ailleurs se demander de quoi il la punissait. N'était-ce pas plutôt lui qui aurait dû s'excuser de l'avoir giflée ? Mais Danana appartenait à cette catégorie de gens qui n'ont jamais rien à se reprocher. Il considérait qu'il avait toujours raison et que les torts provenaient tous des autres. Il croyait que son seul défaut était l'excessive bonté de son cœur dont profitaient les scélérats – et ils étaient nombreux – pour parvenir à leurs fins à ses dépens. Il était totalement

---

* Première sourate du Coran récitée à de nombreuses occasions, notamment pour les morts.

persuadé que Maroua était dans son tort. C'est elle qui par son attitude insolente l'avait forcé à la battre. Quel mal y avait-il à ce qu'il lui donne, de temps à autre, une gifle moyennement forte pour la faire revenir à la raison ? La sainte jurisprudence ne permet-elle pas de battre sa femme pour la corriger ? Et puis, quel mal y avait-il à recevoir de l'argent de son père ? N'était-ce pas le devoir d'une femme d'aider son époux ? Notre-Dame Khadija* – que Dieu l'agrée – n'avait-elle pas aidé financièrement son époux, lui, la plus noble des créatures, prière et salut de Dieu sur lui. Sa femme avait commis une faute considérable à son égard et il fallait qu'elle s'en excuse. S'il fermait les yeux cette fois, elle continuerait dans son égarement jusqu'à ce qu'il perde toute autorité sur elle. Quant à ses plaintes au sujet de leurs relations sexuelles, il considérait cela, en toute sérénité, ni plus ni moins que comme une sorte de caprice de femme. Le plaisir et la douleur chez les femmes étaient liés au point que, au sommet de leur jouissance, elles criaient comme si quelqu'un les rouait de coups. Tout ce dont se plaignait la femme dans le sexe faisait en vérité partie des causes de son bonheur. Une fois, Danana avait entendu un de ses amis assurer que le désir secret de toute femme était de vouloir être violée. C'était là ce que désirait véritablement la femme, même si elle faisait semblant du contraire. Quelle créature confuse, contradictoire, échappant à la compréhension, que celle qui affecte le contraire de ce qu'elle

* La première femme du Prophète, riche commerçante de La Mecque pour laquelle il travaillait. Elle fut l'un de ses plus fermes soutiens devant l'incrédulité des débuts. Tant qu'elle vécut il n'eut pas d'autre épouse.

ressent, qui dit non alors qu'elle pense oui. Un poète des temps anciens écrivait : "Elles feignent de se refuser, alors que ce sont elles qui désirent."

Parce qu'elle est "imparfaite en intelligence et en religion*", l'homme digne de ce nom doit soumettre la femme dans la vie, comme il la soumet au lit. Il faut qu'il la domine et qu'il la guide et, en même temps, il ne doit jamais lui faire entièrement confiance. Nombreux sont chez les anciens les propos transmis sur ce sujet : "Demandez conseil aux femmes. Ensuite, faites le contraire." Ou encore : "Les signes de la folie sont au nombre de trois : jouer avec des bêtes fauves, boire du poison pour faire une expérience et confier un secret aux femmes."

C'était exactement le point de vue de Danana. Il faut savoir que son expérience dans ce domaine avant le mariage se limitait aux quelques occasions où il avait couché avec des servantes, des ouvrières agricoles, en échange de petites sommes d'argent. Il se mettait au préalable d'accord avec elles sur un prix, mais, une fois qu'il avait satisfait son envie, il les épuisait en marchandages pour payer moins. C'était peut-être parce que son expérience s'était limitée à des prostituées qu'il ne voyait pas le sexe comme une relation humaine réciproque, mais comme une action unilatérale et violente de l'homme, dans laquelle la femme jouissait de l'agression qu'elle subissait.

Danana resserra le siège autour de sa femme et redoubla d'insinuations calomnieuses, en attendant le moment où elle s'effondrerait et lui

* Fameux hadith qu'aiment répéter les hommes, heureusement souvent avec ironie.

présenterait les excuses appropriées, mais les jours passaient et elle continuait à se détacher de lui. En vérité, la gifle qu'elle avait reçue, en dépit de son aspect brutal et humiliant, l'avait complètement libérée du dernier sentiment de devoir conjugal. De même, l'interruption de la torture physique qu'elle subissait plusieurs fois par semaine l'avait libérée, et cette trêve lui donnait l'occasion de penser en profondeur à sa vie avec lui et à ce qu'elle avait l'intention de faire. Son exécration de Danana était à son comble, mais elle n'avait pas encore prévenu sa mère de son désir de divorcer. Elle attendait d'avoir mis de l'ordre dans ses idées et de savoir exactement ce qu'elle allait lui dire, comme un avocat qui fait reporter l'examen d'une affaire jusqu'à ce qu'il ait réuni les pièces à conviction, de façon à garantir un jugement favorable. Elle était persuadée que ses parents l'aideraient si elle les convainquait de ses souffrances… Son père qui avait éclaté en larmes comme un enfant en lui disant adieu à l'aéroport et sa mère qui ne pouvait pas dormir de la nuit dès que sa fille avait pris froid ! Ils ne pouvaient pas la laisser dans cet enfer. Elle les appellerait le vendredi suivant, à sept heures du soir. Danana serait à la réunion de l'amicale et, d'après l'heure du Caire, son père serait juste de retour de sa prière du vendredi. Elle leur parlerait longuement à tous les deux et leur raconterait tout en détail. Elle ferait même allusion au point particulier. Elle ne leur laisserait qu'une seule option : la séparation et le retour immédiat en Egypte. Après avoir pris cette décision, elle retrouva tout son calme. Elle n'accorda plus aucun intérêt aux provocations de son mari, à ses soupirs et à ses piques. Pourquoi gaspiller ses forces dans une nouvelle dispute ? Ce n'était plus qu'une affaire de jours avant qu'elle soit complètement libérée de son tourment.

Mais survint un élément imprévu. Le premier du mois arriva et Maroua n'avait toujours pas donné à Danana la somme de mille dollars que lui envoyait son père. Elle avait oublié, au milieu de ses problèmes, tandis que Danana continuait bien entendu à s'en souvenir. Après que plusieurs jours du nouveau mois se furent écoulés, son inquiétude augmenta et il fut pris d'appréhension : n'avait-elle pas créé de toutes pièces un problème entre eux, spécialement pour le priver de son allocation mensuelle ? Pour en faire un moyen de chantage ? Le plus grave serait qu'elle se soit mis en tête que l'argent de son père était un objet de négociations, qu'elle accorderait lorsqu'elle serait satisfaite ou qu'elle refuserait lorsqu'elle serait en colère. Toutes ces considérations le conduisirent à changer de méthode. Il cessa de lui chercher querelle. Il se remit à lui dire "La paix soit sur toi" chaque fois qu'il la voyait, puis il lui adressait des regards compréhensifs et amoureux avec une pointe de reproche. La veille, il avait franchi un nouveau pas. Il s'était assis à côté d'elle devant la télévision. Elle regardait un film d'Adel Imam*. Pour entrée en matière, il se mit à rire aux éclats, mais elle l'ignora autant que s'il n'avait pas été présent. Il perdit espoir et alla dormir. Le matin, il se leva, fit ses ablutions et sa prière, puis il alla s'asseoir au salon pour boire du thé et fumer une cigarette. Peu de temps après, Maroua apparut. Dès qu'elle l'aperçut, elle se retourna pour partir, mais il fut plus rapide qu'elle :

— S'il te plaît, Maroua, je voudrais te parler d'un sujet important.

* Très célèbre et très talentueux acteur égyptien.

— Rien de grave ? l'interrogea-t-elle, le visage figé.

Il s'approcha d'elle et lui prit la main. Elle la retira vivement en criant :

— Attention à ne pas me toucher !

— Ecoute-moi, fille de bonne famille, tu as commis une faute à mon égard, tu m'as affronté, mais je t'ai laissé toute cette période pour que tu reviennes à la raison.

— Je ne veux pas parler de ce sujet.

— C'est par égard pour Dieu que je te conseille. Ce que tu as fait est interdit par la religion. Bien sûr, je t'ai frappée, mais tu avais offensé mon honneur et je n'ai fait qu'utiliser mon droit selon la loi divine.

— Garde tes sermons pour toi. Que veux-tu exactement ?

— Je ne veux que le bien.

Elle eut un sourire plein de dérision et se mit à chercher dans son sac :

— Je sais ce que tu veux.

— Comment ?

— Tu veux de l'argent. Prends-le, je t'en prie, mais fais bien attention à ne plus t'approcher de moi ensuite.

Il y avait là plusieurs billets de cent dollars pliés ensemble. Danana s'en empara prestement, soupira et dit en les glissant dans son portefeuille :

— Que Dieu te pardonne, Maroua. Je ne te tiendrai pas rigueur de tes paroles. Il est clair que tu as les nerfs malades. Je te conseille de prendre un bain chaud puis de te prosterner deux fois en demandant au Seigneur de dissiper tes soucis. Cela te fera beaucoup de bien, si Dieu le veut.

Le samedi soir, à huit heures exactement, j'étais devant chez Graham, vêtu de mes plus beaux habits, un bouquet de fleurs à la main. La maison en rez-de-chaussée était petite, entourée d'un étroit jardin, avec de nombreux bacs à fleurs des deux côtés du chemin.

Une jeune fille noire, belle et mince (elle ressemblait au célèbre mannequin Naomi Campbell), simplement vêtue d'un tee-shirt blanc et de jeans bleus, vint m'ouvrir la porte. Derrière elle se tenait un petit garçon d'environ cinq ans.

— Hello, je suis Carol MacNeilly, l'amie de John. Voici Marc, mon fils.

Je lui serrai la main et lui tendis les fleurs. Elle les sentit et me remercia chaleureusement.

Les meubles étaient tous en bois sombre, de style anglais simple et élégant. John était assis dans la salle de séjour, son grand corps vautré sur le canapé. Devant lui se trouvait une table roulante sur laquelle étaient rangés les bouteilles d'alcool et des verres. Je lui offris un cadeau simple : un plateau incrusté de nacre venant de Khan al-Khalili. Il me souhaita la bienvenue et me fit asseoir devant lui. L'enfant s'approcha de lui et lui chuchota un mot à l'oreille. John hocha la tête, l'embrassa sur les deux joues et l'enfant partit en courant vers l'intérieur. Puis Graham se tourna vers moi et me demanda dans un sourire :

— Que buvez-vous ?

— Du vin rouge.

— Le vin n'est-il pas interdit par l'islam ? me demanda Carol en ouvrant une bouteille.

— Je crois en Dieu au fond de mon cœur, mais je ne suis pas pratiquant. D'ailleurs, des hommes

de religion irakiens, à l'époque de l'Empire abbasside, avaient permis de boire du vin.

— Je croyais que l'Empire abbasside était terminé depuis longtemps.

— Il est effectivement terminé, mais... j'aime le vin.

Nous rîmes tous. Carol me dit gentiment en sirotant son verre :

— John m'a dit que vous étiez poète. Pouvons-nous entendre quelque chose ? Ce serait merveilleux.

— Je ne sais pas traduire ma poésie.

— Pourtant, votre anglais est excellent.

— Mais c'est autre chose de traduire de la poésie.

— La traduction de la poésie est une trahison, intervint Graham.

Puis il poursuivit d'un ton sérieux :

— Cher poète, vos études en Amérique vous donneront une bonne occasion de comprendre la société américaine. Peut-être un jour écrirez-vous sur elle. New York a inspiré des chefs-d'œuvre au poète espagnol Federico García Lorca. Nous attendons vos poésies sur Chicago.

— Je l'espère !

— C'est dommage que vous soyez venu en Amérique dans une période où elle est submergée par le courant conservateur. J'ai vécu une autre époque à laquelle j'ai activement participé, lorsque j'étais jeune, où il y avait une autre Amérique, plus humaine, plus libérale.

Il s'arrêta un moment pour se verser un autre verre et poursuivit d'une voix aux accents profonds :

— Je suis de la génération du Viêtnam. C'est nous qui avons dénoncé la trahison du rêve américain, qui avons démasqué les crimes de l'establishment américain. Nous avons lutté avec acharnement. Avec nous, l'Amérique des années 1960 a connu une véritable révolution intellectuelle où les valeurs progressistes ont pris la place des valeurs capitalistes traditionnelles. Malheureusement, tout est terminé maintenant.

Je demandai pourquoi et c'est Carol qui me répondit :

— Le régime capitaliste a été capable de se renouveler et d'assimiler les éléments qui lui étaient opposés. Les jeunes révolutionnaires qui refusaient le régime sont devenus maintenant des bourgeois empâtés, parvenus au milieu de leur vie. Leur objectif suprême, c'est d'obtenir un bon contrat ou une fonction avec un salaire plus élevé. Les idées révolutionnaires ont disparu et tous les citoyens américains rêvent d'une maison avec jardin, d'une voiture et de vacances au Mexique.

— Est-ce que ces propos s'appliquent au docteur Graham ?

— John Graham est un Américain atypique. Il n'est absolument pas intéressé par l'argent. Peut-être est-ce le seul professeur d'université à Chicago qui ne possède pas de voiture.

Peu après nous passâmes à table. Le dîner avait été préparé par Carol. Ils étaient extrêmement gentils avec moi. Je leur parlai de l'Egypte et nous discutâmes de divers autres sujets. Je bus du vin en abondance et l'ivresse que je sentais m'envahir me rendit prodigue en paroles et en rires. Carol s'éclipsa tout à coup et je compris qu'elle était allée dormir. Je vis là le signal que la soirée était terminée et me levai pour dire adieu à Graham, mais il me fit signe d'attendre et souleva une bouteille de vodka :

— Que diriez-vous d'un verre pour la route ?

Je fis un geste d'approbation et lui dis, la langue déliée par la boisson :
— *D'accord pour un verre de vin.*
— *Vous n'aimez pas la vodka ?*
— *Je ne bois que du vin...*
— *... En suivant les conseils des hommes de religion abbassides ?*
— *J'aime vraiment l'époque abbasside, j'ai beaucoup lu sur elle. Peut-être mon amour du vin est-il une manière de faire revivre cette grande ère arabe perdue. Que diriez-vous si nous faisions comme Haroun al-Rachid ?*
— *C'est-à-dire ?*
— *L'un des paradoxes de l'histoire, c'est que si Haroun al-Rachid avait le pouvoir de faire tomber la tête de n'importe qui, sur un simple geste à son bourreau Masrour*, il était en même temps timide et courtois, extrêmement attentif aux sentiments des autres. Lorsqu'il s'asseyait pour boire avec des amis, il plaçait une canne à côté de lui et, lorsqu'il était fatigué et qu'il voulait les voir partir, il tendait la canne à un échanson : ses amis comprenaient alors que la soirée était terminée. De cette façon, il ne les mettait pas dans l'embarras et eux non plus ne l'ennuyaient pas.*

Graham éclata de rire et se leva avec un entrain juvénile, puis il prit une canne de hockey accrochée au mur :
— *Faisons revenir le passé. Voici la canne. Si je la place de cette façon, vous comprendrez que je veux dormir.*

Nous échangeâmes des propos que j'ai pour la plupart oubliés. Nous rîmes beaucoup. L'ivresse m'avait donné un désir irrépressible de parler et

---

* Personnage des *Mille et Une Nuits*, chargé de faire tomber les têtes des épouses du roi Châhriyâr.

je lui racontai ce qui m'était arrivé avec l'hétaïre noire. Au début Graham s'esclaffa, mais il baissa ensuite la tête, pensif :

— Cette expérience a un sens. C'est à ce degré de pauvreté que vous avez pu constater vous-même que vivent des millions de citoyens du pays le plus riche du monde. Cette femme misérable est, de mon point de vue, plus honorable que beaucoup d'hommes politiques américains. Elle vend son corps pour nourrir ses enfants, tandis qu'eux conduisent la politique américaine vers des guerres pour le contrôle des ressources pétrolières et font pleuvoir sur eux les gains par millions en vendant des armes qui tuent des dizaines de milliers d'innocents. Il y a autre chose que vous devez comprendre, c'est que l'establishment américain a établi sa domination sur tous les aspects de la vie des citoyens, jusqu'aux relations entre un homme et une femme. Il leur a imposé une organisation stricte.

— Que voulez-vous dire ?

— Dans les années 1960, notre revendication de liberté sexuelle était une tentative de vivre nos sentiments loin de la domination des puissants. Maintenant, en revanche, la morale de la bourgeoisie est revenue en force. En Amérique, si vous voulez faire la connaissance d'une femme, il faut que cela passe par des étapes préétablies, comme s'il s'agissait de la procédure d'enregistrement d'une société commerciale. Il faut d'abord passer du temps à lui parler et veiller à ce que la conversation soit distrayante, ensuite l'inviter à boire un verre, troisièmement lui demander son numéro de téléphone personnel, quatrièmement l'inviter à dîner dans un bon restaurant et, enfin, l'inviter à vous rendre visite chez vous. Alors seulement, la morale bourgeoise vous donne le droit de coucher avec elle. A chacune de ces étapes, la femme *peut se retirer du jeu. Si la femme refuse de vous donner son numéro de téléphone ou si elle décline votre invitation à dîner, cela veut dire qu'elle refuse d'avoir des relations sexuelles avec vous, mais si elle franchit les cinq étapes cela veut dire qu'elle est d'accord.*

Je le regardai en silence et, tout à coup, la bonne humeur reprit ses droits :

— Comme vous le voyez, votre vieux professeur d'histologie est au courant de choses beaucoup plus importantes que l'histologie.

C'était une soirée très agréable. J'entendis tout à coup un sifflement aigu intermittent, et je remarquai pour la première fois l'existence d'un interphone et d'une plaque garnie de boutons, accrochée au mur, à côté du canapé. Graham approcha la tête de l'interphone puis appuya sur un bouton en s'exclamant gaiement :

— Karam, pourquoi êtes-vous en retard ? Je vais vous mettre à l'amende.

Il se tourna ensuite vers moi :

— C'est une surprise pour vous. Un ami égyptien comme vous.

L'interphone renvoya un grognement indistinct. Graham appuya sur le bouton et un nouveau sifflement se produisit. Je compris qu'il ouvrait la porte intérieure. Quelques instants plus tard, un Egyptien frisant la soixantaine se tenait debout au milieu de la pièce. Il avait un corps sportif, élancé et svelte, et des cheveux blancs séparés par une raie. Ses traits étaient typiquement coptes : la peau sombre, le nez épais et de vastes yeux ronds pleins d'intelligence et de tristesse, comme s'il sortait d'une exposition de portraits du Fayoum.

— Je vous présente mon ami Karam Doss, l'un des plus grands chirurgiens du cœur de Chicago...

Et voici mon ami Nagui Abd el-Samad, un poète qui prépare un magistère en histologie.

— *Très heureux de vous rencontrer,* me dit Karam dans un anglais châtié.

Au premier coup d'œil on voyait qu'il était extrêmement élégant et fier de lui. Il était vêtu d'une chemise blanche aux manches brodées portant sur le plastron la signature d'un grand couturier, un pantalon sombre très bien coupé et des souliers noirs bien cirés. Il avait autour du cou une épaisse chaîne en or avec une croix enfouie dans l'épaisse toison blanche qui recouvrait sa poitrine. Il ressemblait plus à une étoile du cinéma qu'à un médecin. Il s'enfonça dans un fauteuil moelleux :

— *Désolé d'être en retard. Je fêtais le départ à la retraite d'un collègue, un de nos professeurs de chirurgie, et la soirée a duré plus que prévu. Mais je suis venu quand même, ne serait-ce que quelques minutes.*

— *Merci d'être venu,* lui dit Graham.

Karam poursuivit à voix basse, comme s'il se parlait à lui-même :

— *Je travaille tellement que, le week-end, je me sens comme un enfant en vacances. Je veux en profiter au maximum et rencontrer le plus grand nombre d'amis possibles, mais le temps, comme d'habitude, ne suffit pas.*

— *Que buvez-vous ?* lui demanda Graham en tirant à lui la table couverte de boissons.

— *J'ai beaucoup bu, John, mais je veux bien un petit whisky-soda.*

Je lui demandai en souriant aimablement :

— *Avez-vous étudié la médecine en Amérique ?*

— *Je suis diplômé de la faculté de médecine d'Aïn Shams, mais je me suis enfui en Amérique pour échapper à l'oppression.*

— L'oppression ?

— Oui, à mon époque, le chef du département de chirurgie générale, le docteur Abdelfatah Belbaa, était un musulman endurci qui affichait sa haine des coptes. Il croyait que l'islam ne permettait pas d'enseigner la chirurgie aux coptes, parce que cela donnait à des mécréants un pouvoir sur la vie des musulmans.

— C'est surprenant.

— Mais c'est comme ça.

— Comment un professeur de chirurgie peut-il raisonner d'une façon aussi arriérée ?

— En Egypte, c'est tout à fait possible, dit-il en me regardant droit dans les yeux, avec ce qui me sembla un air de défi.

Graham intervint dans la conversation :

— Jusqu'à quand les coptes vont-ils subir l'oppression alors que ce sont les habitants originels de l'Egypte ?

Nous restâmes un instant silencieux, puis je regardai Graham et lui dis :

— Cela fait mille quatre cents ans que les Arabes se sont mélangés aux Egyptiens, et il est pratiquement impossible aujourd'hui de parler d'Egyptiens authentiques. D'ailleurs, la plupart des musulmans égyptiens sont des coptes qui ont adopté l'islam.

— Vous voulez dire : qui ont été contraints d'adopter l'islam.

— Docteur Graham, l'islam n'oblige personne à l'adopter. Le plus grand pays musulman du monde est l'Indonésie qui n'a pas été conquise par les Arabes. L'islam s'y est pourtant développé grâce aux commerçants musulmans.

— Mais les coptes ont été victimes de massacres jusqu'à ce qu'ils deviennent musulmans.

— Ce n'est pas vrai. Si les Arabes n'avaient pas voulu qu'il reste un seul copte en Egypte, *personne ne les en aurait empêchés, mais l'islam ordonne à ses fidèles de respecter les croyances des autres. Vous ne pouvez pas être musulman si vous ne reconnaissez pas les autres religions.*

— N'est-il pas étrange que vous défendiez l'islam avec autant de chaleur alors que vous êtes ivre ?

— Mon ivresse est une affaire personnelle qui n'a pas de rapport avec la discussion. La tolérance de l'islam est une vérité reconnue par de nombreux orientalistes occidentaux.

— Mais les coptes sont opprimés en Egypte.

— Tous les Egyptiens sont opprimés. Le régime est despotique et corrompu. Il opprime tout le monde, musulmans et coptes. Bien sûr, il y a des actions extrémistes ici ou là, mais à mon avis elles ne sont pas révélatrices. L'extrémisme religieux est le résultat direct de la répression politique.

Graham tripota sa barbe et dit :

— Ah bon ! je voudrais m'arrêter un peu sur cette idée. Vous voulez dire qu'en Egypte l'oppression est politique et pas religieuse ?

— Exactement !

— Il est facile pour un musulman comme vous de dire que tout va bien, intervint Karam sur un ton provocateur.

Apparemment, mes propos ne lui avaient pas plu. Je répondis avec calme :

— Le problème, d'après moi, ne se situe pas entre musulmans et coptes, mais entre le régime et les Egyptiens.

— Vous niez l'existence d'un problème copte ?

— Il y a un problème égyptien et les épreuves qu'endurent les coptes en font partie.

— Mais les coptes sont absents de toutes les hautes fonctions de l'Etat. Les coptes sont opprimés et on les tue également. Vous n'avez pas entendu

parler de ce qui s'est passé au village de Kasheb* ? Vingt-cinq coptes ont été égorgés sous les yeux de la police qui n'a même pas bougé pour leur porter secours.

— *C'est une tragédie, bien sûr, mais je vous rappelle que tous les jours des Egyptiens meurent sous la torture dans les commissariats et les locaux de la Sûreté d'Etat. Les bourreaux ne font pas de différence entre les musulmans et les coptes. Tous les Egyptiens sont opprimés. Je ne peux pas isoler le problème des coptes du problème de l'Egypte tout entière.*

— *Vous vous cachez la réalité, selon la méthode égyptienne bien connue. Jusqu'à quand les Egyptiens continueront-ils à enterrer leur tête dans le sable comme les autruches pour ne pas voir le soleil ? Savez-vous, John, que quand j'étais médecin débutant en Egypte le ministre de la Santé est venu inspecter l'hôpital où je travaillais. Le directeur nous a mis en garde : nous ne devions pas parler des problèmes de l'hôpital. Tout ce qui importait, c'était que le ministre croie que tout allait bien, alors que l'hôpital souffrait d'une abominable incurie. Voilà une façon de penser typiquement égyptienne.*

— *Cette façon de penser a pour origine la corruption du régime en vigueur en Egypte, et non les Egyptiens eux-mêmes.*

— *Les Egyptiens sont responsables de leur régime politique.*

— *Alors, c'est la victime que vous accusez !*

— *Tout peuple au monde a le gouvernement qu'il mérite. C'est ce que disait Winston Churchill, et je suis d'accord avec lui. Si les Egyptiens*

* Village de Haute-Egypte où ont eu lieu des affrontements sanglants entre chrétiens et musulmans.

n'acceptaient pas la tyrannie, ils n'auraient pas vécu avec elle pendant tant de siècles.

— Tous les peuples au monde sont à la merci de la tyrannie.

— Mais l'Egypte a été gouvernée par des tyrans, plus que n'importe quel autre pays dans l'histoire, et la cause en est que les Egyptiens sont enclins par nature à la docilité et à la soumission.

— Cela m'étonne que vous disiez cela, alors que vous-même êtes égyptien.

— Le fait d'être égyptien ne m'interdit pas de remarquer les tares de mes compatriotes, alors que, vous, vous pensez que répéter des mensonges fait partie des obligations nationales.

Je lui dis alors sur le ton de la mise en garde :

— Je ne répète pas de mensonges et je vous prie de faire attention au choix de vos mots.

Nous étions tous les deux assis sur des fauteuils en vis-à-vis. Graham qui était allongé entre nous sur le divan se redressa tout à coup comme pour nous séparer :

— C'est tout ce qui manquait ce soir, que vous déclenchiez une bagarre.

Karam, prêt à bondir, regarda dans ma direction. Il avait l'air décidé à aller jusqu'au bout :

— Pourquoi fuyez-vous la réalité ? L'Egypte ancienne possédait une splendide civilisation, alors que maintenant elle est devenue un pays cadavérique. Le peuple égyptien est au dernier rang dans le domaine de l'enseignement et de la vie intellectuelle. Pourquoi prenez-vous cela pour une offense personnelle ?

— Si j'ai les défauts des Egyptiens, j'ai aussi leurs qualités.

— Quelles sont ces qualités ? Citez-moi une seule de ces qualités, s'il vous plaît, me demanda Karam en se moquant de moi.

— *Au moins, moi, j'aime mon pays. Je ne le fuis pas.*

— *Que voulez-vous dire ?*

— *Je veux dire que vous avez fui l'Egypte et que vous n'avez pas le droit de parler d'elle.*

— *J'ai été obligé de la quitter.*

— *Vous avez quitté votre pays misérable en échange d'une vie confortable en Amérique. Rappelez-vous que vous avez étudié gratuitement aux frais de ces Egyptiens que vous méprisez maintenant. L'Egypte vous a éduqué pour qu'un jour vous lui soyez utile, mais vous avez abandonné les malades égyptiens qui avaient besoin de vous, vous les avez laissés mourir là-bas et vous êtes venu travailler ici, au service des Américains qui n'avaient pas besoin de vous.*

Karam se dressa en vociférant :

— *De toute ma vie, je n'ai jamais entendu de propos plus imbéciles.*

— *Vous continuez à m'insulter, mais ça ne change rien à la vérité. Ceux qui comme vous ont fui leur pays devraient cesser de le critiquer.*

Karam éclata en jurons et se jeta sur moi en levant le poing. Je me levai, prêt à me défendre, mais, malgré son poids, Graham sauta avec légèreté et s'interposa entre nous au moment opportun :

— *Doucement, doucement, calmez-vous, vous êtes ivres.*

Je suffoquai sous le coup de l'émotion et me mis à hurler :

— *Docteur Graham, je n'accepte pas que quelqu'un insulte mon pays. Je m'en vais, parce que si je reste un instant de plus je vais le frapper.*

Je me retournai et sortis et, tandis que je franchissais le corridor, j'entendis Karam hurler :

— *C'est moi qui vais vous démolir le crâne, salaud, fils de pute.*

J'étais tellement ivre que je ne me souviens pas comment j'ai fait pour revenir à la résidence universitaire. J'ai dû me déshabiller dans le salon parce que c'est là que j'ai retrouvé mes vêtements en tas sur le sol, à côté de la table. Je me suis réveillé à quatre heures de l'après-midi dans un état abominable. La boisson m'a rendu malade et j'ai vomi plusieurs fois. Je me sens déprimé et j'ai des aigreurs d'estomac en plus d'une terrible migraine – ce sont comme des coups de marteau dans ma tête – et, pire que tout cela, je m'en veux d'avoir gâché la soirée et créé des difficultés au docteur Graham. Pourtant, je ne regrette pas une seule des paroles que j'ai dites à Karam Doss. Dès que je me rappelle sa morgue et son mépris des Egyptiens, ma colère se ranime. Comment peut-on aussi facilement insulter son pays en public ? Malgré cela, je suis fautif d'avoir perdu le contrôle de moi-même. Je n'aurais jamais dû en arriver à cette altercation. Qu'a fait Graham pour mériter ça ? Cet homme généreux a voulu me manifester sa sympathie et faire ma connaissance, et moi, je lui ai créé des problèmes. Il m'avait dit que la personnalité de l'étudiant n'avait pas moins d'importance pour lui que son niveau scientifique : que va-t-il penser de moi après ce qui est arrivé ? J'ai essayé plusieurs fois de le joindre, mais il ne répond pas. Je me souviens qu'il a enregistré mon numéro dans la mémoire de son téléphone. Cela veut-il dire qu'il refuse de me parler ? Je l'ai appelé à nouveau, sans succès, à plusieurs reprises. Je bois un deuxième café et sens une petite amélioration.

Je me mets à repasser dans ma mémoire tout ce que j'ai fait depuis mon arrivée à Chicago. Comme me l'avait dit le docteur Saleh, il est clair que je ne suis pas capable de maîtriser mes sentiments. C'est un de mes plus grands défauts. Pourquoi est-ce que je m'enflamme aussi facilement ? Ai-je mauvais caractère ? Mon agressivité vient-elle de l'abus d'alcool ou de mon sentiment d'échec ? Ou bien est-ce que notre susceptibilité devient plus aiguë à l'étranger ? Tout cela est secondaire : je connais la cause de mes malheurs. Je la porte en moi et affecte de l'ignorer. Je fuis à sa seule évocation. Cela fait un an que je ne suis pas parvenu à écrire un seul vers. Mon vrai problème, c'est mon incapacité à écrire. Lorsque j'écrivais, j'étais plus tolérant, j'acceptais mieux les divergences d'opinion. Je buvais moins. Je mangeais et je dormais mieux. Alors que maintenant je me sens oppressé, je me dispute facilement et ressens sans arrêt le besoin de boire. La poésie est la seule chose qui ramène mon équilibre. J'ai des idées de poèmes qui de loin me fascinent, mais qui me fuient dès que je m'assois pour les noter sur le papier. Je suis comme une personne assoiffée poursuivant l'un après l'autre, sans fin, des mirages dans le désert. Il n'y a rien au monde de plus misérable qu'un poète qui a perdu l'inspiration. Lorsque Hemingway, qui était le plus grand écrivain de son époque, a été incapable d'écrire, il s'est suicidé. L'alcool me console, mais il me pousse sans fin dans un tunnel de ténèbres. Comment pourrai-je poursuivre mes études si je bois d'une façon aussi excessive ?

J'entends sonner à la porte et je me lève lentement pour ouvrir. Stupéfait, je vois à travers le judas la dernière personne dont j'aurais pu attendre la visite : le docteur Karam Doss.

13

Le docteur Saleh mit à exécution le conseil du médecin. Le samedi suivant, il invita sa femme à dîner dans le restaurant mexicain qu'elle préférait. Chris était splendide avec sa nouvelle coupe de cheveux, son maquillage et sa robe rouge décolletée à laquelle était accrochée une broche chatoyante en forme de fleur. La soirée se déroula le mieux du monde. Ils écoutèrent de la musique mexicaine et mangèrent de délicieux plats épicés. Chris but plusieurs verres de tequila tandis que Saleh, selon les conseils du médecin, se contenta d'un seul. Ils chuchotèrent affectueusement, rirent joyeusement. Elle lui dit :

— Je te remercie, chéri, c'est un endroit merveilleux.

Avant de partir, il alla aux toilettes et avala un comprimé. Assis l'un à côté de l'autre dans la voiture, ils sentirent monter une tension – comme s'ils étaient habités par un inexplicable pressentiment – qu'ils recouvrirent par une conversation ininterrompue, creuse et vide.

Ils arrivèrent à la maison. Il la précéda dans la salle de bains et en ressortit vêtu d'une robe de chambre en cachemire blanche. Il s'allongea sur le lit et regarda la télévision jusqu'à ce qu'elle ait terminé sa toilette. C'était leur rite immuable avant de faire l'amour.

Il repassa dans son esprit son rendez-vous avec le médecin. Pourquoi avait-il jugé ses propos impertinents ? Il n'avait fait que révéler la vérité qu'il portait au plus profond de lui-même et qu'il fuyait. En fait, il avait utilisé Chris sexuellement, il l'avait rendue incapable de se passer de lui pour mettre son plan à exécution : l'épouser et obtenir la nationalité américaine.

"Arrête de te mentir à toi-même, peut-être cela t'aidera-t-il à reconnaître ta turpitude. Tu t'es comporté comme un gigolo. Exactement comme ceux qui suivent les vieilles touristes américaines dans les bars de São Paulo ou de Madrid. Tu es exactement comme eux. La seule différence, c'est que tu as fait des études : tu es un gigolo pourvu d'un doctorat. Qu'as-tu fait avec Chris ? Tu as allumé son désir physique en la faisant boire et en lui faisant la cour. Ensuite, tu as fait l'indifférent et, quand elle est devenue pressante, tu lui as demandé, comme si tu étais une prostituée : Combien de preuves d'amour veux-tu ce soir ? Tu as joué avec son désir presque jusqu'à la faire pleurer. Ta grossièreté à son égard exacerbait ce désir. Tu te refusais à elle jusqu'à ce qu'elle soit presque désespérée et, soudain, tu te précipitais sur elle pour l'embraser de plaisir. Tu étanchais sa soif, puis tu disparaissais dans un long sommeil. Tu te réveillais et elle te regardait avec gratitude. Elle inondait ton corps de baisers. Tout s'est déroulé comme tu l'avais planifié : tu as épousé Chris et tu as obtenu la carte verte, et ensuite la nationalité américaine."

Quand il avait prêté serment de fidélité à sa nouvelle patrie, pas un instant il n'avait pu éloigner Zeïneb Redouane de son esprit. "Dommage que tu sois lâche." Cette phrase dite par Zeïneb, trente ans auparavant, pouvait peut-être servir de devise à toute sa vie.

Au milieu de ses pensées, il se rendit compte de la présence de Chris qui était sortie du bain, revêtue d'une robe de chambre blanche qu'elle avait fait exprès d'entrouvrir, laissant deviner son corps d'une blancheur totale. Elle s'allongea sur le lit à ses côtés et se colla à lui. Il la regarda : son visage s'était rembruni et elle commençait à haleter de désir. Il essaya de lui parler, mais il se rendit compte qu'il n'y avait plus rien à dire. Dès qu'il posa la main sur son corps, elle se jeta sur lui, l'étreignit violemment et avala ses lèvres. Il perçut les ondulations de son corps, son agréable parfum emplit ses narines et il sentit le sang se précipiter dans ses veines. Il entra en érection et se mit à mordre ses seins et à les presser dans le creux de ses mains. Sa vigueur ancienne semblait revenir, mais ses obsessions fondirent tout à coup sur lui. Il essaya de se concentrer pour s'en débarrasser. Elle se rendit compte de ce qui le préoccupait et, venant à son secours pour l'aider à le surmonter, elle se mit à le caresser avec persévérance, avec insistance, elle essaya diverses façons de maintenir son ardeur, mais celle-ci fléchit, puis retomba peu à peu et s'éteignit complètement. Le fiasco leur apparut dans toute sa fulgurance, semblable à la lueur d'un éclair. Elle ferma les yeux et s'écarta un peu tandis que lui restait prostré sur le dos comme s'il avait perdu la capacité de se mouvoir. Il regardait les spectres que faisait la faible lampe sur le plafond et il lui vint à l'esprit que ces formes avaient peut-être un sens. Il croyait voir un grand ours avec un enfant sur le dos, ou bien deux arbres jumeaux, l'un plus long que l'autre. Il se rapprocha d'elle pour lui embrasser la tête. Elle le regarda, les yeux noyés de larmes. Il sentit la pitié l'envahir. Elle bredouilla d'une voix blessée :

— Mon problème, ce n'est pas le sexe. Je ne suis plus jeune, et mes besoins sexuels sont moins forts avec l'âge.

Il caressa ses cheveux en silence.

— Ce qui me fait souffrir, c'est que tu ne m'aimes plus.

— Chris !

— En amour, ce n'est pas possible de tromper l'intuition d'une femme.

Il se redressa et se mit à parler lentement, comme si l'échec leur avait ouvert un vaste espace de temps :

— Dans quelques semaines, j'aurai soixante ans. Ma vie approche de sa fin. Au mieux je vivrai encore dix ans. Lorsque je regarde derrière moi, vers ces longues années passées, je constate que j'ai pris de nombreuses décisions erronées.

— Est-ce que j'en fais partie ?

— Tu es l'être le meilleur que j'aie rencontré. Seulement, moi... je voudrais recommencer ma vie pour prendre des décisions différentes. Cela peut sembler risible, absurde... mais je crois maintenant que ma décision d'émigrer n'était pas judicieuse.

— Personne ne peut recommencer sa vie.

— C'est bien là la tragédie !

— La psychanalyse te débarrassera de ces idées.

— Je ne la supporterai pas à nouveau. Je ne m'allongerai plus sur un divan dans une pièce fermée pour dire les secrets de ma vie à une personne que je ne connais pas et accepter ses remontrances comme si j'étais un enfant fautif. Je ne ferai plus jamais cela.

Il prononça la dernière phrase d'une voix forte en se levant du lit. Il alluma la lumière de la chambre et prit un livre sur la table de nuit puis, la poignée de la porte à la main :

— Tu sais très bien ce que tu représentes pour moi, mais je passe par une crise dont je ne sortirai pas rapidement. Je ne veux pas te causer davantage de souffrances. Je te propose que nous nous séparions, même provisoirement. Je suis désolé, Chris, mais je crois que c'est mieux pour tous les deux.

14

"Je ne suis pas idiot au point de tomber dans le piège. Il ne me manquait plus que ça. Qu'en fin de compte j'épouse Cheïma ? Que j'interrompe mon jeûne pour manger un oignon ! D'accord, elle est maître assistant à la faculté de médecine, mais c'est une paysanne. Moi qui suis le fils du général Abdel Kader Hosseïb, directeur adjoint de la Sécurité du Caire, moi qui ai été élevé à Roxy* et au club d'Héliopolis et qui ai refusé les filles des puissants, j'épouserais une paysanne ? Qu'elle se mette en colère si elle veut, cela m'est complètement égal", se disait Tarek. Il est vrai qu'elle était agréable à vivre, que sa présence était plaisante, il est vrai qu'elle s'occupait de lui et lui cuisinait les plats qu'il aimait, mais cela ne voulait pas dire qu'il allait l'épouser. Il fallait qu'elle choisisse : ou bien leur amitié continuerait comme elle était, ou bien elle disparaîtrait de sa vie. Il allait lui laisser quelque temps pour retrouver la raison. Il n'allait plus lui parler... Pourquoi d'ailleurs lui parlerait-il ? C'est elle qui était dans son tort. Elle s'était mise en colère sans raison et lui avait parlé d'une manière inconvenante dans un lieu public. Elle lui devait des excuses.

* Quartier d'Héliopolis habité par les classes moyennes aisées.

Il s'assit pour étudier ses cours et se força à ne pas penser à elle et, comme d'habitude, il regarda un match de boxe avant de dormir, puis il prit son plaisir avec un film de sexe. Mais à vrai dire il se força à jouir pour se prouver qu'il n'avait pas été perturbé par ce qui s'était passé avec Cheïma. Le lendemain matin, il alla à la faculté et passa sa journée en cours et au laboratoire. Il fit des efforts pour chasser son image de son esprit.

Vers trois heures, en revenant à la résidence universitaire, il s'arrêta tout à coup et forma son numéro sur le portable. Il allait la contacter, non pas pour se réconcilier mais pour lui faire des remontrances. Il allait lui expliquer combien elle était fautive. Il lui dirait d'une façon nette que si elle continuait à agir de cette façon il n'avait plus besoin d'elle. Et bon voyage ! Il colla le portable à son oreille tout en préparant les expressions dures dont il allait l'agonir, mais la sonnerie finit par s'interrompre sans qu'elle réponde. Peut-être faisait-elle la sieste, selon son habitude. Lorsqu'elle se réveillerait, elle allait voir son numéro affiché et le rappeler. Tarek mangea la nourriture que Cheïma avait préparée et fit la sieste. Dès qu'il se réveilla, il tendit la main vers son portable, en alluma l'écran et se rendit compte qu'elle n'avait pas appelé. Il fit son numéro et elle ne répondit pas. Lorsqu'il refit une tentative, elle lui raccrocha au nez. L'affaire était claire maintenant : elle jouait le rôle de l'amoureuse en colère. Elle voulait le faire courir derrière elle, qu'il s'abaisse devant elle. "Impossible", grommela-t-il en entrouvrant les lèvres sur un rictus de haine et en écarquillant les yeux de rage. Si elle lui raccrochait au nez, c'est qu'elle avait choisi d'en finir. Il n'allait tout de même pas lui dire "Va en paix", mais plutôt qu'elle aille au diable ! Pour qui se prenait-elle ?

"Cette paysanne veut m'humilier ? Qu'elle essaie ! Cela veut dire qu'elle ne sait pas qui est Tarek Hosseïb. Mon honneur est encore plus important que ma vie. A partir de maintenant, je l'élimine de mon existence. C'est comme si elle n'avait jamais existé. Avant de la connaître, de quoi est-ce que je manquais ? Je travaillais, je mangeais, je dormais, je prenais du plaisir, je vivais comme un roi. C'est depuis que je la connais que je suis angoissé et nerveux."

Il s'assit comme d'habitude devant son bureau, sortit ses livres et ses notes et commença à étudier. Il écrivit les éléments essentiels de ses cours et déploya de grands efforts pour rester concentré, mais, à peine une demi-heure plus tard, il se leva tout à coup, sortit de l'appartement et franchit rapidement le couloir, comme si quelqu'un le poursuivait ou comme s'il avait peur de changer d'avis. Il prit l'ascenseur jusqu'au septième étage et se regarda dans la glace. Il était en training bleu, mais son visage paraissait épuisé et sa barbe n'était pas rasée de près. Il arriva devant l'appartement et appuya plusieurs fois sur la sonnette. Un moment s'écoula avant qu'elle n'ouvre. Elle était vêtue de sa *galabieh* d'intérieur. Il lui dit aussitôt :

— Bonsoir.

— Bonsoir, docteur Tarek.

Son ton protocolaire résonna dans son oreille. Il lui jeta un regard pénétrant qu'elle ignora. Elle ajouta :

— Rien de grave, si Dieu le veut ?

Il lui répondit d'une voix faible :

— Etes-vous toujours en colère contre moi ?

— Qui vous a dit cela ?

— Vous m'avez quitté hier sans me demander comme d'habitude ce que nous ferions aujourd'hui.

Elle le regarda en silence comme si elle voulait dire : "Vous en connaissez la cause."

— Cheïma, me permettez-vous d'entrer, s'il vous plaît.

Pendant un instant, elle fut embarrassée, car elle ne s'attendait pas à cette demande. Les fois précédentes, il n'avait jamais dépassé le seuil de la porte. Elle recula de quelques pas pour lui faire place et il entra aussitôt comme s'il craignait qu'elle ne revienne sur sa décision. Il s'assit sur le siège du salon et c'est alors qu'elle se rendit compte qu'elle portait toujours ses vêtements d'intérieur. Elle sortit de la pièce et le laissa seul pendant un temps qui lui sembla long, avant de revenir avec un verre de thé, vêtue d'une élégante robe verte. Elle s'assit sur le fauteuil le plus éloigné de lui. Il but son verre de thé et lui dit :

— Qu'est-ce qui vous a fâchée ?

— Vous avez envie de le savoir ?

Elle prononça cette phrase avec un geste de coquetterie qui libéra un souffle de féminité d'une grande douceur. Le cœur de Tarek se mit à battre et il répondit d'une voix ardente :

— Vous m'avez beaucoup manqué.

— Moi aussi, mais je ne suis pas satisfaite de notre amitié.

— Pourquoi ?

— Tous les jours je m'attache un peu plus à vous, et nous ne parlons jamais du futur.

Sa propre audace la surprit : était-ce elle, la timide Cheïma, qui recevait un homme chez elle et qui lui parlait de cette manière ?

— L'avenir est entre les mains de Dieu, dit-il d'une voix faible, dans une ultime tentative pour éviter le sujet.

— S'il vous plaît, considérez ma position. Vous êtes un homme. Vous pouvez tout vous permettre.

Moi, je suis une fille, et ma famille est très à cheval sur les principes. Des "gens bien intentionnés", et ils sont nombreux comme vous le savez, se chargent de faire parvenir en Egypte tout ce que nous faisons en Amérique. Je ne veux pas attirer la honte sur ma famille.

— Nous ne faisons rien de mal.

— Mais si. Nos relations sont contraires aux traditions, aux principes dans lesquels j'ai été élevée. Mon père, que Dieu ait son âme, était un esprit éclairé. Il était partisan de l'éducation et du travail des femmes, mais cela ne veut pas dire que je dois aller trop loin et nuire à ma réputation.

— Votre réputation est intacte, Cheïma.

Elle poursuivit comme si elle n'avait pas entendu.

— Pourquoi sortons-nous ensemble ? Pourquoi êtes-vous ici maintenant ? Ne me dites pas que c'est parce que nous sommes collègues. Etre collègues a des limites. Nous devons être raisonnables et ne pas nous laisser guider par nos sentiments. Ecoutez, Tarek, je vais vous poser une question. S'il vous plaît, répondez-moi avec franchise.

— Je vous en prie.

— Qu'est-ce que je représente pour vous ?

— Une amie.

— Seulement ? chuchota-t-elle d'une voix douce.

Le cœur de Tarek se mit à tressaillir et il ajouta d'une voix tremblante :

— Une personne qui m'est chère.

— Seulement ?

— Je vous aime, finit-il par lui dire d'un trait comme si cela lui avait échappé, comme s'il avait continué à combattre et s'était tout à coup effondré.

Comme s'il avait prononcé un mot magique qui avait ouvert toutes les portes, l'atmosphère changea en un instant. Elle sourit et le regarda, débordante de tendresse.

— Dites-le encore une fois.
— Je vous aime.

Ils se regardèrent l'un l'autre comme s'ils n'y croyaient pas, comme s'ils s'accrochaient au moment exceptionnel auquel ils étaient parvenus, ignorants de ce qu'ils pourraient faire ensuite. Elle se leva en emportant le plateau avec les verres vides puis parla de la voix la plus douce qu'il lui ait entendue depuis qu'il la connaissait :

— J'ai fait un plat d'Oum Ali. Je vous en apporte une assiette.

Elle n'attendit pas la réponse et se dirigea vers la cuisine dont elle revint, l'assiette entre ses mains. Elle marchait d'un pas nonchalant avec confiance et coquetterie, comme si elle ressentait maintenant toute la plénitude de sa féminité. Tarek se leva pour lui prendre le plateau des mains, mais, tout à coup, il tendit les bras, saisit son poignet, l'attira vers lui et s'approcha tellement de son visage que son souffle haletant et chaud effleura sa peau. Elle le repoussa de toutes ses forces en criant d'une voix étranglée :

— Tarek, tu es fou ?

15

Derrière le rideau vert qui recouvre la fenêtre, dans la pièce encombrée de livres imprégnés depuis des années par la fumée de la pipe, John Graham conserve un coffre en bois marron foncé, orné d'incrustations en vieux cuivre, fermé à double tour, qu'il oublie pendant de longues périodes jusqu'à ce que l'idée soudaine lui vienne de l'ouvrir. Il ferme alors le verrou de la porte du bureau, met le coffre au milieu de la pièce, s'assoit en tailleur et en étale le contenu devant lui sur le sol. Sa vie lui apparaît alors dans sa totalité : des photos en noir et blanc de sa jeunesse, des coupures de journaux des années 1960 portant les titres d'événements importants, des manifestes révolutionnaires pleins de colère contre l'Etat, des tracts reproduisant des photos d'enfants et de femmes tués ou défigurés durant la guerre du Viêtnam (certaines sont tellement horribles qu'il est encore incapable, après toutes ces années, de poser le regard sur elles), des invitations colorées, dessinées à la main, à participer à des manifestations ou à des concerts de rock à l'air libre, le programme du Festival de Woodstock, des badges avec le célèbre logo *Peace and Love*, une flûte indienne dont il jouait avec brio et, le plus précieux de tout : un casque métallique qu'il avait arraché à la tête d'un policier, au cours d'un violent affrontement dans une manifestation. Sur les photos anciennes, Graham était un jeune homme mince à la barbe en broussaille et aux cheveux longs en queue de cheval, vêtu d'une ample chemise indienne, de jeans et de sandales. C'était ce qu'il appelait l'époque des jardins publics : il mangeait, buvait, fumait de la marijuana, manifestait, dormait, faisait l'amour avec des camarades dans les célèbres jardins de Chicago, Grant Park et Lincoln Park.

Il était un de ces jeunes en colère, révoltés contre la guerre du Viêtnam, qui proclamaient leur refus de tout : l'Eglise, l'Etat, le mariage, le travail et le système capitaliste.

La plupart d'entre eux avaient abandonné leur maison, leur famille, leur travail, leurs études. Ils passaient leurs nuits à discuter de politique, à fumer de la marijuana, à chanter, à jouer de la musique et à faire l'amour et, le jour, ils rallumaient la flamme des manifestations.

En août 1968, lorsque le parti démocrate se réunit à Chicago pour choisir un nouveau candidat à la présidence des Etats-Unis, des dizaines de milliers de jeunes manifestèrent. Dans une scène célèbre, retransmise aux quatre coins du monde, ils firent descendre le drapeau américain, hissèrent à sa place une chemise constellée de sang, puis ils enveloppèrent un énorme porc dans le drapeau américain et le placèrent sur la tribune, en déclarant qu'ils voteraient pour lui parce que c'était le meilleur candidat. Suivirent des éloges du cochon, prononcés par les manifestants au milieu des cris, des sarcasmes, des sifflets et des applaudissements. Le message était clair : on avait beau changer les individus, les institutions étaient pourries jusque dans leurs fondations. Ceux qui gouvernaient l'Amérique envoyaient les fils des pauvres mourir au Viêtnam pour multiplier les millions qu'ils gagnaient, tandis que leur propre progéniture menait une vie de luxe loin du danger. Le rêve américain était une illusion : une course sans fin dont personne ne sortait victorieux et au cours de laquelle les Américains se précipitaient vers les travaux forcés d'une concurrence cruelle et impitoyable pour acquérir une maison, une voiture rapide et une résidence secondaire. Ils passaient leur vie à poursuivre des mirages avant de découvrir finalement qu'ils avaient été trompés et que le résultat de la course était connu à l'avance : une poignée de milliardaires tenaient tout entre leurs mains et leur proportion par rapport au nombre d'habitants n'avait absolument pas changé durant les cinquante dernières années, tandis que le nombre des pauvres était en augmentation constante.

Le jour de l'élection du porc avait été vraiment historique et le message était parvenu avec force à l'opinion publique. Des millions d'Américains se mirent à penser que ces jeunes avaient peut-être raison. Il y eut des affrontements violents avec la police. Les jardins publics se transformèrent en véritables champs de bataille. Les policiers frappaient les manifestants avec tous les moyens disponibles et se comportaient avec la plus grande dureté. Ils utilisaient d'énormes matraques, des canons à eau, des bombes lacrymogènes et des balles en caoutchouc. Les étudiants se défendaient en jetant des pierres, des bombes de laque pour les cheveux qu'ils allumaient et qui devenaient entre leurs mains de petites charges explosives. Nombre d'entre eux furent grièvement blessés. Les ambulances en transportèrent des centaines et des centaines d'autres furent arrêtés.

Un jour, Graham eut le crâne ouvert par un coup de matraque et passa deux semaines à l'hôpital. Il en gardait encore la cicatrice derrière l'oreille.

C'étaient des journées de vrai combat : il fut plusieurs fois arrêté, jugé et condamné à la prison pour des durées diverses, dont la plus longue fut une peine de six mois pour incitation au désordre, dégradation de biens publics et agression contre la police. Mais il ne regrettait pas ce qu'il avait fait. Il était resté en marge pendant des années, alors que s'il avait voulu – il était médecin diplômé avec mention d'excellence de la célèbre université de Chicago – il aurait pu immédiatement trouver un excellent emploi et vivre dans le confort. Mais il croyait en la révolution. C'était comme une religion pour laquelle il fallait se sacrifier. Chaque fois qu'il sortait de prison, il manifestait à nouveau. Il vécut ainsi sans travail et sans ressources avec ses amis révoltés, tous convaincus que le monde allait changer, que la révolution allait l'emporter en Amérique comme elle l'avait fait dans de nombreux autres endroits du monde, que le système capitaliste allait s'effondrer et qu'ils allaient bâtir de leurs mains une Amérique juste et nouvelle, où les citoyens seraient tous assurés de l'avenir de leurs enfants, d'où disparaîtrait à jamais la concurrence funeste et immorale, d'où disparaîtraient ces affiches sur lesquelles était écrit "Nos pertes sont tes profits", arborées par des établissements commerciaux au bord de la faillite pour exciter la convoitise des gens à acheter bon marché.

C'étaient les rêves d'une jeunesse révolutionnaire, mais ils ne se réalisèrent pas. La guerre du Viêtnam prit fin et la révolution avec elle. La plupart des camarades se rangèrent sous la bannière du régime contre lequel ils avaient lutté la veille. Ils obtinrent des emplois, se marièrent et eurent des enfants. Certains firent de grosses fortunes. Tous changèrent, sauf John Graham qui, à soixante ans, restait fidèle à la révolution. Il ne s'était pas marié parce qu'il ne croyait pas à l'institution du mariage et qu'il était incapable d'assumer la perspective de faire naître des enfants dans ce monde pourri. Pas un seul instant n'avait été ébranlée sa croyance dans la possibilité de créer un monde meilleur, si l'Amérique se débarrassait du système capitaliste qui dominait leurs vies. Bien qu'il fût d'un âge avancé, il continuait à être actif dans plusieurs organisations de gauche : les Amis de Porto Rico, l'Association socialiste américaine, la Génération du Viêtnam, le Mouvement anti-mondialisation, et ainsi de suite. Il avait payé son combat d'un prix exorbitant : il se retrouvait en vieillard solitaire, sans famille et sans enfants. Il s'était empêtré dans deux liaisons amoureuses qui avaient échoué au bout de quelques années et qui lui avaient laissé des blessures profondes. Deux fois, il avait été victime de dépressions nerveuses qui l'avaient conduit dans des établissements psychiatriques. Il avait tenté de se suicider, et sa guérison n'avait pas été due aux séances de soin, mais à cette solidité intérieure qui ne l'avait jamais abandonné et à laquelle il avait eu recours, tout au long de sa vie, ainsi qu'à son amour pour son travail auquel il se consacrait entièrement. En effet, malgré son engagement politique – cause de contestation et de difficultés –, Graham était considéré comme l'un des rares maîtres de la science des statistiques médicales. Il avait conduit des dizaines de recherches importantes, publiées dans tous les coins du monde. Il considérait les statistiques comme un art créateur qui reposait sur l'imagination, plus que comme une science comptable. Il commençait ses cours aux étudiants de troisième cycle par une phrase proverbiale : "Les statistiques sont victimes d'une injustice historique dont sont responsables des esprits médiocres de la bourgeoisie qui les considèrent comme une simple méthode pour compter les profits et les pertes. Souvenez-vous que les statistiques sont un moyen fiable de considérer le monde. C'est tout simplement la science de la raison quand elle vole de ses deux ailes, l'imagination et les chiffres."

En dépit de son énorme popularité à l'université due au fait qu'il était une personne sympathique, un savant exceptionnel et un excellent conférencier, Graham avait peu de vrais amis. Ceux de ses collègues qui avaient de l'affection pour lui le considéraient comme une personnalité folklorique et originale répandant autour de lui la bonne humeur, mais ils gardaient leurs distances. Quant aux conservateurs, comme George Michael, ils éprouvaient de l'antipathie à son égard et l'attaquaient ouvertement comme communiste, athée et anarchiste prônant des idées subversives.

Telle était la vie de Graham qui approchait de sa fin prévisible, celle d'un vieux professeur d'université de gauche, qui vivait et mourrait seul. Les événements les plus importants de sa vie étaient derrière lui et il commençait, jour après jour, à sentir s'éroder ses liens avec le monde. Il essayait d'imaginer la façon dont sa fin allait se produire, comment il allait mourir. Peut-être dans son bureau, ou bien en plein cours. Peut-être serait-il surpris par une crise cardiaque pendant la nuit, et ses voisins découvriraient sa mort des jours plus tard.

Mais un événement inattendu, survenu deux ans plus tôt, avait changé sa vie. Le Mouvement anti-mondialisation avait tenu un meeting important au Lincoln Park, où John Graham avait prononcé un discours violent contre le néocolonialisme dissimulé des multinationales. L'assistance l'avait longuement applaudi, impressionnée par son âge avancé, son enthousiasme et sa réputation de vieux militant toujours actif. Graham était descendu de la tribune en emportant ses papiers et il s'était mis à répondre aux salutations des personnes présentes et à leur serrer la main. C'est alors que s'approcha de lui une belle jeune femme noire qui se présenta comme Carol MacNeilly. Elle souhaitait éclaircir plusieurs points de son discours et connaître son opinion sur plusieurs livres traitant de la mondialisation. Ce qu'elle demandait ne nécessitait que quelques minutes, mais John et Carol se laissèrent prendre par la conversation et, rapidement, il fut clair qu'ils n'avaient pas besoin d'une tierce personne. Ils restèrent ensemble tout l'après-midi et jusqu'au milieu de la nuit. Ils entrèrent dans trois bars différents sans cesser de boire ni de discuter. Graham se sentit vite attiré par elle, mais le plus étonnant, c'est qu'elle aussi l'aima, en dépit de toute une vie qui les séparait. Il lui parut irrésistible avec ses cheveux blancs, ses idées de gauche, la fermeté de ses principes, son ironie intelligente très au-dessus du niveau où s'en tiennent les gens ordinaires. Elle sortait d'une longue histoire d'amour qui s'était terminée par un échec et qui lui avait laissé un lourd chagrin et un fils de trois ans. Au bout de quelques semaines, lorsque Graham lui proposa de venir vivre chez lui, elle ne sembla pas surprise. Elle le regarda avec un sourire calme :

— Je t'aime, mais je ne veux pas abandonner mon fils.

— Tu ne l'abandonneras pas, il viendra vivre avec nous.

— Es-tu certain que tu l'accepteras ?

— Oui.

— Sais-tu ce que cela veut dire de vivre avec un enfant... qui après tout n'est pas ton fils ?

— Je le sais.

— Je ne voudrais pas que tu le regrettes ensuite.

— Je ne le regretterai pas.

— Est-ce que tu m'aimes à ce point ?

Ils marchaient au bord du lac Michigan. Il faisait un froid mordant et la neige recouvrait tout. Ils étaient complètement seuls, comme si Chicago était déserte, à l'exception d'eux-mêmes. Il s'arrêta, la prit par les épaules, la regarda longuement, tandis que son souffle chaud projetait contre son visage un nuage de vapeur, et il lui demanda d'une voix grave :

— Veux-tu une réponse ?

— S'il te plaît.

— Maintenant ou plus tard ?

— Maintenant, tout de suite.

Il l'étreignit alors avec force et engloutit ses lèvres dans un long baiser :

— Voici ma réponse.

— C'est une réponse convaincante, reconnut-elle en riant.

Graham s'attacha au petit Marc qui se cramponnait à lui. Tous deux passaient beaucoup de temps ensemble. Marc trouva en lui le père dont il avait été privé. Quant à Graham, ce lien lui permit de satisfaire sa tendresse débordante pour les enfants. Mais ce qui importait plus que tout, c'est qu'il aimait Carol comme il n'avait jamais aimé une femme auparavant. Elle était sa séductrice, son inspiratrice, sa maîtresse, son amie et sa fille. Il vécut avec elle la plus belle histoire d'amour de sa vie, au point qu'il lui arrivait parfois de penser que sa présence auprès de lui n'était pas réelle, que c'était un simple rêve dont il allait tout à coup s'éveiller et qu'il ne la trouverait plus alors à ses côtés.

Leur différence de couleur, cependant, leur causait de nombreux problèmes. Il était blanc et elle était noire, et les voir s'étreindre, chuchoter ensemble ou même se tenir par la main suscitait des sentiments racistes chez de nombreuses personnes, à commencer par les garçons des restaurants et des bars qui les traitaient avec froideur et impertinence. Dans les lieux publics, ils croisaient ces regards agressifs et réprobateurs. Quant aux voisins de Graham, s'ils les rencontraient par hasard dans la rue, ils n'adressaient la parole qu'à lui, en ignorant totalement Carol, comme si elle n'était pas pour eux un être humain. Souvent, des restaurateurs refusaient de les recevoir en prétextant que le restaurant était fermé, alors que d'autres clients attendaient au même instant les plats qu'ils avaient commandés. Le week-end, Graham et Carol avaient l'habitude d'être la cible des quolibets des clochards :

— Black and White, lui criaient-ils en référence à la célèbre marque de whisky.

— Pourquoi est-ce que tu ne sors pas avec un Noir comme toi ?

— Alors pépé, on aime coucher avec les Noires ?

— Combien tu l'as payée, cette esclave ?

Même à l'université de l'Illinois où il travaillait, un incident pénible était survenu. Carol avait dû un matin passer le voir à la faculté et, par malchance, elle était tombée sur George Michael. Elle ne le connaissait pas et le salua d'une manière naturelle, et elle lui demanda où se trouvait le bureau de John. Elle eut la surprise de l'entendre lui demander :

— Pourquoi voulez-vous voir le docteur Graham ?

— Je suis son amie.

— Son amie ? s'interrogea Michael à voix audible.

Pour rendre son humiliation plus complète, il affecta la surprise, l'examina de haut en bas puis lui dit :

— Le bureau du docteur Graham est au bout du couloir, au numéro 312, mais je ne crois pas que vous soyez son amie.

— Pourquoi ?

— Je crois que vous en savez la cause, lui asséna Michael en lui tournant le dos.

Carol fondit en larmes en entrant dans le bureau de Graham et lui dit ce qui était arrivé. Le département d'histologie fut alors témoin d'un événement unique en son genre. Tirant Carol par la main, comme si c'était une petite fille tenant la main de son père, Graham se précipita dans le couloir et fit irruption dans le bureau de Michael en criant d'une voix tonitruante :

— Vous avez humilié mon amie avec votre insolence. Ou vous lui présentez des excuses ou je vous démolis le crâne.

Michael leva lentement la tête. Il était plongé dans la préparation de son prochain cours, mais il était assez intelligent et avait suffisamment l'expérience de Graham pour savoir qu'il exécuterait sa menace. Venant de ce communiste, de cet anarchiste sans moralité, rien ne l'étonnait. Il regarda calmement Carol, dont le visage à cet instant était passé des larmes à la frayeur quant à l'évolution de la bataille, puis il joignit les mains devant sa poitrine comme un hindou, inclina sa large tête et dit en souriant pour donner à l'affaire le tour d'une plaisanterie :

— Je m'excuse, madame, de ce que je vous ai dit. Je vous prie de me pardonner.

Graham eut alors l'air d'un enfant en colère qui n'a pas pu se venger. Il poussa un soupir exaspéré et sortit de la pièce avec Carol trottant derrière lui.

Malgré tout ce que les provocations racistes pouvaient avoir d'odieux, elles n'avaient pas d'incidence sur les deux amants. Après chacun des incidents auxquels ils avaient été confrontés, ils étaient revenus à la maison et avaient fait l'amour avec délice et passion. Ils buvaient d'abord avidement à la coupe de la volupté, puis plus lentement, à petites gorgées, comme s'ils étaient dans les premiers jours de leur liaison, comme s'ils se cramponnaient l'un à l'autre pour affronter la laideur d'un monde qui faisait tout pour les séparer, ou comme si ceux dont ils avaient dû affronter le mépris pouvaient les voir lorsqu'ils faisaient l'amour et qu'ils souhaitaient au plus profond d'eux-mêmes les défier, leur montrer à quel point ils étaient comblés.

Un jour, après une séance d'amour fou qui avait épuisé leurs forces, allongés nus, haletants, elle étendue sur lui, écoutant le battement de son cœur en jouant avec les poils blancs de sa poitrine, il lui dit d'une voix rêveuse qui résonna dans le silence de la pièce :

— Si je pouvais, je t'épouserais immédiatement.

— Et, pourquoi ne le peux-tu pas ?

— Les formalités du mariage civil me rappellent celles de la création d'une société commerciale. Quant à se mettre devant un gros prêtre souffrant d'embarras gastriques pour répéter après lui des prières qui feront de nous des époux, c'est une situation que je ne peux pas accepter.

— Pourquoi ?

— Si Dieu existait, crois-tu qu'il aurait besoin de feuilles de papier et de tampons officiels ?

— Ce sont les rites de l'Eglise.

— L'Eglise est un des plus grands mensonges de l'histoire. Dans presque toutes les périodes de l'histoire, elle a plus joué le rôle d'une institution commerciale et colonialiste que n'importe quoi d'autre.

— John !

— D'abord, je peux te démontrer si tu veux – avec des preuves historiques – que le Christ n'a pas existé. L'homme a créé les religions pour vaincre sa peur de l'inconnu.

Elle lui posa la main sur la bouche :

— Je t'en prie, je suis chrétienne et croyante. Ne peux-tu pas un peu respecter les sentiments des autres ?

Quand elle se mettait en colère, elle serrait les lèvres, son visage ressemblait à celui d'une petite fille au bord des larmes, ses beaux yeux se fixaient intensément sur lui comme si elle était désespérée, et à ce moment-là sa séduction devenait irrésistible. Il la prenait dans ses bras, la couvrait de baisers et cela se terminait souvent par une nouvelle séance amoureuse.

Leur amour était merveilleux, mais les soucis commencèrent à poindre lorsque Carol perdit son travail.

Au centre commercial où elle travaillait était arrivé un nouveau directeur blanc qui la renvoya en même temps qu'une autre collègue noire, sans raison apparente sinon celle de leur couleur, bien entendu. Pendant dix mois, Carol lutta avec opiniâtreté pour obtenir un nouvel emploi, mais sans succès. Les deux amants durent faire face à une crise financière à laquelle ils ne s'attendaient pas.

Graham n'avait aucune économie. Il gaspillait l'argent dès qu'il en recevait, comme s'il se débarrassait d'un fardeau ou d'une chose honteuse. Comme toutes les personnes âgées, il était profondément préoccupé par l'idée d'être atteint d'une maladie qui le rendrait invalide si bien qu'il avait choisi un contrat d'assurance dont le coût exorbitant dévorait une part importante de son salaire universitaire. En même temps, les frais de scolarité du petit Marc et les autres dépenses essentielles étaient importantes, tandis que l'indemnité de chômage que touchait Carol était insignifiante. Graham comprima donc les dépenses pour surmonter la crise. Il s'interdit définitivement d'inviter Carol à dîner à l'extérieur, se priva d'acheter les vêtements dont il avait besoin pour l'hiver et abandonna pour la première fois depuis de longues années le luxueux tabac hollandais qu'il aimait, pour se contenter d'une variété locale bon marché, dont l'odeur prenait à la gorge comme celle du bois en train de brûler.

Il faisait tout cela de bon cœur, sans plainte ni inquiétude. Il redoubla au contraire d'attentions à l'égard de Carol. Pour la tranquilliser, il lui disait souvent :

— Je ne suis pas en difficulté. Aussi longtemps que nous pourrons faire face aux dépenses du petit et à notre nourriture, il n'y a pas de quoi nous faire du souci. Je suis habitué à vivre avec le minimum. Les plus beaux jours de ma vie sont ceux que j'ai passés comme un vagabond dans les rues.

Mais Carol n'acceptait pas la situation avec la même simplicité. Elle se sentait coupable de lui avoir attiré cette épreuve. Elle se disait même qu'elle lui avait causé du tort. Son salaire était suffisant pour lui, mais son fils et elle étaient des charges qui pesaient sur sa vie. Etait-ce sa faute à lui, alors que le père de Marc ne voulait pas subvenir aux besoins de son fils ? Elle se sentait extrêmement amère d'avoir perdu son emploi non pas à cause de sa négligence ou de son incompétence mais simplement parce qu'elle était noire. Un matin, Graham la surprit en train d'accrocher à l'entrée du salon un écriteau en bois sur lequel étaient gravées les expressions suivantes :

You are white – you are right
You are black – go back

Cela fâcha Graham qui lui demanda pourquoi elle avait écrit cela. Elle sourit tristement :

— Parce que c'est la vérité, John. Je l'ai accroché devant mes yeux pour ne pas l'oublier.

Elle était oppressée, de mauvaise humeur. Elle restait de longs moments silencieuse, puis pleurait tout à coup sans raison. Parfois elle se comportait d'une façon agressive, elle se disputait avec lui pour les choses les plus futiles. Lui accueillait ses accès de colère avec la compréhension et la tolérance de ceux qui aiment. Au summum de la colère, quand elle lui criait au visage en agitant les bras, il se taisait et souriait avec tendresse. Il s'approchait calmement d'elle, la prenait dans ses bras puis lui chuchotait :

— Je ne veux pas discuter de détails. Je t'aime et te demande de m'excuser pour tout ce qui te fâche, même si je n'en suis pas la cause.

Le dimanche, il avait l'habitude de se réveiller tard, mais ce matin-là, pour une raison quelconque, il se réveilla de bonne heure et ne la trouva pas à ses côtés. Il la chercha dans tous les coins de la maison et se sentit anxieux parce qu'elle était sortie sans l'en informer, contrairement à son habitude. Où était-elle allée et pourquoi ne lui avait-elle pas laissé de message ? Elle était sortie, persuadée que, comme de coutume, il ne se réveillerait pas avant midi ! Que lui cachait-elle ? Etait-elle allée chez le père de Marc pour lui demander sa pension ? Elle lui avait dit une fois qu'elle avait l'intention de le faire et il s'y était vigoureusement opposé. Il lui avait dit qu'elle devait préserver son amour-propre, mais il savait que son opposition avait sa source dans la jalousie. Il avait peur qu'elle ne retrouve son amour pour son ancien amant. Il était jeune et il y avait eu entre eux une longue histoire. Etait-elle allée le voir ? Si elle avait fait cela, il ne le lui pardonnerait jamais.

Le petit Marc s'était réveillé, et Graham lui prépara son petit-déjeuner avec un grand bol de chocolat chaud, il lui alluma la télévision sur une chaîne de dessins animés, puis il revint dans sa chambre et alluma sa pipe. Mais il ne se contrôlait plus. Il retourna demander au petit :

— As-tu vu Carol ?

— Non, je dormais.

— Sais-tu où elle est allée ?

— Ne t'inquiète pas pour ma mère, John. C'est une femme forte.

Cela fit rire John Graham qui serra Marc dans ses bras et s'assit à ses côtés à jouer avec lui. Peu de temps après, il entendit la porte s'ouvrir, grincer, puis se refermer lentement. Lorsque Carol apparut à la porte de la pièce, elle était renfrognée et semblait avoir l'esprit ailleurs, mais son apparence resplendissante renforça les doutes de Graham qui l'entraîna fermement vers sa chambre et lui demanda en faisant des efforts pour contenir sa colère :
— Où étais-tu ?
— C'est une enquête officielle ?
— Je veux savoir.
— Tu n'en as pas le droit.

Elle parlait d'une manière agressive tout en fuyant son regard. Il laissa tomber son grand corps dans un fauteuil et attendit quelque temps avant d'allumer sa pipe qui répandit un épais nuage de fumée. Puis, calmement :
— Carol, je suis la dernière personne au monde à vouloir exercer un droit de propriété sur la femme que j'aime, mais comme nous habitons ensemble je crois qu'il est naturel que chacun des deux sache où va l'autre.
— Je ne vais pas te demander d'autorisation écrite pour sortir.

Elle criait, apparemment déterminée à pousser la dispute à bout. Elle avait à la main le numéro hebdomadaire du *Chicago Tribune* et le jeta sous l'empire de la colère. Ses nombreuses pages se répandirent sur le sol et elle cria :
— Cette vie n'est plus supportable.

Elle se précipita à l'extérieur de la pièce, mais, un pas avant la porte, elle s'arrêta tout à coup et se figea sur place. Elle ne sortit pas, mais elle ne revint pas non plus vers lui, obéissant à cette force mystérieuse qui prend source dans les couples mariés depuis un certain temps. Elle resta immobile, semblant l'attendre ou peut-être l'appeler. De son côté, comme s'il avait reçu le signal, il se précipita vers elle, l'entoura de ses bras par-derrière, puis la retourna vers lui et l'étreignit en murmurant :

— Carol, qu'as-tu ?

Elle ne répondit pas. Il se mit à l'embrasser avec voracité jusqu'à ce qu'il sente son corps se détendre petit à petit, s'ouvrir à lui... Il la poussa doucement vers le lit... Mais tout à coup il sentit ses larmes lui mouiller le visage. Il lui demanda avec inquiétude :

— Que s'est-il passé ?

Elle s'écarta et s'assit sur le bord du lit. Elle faisait un effort extrême pour se maîtriser, mais à la fin elle s'effondra et fondit en larmes. Elle lui dit d'une voix entrecoupée par les sanglots :

— Je suis allée à un entretien d'embauche. Je m'étais dit que je te l'annoncerais seulement si j'avais obtenu l'emploi. Je t'ai assez causé de déceptions comme ça.

Il souleva ses mains vers lui et les lui baisa. Sa voix résonna, mélodieuse, comme si elle venait des abysses de la tristesse :

— Le recruteur était un porc. Dès qu'il m'a vue, il a annulé l'entretien et m'a dit qu'il me contacterait ultérieurement. Je lui ai dit que j'avais été secrétaire de direction pendant des années et que j'avais des certificats d'aptitude, mais il m'a congédiée d'un geste de la main, comme si j'étais une domestique.

Ils restèrent longtemps silencieux. Elle murmura en enfouissant sa tête dans sa poitrine et en s'abandonnant à un nouvel accès de larmes :

— Ah, John ! Comme je me sens humiliée.

16

Le respect proche de la vénération qui entourait le professeur Denis Baker avait plusieurs causes : sa forte personnalité, sa droiture, son dévouement à la science, son comportement amical et juste envers ses collègues et ses étudiants, son apparence fruste et simple, son silence permanent qu'il n'interrompait que pour dire des choses nécessaires et utiles, et, avant tout, ses réalisations scientifiques. Baker se présentait lui-même comme un photographe des cellules. Ces deux mots résumaient les efforts extrêmes qu'il avait déployés pour transformer la photographie des cellules de simple méthode annexe de la recherche scientifique en une science indépendante, reconnue, ayant ses propres instruments et ses propres règles.

Baker avait inventé pour la photographie des cellules des techniques et des procédés nouveaux brevetés sous son nom et au cours de ces dernières années il avait multiplié les recherches, de telle sorte que sa biographie dans les congrès scientifiques posait un véritable problème, car elle nécessitait le double de la place de celle prévue pour les autres professeurs.

Il était impossible de publier un ouvrage d'histologie, dans quelque université au monde que ce soit, sans avoir recours aux collections de photographies de cellules de Baker. En vérité, il conduisait ses travaux avec un esprit d'artiste. D'abord, il était obsédé par une intuition imprécise qui le harcelait et lui donnait des insomnies. Puis l'intuition se dérobait pour le laisser aux prises avec une idée stupéfiante mais fragile, qu'il examinait et affinait jusqu'à ce qu'elle fermentât dans son esprit. Il passait alors des semaines à faire des expériences sur les cellules à des degrés divers d'éclairage et à des niveaux multiples de puissance des microscopes. Finalement, l'inspiration venait et ce qu'il devait faire lui apparaissait avec une extraordinaire clarté. Il se lançait alors avec enthousiasme dans la photographie, l'enregistrement et le tirage.

En plus de ses réalisations scientifiques, Baker était considéré comme l'un des meilleurs conférenciers qu'ait connus l'université de l'Illinois au cours de son histoire. Ses cours sur les tissus du corps humain unissaient la profondeur et la simplicité, ce qui avait incité l'administration de l'université à les publier sous forme de DVD diffusés à des milliers d'exemplaires. Malgré l'excellence de ses réalisations, Baker ne s'était jamais délivré – comme cela arrive à tous les grands créateurs – de la crainte de l'échec et d'une peur obsessionnelle de se montrer insuffisant. Des idées noires l'amenaient parfois à s'interroger sur la valeur de ce qu'il faisait. Ceux qui travaillaient avec lui connaissaient cette angoisse qui s'emparait de lui avant les cours, comme des acteurs avant la représentation. Dès qu'il terminait le cours, il demandait à l'un de ses assistants :

— N'avez-vous pas trouvé mes explications un peu confuses ?

Si l'assistant ne s'empressait pas de réfuter avec chaleur cette autoaccusation, cela renforçait

Baker dans sa conviction de ne pas être à la hauteur, et il disait tristement :

— La prochaine fois, je m'efforcerai d'être meilleur.

Dans l'hiver mordant de Chicago, avec la neige qui recouvrait tout, le vieux Baker se levait souvent à quatre heures du matin. Il faisait sa toilette puis mettait des vêtements épais, enfilait des gants, rabattait son bonnet sur ses oreilles et, comme un soldat part vers le champ de bataille, il prenait le métro de cinq heures, avec les balayeurs et les ivrognes de la nuit.

Il assumait toutes ces épreuves de bon cœur pour être en mesure d'inspecter ses échantillons à la seconde près, à l'heure prévue.

C'est ainsi que Denis Baker avait bâti sa gloire, jour après jour, par un travail de fourmi et l'abnégation d'un moine, au point qu'il était devenu légendaire et que depuis des années l'université de l'Illinois était persuadée qu'il se verrait d'un moment à l'autre décerner le prix Nobel.

John Graham avait commenté cela dans une de ses manifestations :

"La grande civilisation occidentale a été faite par des savants éminents et pleins d'abnégation comme Denis Baker, mais le système capitaliste a transformé leurs découvertes en machines de production et en contrats commerciaux faisant pleuvoir des dizaines de millions de dollars sur des hommes stupides et corrompus comme George Bush et Dick Cheney."

Baker avait dirigé des milliers de mémoires de magistère et de thèses de doctorat. Parmi ses élèves, il y avait de nombreux Egyptiens qui étaient parvenus à des résultats remarquables. Il conservait dans son laboratoire leurs lettres de remerciement, qu'il leur demandait toujours d'écrire en arabe parce qu'il en aimait la forme des lettres.

Son expérience positive des Egyptiens avait éveillé sa curiosité sur leur pays et il avait emprunté de nombreux livres sur l'Egypte à la bibliothèque de l'université. Un jour qu'il était invité avec quelques professeurs à une réception de l'université De Paul[*], il but deux whiskys – la limite qu'il s'était fixée. L'alcool instilla sa douceur et il fut entraîné par un courant irrésistible de tendresse. Il regarda le docteur Saleh qui était près de lui et lui demanda de sa façon directe :

— Saleh, j'ai une question. Tous les Egyptiens qui ont travaillé avec moi sont doués et ont une grande capacité de travail. Malgré cela l'Egypte, en tant que pays, est toujours scientifiquement en retard ? Avez-vous une explication ?

Saleh semblait avoir préparé sa réponse :

— L'Egypte est sous-développée à cause de l'absence de démocratie, ni plus ni moins. Les Egyptiens obtiennent des résultats excellents quand ils émigrent en Occident tandis qu'en Egypte, malheureusement, ils sont opprimés et écartés par le régime.

— Je comprends.

Cette profonde inclination du grand savant pour les Egyptiens l'avait amené à toujours accepter de diriger leurs thèses. Il faut signaler ici que Baker, protestant pratiquant, ne faisait aucune distinction entre les différentes origines. Dans sa croyance, tous les hommes étaient des fils de Dieu qui avait envoyé sur eux le souffle de son Esprit-Saint. Ce qui permet de comprendre ses positions libérales et tolérantes au conseil du département. Il jugeait chaque étudiant en fonction de

---

[*] Une des universités (privée) de Chicago.

ses efforts et de ses capacités, sans prendre du tout en considération son origine ou la couleur de sa peau, contrairement à l'extrémiste George Michael.

Les grands idéaux auxquels croyait Baker s'étaient récemment trouvés confrontés à une expérience pénible. Il avait accepté de diriger la thèse de doctorat d'Ahmed Danana, mais, dès les premiers instants, il avait remarqué que celui-ci était un cas à part, qu'il n'avait jamais rencontré auparavant chez les Egyptiens. Il avait un âge avancé, il était toujours vêtu d'un complet et d'une cravate, ce qui lui donnait une allure officielle. Baker ne s'arrêta pas longtemps à l'allure extérieure de Danana, mais le problème commença dès le premier semestre d'études. C'était un semestre important parce qu'on y présentait au chercheur les principes de base qu'il allait devoir suivre pour sa thèse. La réussite à ce semestre ne reposait pas sur un examen traditionnel, mais sur la participation aux cours. Baker chargeait chaque semaine un étudiant de lire une recherche quelconque, de la résumer et de la commenter. Il les écoutait, dialoguait avec eux et les notait en fonction de leur compréhension et de leurs efforts. Dès la première séance, Baker remarqua avec une certaine inquiétude qu'Ahmed Danana était hors sujet. Il attribua cela au fait qu'il n'avait peut-être pas compris ce qui lui était demandé. Il le convoqua dans son bureau après l'exposé et lui remit une nouvelle recherche, en lui disant gentiment :

— Lisez bien ceci et, la semaine prochaine, je vous demanderai de le résumer et de le commenter.

Au cours suivant, lorsque vint le tour d'Ahmed Danana, celui-ci se leva, vêtu de son complet, il se racla la gorge, toussa puis commença un long discours. Il se mit à agiter les mains, prit de grands airs, puis se lança, dans son anglais de cuisine, en élevant et en baissant la voix pour impressionner les auditeurs, comme s'il prononçait un discours du Parti national démocratique. Les étudiants l'écoutèrent avec surprise :

— Très chers collègues, croyez-moi bien, le problème n'est pas dans les méthodes de recherche. Les méthodes de recherche sont nombreuses et, grâce à Dieu, nous les avons à notre disposition. Ce que je veux que nous discutions aujourd'hui, c'est l'idée qui est derrière ces méthodes de recherche. A l'intérieur de chacun d'entre nous, réside une idée quelconque de la méthode. Il faut... je répète ici... il faut que nous parlions avec franchise, pour le futur de la science, pour nos enfants et petits-enfants...

Comme d'habitude, Baker enregistrait tout ce qui se disait dans le cours pour pouvoir évaluer chaque étudiant avec précision. Les propos de Danana le plongèrent dans une telle perplexité qu'il lui vint un moment à l'esprit qu'il était fou, mais il éloigna cette idée et fut obligé de lui couper la parole d'une voix tranchante.

— Monsieur Danana ! Je voudrais attirer votre attention sur le fait que vos propos sont complètement hors sujet.

Cette phrase, prononcée par Baker, était suffisante pour faire taire n'importe quel étudiant, mais Danana, bien entraîné aux techniques de l'attaque et du repli dans les réunions politiques, ne cilla pas et continua d'une voix forte :

— Professeur Baker, je vous en prie, j'invite mes camarades à être sincères. J'invite chacun d'entre nous à parler de l'idée qui sous-tend le programme de recherche...

A ce moment, le visage de Baker devint rouge de colère. Il cria :

— Arrêtez-vous immédiatement. Je ne vous permettrai pas de perturber vos camarades. Ou bien vous parlez du sujet, ou bien vous vous taisez.

Danana se tut, soupira et prit le visage d'un homme important qui a été victime d'une grave insolence mais qui, pour des raisons nobles connues de lui seul, a décidé de passer outre et de l'oublier. La séance continua comme à l'accoutumée et, lorsqu'elle se termina, Baker regarda en face Danana et lui demanda avec un mélange d'étonnement et de colère :

— Souffrez-vous de problèmes psychologiques ?

— Non, bien sûr, répondit Danana avec un sourire indifférent.

— Pourquoi n'avez-vous pas lu la recherche ?

— Mais je l'ai lue.

— Aucune de vos paroles n'en témoigne. Vous avez fait perdre du temps au cours par des propos dépourvus de sens.

Danana posa la main sur l'épaule de Baker, comme si c'était un vieil ami, et lui dit sur le ton d'une personne qui en conseille une autre :

— Je préfère toujours présenter les données scientifiques avec une touche humaine qui permet de mieux les mettre à la portée des étudiants.

Baker l'observa un instant et lui dit avec calme :

— C'est moi qui fixe les méthodes d'enseignement dans ce cours, ce n'est pas vous.

Ensuite, il ouvrit un dossier qu'il avait à la main et en sortit une grosse liasse de feuilles qu'il tendit à Danana :

— Je vous donne une dernière chance. Prenez. Lisez bien cette recherche. Je voudrais que vous en présentiez un résumé dans deux jours au maximum.

— Je n'aurai pas le temps, cette semaine.

— Comment pouvez-vous être étudiant et ne pas avoir de temps pour vos études ?

— Je ne suis pas un étudiant ordinaire. Je suis le président de l'Union des étudiants égyptiens pour l'Amérique tout entière.

— Et quel est le rapport avec cette recherche ?

— Mon temps ne m'appartient pas. Il appartient à mes camarades qui m'ont confié cette responsabilité.

Baker resta un moment silencieux et le regarda, avec toute la profonde perplexité que lui causait un type d'individu qu'il n'avait jamais rencontré au cours de sa vie. Danana poursuivit sur un ton officiel :

— Professeur Baker, j'attends de vous que vous preniez en considération mes fonctions politiques.

Alors, Baker explosa de colère :

— Vous rendez-vous compte des énormités que vous dites ? Vous êtes ici un étudiant, rien de plus. Si vous n'avez pas de temps pour vos études, abandonnez-les.

Baker lui tourna le dos et partit. Pour essayer de l'amadouer, Danana courut derrière son professeur qui le congédia d'un geste. A partir de ce jour-là, Danana représenta un lourd fardeau psychologique pour Baker qui, en dépit de sa longue expérience, ne savait pas comment se comporter avec lui. Il consacrait à l'étude à peine quelques jours, puis il s'interrompait et revenait chaque fois avec des histoires au sujet des difficultés d'une étudiante qui avait été obligée d'aller à Washington ou d'un étudiant soudainement tombé malade qu'il avait dû accompagner à l'hôpital. Mais il faut dire que le problème était plus profond que l'indisponibilité de Danana ou sa négligence. Le niveau scientifique avec lequel cet étudiant était arrivé d'Egypte était extrêmement médiocre. C'étaient ses relations avec la Sécurité d'Etat qui lui avaient valu des promotions, et non pas son travail. Tous les ans, les services de Sécurité avaient exercé d'énormes pressions sur les professeurs de médecine du Caire pour qu'ils donnent à Danana des notes élevées qu'il ne méritait pas. Par la suite, les pressions avaient continué pour qu'il soit nommé maître assistant, puis pour qu'il obtienne le magistère et, finalement, pour qu'il soit envoyé étudier à l'étranger. Mais son niveau véritable avait été mis à nu à l'université de l'Illinois où il était incapable de suivre les études. Le professeur Baker était souvent ahuri par son ignorance de certaines données fondamentales en médecine. Il lui dit une fois avec étonnement :

— Je ne comprends pas comment vous avez pu sortir de la même université que Tarek Hosseïb et Cheïma Mohammedi. Leur niveau scientifique est bien supérieur au vôtre.

Deux années s'étaient écoulées pendant lesquelles Danana n'avait absolument pas fait avancer sa recherche. Il devait en présenter les résultats cette semaine, mais il s'était absenté trois jours de suite. Le matin du quatrième jour, Baker était en train de travailler dans son laboratoire lorsque l'on frappa à la porte par où apparut Danana. Baker l'ignora complètement et poursuivit son travail. Lorsque Danana commença sa rengaine d'excuses habituelles, Baker lui coupa la parole sans se retourner et lui dit avec calme en regardant un échantillon dans une éprouvette comme s'il regardait le canon d'un fusil :

— Si vous ne présentez pas le résultat de votre recherche cette semaine, je demanderai à être déchargé de la direction de votre thèse.

Ces paroles préoccupèrent Danana, mais Baker le fit taire d'un geste et lui dit en s'éloignant à l'intérieur du laboratoire :

— Je n'ai rien de plus à vous dire, c'est votre dernière chance.

*

Karam Doss me sourit :
— Désolé de vous déranger, Nagui.
— Je vous en prie.
— Me permettez-vous de vous inviter à boire un café quelque part ?
Dans la faible lumière du couloir, je vis son visage pâle et épuisé. Il avait l'air de ne pas avoir dormi depuis la veille et il n'avait pas non plus changé ses vêtements qui étaient sales et froissés.
Je lui dis :
— Si c'est à propos de ce qui est arrivé hier, je l'ai déjà oublié.
— Non, c'est une affaire plus importante.
J'étais fatigué et je ne me sentais pas prêt pour une nouvelle controverse :
— Ne pourrais-je pas accepter votre invitation à un autre moment ? Je suis encore malade à cause de la boisson.
— Je vous en prie, je ne vous retiendrai pas longtemps.
— Bien, veuillez entrer pendant que je m'habille.
— Prenez votre temps, je vous attends à l'accueil.
Un quart d'heure plus tard environ, j'étais assis à côté de lui dans sa Jaguar rouge. Je m'étalai

sur le siège moelleux. J'avais l'impression d'être le héros d'un film étranger sur les courses de voitures. Je lui dis :

— Vous avez une voiture formidable.

Il sourit et me répondit calmement :

— Je gagne bien ma vie, grâce à Dieu.

Le tableau de bord était plein de compteurs comme celui d'un avion et le levier de vitesse était une large manette de métal. Lorsque Karam l'actionna, le moteur rugit et la voiture démarra en trombe. Je lui demandai :

— Aimez-vous la course automobile ?

— J'adore ça. Lorsque j'étais enfant, je rêvais de devenir pilote de course. C'est de cette manière que je réalise maintenant certains de mes anciens rêves.

Il y avait quelque chose d'authentique dans le ton de sa voix, différent de la veille. C'était comme s'il avait alors joué un rôle dans une pièce de théâtre et qu'il parlait maintenant à un ami après la fin du spectacle.

Il me demanda amicalement :

— Avez-vous vu Rush Street ? C'est la rue préférée de la jeunesse de Chicago. Il y a là les meilleurs bars, les meilleurs restaurants, les meilleures discothèques. Les week-ends les jeunes y vont pour danser et boire jusqu'à l'aube. Regardez.

Je regardai dans la direction qu'il indiquait. Il y avait un groupe de policiers à cheval. Leur vision semblait étrange sur un fond de gratte-ciel.

Karam dit en riant :

— Tard dans la nuit, lorsqu'il y a de plus en plus de gens saouls faisant du tapage et que les bagarres commencent, la police de Chicago a recours aux chevaux pour disperser les ivrognes. Lorsque j'étais jeune, un ami américain m'a appris comment exciter les chevaux. Nous allions dans cette rue. Nous buvions et, lorsque venait la cavalerie pour nous disperser, je me glissais derrière le cheval et le piquais d'une certaine manière. Il se mettait alors à hennir, ruait et partait en courant au loin avec le policier.

Il arrêta sa voiture au parking et actionna la fermeture automatique. Je marchai à ses côtés. J'étais ébloui par les néons qui s'allumaient et s'éteignaient sans cesse, transformant la rue entière en immense établissement nocturne. Tout à coup, j'entendis une voix derrière nous :

— Un instant, monsieur.

Je m'arrêtai pour me retourner vers la source de la voix, mais Karam me prit par le bras et me chuchota à l'oreille :

— Continuez à marcher, ne regardez pas derrière vous et ne parlez à personne.

Il avait l'air sérieux et je suivis son conseil. Il allongea le pas et je fis de même. Aussitôt apparut à nos côtés un jeune Noir grand et mince, les cheveux tombant sur les épaules en tresses enchevêtrées à la mode afro. Il portait des bracelets et des chaînes sur la poitrine, qui faisaient un bruit de ferraille quand il marchait. Il nous interpella :

— Salut, mec, tu veux du shit ?

— Non, merci, répondit rapidement Karam.

Le jeune homme insista :

— J'ai une bonne barrette. Elle te fera voir le monde sous son vrai jour.

— Merci, nous ne voulons pas de drogue.

Karam s'arrêta soudainement de marcher et j'en fis autant. Nous restâmes immobiles sur le trottoir tandis que le jeune continuait à marcher devant nous avec son bruit de ferraille jusqu'à ce qu'il disparaisse dans une rue voisine. Alors Karam reprit sa marche :

— Il faut que vous soyez prudent avec ces gens-là. Ils sont souvent complètement déjantés. Ils *peuvent vous appâter avec de la drogue pour vous dérober l'argent que vous sortez de votre poche. Ils peuvent être dangereux.*

Comme je restais silencieux, il me demanda :

— Vous avez eu peur ?

— Bien sûr !

Il éclata de rire :

— Ce qui est arrivé est une chose habituelle à laquelle les gens sont confrontés ici tous les jours. Vous êtes à Chicago, mon ami. Nous voici arrivés.

Nous entrâmes dans un bâtiment élégant de deux étages sur lequel une enseigne lumineuse indiquait "piano-bar". Le local baignait dans une lumière tamisée. De hautes tables rondes y étaient disposées et, au bout de la salle, un homme noir en tenue de soirée jouait du piano. Nous nous assîmes à une table proche et Karam me dit :

— J'espère que l'endroit vous plaît. J'aime les bars tranquilles. Je ne supporte pas le vacarme des discothèques. C'est un signe de l'âge.

Une belle serveuse blonde vint vers nous. Lorsque je commandai un verre de vin, il me demanda avec surprise :

— Vous avez encore envie de boire ? Je suis très fatigué de mes excès d'hier.

— Moi aussi, mais un verre ou deux me remettront d'aplomb. Boire le lendemain, c'est une méthode connue pour se débarrasser du mal de tête causé par le vin. Abû Nuwâs a dit : "Soigne-moi par là d'où vient le mal."

Le docteur Karam prit une feuille sur la table et un stylo en or dans sa poche :

— Abû Nuwâs, c'est bien ce poète de l'époque abbasside, rendu célèbre par son amour du vin ?

— Tout à fait.

— Pouvez-vous répéter ce vers ? Je voudrais l'écrire.

Il l'inscrivit rapidement, puis remit le stylo dans sa poche.

— Je vais prendre un verre, moi aussi, pour me débarrasser de mon mal de tête.

Nous évitions de croiser nos regards, comme si nous nous étions souvenus de la dispute. Il prit une grande gorgée de whisky et soupira :

— Je suis désolé, Nagui.

— C'est moi, au contraire, qui me suis mal comporté envers vous.

— Nous étions tous les deux ivres et nous nous sommes disputés. L'affaire est close, mais je suis venu ce soir pour une autre raison.

Il avait à la main un porte-documents qu'il souleva et posa devant nous sur la table de marbre, puis il chaussa ses lunettes cerclées d'or et en sortit une liasse de feuilles :

— S'il vous plaît.

— Qu'est-ce que c'est ?

— Quelque chose que je voudrais que vous lisiez.

L'éclairage était faible et j'avais mal à la tête :

— Me permettez-vous de le lire plus tard ?

— Non, maintenant... s'il vous plaît.

Je me penchai un peu vers la droite pour me rapprocher de la lumière. Les feuilles étaient écrites en arabe :

"Projet présenté à la faculté de médecine de l'université d'Aïn Shams par le docteur Karam Doss, professeur de chirurgie cardiaque à l'université de North Western."

Il ne me laissa pas terminer la lecture. Il appuya les coudes sur la table :

— J'ai présenté ce projet l'année dernière.

Il demanda un autre verre et poursuivit avec fougue :

— J'ai maintenant un grand renom en chirurgie cardiaque. Mes honoraires pour chaque opération sont très élevés. Malgré tout, j'ai proposé aux responsables de la médecine d'Aïn Shams de faire pendant un mois par an des opérations gratuites. Je voulais aider les malades pauvres et transférer par la même occasion des techniques de chirurgie avancée en Egypte.

— C'est formidable !

— Mieux encore, je leur ai proposé un projet de création d'une unité de chirurgie moderne qui ne leur aurait pratiquement rien coûté. Je leur aurais trouvé un soutien financier grâce à mes excellentes relations avec les universités et les centres de recherche américains.

— Excellente idée, m'écriai-je, tandis que redoublait mon sentiment de culpabilité.

— Savez-vous quelle a été leur réponse ?

— Ils ont accepté, bien sûr.

Il rit :

— Ils n'ont pas répondu et lorsque j'ai appelé le doyen il m'a remercié et m'a dit que mon idée n'était pas susceptible d'être mise à exécution pour le moment.

— Mais pourquoi ?

— Je ne sais pas.

Il but une gorgée. Il me parut avoir du mal à fixer ses idées. Je savais que recommencer à boire le lendemain d'une beuverie, même si cela dissipait le mal de tête, faisait revenir en force les effets de l'alcool.

— Je n'ai raconté cette histoire à personne, mais, vous, il fallait que vous la connaissiez, parce que hier vous m'avez accusé d'avoir fui l'Egypte.

— Je vous présente à nouveau mes excuses.

Il baissa la tête et dit d'une voix basse, comme s'il se parlait à lui-même :

— Je vous prie d'arrêter de vous excuser. Je voulais seulement que vous me connaissiez vraiment. Après trente ans vécus en Amérique, je n'ai pas une seule fois oublié l'Egypte.

— *Vous n'êtes pas heureux de vivre ici ?*

Il me regarda comme s'il cherchait l'expression convenable :

— *Avez-vous mangé des fruits américains ?*

— *Pas encore.*

— *On utilise la génétique pour que les fruits deviennent très gros, mais, malgré cela, ils n'ont pas de goût. La vie en Amérique est comme les fruits américains, Nagui, séduisante et brillante de l'extérieur, mais sans saveur.*

— *Vous dites cela après tout ce que vous avez réalisé ?*

— *Toute réussite à l'extérieur de son pays reste incomplète.*

— *Pourquoi ne revenez-vous pas en Egypte ?*

— *Ce n'est pas facile de gommer trente années d'une vie. La décision est difficile, mais j'y ai pensé. Le projet que j'avais présenté était un premier pas vers le retour, mais ils ont refusé.*

Il prononça le dernier mot avec amertume. Je lui dis :

— *C'est vraiment triste que l'Egypte perde quelqu'un comme vous.*

— *Peut-être est-ce difficile à comprendre pour vous qui êtes encore jeune. Lorsqu'un homme aime une femme, qu'il en est profondément épris mais découvre qu'elle l'a trompé, comprenez-vous ce genre de torture ? Maudire cette femme tout en continuant de l'aimer sans pouvoir l'oublier : c'est ce que je ressens à l'égard de l'Egypte. Je l'aime et je souhaite lui offrir tout ce qui est en mon pouvoir, mais elle me refuse.*

Je vis ses yeux remplis de larmes et me précipitai vers lui, le pris dans mes bras et m'inclinai pour lui baiser la tête, mais il me repoussa doucement et essaya de sourire :

— *Vous ne pensez pas qu'il est le temps de mettre fin au mélodrame ?*

Il entreprit de changer de sujet et m'interrogea sur mes études. Nous passâmes une demi-heure à parler de choses diverses jusqu'à ce que notre attention soit attirée par une voix féminine proche :
— Salut, désolée de vous interrompre, mais je voudrais vous poser une question.
— Je vous en prie, m'empressai-je de répondre.
— En quelle langue parlez-vous ?
— En arabe.
— Vous êtes arabes ?
— Nous venons d'Egypte. Le docteur Karam est un chirurgien du cœur et, moi, j'étudie la médecine à l'université de l'Illinois.
— Moi je suis Wendy Shur, employée à la bourse de Chicago.
— Vous avez de la chance. Vous avez beaucoup d'argent !
Elle rit :
— Je manipule l'argent, c'est tout. Malheureusement je ne le possède pas.
Une atmosphère joviale s'établit entre nous. Tout à coup, le docteur Karam se leva et me tapa sur l'épaule :
— Je m'en vais maintenant. Je n'ai pas dormi depuis hier et j'ai une opération demain à sept heures du matin.
Puis il se tourna vers Wendy :
— J'ai été heureux de vous rencontrer, mademoiselle Shur. J'espère que nous nous reverrons.
Je le suivis du regard jusqu'à ce qu'il eût disparu derrière la porte du bar. Je ressentais de l'affection pour lui. Je me dis que je devrais désormais juger les gens avec plus de circonspection pour ne pas me précipiter dans des idées fausses comme cela venait de m'arriver.
La voix enjouée de Wendy se rappela à mon attention :
— Allons, parlez-moi de l'Egypte.

Je pris mon verre et allai m'installer à sa table. Elle était belle. Ses cheveux étaient ramenés en haut de la tête et l'on voyait son cou splendide. Elle avait de légères taches de rousseur sur les joues qui lui donnaient une allure enfantine, renforcée par ses grands yeux bleus qui avaient toujours l'air étonné. Je me souvins des conseils de Graham :

— Je ne vous parlerai de l'Egypte que si vous acceptez que je vous invite à boire un verre.

— C'est gentil.

— Que voulez-vous prendre ?

— Un gin tonic, s'il vous plaît.

17

Dès la fondation de Chicago, l'émigration des Noirs avait été ininterrompue. Des centaines de milliers avaient fui l'esclavage dans les Etats du Sud et y étaient venus, poussés par le rêve de devenir des citoyens libres, dotés d'une existence et d'une dignité. Ils allèrent s'embaucher dans des usines et leurs femmes travaillèrent comme domestiques ou comme nurses. Ils découvrirent rapidement qu'ils avaient échangé les chaînes de l'esclavage contre d'autres chaînes invisibles mais aussi dures. A partir de l'an 1900, on ne permit absolument plus aux Noirs d'habiter ailleurs que dans le sud de la ville, où les autorités avaient décidé la construction de logements bon marché pour les pauvres. Les Noirs n'avaient pas la possibilité de s'installer dans de meilleurs quartiers, d'abord parce qu'ils étaient pauvres, ensuite parce qu'il leur était totalement interdit de sortir de leur ghetto. Depuis plus de cent ans, cette répulsion des Blancs – solide comme un article de foi – à l'idée de cohabiter avec des Noirs ne s'est pas atténuée. C'est ce que les psychologues américains décrivent sous l'expression de négrophobie. Toutes les tentatives – spontanées ou délibérées – de briser cette barrière ont connu un échec.

Le 27 juillet 1919, la température atteignit un degré qui poussa un jeune Noir de dix-sept ans qui s'appelait Eugene William à passer la journée au bord de l'eau, sur la 29e Rue. Comme tout le reste de la ville, le rivage était divisé en deux : un espace réservé aux Blancs et un autre aux Noirs. Eugene se sentit merveilleusement ragaillardi lorsqu'il se jeta dans l'eau fraîche. Il nagea pendant près d'une heure, puis, pour son malheur, il eut l'idée de mettre à l'épreuve sa capacité à nager sous l'eau. Il emmagasina de l'air dans ses poumons et plongea sous la surface. Quand on est sous l'eau, on ne peut pas déterminer la direction avec précision. Lorsque Eugene sortit la tête hors de l'eau et ouvrit les yeux, il découvrit qu'il avait franchi la limite et qu'il se trouvait dans l'endroit réservé aux Blancs. Il entendit des cris de fureur s'élever autour de lui et, avant qu'il ait eu le temps de fuir, les baigneurs, voyant leurs eaux territoriales profanées, aveuglés par la colère, se mirent à l'insulter et à le frapper de toutes leurs forces à coups de poing, dans le ventre et au visage. Certains utilisèrent des rames de bois pour lui frapper la tête à bras raccourcis jusqu'à ce qu'il meure, puis ils le jetèrent sur le rivage. L'affaire s'aggrava lorsque les policiers blancs refusèrent obstinément d'arrêter les assassins et même d'enquêter sur eux. Pendant sept jours, Chicago fut témoin d'affrontements raciaux effrayants entre Blancs et Noirs, causant la mort de trente-huit personnes, tandis que des centaines d'autres étaient blessées ou contraintes de fuir.

Le souvenir du jeune Eugene William fut un sévère avertissement pour tous ceux qui auraient pu être tentés de briser les barrières.

En 1966, au plus fort du mouvement pour les droits civiques contre le racisme et contre la guerre du Viêtnam, le célèbre leader noir Martin Luther King prit à Chicago la tête d'une grande marche réunissant des dizaines de milliers de Noirs qui pénétrèrent dans les quartiers blancs. Martin Luther King voulait envoyer un message d'amour et de fraternité chrétienne, et il proclamait en même temps qu'il n'était plus possible d'accepter la discrimination raciale. Le résultat fut violent et ce fut un échec. Les habitants blancs s'opposèrent sauvagement à la manifestation. Ils jetèrent sur les manifestants tout ce qu'ils trouvaient à leur portée, des œufs frais, des tomates pourries et même des pierres. Ils leur donnèrent des coups de bâton, puis ils tirèrent des rafales de coups de feu qui atteignirent de nombreux Noirs.

A peine quelques mois plus tard, le leader Martin Luther King lui-même allait trouver la mort sous le feu des extrémistes.

En 1984, deux époux noirs qui étaient parvenus à acquérir de la fortune achetèrent une maison dans un quartier pour riches Blancs. La réponse fut rapide. Les Blancs leur cherchèrent querelle, les blessèrent gravement en leur jetant des pierres, ensuite les voisins en colère franchirent une nouvelle étape et brûlèrent le garage, puis la maison tout entière, ce qui obligea les deux époux à fuir. Le même incident se reproduisit la même année avec un autre couple de Noirs, et le résultat fut encore plus tragique.

Ainsi, tout au long de l'histoire de Chicago, la barrière raciale était restée solide comme un roc. Il était impossible de l'ignorer ou de lui échapper. Le nord de la ville regroupait les quartiers chic et les banlieues élégantes où vivait une élite de Blancs qui avaient le plus haut revenu par habitant de tout le pays. Quant au sud, il atteignait des niveaux de pauvreté difficiles à imaginer en Amérique. Le chômage, la drogue, les assassinats, les vols, les viols y étaient généralisés. Le niveau de l'éducation et de la santé y était au plus bas, ainsi que le sens de la famille. Beaucoup d'enfants noirs grandissaient sous la garde de leur mère après la fuite du père, son assassinat ou son emprisonnement. C'est cette contradiction criante entre deux mondes qui avait conduit le célèbre sociologue Gregory Skyres à présenter dans un langage littéraire ses recherches sur Chicago : "Ce ne sont pas les nombreuses contradictions de Chicago qui la distinguent. Ce qui en fait une ville unique, c'est qu'elle porte toujours ses contradictions à leur apogée."

*

Dès que Raafat Sabet pénétra en voiture dans le quartier d'Oakland, il fut terrifié par ce qu'il découvrait : des maisons de briques rouges dont un grand nombre était en ruine, avec des arrière-cours pleines de vieux objets et de détritus, les tags des gangs écrits en noir à la bombe sur les murs, des bandes de jeunes Noirs fumant du shit dans les encoignures, quelques bars d'où provenait un vacarme de musique et de voix. Raafat se sentait de plus en plus anxieux. Il se demandait comment sa fille pouvait vivre dans un tel cloaque. Il était déterminé à la voir à n'importe quel prix. Il n'avait pas pensé à ce qu'il allait lui dire en frappant à sa porte et en la réveillant à deux heures du matin. Il allait la voir maintenant, advienne que pourra, se disait-il en ralentissant sa voiture et en regardant le numéro des maisons. Il avait l'adresse de Jeff et, lorsqu'il arriva près de sa maison, il entra dans le parking le plus proche, ferma sa voiture à clef et allongea le pas pour parvenir à la rue. L'obscurité était totale et pesante. Une sensation peu rassurante s'empara soudain de lui. Dès qu'il eut dépassé la première rangée de voitures, il sentit que quelqu'un le suivait. Il chercha à chasser cette idée, mais il entendit clairement cette fois quelque chose remuer dans l'ombre à ses côtés. Il s'arrêta et regarda autour de lui et, peu à peu, il se mit à distinguer un corps énorme qui approchait dans l'ombre.

— Alors pépé n'est pas encore au lit ?

La surprise paralysa Raafat qui ne répondit pas. L'homme éclata de rire. Sa prononciation douce et relâchée montrait qu'il était sous l'emprise de la drogue.

— Pourquoi es-tu venu à Oakland, grand-père ? Tu cherches une femme ? Tu veux t'éclater ?

— Je suis venu rendre visite à ma fille.

— Qu'est-ce qu'elle fait à Oakland, ta fille ?

— Elle vit avec son ami.

— Ce doit être un vrai mec. Oakland, c'est le quartier des hommes. Qu'est-ce que tu lui veux à ta fille ?

— Je viens prendre de ses nouvelles.

— Quel père affectueux ! Ecoute, papa, moi je suis Max, un homme d'Oakland et j'ai besoin de m'éclater.

Le silence régna un instant, puis la voix de Max changea. Elle prit un ton plus grave et plus dur :

— Je veux que tu me donnes cinquante dollars, papa, pour m'acheter de l'herbe et pour m'éclater.

Raafat ne répondit pas, et Max tendit son énorme main et la lui posa sur l'épaule en disant :

— Donne-moi cinquante dollars. Ne sois pas un sale radin.

D'un geste fulgurant, il sortit de sa poche un couteau et l'ouvrit. Cela produisit un bruit étouffé et la lame brilla dans l'ombre.

— Allons, papa, je n'ai pas de temps à perdre. Est-ce que tu vas payer ou est-ce que tu veux que je te délivre de la dureté du monde ?

Raafat tendit lentement la main vers sa poche et en sortit son portefeuille, mais il se rendit compte qu'il ne voyait rien dans l'obscurité épaisse. Comme si Max l'avait compris, il alluma une lampe de poche.

— Voilà, je t'aide à voir l'argent que tu as sur toi. Je veux seulement cinquante dollars, papa. Tu as de la chance d'avoir rencontré le gentil Max. Si j'étais méchant, je te prendrais ton portefeuille tout entier, mais je ne suis pas un voleur. Je suis un homme honnête qui ne trouve pas de travail dans cette maudite Chicago. Un homme honorable fauché qui a besoin de se remplir la tête. C'est tout.

Raafat sortit un billet de cinquante dollars. Max le prit, puis recula d'un pas tout en exhibant son couteau :

— Va maintenant chez ta fille. Et un conseil, papa, ne te promène pas à Oakland la nuit. Tout le monde n'est pas aussi gentil que Max.

Au cours de son long séjour à Chicago, Raafat avait fait face à des situations semblables, et il connaissait la bonne façon de les affronter. "Attention à ne pas faire semblant d'ignorer votre agresseur, ou à lui résister. Ceux qui volent en utilisant la violence n'ont généralement pas toute leur tête, parce qu'ils sont ivres ou drogués. Ils peuvent vous tuer à n'importe quel moment. Donnez-leur ce qu'ils vous demandent. Ne discutez pas. N'ayez pas beaucoup d'argent sur vous parce qu'ils vous prendraient tout mais ne sortez pas sans rien : ils peuvent vous tuer si leur espoir est déçu."

Raafat s'éloigna en allongeant le pas et il entendit derrière lui Max parler à quelqu'un d'autre qui devait être lui aussi caché dans l'ombre. Le logement de Jeff était à près de cent mètres du parking. Raafat les franchit rapidement en pensant avec une colère croissante : "Comment Sarah a-t-elle pu laisser le quartier élégant où elle a été élevée pour venir vivre ici parmi les criminels ?" Sa vie était vraiment en danger à cause de sa liaison avec ce vagabond. Son devoir de père était de la sauver le plus vite possible. C'est ce qu'il allait faire maintenant.

Il poussa du pied le portail métallique qui émit un grincement lugubre. Il traversa le petit jardin plongé dans les ténèbres, monta trois étages et s'arrêta devant la porte de l'appartement, haletant sous l'effort et l'émotion. Il tendit la main pour appuyer sur la sonnette, mais fit vite retomber son bras le long du corps. Qu'allait-il lui dire ? Allait-il la réveiller à deux heures du matin pour lui demander de revenir avec lui à la maison ? Et accepterait-elle aussi facilement ?

Il resta quelques instants indécis devant la porte, puis décida de se donner le temps de réfléchir. Il retourna sur ses pas et commença à tourner lentement autour de l'appartement. Le passage latéral était étroit. A son extrémité, il remarqua une petite fenêtre d'où provenait de la lumière. "Ils sont encore éveillés", se dit-il. Il fut pris d'une étrange curiosité et se glissa d'un pas prudent vers la fenêtre. Il y avait un rideau sombre qui cachait ce qu'il y avait à l'intérieur, mais il découvrit une petite fente entre le bord du rideau et la fenêtre, qui lui laissait une étroite vue oblique. Il colla son visage sur la vitre et sentit le froid se propager jusqu'à son oreille. Il regarda et vit un canapé sur lequel Jeff était assis, en jeans et torse nu. Il était maigre et pâle, et des cernes noirs encerclaient ses beaux yeux. Il riait et remuait les mains en parlant à une personne invisible dont Raafat supposa que c'était Sarah. La conversation dura quelques minutes. Raafat s'abandonna totalement à son envie d'espionnage et resta immobile dans son coin. Sarah ne tarda pas à apparaître. Elle était vêtue d'une chemise de nuit bleue très courte qui découvrait complètement ses seins et ses cuisses. Elle s'assit aux côtés de Jeff qui se pencha soudain et disparut du champ de vision. Raafat se hissa sur la pointe des pieds pour pouvoir suivre la scène. Il vit devant les deux amants un petit plateau sur lequel était posé un plat blanc, plein de quelque chose qui ressemblait à un fin sable blanc. Jeff enroula un morceau de papier d'aluminium de la taille d'une cigarette en forme de cornet. Il l'introduisit dans sa narine et aspira la poudre à plusieurs reprises. Il tourna les yeux vers le plafond, les ferma et ses traits se contractèrent comme s'il avait été saisi par une douleur soudaine. Il tendit ensuite le cornet à Sarah qui aspira une seule fois et s'enfonça dans le canapé, l'air euphorique. L'opération se renouvela une deuxième fois et, tout à coup, Jeff se tourna vers Sarah et l'étreignit avec force. Ils échangèrent des baisers lentement et délicieusement. Il se mit à lui lécher l'oreille, puis chavira sur son cou qu'il embrassa avec voracité, tandis qu'elle ouvrait la bouche comme si elle poussait des gémissements.

Il passa ses mains sous sa chemise avec une délectable et aguichante lenteur, puis il sortit ses seins et se mit à les pétrir, à leur parler en souriant, comme s'il berçait un enfant, tandis qu'elle hurlait de plaisir. Ils semblaient tous les deux au comble de l'extase, comme s'ils voulaient se délecter de sexe avant que ne cesse l'effet de la drogue, comme si, d'une façon mystérieuse et inexplicable, ils sentaient que quelqu'un était en train de les regarder et qu'ils faisaient exprès de faire étalage de leurs performances sexuelles. Jeff poursuivit en lui mordant et en lui léchant les seins, en suçant ses mamelons jusqu'à ce qu'elle le repousse avec douceur pour le faire allonger sur le dos. Chacun de leurs mouvements semblait à cet instant obéir à une profonde harmonie bien établie entre eux. Elle se pencha au-dessus de lui, ouvrit la fermeture Eclair de son pantalon, en fit sortir le sexe et l'admira avec avidité. Elle fit plusieurs fois tourner sa langue autour de lui, puis elle commença à le sucer en fermant les yeux de plaisir.

Raafat perdit alors tout contrôle de lui-même. Il se précipita vers la porte, appuya sans interruption sur la sonnette, donna de toutes ses forces des coups de poing et de pied. Un long moment s'écoula avant qu'il n'entende le bruit de pas qui se rapprochaient. La lumière extérieure s'alluma, la porte s'ouvrit et Sarah apparut, vêtue d'une robe de chambre en soie qu'elle avait passée sur sa chemise de nuit. Elle le regarda d'un air effrayé et incrédule, ouvrit la bouche pour dire quelque chose, mais il prit les devants en la giflant de toutes ses forces et en lui donnant ensuite un coup de pied qui l'atteignit dans le ventre. Elle cria de douleur et sa voix à lui s'éleva tonitruante pendant qu'il fonçait dans l'appartement :

— Espèce de droguée, de putain, je vais te tuer.

18

Cheïma posa brutalement le plateau. Cela fit du bruit et des gouttes d'Oum Ali éclaboussèrent la table. Elle regarda Tarek, suffoquant de colère, les muscles bandés, prête à bondir :
— Comment te permets-tu de me toucher ?
Son visage changea de couleur. Il balbutia d'une voix faible :
— Je suis désolé.
— Ecoute, Tarek, si tu penses que je suis une fille facile, tu te trompes. Si tu te conduis encore une fois aussi grossièrement, tu ne me reverras plus jamais. Tu as compris ?
Il resta silencieux et baissa la tête. Il ressemblait à un enfant pris en faute, qui vient de casser un vase extrêmement précieux. Il s'excusa et partit. Elle le suivit d'un regard plein de reproches jusqu'à ce que la porte se referme derrière lui. Son corps tremblait encore, comme si elle ressentait le toucher de ses deux mains sur les siennes et son souffle brûlant sur son visage. Son geste inattendu l'avait frappée de stupeur et, s'il ne lui avait fallu qu'un instant pour retrouver ses esprits et pour bondir loin de lui, cet instant l'avait entraînée vers un terrain où elle n'avait jamais posé le pied auparavant, une région secrète où l'on pénètre subrepticement, pleine de sensations périlleuses qu'elle

n'avait jamais connues que dans ses rêves interdits.

Comme se déclenche un signal d'alarme, les mises en garde de sa mère lui vinrent immédiatement à l'esprit, ces paroles sévères qu'elle avait entendues mille fois depuis que ses premières règles l'avaient surprise en cours de géographie, pendant sa première année de collège.

"Les hommes, Cheïma, ne veulent qu'une chose, le corps de la femme, et ils font tout pour y parvenir. Les jeunes séduisent les filles avec des paroles de miel. Ils leur donnent l'illusion qu'ils les aiment pour assouvir leur envie. Ton corps, c'est notre honneur, Cheïma, c'est l'honneur de ton père, ton corps est notre honneur à tous. Si tu en fais un mauvais usage, nous vivrons toute notre vie méprisés, tête basse. Ton corps est un dépôt que Notre-Seigneur, qu'il soit exalté et glorifié, a mis entre tes mains pour que tu le conserves intact et que tu le livres à ton mari selon la loi de Dieu et de son Prophète. Sache, Cheïma, que les hommes n'épousent jamais celles qui leur ont accordé quelque chose de leur corps. Les hommes ne respectent pas les femmes faciles et il est impossible qu'ils leur fassent confiance pour l'honneur de leurs enfants."

En se rappelant ces principes dans lesquels elle avait été élevée, elle se sentit satisfaite d'avoir arrêté Tarek à temps. Puis elle se mit à penser avec plus de calme : il avait certes commis une faute énorme en essayant de l'étreindre, mais d'un autre côté il lui avait déclaré son amour, et cela voulait dire qu'il la respectait, qu'il voulait l'épouser.

Elle s'assit pour travailler en essayant de toutes ses forces de se concentrer. Elle se dit : "Il faut que notre amour soit, pour Tarek et pour moi, une incitation de plus à faire des efforts pour obtenir notre diplôme avant de revenir nous marier en Egypte." Elle arrêta d'étudier et alla à la salle de bains faire ses ablutions pour sa prière du soir, suivie des deux prières surérogatoires. Ensuite elle éteignit les lumières de sa chambre et se glissa dans son lit. Tandis qu'elle restait les yeux ouverts dans l'obscurité, survint alors quelque chose qui la déconcerta : elle revoyait ce qu'avait fait Tarek et elle ne le désapprouvait plus, elle n'était plus en colère contre lui, au contraire, elle était emportée par une tendresse débordante. Il l'aimait et il avait voulu la prendre dans ses bras comme font tous les amoureux, voilà tout. Sa colère n'avait-elle pas été excessive ? Les mises en garde de sa mère lui revinrent brutalement à l'esprit, mais, pour la première fois de sa vie, elle les remit en cause. Si ce que sa mère lui disait était vrai, cela impliquerait que la fille qui ne préservait pas son corps, même modérément, ne pourrait jamais se marier, alors qu'elle connaissait des filles qui s'étaient montrées faciles avec les hommes et qui avaient fait ensuite d'excellents mariages. Sa collègue Redoua, assistante au département de pathologie de la faculté de médecine de Tantâ, avait été la maîtresse de son professeur. Leurs relations, qui n'étaient pas innocentes, avaient beaucoup fait jaser à la faculté. A la fin, le professeur avait divorcé de la mère de ses enfants, il s'était marié avec Redoua et en avait eu un enfant. Et Loubna, sa voisine de Tantâ, n'avait-elle pas fréquenté de nombreux jeunes gens ? Elle lui avait elle-même parlé de ses relations physiques avec eux ! Des baisers, des étreintes et des choses bien pires, que Cheïma était incapable d'imaginer ! Et comment cela s'était-il terminé ? Loubna avait-elle perdu sa réputation et son avenir avait-il été bouché ? Avait-elle été frappée de malédiction et avait-elle souffert d'un mépris éternel ? Au contraire, elle s'était mariée avec Tamer, le fils du millionnaire Farag el-Bahtimi, propriétaire des fameuses usines de confiserie, qui l'idolâtrait et ne lui refusait rien de ce qu'elle demandait. Loubna, avec le corps de laquelle les jeunes gens s'étaient amusés, vivait maintenant comme une princesse dans une villa qui ressemblait à un palais, à l'extrémité de Tantâ, et c'était une femme heureuse, mère de deux enfants. Mais pourquoi aller aussi loin ? Elle-même n'avait-elle pas préservé son corps ? N'avait-elle pas dépassé l'âge de trente ans sans qu'aucun homme ne la touche ? Elle avait toujours vécu strictement et n'avait jamais permis à personne à l'université de dépasser les limites de la camaraderie. Même avec ses professeurs, elle avait maintenu des relations pleines de réserve. Sa réputation à la cité universitaire était blanche comme neige. Pourquoi alors le mariage s'était-il fait attendre ? Pourquoi son excellente moralité n'avait-elle pas provoqué une avalanche de demandes en mariage ? Tous ces exemples contredisaient les propos de sa mère. Sa mère avait-elle exagéré ses mises en garde ? Ou bien parlait-elle des mœurs d'une autre époque ? L'indulgence d'une jeune fille à l'égard de son amoureux – dans certaines limites – ne pouvait-elle pas être une forme d'habileté pour le conduire au mariage ? S'il l'embrassait et la serrait dans ses bras, son attachement pour elle n'allait-il pas augmenter ?

En dépit de ses études médicales, elle ne connaissait rien des sentiments d'un homme. Peut-être que l'amour d'un homme pour une femme le poussait malgré lui à penser à son corps ?

Ensuite, si toutes les relations en dehors du mariage sont des fautes, des choses interdites, d'énormes péchés qui valent à ceux qui les ont commis une malédiction immédiate, alors pourquoi Dieu ne maudit-il pas ces Américains dont la plupart vivent dans le péché ? Ces garçons et ces filles qui se répandent pendant les week-ends dans les stations de métro et les jardins, échangent en public des baisers enflammés, les prolongent parfois et font au grand jour ce qu'elle aurait honte de faire avec son mari légal dans une chambre fermée. Pourquoi la colère de Dieu ne frappe-t-elle pas ces débauchés ? Les mois qu'elle avait passés à Chicago l'avaient amenée à penser à sa vie d'une manière différente. Les valeurs qu'elle avait appris à sanctifier commençaient à être assiégées par le doute.

Dieu jugerait-il les musulmans d'une façon, et les Américains d'une autre ? Ces Américains perpètrent l'ensemble des péchés capitaux. Ils forniquent, pratiquent l'homosexualité sous toutes ses formes, jouent pour de l'argent et boivent de l'alcool, mais Notre-Seigneur, qu'il soit glorifié et exalté, ne semble pas en colère contre eux. Au lieu de les punir pour leur désobéissance, il leur octroie les richesses, la science et la force à tel point qu'ils sont devenus l'Etat le plus puissant du monde. Pourquoi Dieu nous punit-il, nous les musulmans, lorsque nous commettons des péchés alors qu'il se montre indulgent envers les Américains ?

"J'ai recours à Dieu contre le diable qu'on lapide. Je te demande pardon, Seigneur et je me repens auprès de toi", prononça-t-elle, effrayée par l'indocilité de ses pensées.

Elle se retourna sur le côté et appuya son oreiller sur sa tête pour enrayer le déferlement des idées, mais lorsqu'elle ferma les yeux lui apparut avec netteté une vérité solide et définitive : Tarek l'aimait et la respectait. Il ne lui voulait pas de mal. Il voulait simplement la serrer dans ses bras pour lui exprimer ses sentiments. Ni plus ni moins. Cela ne méritait pas toute cette indignation. Comme elle avait été dure avec lui ! Elle revoyait le visage livide de son bien-aimé balbutiant des excuses et ravalant sa honte. Elle s'endormit en ressentant une profonde pitié à son égard.

Lorsqu'elle se réveilla le lendemain, la première chose qu'elle fit fut de l'appeler. Il semblait gêné, comme s'il s'attendait à ce qu'elle le réprimande à nouveau, mais elle lui parla avec jovialité pour l'assurer qu'elle avait oublié l'affaire. Ils planifièrent leur journée comme d'habitude. La semaine s'écoula comme d'ordinaire, mais leurs relations étaient plus chaleureuses, comme si ce qui s'était passé les avait rapprochés. Entre eux, une sensation nouvelle fit son apparition : chaque fois que leurs deux corps se rapprochaient involontairement, ne fût-ce qu'un instant, naissait une tension semblable à celle de la corde d'un arc. Ils tremblaient, bafouillaient, rougissaient, comme si elle lui avait ouvert toute nue la porte de sa maison.

Lorsque le samedi arriva, ils décidèrent de le passer ensemble, selon leur habitude. Tarek proposa :

— Si nous allions au cinéma ? Ensuite, je t'inviterai à dîner dans une pizzeria que j'ai découverte.

Cela n'eut pas l'air de l'enthousiasmer :

— Franchement, il fait froid et j'en ai par-dessus la tête de prendre le métro. Nous dînerons chez moi, dans mon appartement. Je te ferai une pizza cent fois meilleure qu'au restaurant. Qu'en dis-tu ?

Il eut l'air de ne pas comprendre et regarda son visage qui rougit tout à coup. Elle éclata d'un rire nerveux. Que voulait-elle exactement ? Il avait voulu la prendre dans ses bras et elle lui avait fait un scandale. Pourquoi l'invitait-elle chez elle à nouveau ? Tarek était si décontenancé et son esprit plongé dans une telle confusion qu'il ne parvint pas à comprendre la nouvelle leçon de chimie organique et, le plus étrange, c'est que cela ne le préoccupa pas outre mesure. Il se dit en fermant le livre : J'essaierai de comprendre plus tard. Il se jeta sur le lit, les jambes croisées – sa position préférée pour réfléchir – puis il se demanda ce qu'il allait faire, à propos de Cheïma, mais sa réponse fut immédiate : J'irai chez elle, bien sûr, advienne que pourra.

A l'heure dite, précisément, il se tenait devant sa porte, vêtu de ses habits les plus élégants : un pantalon bleu marine, un pull de laine blanche à col montant, une veste de cuir noir. Dès qu'il franchit le seuil, lui parvinrent des effluves de la pâte au four. Il s'assit pour regarder la télévision pendant qu'elle terminait de cuisiner. Elle prépara la table et l'appela d'une voix qui tinta à son oreille de manière suave et attirante. Elle avait revêtu une djellaba marocaine bleue en tissu broché. Son cœur se mit à battre avec force quand il remarqua qu'elle était fermée par une longue fermeture Eclair qui descendait de sa poitrine jusqu'en bas. Son corps était complètement couvert, mais l'idée qu'une simple traction sur la fermeture Eclair suffirait à la dénuder se mit à picorer son esprit comme le moineau picore la feuille d'un arbre jusqu'à ce qu'il en vienne à bout. Il fut assailli de visions sexuelles débridées, commençant toutes par l'ouverture de la djellaba, qui lui laissèrent les nerfs à vif.

La pizza était délicieuse. Ils s'assirent pour manger et parlèrent de sujets variés, mais le ton de sa voix gravement mélodieuse émettait des signaux troubles et brûlants et répandait autour d'eux un souffle éthéré. Son esprit disloqué s'éparpillait de plus en plus, à tel point qu'il ne parvenait pratiquement plus à comprendre ce qu'elle disait. Lorsqu'ils eurent fini de manger, il insista pour porter lui-même les plats à la cuisine. Elle s'approcha de lui et lui dit d'une voix mourante qui le surprit :

— Veux-tu que je t'aide ?

Il ne répondit pas. Il sentait son cœur battre comme un tambour. Elle se rapprocha encore plus, s'arrêta si près de lui qu'il sentit le frôlement souple de sa djellaba contre le dos de sa main. Ses narines s'emplirent de l'odeur d'un parfum capiteux. Pantelant, il perdit toute maîtrise de lui-même et une contraction en haut de l'estomac lui donna le sentiment qu'il allait défaillir.

*

Nous bûmes et bavardâmes. Wendy me parla de sa famille : sa mère était sociologue et son père dentiste. Elle avait vécu avec eux à New York jusqu'à ce qu'elle trouve du travail à la bourse de Chicago. Elle habitait seule dans un studio proche de Rush Street. Elle me dit qu'elle aimait Chicago mais elle se sentait parfois si seule et déprimée qu'elle pensait que la vie n'avait pas de sens. Elle me demanda :

— Croyez-vous que j'aie besoin de consulter un psychanalyste ?

— Je ne crois pas. Ce sont des chagrins ordinaires. Cela arrive à tout le monde. D'autant plus que vous habitez seule. Vous n'avez pas de petit ami ?

— J'ai vécu une seule histoire d'amour véritable. Une très belle histoire, mais elle s'est malheureusement terminée l'été dernier.

Soulagé par sa réponse, je commençai à lui parler de moi, de mon amour de la poésie. Elle me dit avec honte :

— Malheureusement, je ne lis pas de littérature. Je n'ai pas le temps.

— Vous êtes, à vous seule, un beau poème.

— Je vous remercie.

Elle prit son sac à main :

— Il faut que je m'en aille. Je travaille demain matin.

— Cela vous ennuierait que je vous téléphone ?

— Pas du tout.

Je l'appelai deux fois pendant la semaine qui suivit, puis, le vendredi, je l'invitai à prendre un café à la cafétéria de l'université (pour limiter les dépenses) et, le samedi suivant, suivant les sages instructions de Graham, je l'invitai à dîner. Elle sembla cette fois plus familière et plus soucieuse de son élégance. Elle portait un pantalon de soie noir, un corsage blanc sans manches et une veste de mohair rouge avec une broche scintillante accrochée au col. Le soin qu'elle avait pris à se faire belle me parut attendrissant et sincère. Dans le restaurant italien du centre de Chicago, nous parlâmes et rîmes comme deux vieux amis. Je me sentais vraiment très à l'aise en sa compagnie. Je lui racontai tout : ma mère, ma sœur, mes problèmes à l'université du Caire. Je lui parlai à nouveau de poésie. Elle me demanda :

— Rêvez-vous de devenir un jour un poète célèbre ?

— La célébrité n'est pas le critère de la réussite d'un écrivain. Il y a des écrivains connus qui n'ont pas de valeur et de grands écrivains que les gens ne connaissent pas.

— Alors, pourquoi écrivez-vous ?

— J'écris parce qu'il y a en moi des choses qu'il faut que j'exprime. Ce qui m'importe, ce n'est pas d'être célèbre, c'est d'être apprécié, c'est que ce que j'écris parvienne à un petit nombre de personnes, même s'il est limité, et que cela change leurs idées et leurs sentiments.

— Je rêve depuis mon enfance de rencontrer un vrai poète.

— Vous en avez un devant vous.

Je pris ses mains par-dessus la table, les soulevai lentement vers mes lèvres et les baisai. Elle me regarda avec un sourire séducteur. Nous sortîmes dans la rue, un peu ivres. Le bruit de ses pas près de moi me remplissait de joie.

— Où allons-nous maintenant ?

Les battements de mon cœur se précipitèrent :

— J'ai un beau documentaire sur l'Egypte. Voulez-vous que nous le regardions ensemble ?

— Oui, bien sûr. Où est-il ?

— Chez moi.

— D'accord.

En marchant vers la station de métro, j'accélérai le pas comme si j'avais peur qu'elle ne change d'avis. Nous prîmes la ligne bleue. Je m'assis sur le siège en face d'elle et contemplai lentement ses traits : elle me parut fine et douce. Je me dis que ma forte attirance pour elle venait peut-être des problèmes dont je souffrais depuis mon arrivée à Chicago. J'avais vraiment besoin de la tendresse d'une femme.

Dans l'appartement, assis côte à côte sur le canapé du salon, nous nous mîmes à boire du vin en bavardant. J'étais anxieux. Je craignais de faire tout échouer en brusquant les choses. Pendant qu'elle parlait, je l'entourai de mes bras. Son visage se rembrunit un instant et je sentis son corps s'embraser. J'étais à un pas du bonheur. Je savais par expérience que c'était le moment décisif et que tout serait perdu si elle m'échappait des mains. La conversation s'arrêta tout à coup, et je sentis la chaleur de son souffle pantelant me brûler le visage. J'eus l'impression qu'elle était au bord des larmes. Je la pris alors dans mes bras et embrassai avec voracité son visage et son cou. Je sentis son corps se contracter puis se relâcher peu à peu. Irrésistiblement, je tendis la main vers son dos pour dégrafer son soutien-gorge. Elle se retira doucement et me donna un baiser furtif sur la joue puis, tout se levant, elle chuchota avec douceur :

— Je vais dans la salle de bains. Je reviens tout de suite.

Lorsqu'elle en revint nue, je me jetai sur elle et l'étreignis avec ardeur. La première fois, nous fîmes l'amour avec force, violence, comme si nous nous débarrassions tous les deux du lourd fardeau de nos sentiments accumulés, ou comme si nous nous précipitions, incrédules, pour dilapider les possibilités de jouissance que nous venions de découvrir. Lorsque nous eûmes terminé, haletant, je restai allongé à côté d'elle sur le lit et, le plus étrange, c'est que je sentis aussitôt, venu de loin, ramper à nouveau le désir en moi. Cela m'arrivait rarement. Habituellement, mon problème avec les femmes était une pesante lassitude qui s'installait en moi après avoir fait l'amour. Dès que j'atteignais la jouissance, les brumes du désir se dissipaient et je perdais mon sentiment de beauté. Avec Wendy, c'était différent. Je regardai son corps nu qui me parut capable de m'exciter *sans fin. Déjà, le sang se précipitait dans mes veines comme si je ne venais pas à l'instant de rassasier mon désir. Elle laissa aller sa tête sur ma poitrine et me dit d'une voix suave et comblée :*

— *Tu vois, la première fois que je t'ai vu, j'ai su que nous terminerions au lit.*

— *J'ai beaucoup de chance.*

— *J'avais décidé de ne pas aller chez toi avant que nous soyons sortis ensemble encore une fois, mais ma résistance est tombée tout à coup.*

Je lui donnai un baiser sur le front :

— *Tu es ma merveilleuse princesse.*

— *Tu as beaucoup d'expérience au lit et pourtant tu n'es pas marié. Il est permis en Egypte de faire l'amour en dehors du mariage ?*

— *On se le permet...*

La réponse était un peu courte, mais je n'étais pas prêt maintenant pour quelque discussion sérieuse que ce soit. Wendy posa son menton sur ma poitrine et me regarda. Elle tendit les doigts pour me caresser les lèvres comme si j'étais un enfant. Ensuite, elle me dit gaiement :

— *Parle-moi de tes aventures avec les Egyptiennes.*

Je sentis contre ma poitrine ses seins d'où émanait une chaleur douce et insupportable. Je l'attirai délicatement et elle vint s'allonger complètement sur moi. Je l'embrassai cette fois avec soin et lenteur, puis nous fîmes une deuxième fois l'amour. Je connaissais maintenant les replis de son corps et je conduisis le manège érotique avec lenteur et concentration. Nous nous embrasâmes ensemble, nous nous consumâmes. Elle sombra longuement dans l'orgasme.

Lorsqu'elle reprit conscience, elle sauta joyeusement du lit et sortit de son sac un petit appareil photo :

— *Je vais te photographier.*

— *Attends que je me prépare.*
— *Je veux te photographier nu.*

Je bredouillai des protestations, mais elle fut plus rapide. Le flash s'alluma plusieurs fois : elle me photographia sous tous les angles puis se mit à rire :

— *Je vais te faire chanter un jour avec ces photos.*
— *Ce sera le plus beau chantage de ma vie.*
— *J'espère que tu garderas cette opinion jusqu'à la fin. Il faut absolument que je m'en aille maintenant.*
— *Tu ne peux pas rester un peu ?*
— *Non, malheureusement. La prochaine fois, je m'arrangerai pour que nous restions ensemble plus longtemps.* Elle entra dans la salle de bains et en ressortit vite habillée. Elle avait le visage enflammé, illuminé d'un sourire comblé. Je l'attendais. Moi aussi j'avais remis mes vêtements. Elle me précéda :

— *Ne te fatigue pas pour m'accompagner.*
— *Cela me ferait plaisir.*
— *Il vaut mieux que je parte seule*, me dit-elle calmement.

Son ton était péremptoire. Cela m'étonna un peu, mais je respectai son souhait. Je l'étreignis chaleureusement :

— *Wendy, je suis heureux de notre relation.*
— *Moi aussi*, chuchota-t-elle en contemplant mon visage et en jouant du bout des doigts avec mes cheveux.

Puis elle ajouta :

— *Où est le film documentaire que tu m'avais promis ?*

Je perdis un peu contenance et elle éclata de rire, puis me fit un clin d'œil :

— *J'ai tout de suite compris ton jeu, mais j'ai fait semblant de te croire.*

— Quand te reverrai-je ?
— Cela dépend de toi.
— Pourquoi ?
— Il y a une chose qu'il faut que je te dise, et je ne sais pas quel effet cela aura sur toi.

Prête à partir, elle avait ouvert la porte et l'avait laissée entrebâillée. Elle me dit calmement :
— Je suis juive.
— Juive ?
— La nouvelle semble t'avoir interloqué.
— Pas du tout.
— Peut-être que j'ai eu tort de ne pas te le dire dès le début, mais tu l'aurais su de toute façon. On ne peut pas cacher sa religion.

Je restai silencieux et elle tira la porte derrière elle. Elle me dit avec un sourire énigmatique :
— Réfléchis bien à nos relations. Tu peux m'appeler n'importe quand et, si tu ne m'appelles pas, je te remercie pour le moment merveilleux que je viens de passer avec toi.

19

Lorsque l'assistant Karam Abd el-Malak Doss avait appris son deuxième échec à l'examen de magistère, il était immédiatement allé rencontrer le docteur Abdelfatah Belbaa, chef du département de chirurgie à la faculté de médecine d'Aïn Shams. C'était un jour torride de l'été 1975. Karam était entré en nage dans le bureau à cause de la chaleur mais aussi sous le coup de l'émotion. Lorsque le secrétaire lui avait demandé l'objet de l'entretien, il avait répondu :

— C'est personnel.

— Le docteur Abdelfatah bey est allé à la mosquée pour la prière de l'après-midi.

— J'attendrai, avait répondu Karam d'un ton de défi.

Il s'était assis sur le siège en face du secrétaire qui l'avait ignoré et s'était remis à lire des papiers posés devant lui.

Une demi-heure s'écoula avant que la porte ne s'ouvre et que n'apparaisse le docteur Belbaa, avec sa taille massive, sa large calvitie, ses traits lourds et sévères, sa légère barbe et le chapelet d'ambre qui ne quittait jamais sa main. Karam se leva précipitamment et alla vers son professeur qui l'examina d'un air méfiant avant de lui demander sur un ton qui semblait irrité :

— Qu'y a-t-il, *khawaga** ?

Le docteur Belbaa utilisait le titre de *khawaga* avec tous les coptes sans exception, des professeurs aux plantons. Ce signe de courtoisie apparente recouvrait en fait un profond mépris à leur égard.

Karam prit son courage à deux mains :

— Je prie Votre Excellence de bien vouloir m'accorder quelques minutes pour une affaire personnelle.

— Entrez.

Le docteur le précéda, s'assit derrière son bureau et lui fit signe de prendre un siège :

— De quoi s'agit-il ?

— Je voudrais savoir pourquoi j'ai échoué à l'examen.

— Vos notes étaient faibles, *khawaga*, répondit immédiatement le docteur Belbaa, comme s'il s'attendait à la question.

— Toutes mes réponses étaient justes.

— Comment le savez-vous ?

— J'ai vérifié moi-même. Nous pouvons revoir la copie, si vous le voulez.

— Même si toutes vos réponses étaient correctes, cela ne changerait rien au résultat.

— Que voulez-vous dire ?

— Mes paroles sont claires. L'examen ne suffit pas à lui seul à garantir le succès.

— Mais c'est contraire au règlement de l'université.

---

* *Khawaga* est un titre plutôt flatteur à l'origine (il a conservé ce trait au Liban) mais qui en Egypte est devenu une façon de distinguer les étrangers, puis les Egyptiens d'origine extérieure et, dans ce cas, les Egyptiens autochtones non musulmans.

— Le règlement de l'université ne s'impose pas à nous, *khawaga*. Nous ne permettons pas à tous ceux qui sont capables de répondre à deux ou trois questions de devenir des chirurgiens dont va dépendre la vie des gens. Nous choisissons ceux qui méritent cette promotion scientifique.

— Sur quelles bases ?

— Sur des bases importantes que je ne vous dirai pas. Ecoutez, Karam, ne me faites pas perdre mon temps. Je vous parlerai franchement. Vous avez été nommé à ce département avant que je n'en sois président. Si cela avait dépendu de moi, je n'aurais pas accepté votre nomination. Réfléchissez à ce que je vais vous dire et ne vous mettez pas en colère. Vous ne serez jamais chirurgien. Je vous conseille d'économiser votre temps et vos efforts. Tentez un autre département. J'interviendrai moi-même en votre faveur.

Un lourd silence se fit et, tout à coup, Karam s'exclama avec amertume :

— Votre Excellence me brime parce que je suis copte ?

Le docteur Belbaa l'observa d'un regard sévère, comme s'il le mettait en garde contre son obstination, puis il se leva et lui dit calmement :

— L'entretien est terminé, *khawaga*.

*

Ce soir-là, Karam n'avait pas goûté la saveur du sommeil. Il s'était enfermé dans sa chambre et avait ouvert une bouteille de whisky qu'il avait achetée dans un restaurant de Zamalek. Il avait bu sans interruption et, chaque fois qu'il vidait un nouveau verre, sa nervosité augmentait. Puis il s'était arrêté et s'était mis à arpenter sa chambre de long en large en réfléchissant : comment pourrait-il abandonner la chirurgie ? C'est avec ce rêve unique de devenir chirurgien – ce rêve qui était l'objectif de toute sa vie – qu'il avait intégré la faculté de médecine et qu'il y avait déployé tous ces efforts pendant des années. Il ne pouvait pas se reconvertir dans une autre spécialité. Il ne renoncerait jamais à la chirurgie, advienne que pourra. Il savait que le pouvoir du docteur Belbaa était absolu et que sa parole était aussi imparable que le destin. Il lui avait dit clairement : "Vous ne serez jamais chirurgien. Je vous conseille d'économiser votre temps et vos efforts." S'il persistait dans sa tentative, le docteur Belbaa le ferait à nouveau échouer autant de fois qu'il le faudrait, puis il le renverrait de l'université. Il avait déjà agi de même avec d'autres médecins. Par Jésus-Christ, comment pouvait-il se permettre de détruire avec autant de facilité l'avenir des autres ? Comment pouvait-il, après cela, se trouver face à Dieu et prier ?

Le jour se leva. Karam prit un bain chaud et but plusieurs tasses de café pour effacer l'épuisement et l'ivresse, puis il s'habilla et alla à l'ambassade américaine où il déposa un dossier d'émigration. Quelques mois plus tard, il franchissait les portes de l'aéroport d'O'Hare et posait le pied à Chicago pour la première fois.

Dès les premiers jours, il fut confronté à plusieurs réalités :

D'abord, le fait d'être chrétien ne lui apportait rien dans la société américaine. Pour les Américains, il était d'abord et avant tout un Arabe, un homme de couleur. Ensuite, l'Amérique était le pays où tout était possible, mais également celui où la concurrence était aveugle. Par conséquent, s'il voulait devenir un grand chirurgien, il allait devoir redoubler d'efforts pour être au moins deux fois meilleur que n'importe lequel de ses collègues américains. Pendant de longues et difficiles années, Karam lutta héroïquement. Il passa de nombreux examens et se tua à l'étude. Il travaillait sans rechigner dès l'aube jusqu'au milieu de la nuit. Il avait appris à se contenter de quatre à cinq heures de sommeil par nuit et à avoir, aussitôt réveillé, l'esprit vif et actif. Il passait des journées entières à l'hôpital où il avait été surnommé Doctor Ready par ses collègues et ses professeurs, parce qu'il acceptait sur-le-champ toute mission qu'on lui confiait. Au cours d'une seule et même journée, il assistait à des opérations, à des conférences et apprenait ses cours. Il avait une énorme capacité de travail qui suscitait l'étonnement et l'admiration de ses professeurs. Lorsqu'il était vaincu par la fatigue, au moment où il sentait qu'il n'était pas capable d'en faire plus, Karam Doss avait l'habitude de fermer la porte de sa chambre et de s'agenouiller devait la croix placée au-dessus de son lit. Il fermait les yeux et récitait d'une voix humble le *Notre Père*, puis il priait Dieu de lui donner la force et la patience. Il communiquait avec Dieu comme s'il le voyait devant lui : "Tu sais combien je t'aime et combien je crois en toi. J'ai été victime d'une injustice et, toi, tu me rendras justice. Bénis-moi et ne m'abandonne pas."

Le Seigneur l'exauça et Karam alla de succès en succès. Il obtint son magistère, puis son doctorat de façon particulièrement brillante. Il fut nommé chirurgien, et c'est alors que se présenta la plus grande chance de sa vie, celle de travailler pendant cinq ans comme assistant de l'un des piliers mondiaux de la chirurgie du cœur, le professeur Albert Linz. C'était la dernière étape avant le sommet. Karam Doss la franchit et devint ensuite, comme il l'avait souhaité, un chirurgien compétent et célèbre. Le matin, à six heures et demie tapantes, quand le docteur Karam entrait dans le hall de l'hôpital, qu'il saluait les employés du nettoyage, qu'il échangeait des propos enjoués avec la vieille femme noire de l'ascenseur, qu'il répondait aux questions angoissées de la famille et qu'un sourire rassurant – auquel il était aguerri – se dessinait sur son visage, qu'il enlevait ses vêtements pour revêtir la tenue de chirurgien et qu'il nettoyait soigneusement ses bras, ses doigts et ses ongles avec une brosse et un désinfectant tandis que l'infirmière drapait autour de son corps et attachait par-derrière la blouse de la salle d'opération, qu'ensuite il tendait les mains devant lui pour enfiler ses gants, alors, au sens propre du mot, Karam Doss laissait derrière lui sa nature triviale pour acquérir une dimension mythique, celle d'un personnage légendaire ou d'un héros épique. Il devenait un personnage exceptionnel, éminent, doué d'une force irrésistible, créant par sa volonté propre tout ce qui survenait autour de lui.

En lui s'incarnait l'adage : "Le véritable chirurgien est celui qui possède le cœur d'un lion, les yeux d'un faucon, les doigts d'un pianiste."

L'atmosphère froide de la salle d'opération, les projecteurs brillant au-dessus du ventre d'un malade qui attend son destin, le bruit de sa respiration et celui des battements de son cœur, amplifié des dizaines de fois, tout cela redouble l'effroi sacré qui émane du lieu. L'équipe chirurgicale est composée d'infirmières, d'anesthésistes et d'assistants. Le docteur Karam les salue et leur lance une plaisanterie à laquelle ils réagissent en riant excessivement pour masquer leur tension. Il les regarde travailler d'un œil scrutateur, grave, non dépourvu de tendresse, comme un chef d'orchestre surveillant le jeu de ses musiciens et attendant le moment où un mystérieux rythme intérieur l'appellera à participer au concert. Lorsque ce moment arrive, le docteur Karam tend son bistouri en avant, comme s'il donnait le signal du début de la représentation. Il fait tourner en l'air, à droite puis à gauche, l'instrument qui atterrit enfin sur la peau du patient, la caresse d'abord doucement plusieurs fois comme s'il y cherchait des repères, puis il fond sur elle, sa lame déchirant les tissus en profondeur, d'un seul coup effarant, presque charnel. Le sang jaillit en abondance et les assistants s'emparent de tuyaux d'aspiration et de compresses. Le docteur Karam travaille avec sang-froid, confiance, tranquillité et un degré étonnant de concentration : c'est lui qui, le premier, prévient l'anesthésiste d'une légère cyanose presque invisible sur le visage du patient ou qui aperçoit l'émergence d'une minuscule goutte de sang, dix secondes avant que ses assistants ne le remarquent. Pendant l'opération, tout se fait selon un ordre rigoureux. On procède d'abord à l'extraction du cœur naturel et au transfert du patient sur l'appareillage du cœur artificiel. Le docteur Karam substitue à celles qui sont abîmées de nouvelles artères qu'il découpe dans la cuisse, dont il éprouve la solidité en dehors du corps, puis qu'il greffe avec soin. A la fin, il restitue le pompage du sang au cœur qu'il a réparé de ses mains. L'opération prend de longues heures pendant lesquelles ses mains n'arrêtent pas de travailler tandis que les regards des assistants sont suspendus à lui. Ils guettent de lui le moindre signe pour y répondre immédiatement. Souvent, ils comprennent ce qu'il veut avant même qu'il ne le dise. L'habitude qu'ils ont de lui leur permet de lire sur son visage à travers le masque chirurgical. Aussi longtemps qu'il travaille en silence, c'est que tout se passe d'une façon satisfaisante, mais si sa main s'arrête de travailler, cela veut dire qu'un incident est survenu, et sa voix grave résonne alors dramatiquement dans la pièce, lançant l'alarme, comme s'il était le capitaine d'un bateau sur le point de couler. "Mettez en marche le deuxième aspirateur", "Donnez-lui quelque chose pour faire monter sa tension", "J'aurai besoin d'une heure de plus". Tous lui obéissent immédiatement. Il est le professeur, le chirurgien, le chef chevronné, un virtuose qui porte la responsabilité du retour à la vie de ce patient endormi. Le destin de toute une famille est actuellement suspendu à ses doigts qu'un mouvement ininterrompu anime.

Karam Doss est véritablement un grand chirurgien qui, comme toutes les personnalités exceptionnelles, a sa dose d'originalité. Par exemple, il enlève toujours ses sous-vêtements et met sa tenue de chirurgien sur son corps nu, ce qui lui procure un sentiment de liberté, garant de sa clarté d'esprit et de sa concentration. Ensuite, dès qu'il est devenu chef de l'équipe de chirurgie, voici dix ans, il a pris l'habitude d'opérer en écoutant des chansons d'Oum Kalsoum dont la voix s'élève dans la salle d'opération à travers des enceintes que le docteur Karam a ordonné de poser sur les murs, reliées à un magnétophone situé dans la pièce voisine. La scène, en dépit de son étrangeté, est devenue habituelle : les spectateurs qui applaudissent, invoquent Dieu pour lui demander de répéter un passage de *Tu es ma vie* ou de *Loin de toi*, qui s'exclament "Gloire à vous, madame", qui crient d'émotion lorsque Mohamed Abd el-Saleh se surpasse dans l'un de ses merveilleux solos au *kanoun** et le docteur Karam qui fredonne la musique alors qu'il est plongé en même temps dans la suture des artères ou qu'il coupe un peu plus de peau et de muscles avec le bistouri pour élargir le champ opératoire.

Le docteur Karam dit que la voix d'Oum Kalsoum l'aide à conserver son calme quand il opère. Le plus étonnant, c'est que les membres américains de l'équipe se sont mis à apprécier Oum Kalsoum, à moins qu'ils ne fassent semblant pour lui faire plaisir.

Une seule fois, deux ans plus tôt : un assistant chirurgien qui s'appelait Jack avait rejoint le service. Dès que le docteur Karam l'avait vu, sa longue expérience américaine lui avait fait comprendre que c'était un extrémiste. Rapidement s'étaient produites entre eux des querelles silencieuses, des disputes à fleurets mouchetés, sans qu'une seule parole soit prononcée. Jack ne riait jamais aux plaisanteries du docteur Karam. Il fixait sur lui, dans ces cas-là, un long regard froid, presque méprisant. De la même façon, il obéissait à ses instructions à contrecœur, les exécutait avec une lenteur calculée, comme s'il voulait signifier : "C'est vrai que je travaille sous vos ordres, vous êtes un grand chirurgien et je suis un simple assistant, mais n'oubliez pas que je suis un Américain blanc et que ce pays m'appartient, alors que vous n'êtes

---

* Instrument de musique orientale : cithare sur table avec soixante-douze à soixante-quinze cordes selon la gamme diatonique.

qu'un homme de couleur, un Arabe venu d'Afrique, que nous avons formé, éduqué et dont nous avons fait une personne civilisée." Le docteur Karam avait ignoré cette attitude provocatrice de Jack et s'était comporté avec lui d'une façon officielle et neutre, jusqu'à ce qu'un beau matin, quelques minutes avant le début d'une opération, alors qu'il était en train de se désinfecter les mains, Jack vienne vers lui, s'arrête à ses côtés, le salue rapidement et lui dise d'une voix étranglée par l'irritation et par la haine :

— Professeur Karam, je vous prie d'arrêter de diffuser ces chansons égyptiennes lugubres pendant l'opération. Elles m'empêchent de me concentrer sur mon travail.

Karam Doss resta silencieux et continua à se désinfecter avec soin et, lorsqu'il se retourna vers Jack, les deux bras levés, son visage rembruni, congestionné par la colère, ressemblait à celui d'un prêtre copte s'apprêtant à exorciser le démon. Il lui dit d'une voix calme :

— Ecoutez, mon garçon, j'ai travaillé avec acharnement et sans répit pendant trente ans pour avoir le droit d'écouter ce que je veux dans la salle d'opération.

Il avança de quelques pas qui retentirent d'une manière significative, poussa du pied la porte conduisant à la salle d'opération et, avant de disparaître derrière elle, lui dit :

— Vous pouvez trouver une place dans une autre équipe chirurgicale, si vous voulez.

*

Il n'y avait que la chirurgie dans la vie de Karam Doss. Elle était en même temps son travail et sa suprême jouissance. Selon l'expression américaine, c'était un *workaholic*.

Le travail était sa drogue. Il avait peu d'amis, peu de temps pour les voir, et sa seule distraction en dehors de la chirurgie, c'était de boire quelques verres de whisky ou de lire un bon livre. Il avait dépassé les soixante ans sans se marier, tout simplement parce qu'il n'avait pas trouvé le temps de le faire. La chirurgie avait mis en échec toutes ses relations amoureuses. Quand ses étudiants se plaignaient de l'excès de travail, il leur racontait son histoire avec une belle Italienne qu'il avait connue vingt ans plus tôt. Il était sorti plusieurs fois avec elle et leurs relations évoluaient favorablement, mais le hasard voulait que chaque fois qu'il avait l'intention de coucher avec elle il était appelé pour une urgence, jusqu'à ce que, finalement, arrive la nuit tant espérée. Ils allèrent chez elle où ils dînèrent, burent, se déshabillèrent et commencèrent pour de bon à faire l'amour... lorsque, tout à coup, retentit la sonnerie redoutable de l'alarme. Karam bondit alors immédiatement, s'arracha à elle, s'habilla à la va-vite et s'excusa avec des phrases qu'il essaya de rendre émouvantes sur le devoir qui était le sien de sauver la vie d'un homme qui avait besoin de lui tout de suite. Elle réagit avec tout le vocabulaire des insultes italiennes à son intention et à celle de ses parents. Elle était tellement en colère qu'elle en perdit la raison et se mit à le poursuivre comme une tigresse déchaînée. Il s'enfuit et elle lui jeta tout ce qui lui tombait sous la main dans la chambre.

Le docteur Karam riait de bon cœur toutes les fois qu'il racontait cette aventure, mais son visage redevenait vite sévère lorsqu'il prévenait ses jeunes chirurgiens :

— Si vous aimez la chirurgie, vous n'aurez pas la possibilité d'aimer autre chose.

En dépit de sa solitude, la vie de Karam Doss n'était pourtant pas dépourvue d'événements plaisants, le plus étrange étant survenu quelques années plus tôt. Ce soir-là, il se préparait à quitter le bureau après une journée épuisante, lorsqu'il entendit tout à coup le bruit du fax. Il tendit la main pour fermer la porte du bureau, décidé à le lire le lendemain, mais il changea d'avis, revint sur ses pas, alluma la lampe, arracha la feuille de l'appareil et lut ce qui suit :

"Le cabinet du ministre de l'Enseignement supérieur égyptien au professeur Karam Doss. Hôpital North Western. Chicago. L'état des artères d'un de nos professeurs de faculté exige une opération urgente. Nous vous serions reconnaissants de nous faire savoir s'il vous est possible de l'accepter chez vous dans les délais les plus brefs. Nous vous remercions à l'avance de nous faire parvenir votre réponse rapidement de façon que nous puissions prendre les mesures nécessaires. Nom du malade : le docteur Abdelfatah Mohamed Belbaa."

Pendant près d'une minute, Karam ne put quitter le message des yeux, puis il le glissa dans sa poche et sortit. Il conduisit jusque chez lui en faisant de grands efforts pour rester attentif puis, sur le balcon dominant le jardin de sa vaste maison, il se prépara un verre, ouvrit le fax et se remit à le lire lentement. Que lui arrivait-il ? Quel hasard exceptionnel ! C'était comme un feuilleton égyptien. Le docteur Abdelfatah Belbaa en personne était malade du cœur. Il avait besoin d'une opération et lui demandait à lui, à lui très précisément, de lui sauver la vie. Un sourire sarcastique se forma sur ses lèvres puis il éclata de rire. Ensuite, il se remit à penser : qui disait que c'était un hasard ? Dieu ne faisait rien par hasard. Ce qui arrivait maintenant était complètement juste et logique. N'avait-il pas été brimé, persécuté ? Ne s'était-il pas senti anéanti, humilié ? N'avait-il pas prié et ne s'était-il pas agenouillé devant Jésus le Sauveur ? Et voici que le Seigneur lui rendait son dû. L'homme qui lui avait dit un jour "vous ne serez jamais chirurgien", l'homme qui avait porté un coup fatal à son avenir en Egypte, qui l'avait condamné à vivre toute sa vie en exil, ce même homme était tombé malade et le suppliait de lui sauver la vie. Bien, monsieur Belbaa, si vous voulez que je fasse l'opération, il faudra d'abord que nous réglions notre vieux compte. Combien de fois faudra-t-il que vous vous excusiez pour ce que vous avez fait ? Cent fois ? Mille fois ?

Mais à quoi cela servait-il de s'excuser maintenant ?

Quand il eut terminé son deuxième verre, il avait pris sa décision. Il n'opérerait pas Belbaa. Qu'il cherche un autre chirurgien ou bien qu'il meure ! Nous finissons tous par mourir ! Il allait s'excuser de ne pas pouvoir faire l'opération et il fallait que ses excuses soient froides et hautaines :

"Faute de place pour un nouveau malade dans son agenda plein de cas urgents pour les mois à venir, le professeur Karam Doss est dans l'impossibilité de procéder à l'opération du malade Belbaa", commença-t-il à écrire sur son ordinateur.

Mais, tout à coup, il se leva, comme s'il se souvenait de quelque chose. Il resta hésitant au milieu de la pièce, puis il s'avança lentement vers le crucifix, se mit à genoux, récita le *Notre Père* et continua à prier avec une humilité sincère. Il murmura d'une voix tremblante : "Mon père, que ta volonté soit faite et non la mienne, car à toi seul appartiennent le royaume, la puissance et la gloire jusqu'à la fin des temps. Amen."

Il resta un moment à genoux, les yeux fermés, puis se leva et ouvrit les yeux comme s'il venait de se réveiller. Il s'assit devant l'ordinateur, effaça ce qu'il avait écrit et recommença d'une façon différente :

"Le docteur Karam Doss au bureau du ministre de l'Enseignement supérieur. Le professeur Abdelfatah Belbaa était mon professeur à la faculté de médecine d'Aïn Shams. Je ferai tout mon possible pour lui sauver la vie. Prenez vos dispositions pour qu'il vienne le plus tôt possible. Les frais se limiteront aux honoraires de l'hôpital, car, par considération pour mon professeur, je renonce à mes émoluments."

Il imprima la lettre puis l'envoya par fax. Lorsque l'appareil sonna et qu'il en retira l'accusé de réception, le docteur Karam plaça sa tête entre ses mains et éclata en sanglots comme un enfant.

Ses assistants racontent que peut-être jamais auparavant il n'avait opéré comme il le fit sur le docteur Belbaa. C'était comme si toute la chirurgie qu'il avait apprise s'était, ce matin-là, concentrée entre ses mains. Il était splendide, au sommet de son art. Il passait d'une étape à l'autre avec élégance, précision et avec une maîtrise absolue. Il fit plusieurs fois le tour de la table d'opération pour vérifier par lui-même certains détails. Catherine, la plus ancienne des infirmières de son équipe, le félicita :

— Vous n'avez pas seulement été couronné de succès, monsieur, vous avez été inspiré. J'ai senti aujourd'hui que vous avez opéré avec une extrême tendresse, comme si vous aviez soigné la jambe de votre père accidenté, ou rectifié la position de sa tête pendant son sommeil.

Les jours suivants, le docteur Karam suivit son ancien professeur comme il le faisait avec tous ses malades. Au bout d'une semaine, après avoir fait une radio pour voir les résultats de l'opération, il rit de bonheur et lui dit la phrase rituelle, celle qu'il employait toujours pour rassurer les malades :

— Dans quelques jours, vous pourrez jouer au football, si vous voulez.

Il se leva pour partir, mais Belbaa prit tout à coup sa main et lui dit d'une voix faible :

— Je ne sais pas comment vous remercier, docteur Karam. Je vous en prie, pardonnez-moi.

C'était la première allusion à leur passé commun. Karam fut un peu déconcerté, il saisit avec douceur la main de son professeur et fut sur le point de répondre quelque chose, mais il se contenta d'un sourire embarrassé et sortit rapidement de la chambre.

20

Le vendredi, Maroua appela ses parents et, dès que sa mère lui demanda de ses nouvelles, elle éclata en sanglots. Sa mère, bouleversée, essaya de la calmer et de comprendre ce qui s'était passé. Maroua lui raconta tout : la cupidité de Danana, son égoïsme, l'indubitable convoitise qu'il avait de sa fortune, elle fit allusion à leur problème intime et, quand elle lui dit qu'il l'avait giflée, la colère de sa mère fut à son comble. Elle se mit à crier :

— Que la main lui tombe ! Il faut qu'il apprenne à respecter les filles de bonne famille !

Après un long intermède de plaintes et de paroles de réconfort, Maroua, tranquillisée par la colère de sa mère qui se montrait solidaire, dit qu'elle était décidée à divorcer. Alors, à sa grande surprise, la position de sa mère changea du tout au tout. Elle désapprouva l'idée du divorce, parce que "ce n'était pas un jeu". Elle ajouta que si tous les problèmes des couples se terminaient par des divorces il n'y aurait plus une seule femme mariée. Elle assura que toutes les maisons regorgeaient de problèmes et que la première année était la plus difficile pour n'importe quel couple, qu'une femme sensée faisait preuve de patience face aux défauts de son mari et s'efforçait de les corriger pour que la vie continue.

Elle donna son propre exemple : au début de son mariage, elle avait supporté le mauvais caractère du hadj Naoufal – ainsi que d'autres mauvais penchants auxquels elle fit allusion sans entrer dans les détails. A la fin, Dieu l'avait récompensée. C'était un bon mari que l'on donnait en exemple et dont toutes les femmes étaient jalouses.

Maroua objecta :

— Tu ne peux absolument pas comparer Danana à mon père.

— Ecoute, que veux-tu, à la fin ?

— Le divorce !

Sa mère explosa et se lança dans une copieuse dispute féminine :

— Je ne veux pas entendre ce mot, tu as compris ?

— Mais je le déteste. Je ne supporte plus qu'il me touche.

— Je ne veux pas y aller par quatre chemins : est-ce que ton mari est un homme ?

— ...

— Réponds-moi, est-ce que c'est un homme ?

— Oui.

— Alors, quel que soit le problème, il se réglera dans l'intimité.

— Mais il...

— Ce n'est pas bien, Maroua. Les filles de bonne famille ne parlent jamais de ces sujets. Es-tu devenue folle ou est-ce que la vie en Amérique t'a fait oublier ton éducation ? Ce sujet-là précisément, la plupart des femmes le considèrent comme une obligation. Demain, Dieu t'accordera des enfants et tu l'oublieras complètement.

Maroua ne vit pas l'utilité de poursuivre la conversation et y mit fin par des paroles vagues.

Elle réfléchissait aux propos de sa mère lorsque le téléphone sonna à nouveau. Elle fut surprise d'entendre son père. Il lui parla plus calmement et plus aimablement, mais, malgré tout, il répéta la même chose que sa mère et, à la fin, il l'adjura :

— Maroua, tu as toujours été sensée. Ne te précipite pas. Il n'y a rien de pire que de détruire un foyer.

Cette nuit-là, elle ne dormit pas. Elle se tourna et se retourna sur le canapé du salon jusqu'à l'heure où elle entendit Danana faire ses ablutions pour la prière de l'aube. Elle se remémorait ce qui était arrivé et y réfléchissait. Son père et sa mère étaient les personnes qui l'aimaient le plus au monde et, malgré cela, ils refusaient énergiquement l'idée du divorce. Peut-être, après tout, était-ce elle qui avait tort. N'allait-elle pas se précipiter et détruire son foyer pour le regretter ensuite, quand cela ne servirait plus à rien ? Elle se répéta le mot "divorcée" et, pour la première fois, il résonna d'une manière étrange et effrayante à son oreille. Pour la première fois, le divorce lui sembla un acte équivoque et aussi tragique que la mort ou le suicide. Les images des femmes divorcées qu'elle avait vues au cours de sa vie se bousculèrent dans son esprit. La divorcée était une femme qui avait échoué à conserver son mari et qui souffrait de l'absence et du regret. Elle était une charge pour sa famille et pour ses amies, elle attirait la convoitise de tous les hommes parce qu'elle n'était plus vierge et qu'elle n'avait plus rien à perdre, les gens lui jetaient des regards de commisération et de sollicitude en même temps qu'ils laissaient planer sur elle de nombreux soupçons informulés. Maroua ne voulait pas de cette image-là pour elle. Il fallait qu'elle suive les conseils de ses parents qui avaient plus d'expérience qu'elle et ne voulaient que son bien et son bonheur. D'ailleurs, comme c'était la première fois qu'elle se mariait, son expérience des hommes était fondée sur des idées préconçues, en dehors des petits flirts passagers avec des camarades d'études, qui n'allaient pas au-delà de longues conversations téléphoniques. Qui sait ? Peut-être que toutes les femmes souffraient comme elle et le supportaient pour assurer la survie de leur famille. Sa mère n'avait-elle pas dit : "Ces relations-là, en particulier, nous les femmes les considérons comme une obligation et après avoir eu des enfants nous oublions totalement." Peut-être bien que sa mère avait souffert au lit comme elle et, malgré cela, elle avait été capable d'aimer son mari, de lui donner des enfants et de partager sa vie pendant de longues années. Ne valait-il pas mieux qu'elle révise sa position au sujet de Danana ? C'est vrai qu'il était cupide, obsédé par l'argent et qu'il ne se préoccupait que de son intérêt. Mais n'avait-il pas des qualités ? Tout ce qu'il faisait était-il totalement mauvais ? Il fallait reconnaître qu'il était pieux et parfois drôle. Dans les rares moments où cela allait bien entre eux, il la faisait souvent rire avec ses imitations et ses commentaires ironiques. Ensuite, n'était-il pas un mari ambitieux, s'efforçant nuit et jour de bâtir son avenir ? Son mari avait des qualités et des défauts, comme tout le monde, et elle ne devait pas moins voir ses qualités que ses défauts.

Maroua passa la nuit dans ces pensées et le matin elle se leva, prit un bain, fit ses ablutions, pria et, lorsqu'elle regarda son visage dans le miroir, se dit qu'elle avait changé, que ses traits avaient acquis une sorte de détermination. Elle eut le sentiment qu'elle commençait un nouveau chapitre – différent – de sa vie. Elle entendit le pas de son mari et décida de se trouver sur son passage. Elle lui sourit :

— Bonjour.

— Bonjour, lui répondit-il froidement. Se rendant compte que sa femme était retournée à la bergerie, il décida de prendre son temps avant de l'y accueillir, pour lui donner une leçon, afin qu'elle ne recommence plus. Elle poursuivit sur le ton de quelqu'un qui cherche à plaire et presque à s'excuser :

— Veux-tu que je prépare ton petit-déjeuner ?

— Je le prendrai à la faculté.

— Je peux te faire rapidement des œufs au pastorma.

— Merci.

Danana lui battit froid pendant toute une journée, puis il céda à ses avances et lui fit un petit discours :

— Ton père m'a téléphoné hier. Grâce à Dieu, c'est un homme pieux et pratiquant – et je ne donne à personne la priorité sur Dieu. Je lui ai raconté ce que tu as fait et je lui ai dit que j'avais utilisé – dans les plus étroites limites – mon droit de te corriger reconnu par la charia. Quoi qu'il en soit, Maroua, par respect pour le hadj Naoufal, je te pardonne pour cette fois, mais je te mets en garde contre les conseils du démon. Aie recours à Dieu contre le démon – qu'il soit maudit, observe rigoureusement la prière et accorde tes dévotions à Dieu à travers ton mari et ton foyer.

La vie commune reprit son ancien cours. Maroua le traitait avec attention et douceur. Elle lui cuisinait ses plats préférés et l'attendait pour manger avec lui. Elle s'intéressait à lui, échangeait avec lui de longues conversations. Son changement était si grand que Danana s'étonnait et que cela le confirmait dans l'idée que la femme était un être mystérieux, plein de contradictions, dont il était impossible de deviner les réactions ou les désirs secrets. Maroua fit tout son possible pour avoir des relations harmonieuses avec son mari, comme si elle jouait avec conviction le rôle de l'épouse satisfaite. Même leurs relations au lit, dont elle avait si longtemps souffert, trouvèrent une solution inattendue. Dès qu'il se jetait en érection sur elle, qu'elle sentait son haleine fétide sur son visage, dès qu'il essayait de l'embrasser et que sa salive mêlée à l'amertume du tabac s'écoulait dans sa bouche, quand elle sentait son ventre lourd écraser le sien au point de lui couper le souffle et de lui donner envie de vomir, alors, dans ce moment qui avait été longtemps douloureux pour elle, Maroua s'habitua à fermer les yeux et à oublier Danana. Elle concentrait ses pensées pour évacuer son image de son esprit, puis elle imaginait qu'elle étreignait quelqu'un d'autre, un bel homme attirant, excitant. Nuit après nuit se formait ainsi un bataillon secret d'amants qui couchaient tous avec elle en imagination : Rochdi Abaza, Kazem Saher, Mahmoud Abdelaziz et même le docteur Saïd el-Dakkak, son professeur de finances publiques à la faculté de commerce du Caire, dont toutes les étudiantes étaient éprises. Maroua avait, de cette façon, joui plus d'une fois de ses faveurs. L'imagination offrit ainsi une solution originale et efficace à son problème physique, si bien que l'affaire finit par devenir une délicieuse pratique solitaire. Dès qu'elle apercevait les signes précurseurs d'un assaut de Danana, elle se demandait : "Avec qui vais-je coucher ce soir ? Rochdi Abaza ? Non, deux fois de suite, ça suffit ! Ah, Kazem commence à me manquer…" A force de répétitions, elle se prit tellement au jeu qu'une fois elle faillit prononcer devant son époux le nom de son amant imaginaire, ce qui aurait fait un grand scandale. Dès qu'elle sentait que Danana avait éjaculé son liquide chaud et répugnant, elle courait à la salle de bains et, les yeux mi-clos pour que son fantasme ne s'évanouisse pas, elle finissait de s'exciter toute seule pour arriver à l'orgasme.

Tels furent les efforts de Maroua pour s'adapter, pour supporter, pour survivre. Elle commençait à accepter sa vie avec Danana comme elle était, à défaut de ce qu'elle aurait voulu qu'elle soit.

Ici, on peut se demander s'il n'est pas étrange que Maroua se soit aussi rapidement transformée du tout au tout ?

Est-il vraiment possible que les seuls conseils de ses parents soient parvenus à la jeter dans les bras de Danana dont elle ne pouvait pas supporter la vue quelques jours plus tôt ? Répondre tout simplement oui n'est pas suffisant. En fait, un sentiment inconscient la poussait de toutes ses forces à satisfaire Danana, pas par amour pour lui, bien sûr, mais ce n'était pas seulement non plus par crainte de vivre le sort d'une "femme divorcée". En fait, les mises en garde de ses parents l'avaient profondément troublée et elle voulait donner à son mariage le plus de chances possible. Si elle réussissait, elle en serait heureuse, mais si elle échouait, elle n'aurait rien à se reprocher, et ses parents ne pourraient pas la blâmer. Par conséquent, ses tentatives pour satisfaire son mari, en dépit de leur force et de leur constance, avaient un caractère faussement chaleureux, comme la poignée de main qu'échangent deux avocats concurrents ou deux joueurs de tennis qui viennent de terminer une compétition acharnée. Elle le traitait avec une gentillesse excessive, comme s'il s'agissait de convaincre ses parents, pour qu'ils ne l'accusent pas à l'avenir de s'être précipitée et d'avoir détruit son foyer.

Son nouveau comportement, avec tout ce qu'il comportait de tendresse et d'amabilité, avait aussi la douceur d'un piège. Danana ressentait cela d'instinct. Il comprenait que la bataille entre eux était encore féroce, même si elle avait pris une forme nouvelle, et il était très prudent dans tout ce qu'il disait et faisait avec elle. Mais en vérité l'énergie lui manquait, car le dernier avertissement du docteur Denis Baker avait bouleversé sa vie. Le vieil homme lui avait mis le couteau sous la gorge : il demanderait à être déchargé de la direction de ses recherches si Danana ne présentait pas ses résultats d'ici quelques jours. Si cette catastrophe survenait, elle anéantirait son avenir scientifique et politique à la fois. Faute de trouver une solution rapidement, tout serait perdu. Comme ses ennemis allaient se réjouir si on lui enlevait sa bourse ! Pour tous ceux qui le détestaient, ce serait la grande nouvelle de la saison : "Vous avez entendu ? Ahmed Danana s'est fait enlever sa bourse à cause de son retard dans ses recherches. Je vous l'avais bien dit : c'est un raté !"

Danana passa plusieurs jours dans son bureau. Il s'enfermait du matin au soir, n'ouvrait à personne et n'assistait ni aux cours ni aux travaux dirigés. Trois jours s'écoulèrent ainsi, jusqu'au mardi suivant, où survint un événement unique dans l'histoire du département d'histologie, événement dont on a donné plusieurs versions différentes – certaines un peu exagérées.

Ce qui est certain, c'est qu'aux environs d'une heure, après la pause de midi, le docteur Baker était plongé dans la réalisation de certaines expériences, et chantonnait à voix basse sous l'effet de la petite bouteille de vin blanc qu'il avait bue avec son repas. Il était complètement absorbé dans l'examen d'une nouvelle photographie de cellules nerveuses qu'il venait de prendre au microscope électronique. Il entendit alors frapper à la porte et dit d'une voix grave, sans lever la tête :

— Entrez.

La porte s'ouvrit et Danana apparut, tenant des feuilles avec soin. Baker le regarda et, comme si leur contentieux lui revenait à l'esprit, son visage se rembrunit et il lui dit sur un ton inamical :

— Que puis-je faire pour vous aider ?

Danana rit comme si un ami venait de lui faire une plaisanterie :

— Docteur Baker, pourquoi êtes-vous toujours aussi dur avec moi ?

— Dites-moi ce que vous voulez, je n'ai pas de temps à perdre avec vous.

Danana soupira, se rapprocha de deux pas et, avec l'air de quelqu'un qui s'apprête à faire une surprise, lui tendit les feuilles.

— S'il vous plaît.

— Qu'est-ce que c'est ?

— Les résultats que vous m'avez demandés.

— Comment est-ce possible ? Vous avez terminé ? s'exclama le docteur Baker d'une voix incrédule tout en feuilletant les résultats avec empressement.

Rapidement, son visage prit un air satisfait et il dit à Danana assis devant lui :

— C'est bien, mon ami, vous vous êtes enfin mis à travailler sérieusement.

— Il fallait que je fasse tout mon possible, après que vous m'avez chassé de votre bureau, la semaine dernière, lui répondit Danana sur un ton de reproche teinté de coquetterie presque féminine.

Baker sembla troublé et lui dit sur un ton d'excuse :

— N'oubliez pas que je porte la responsabilité des recherches que je dirige. N'importe quelle négligence m'affecte personnellement.

— Docteur Baker, était-ce vraiment nécessaire de me mettre à la porte ? Moi aussi, j'ai mon amour-propre.

— Je suis désolé si j'ai blessé vos sentiments.

Danana ne parut pas pardonner la faute, mais il fit un geste de la main comme pour signifier qu'il allait oublier provisoirement ce qui était arrivé, puis il prit l'allure d'un homme généreux qui ouvre une page nouvelle :

— Parlons plutôt de mon travail. C'est ce qui m'importe le plus.

Baker prit une feuille et un stylo et dit avec transport :

— Maintenant que vous êtes parvenu à ces résultats, il faut passer à l'étape des statistiques. Nous allons entrer tous ces chiffres dans l'ordinateur pour savoir s'ils sont scientifiquement signifiants.

Contrarié, Danana demanda :

— Après tous ces efforts, serait-ce possible que les résultats n'aient pas de signification statistique ?

— Je ne pense pas.

— Mais l'éventualité existe que je me sois fatigué pour rien et que mes résultats ne soient pas pris en compte statistiquement ?

— Dans ce cas, ce serait moi le responsable, parce que c'est moi qui ai fait le plan de la recherche. Mais restons positifs. Les résultats seront signifiants, j'en suis sûr.

Danana se leva et eut à cœur de lancer, avant de partir, un mot bien senti :

— Professeur Baker, malgré tout, je suis heureux et fier de travailler avec vous.

— Moi aussi, Danana. Je vous présente à nouveau mes excuses, répondit le professeur en lui serrant vigoureusement la main.

Puis il s'assit, étala devant lui les résultats et commença à les étudier. Une demi-heure plus tard, Danana était assis dans son bureau lorsque Baker y entra en grattant son crâne chauve de sa main droite, selon son habitude lorsqu'il réfléchissait profondément. Il dit lentement, les yeux brillants :

— Je vous félicite encore une fois, Danana. Les résultats sont logiques et solides.

— Merci.

— Une idée m'est venue pour conforter encore vos résultats. Montrez-moi n'importe laquelle de vos lamelles.

Danana se leva lentement et ouvrit la porte de l'armoire la plus proche et tendit à Baker une lamelle. Celui-ci la prit avec soin, chaussa ses lunettes, puis l'observa sous le microscope et releva la tête :

— Le nombre de points noirs dans cette lamelle est de 169.

Danana hocha la tête et resta silencieux. Baker rechercha ce résultat et dit aussitôt avec étonnement :

— C'est étrange, le nombre que vous avez noté est plus important.

Il regarda Danana comme s'il ne comprenait pas, puis il alla lui-même à l'armoire, en sortit deux autres lamelles, les soumit au même contrôle et regarda Danana qui courba lentement la tête. Pendant quelques instants régna un profond silence chargé d'une mystérieuse électricité. Le ronronnement du réfrigérateur du laboratoire, lui-même, sembla être la voix du destin et, soudain... Baker jeta à terre toutes les lamelles qui volèrent en éclats et il rugit d'une voix retentissante et pleine de colère que personne n'avait jamais entendue auparavant :

— Espèce de voyou ! Les résultats que vous avez présentés sont falsifiés. Vous êtes une personne sans honneur. J'annule votre thèse et je vous renvoie du département.

21

— Bonjour, je vous appelle au sujet de l'offre d'emploi.
— Il est occupé, lui répondit l'homme laconiquement avant de raccrocher.

La tonalité résonna amèrement dans l'oreille de Carol. Il n'y avait là rien de nouveau. C'était son programme quotidien : tous les matins, dès que Graham était parti à l'université et le petit Marc à l'école, elle se préparait une grande tasse de café noir et s'asseyait au salon en étalant devant elle les petites annonces d'emploi des journaux de Chicago, le *Tribune*, le *Sun Times* et le *Reader*. Puis elle commençait à appeler. Cela lui demandait beaucoup de concentration pour ajuster le ton de sa voix, de façon à donner l'impression qu'elle se renseignait sur l'emploi proposé avec un intérêt hautain, qu'elle n'était pas une Noire au chômage inscrite à l'aide sociale, qu'elle ne criait pas famine, qu'elle ne suppliait pas et qu'elle ne voulait pas qu'on la plaigne. Elle se renseignait simplement sur un emploi qui lui plaisait, ni plus ni moins, comme si elle s'informait sur des places de concert ou sur les jours de fermeture de son restaurant préféré – heureuse si elle trouvait ce qu'elle voulait, mais sans que ce soit la fin du monde, dans le cas contraire. C'était sa façon à elle de lutter contre le mépris. Chaque fois, elle posait la même question et recevait la même réponse. A la fin de la journée, les adresses s'accumulaient devant elle. Au long des mois, elle avait sillonné presque tout Chicago et elle avait eu des rendez-vous pour toutes sortes d'emplois – secrétaire, hôtesse d'accueil, gardienne d'enfants, responsable de crèche, mais jamais elle n'avait trouvé de travail.

Le directeur des relations humaines de l'hôtel *Hyatt* lui avait dit, en souriant d'un air gêné :

— Vous trouverez un emploi ailleurs, mais il faut être patiente. Le chômage est à son plus haut niveau. Des dizaines, parfois des centaines de personnes se présentent pour un seul poste. La concurrence est féroce.

Deux mois plus tôt, elle s'était présentée pour un poste de téléphoniste dans une société d'ascenseurs. Elle avait passé avec succès son premier entretien. Il lui restait à franchir l'épreuve de la voix. Le responsable de la société lui avait dit :

— Vous obtiendrez ce poste si vous rendez votre voix douce, féminine, séduisante, mais sans vulgarité. Il faut que votre voix communique une sensation d'enjouement et de distinction. On doit avoir l'impression que vous gagnez dix fois votre salaire. C'est votre voix qui représente notre société auprès de la clientèle.

Carol s'était sérieusement entraînée. Elle avait enregistré sa voix des dizaines de fois en répétant la même formule : "Société des ascenseurs Hendrix, bonjour ! Qu'y a-t-il pour votre service ?" Chaque fois qu'elle s'écoutait, elle découvrait un nouveau défaut : sa voix était trop basse, un peu tremblante, hésitante, plus rapide que nécessaire, les sons étaient mal articulés. Il fallait qu'elle prononce mieux le nom de la société.

Au bout de plusieurs jours d'entraînement, elle était enfin parvenue à une élocution parfaite. Elle alla faire un casting. Il y avait cinq autres candidates. Elles s'assirent toutes dans la même pièce, face au responsable de la société. C'était un homme blanc, corpulent, qui avait dépassé la cinquantaine, complètement chauve, avec de larges favoris qui lui donnaient un aspect déplaisant. Ses paupières gonflées, ses yeux congestionnés et sa mauvaise humeur montraient qu'il avait forcé sur la boisson, la veille. Il appela les concurrentes l'une après l'autre pour qu'elles prononcent leurs phrases, chacune à sa façon, puis il réfléchit un instant en regardant le plafond, comme s'il était en train d'évaluer mentalement leurs prestations avant de se pencher sur une feuille pour y inscrire quelque chose. A la fin de la journée, on annonça le résultat, et Carol n'obtint pas le poste. Elle accueillit froidement la nouvelle. Elle avait l'habitude des déceptions et il n'y avait là rien pour la surprendre.

Ce qui la faisait le plus souffrir, c'était le comportement de certains patrons blancs à son égard. Aucun d'entre eux ne déclarait qu'il refusait d'embaucher des Noirs parce que cela était contraire à la loi, mais, dès qu'ils la voyaient, ils prenaient un visage froid et condescendant et mettaient fin à l'entretien en promettant un appel téléphonique dont elle savait bien qu'il n'aurait jamais lieu. Ces situations humiliantes se succédaient comme autant de gifles. Elle pleurait parfois sur le chemin du retour à la maison. Elle passait parfois des nuits entières éveillée, en s'imaginant en train de se venger de tel ou tel patron raciste, de lui donner une leçon en lui faisant savoir que c'était elle qui refusait de travailler avec un sale raciste comme lui.

Le drame atteignit son apogée lorsqu'elle se rendit à un entretien pour un poste d'accompagnatrice de chien à onze dollars de l'heure. C'était un métier tellement médiocre qu'il lui avait fallu trois jours avant de se convaincre d'y aller. Elle avait un besoin pressant d'argent et ne pouvait pas supporter plus longtemps l'épreuve qu'elle imposait à Graham. Qu'avait-il fait pour vivre dans la gêne afin de subvenir à ses dépenses et à celles de son fils ? Ce qui la faisait le plus souffrir, c'était qu'il supportait la crise sans faire d'histoires. S'il s'était plaint ou s'il s'était comporté sèchement avec elle, cela l'aurait un peu soulagée, mais lui, au contraire, la traitait avec une gentillesse excessive, il la cajolait et se montrait sans cesse d'humeur joyeuse. Il était insupportablement aimable. A cause de lui, il fallait qu'elle trouve un emploi. Après tout, s'occuper des chiens n'était-il pas un métier comme les autres et, même si cela ne lui plaisait pas, avait-elle un autre choix ? Alors, va pour garder des chiens, provisoirement, avant de trouver quelque chose de mieux !

L'entretien avait lieu dans un palais de la banlieue nord de Chicago, si élégant et si fastueux qu'elle s'imaginait être dans un film. Un imposant domestique en habit noir vint à sa rencontre et la conduisit dans une grande salle. Elle s'assit dans un fauteuil Louis XVI et se mit à contempler les grands tableaux accrochés aux murs. Au bout de quelque temps, arriva une dame âgée qui l'aborda d'une manière distante. Elle s'assit en face d'elle et entreprit une conversation intermittente sur le temps et les transports à Chicago. Ces propos vides se poursuivirent jusqu'à ce que Carol les interrompe avec une fausse jovialité :

— Où est le chien que je dois promener ? Comment s'appelle-t-il ? J'ai hâte de le voir. J'adore les chiens.

La vieille dame sursauta et garda le silence un instant, puis elle lui dit en évitant son regard :

— Eh bien, je vais être franche avec vous. Je ne crois pas que cet emploi vous convienne. Laissez-moi votre numéro et je vous trouverai rapidement un autre travail.

Carol vécut de tristes journées, de plus en plus déprimée. Elle avait perdu son entrain et ne regardait plus les annonces d'emploi dans les journaux. Elle passait la matinée allongée sur son lit à boire des tasses de café et à regarder le plafond. Elle réfléchissait à sa vie : en trente-six ans, elle n'avait jamais encore vécu comme elle l'aurait voulu. Personne ne l'avait jamais aidée et personne n'avait été juste avec elle. Elle revoyait avec attention le visage de ceux qui avaient décidé de son destin : sa mère, bonne et paisible, et le mari de sa mère, un ivrogne qui la frappait violemment et qui, lorsqu'elle eut grandi, voulut coucher avec elle. Elle avait appelé sa mère au secours à plusieurs reprises, mais, chaque fois, celle-ci avait pris la chose mollement tant elle lui était soumise sexuellement, d'une manière avilissante. Ensuite, il y avait eu son amoureux, Thomas, qui avait vécu avec elle pendant dix ans et dont elle avait eu Marc, après quoi, il s'était enfui en lui laissant tout sur le dos, puis le vieux Graham qui était bon, qu'elle aimait et dont – au lieu de l'aider – elle avait transformé la vie en épreuve. Elle n'avait jamais eu de chance, c'était la vérité. Elle était travailleuse, organisée, ambitieuse, et pour quel résultat ? La misère la plus totale. Elle avait perdu son emploi au centre commercial parce qu'elle était noire et maintenant elle était incapable d'en retrouver un autre. Même garder des chiens, la vieille femme avait trouvé que c'était trop beau pour elle. Peut-être ne voulait-elle pas que son chien bien-aimé voie des visages noirs.

Ce matin-là, Carol était allongée sur son lit, en proie à la tristesse, lorsque le téléphone se mit à sonner. Cela l'étonnait qu'on l'appelle à cette heure. Elle se retourna dans son lit et décida d'ignorer l'appel, mais la sonnerie insista et elle finit par se lever pour répondre. C'était la voix d'Emily, une amie de lycée noire qui, elle, avait fait des études universitaires parce que son père avocat avait les moyens de payer ses frais de scolarité. Elle ne l'avait pas vue depuis des mois et fut heureuse de l'entendre. Elle accepta de tout cœur son invitation à prendre un petit-déjeuner au restaurant français *Lafayette*, au centre de Chicago. Depuis le lycée, Emily aimait aller manger dans des grands restaurants avec Carol à qui cela faisait plaisir parce qu'elle n'en aurait pas eu les moyens, toute seule. Le *Lafayette* était superbe avec ses tables élégantes, ses jets d'eau et la musique omniprésente de Vivaldi qui ajoutait au sentiment de luxe. Carol commanda des croissants aux épinards et un pâté à la viande, avec un café au lait. Après avoir observé son amie, elle lui dit en plaisantant :

— Ton visage resplendissant me rassure sur la réussite de ta vie sentimentale.

Emily rit de tout cœur et lui parla de son nouvel amour. Carol essaya de partager sa joie, mais elle avait le cœur lourd. Emily s'en rendit compte. Dès qu'elle la questionna à ce sujet, Carol éclata en sanglots et lui raconta ses malheurs. Elle avait besoin de se soulager auprès d'une vieille amie. Le regard d'Emily se perdit alors dans le vague, et elle lui répondit tristement :

— S'il y avait eu un emploi disponible au bureau de mon père, je te l'aurais fait avoir rapidement, mais j'essaierai ailleurs.

Ce fut malgré tout une belle journée. Lorsque Carol revint chez elle, elle avait retrouvé son humeur combative et, le lendemain matin, elle se mit à nouveau à la recherche d'un emploi. Au cours de la semaine, presque tout avait repris sa marche habituelle : les appels téléphoniques, les entretiens, les paroles d'excuse, les insolences racistes.

Il était près d'une heure de l'après-midi lorsqu'elle reçut un appel impromptu d'Emily qui, immédiatement après l'avoir saluée, lui demanda ce qu'elle était en train de faire.

— Je prépare le repas.
— Laisse tout tomber et viens immédiatement.
— Ce n'est pas possible. John et Marc vont arriver et ne rien trouver à manger.
— Laisse-leur un message.
— Je ne peux pas passer te voir plus tard ?
— C'est urgent.

Elle insista à plusieurs reprises et refusa absolument de lui en donner la raison. Carol supposa qu'il s'agissait d'un emploi. Elle écrivit un mot et le colla sur la porte du réfrigérateur puis elle s'habilla rapidement et sortit. Le trajet en métro jusque chez Emily lui prit une demi-heure. Celle-ci lui ouvrit immédiatement, comme si elle attendait derrière la porte. Elle la laissa rapidement saluer sa vieille mère, puis elle l'entraîna par la main vers sa chambre dont elle ferma la porte à clef derrière elle.

— Emily, qu'est-ce qui t'arrive ? lui demanda Carol encore tout essoufflée.

Emily eut un sourire énigmatique, puis l'inspecta bizarrement du regard :

— Montre-moi ta poitrine.
— Quoi ?
— Déshabille-toi pour que je voie ta poitrine.

— Tu es devenue folle ?
— Fais ce que je te dis.
— Je ne comprends pas.
— Je t'expliquerai quand tu auras enlevé ces...

Elle tendit la main vers les boutons de son chemisier, mais Carol la lui saisit et se mit à crier sur un ton proche de la colère :

— Arrête, ne fais pas ça !

Emily, à bout de patience, soupira profondément puis la fixa du regard :

— Ecoute-moi : si je t'ai fait venir ici, ce n'est pas pour plaisanter. Il faut que je voie ta poitrine.

22

Après que Saleh eut annoncé à sa femme son intention de se séparer d'elle, il se sentit soulagé. Il se dit que c'était là une étape qu'il aurait dû franchir depuis longtemps. A partir d'aujourd'hui, il n'aurait plus à supporter les poursuites de Chris et ses exigences sexuelles ni ses propres moments d'impuissance, si humiliants, si épuisants, ni ses appréhensions et ses déboires, ni cette violente tension tapie derrière leurs conversations les plus calmes, ni cette cohabitation sous un même toit en évitant de se regarder en face. A partir d'aujourd'hui, il ne serait plus obligé de faire semblant et de mentir. Leur relation était terminée. C'était cela, la vérité. Bien sûr, il l'avait aimée à une période de sa vie et elle l'avait beaucoup aidé. Il ressentait de la gratitude à son égard, une estime paisible et profonde, comme celle que l'on a pour un collègue avec lequel on a travaillé pendant des années. Ils se sépareraient pacifiquement. Il était prêt à lui donner satisfaction sur tout : il paierait tout ce qu'elle lui demanderait, il renoncerait pour elle aux meubles, à la voiture et même à la maison qu'il lui laisserait si elle voulait. Il pourrait se louer un petit endroit à lui. Tout ce qu'il voulait, c'était être seul, jouir d'une vieillesse paisible, reposante, avoir la possibilité de ruminer sa vie, jour après jour, sans interruption. Mon Dieu, était-il possible qu'il ait déjà atteint la soixantaine ? Les années avaient passé tellement vite ! La vie était passée avant qu'il ne s'en rende compte, avant même qu'il ne commence à vivre.

Qu'avait-il fait de sa vie ? Qu'avait-il réalisé ? Pouvait-il compter ses moments heureux ? Combien y en avait-il eu ? Quelques jours. Quelques mois tout au plus. Ce n'est pas juste d'avancer en âge sans comprendre le prix du temps. Ce n'est pas juste que personne ne vous avertisse du temps qui coule, à chaque instant, entre vos mains. C'est une duperie complète... que nous connaissions le prix de la vie, si peu de temps avant qu'elle finisse.

Le docteur Saleh sortit et laissa sa femme dans la chambre à coucher. Il ferma doucement la porte et décida de s'installer désormais dans la salle de séjour, jusqu'à ce que la séparation soit conclue.

Il n'avait pas envie de dormir. Il se dit : "Je vais tranquillement boire un verre et lire quelques pages du nouveau roman d'Isabelle Allende."

Il marcha d'un pas complètement normal, mais, après avoir traversé le salon, juste avant d'entrer dans le petit couloir qui conduisait à la salle de séjour, il s'arrêta tout à coup, se pencha et regarda par terre comme s'il cherchait quelque chose. Une sensation étrange, furtive, tranchante comme une lame, s'empara de lui à l'improviste. Il eut une vision mystérieuse, lointaine comme un rêve. S'il en parlait, personne ne pourrait le croire, mais en même temps elle était bien réelle. Il éprouva une sensation pareille à celle qui s'empare de nous lorsque nous entrons dans un lieu ou rencontrons une personne pour la première fois, et que nous avons l'impression étrange de nous être déjà trouvés là auparavant, et que ce que nous vivons maintenant, nous l'avons déjà vécu, exactement de la même façon, dans un temps passé.

Il se retrouva en train de tourner vers la gauche, en direction de la cave. Il descendit lentement l'escalier, comme un somnambule, comme hypnotisé, comme si c'était quelqu'un d'autre qui faisait mouvoir ses jambes et le portait en avant tandis que lui se contentait de regarder. Il ouvrit la porte et entra dans la cave. Sa fraîcheur le cingla. L'air y était si putride et lourd qu'il en eut le souffle coupé. Il chercha l'interrupteur à tâtons. La cave était vide, en dehors des objets que Chris y avait emmagasinés en attendant de s'en débarrasser : de vieux combinés téléphoniques, un lave-vaisselle qui ne fonctionnait plus et quelques fauteuils de jardin qui avaient été utilisés, il y a des années, avant qu'elle n'en achète de nouveaux, l'été dernier. Saleh inspecta tout cela d'un regard absent. Que cherchait-il ? Quels étaient ces sentiments mystérieux qui l'embrasaient tout au fond de lui ? Les questions sans réponses bourdonnaient dans son oreille jusqu'à ce qu'il se surprenne à bouger de nouveau. Il comprit qu'il était poussé par une force irrésistible. Il se dirigea immédiatement vers un angle de la pièce, ouvrit un placard et en tira à deux mains la vieille valise bleue. Il la trouva plus lourde qu'il ne l'avait imaginée, il s'arrêta un moment pour reprendre son souffle, puis il la tira à nouveau sous la lampe, se pencha et se mit à détacher les lanières qui la fermaient. Lorsqu'il ouvrit le couvercle, une puissante odeur de naphtaline lui sauta à la gorge. Il eut envie de vomir et pendant près d'une minute il se concentra pour retrouver ses esprits, puis il commença à sortir ce qu'il y avait à l'intérieur.

C'étaient tous les vêtements avec lesquels il était arrivé d'Egypte, trente ans plus tôt. Il les croyait élégants, mais dès le premier jour il s'était rendu compte qu'ils n'étaient pas appropriés à l'Amérique. On aurait dit qu'il venait d'une autre planète ou qu'il était un personnage de théâtre sorti d'une pièce historique. Il avait acheté des vêtements américains, mais n'avait pas eu le courage de se débarrasser de ses vêtements égyptiens. Il les avait rangés dans cette valise qu'il avait cachée à la cave, comme s'il savait qu'un jour il reviendrait vers eux. Il vida la valise par terre devant lui : des souliers noirs, brillants, avec des talons renforcés et des bouts pointus à la mode des années 1960, un costume de laine anglaise avec lequel il allait à l'hôpital de Qasr el-Aïni, un ensemble de cravates étroites comme c'était la mode à l'époque... Il y avait aussi les vêtements avec lesquels il avait rencontré Zeïneb la dernière fois : une chemise blanche à rayures rouges, un pantalon bleu marine et une veste de cuir noir qu'il avait achetés à *La Borsa Nova* rue Soliman-Pacha. Mon Dieu, pourquoi se souvenait-il de tout cela avec autant de précision ? Il tendit la main et palpa les vêtements : une envie violente, brûlante, qui le faisait haleter et transpirer, s'empara de lui. Il essaya de lui résister, mais elle l'emporta comme un cyclone. Il se leva et enleva sa robe de chambre, puis son pyjama. En sous-vêtements au milieu de la cave, il se dit qu'il était vraiment devenu fou. Qu'était-il en train de faire ? Il fallait être fou pour ne pas pouvoir maîtriser cette pulsion aberrante. Que dirait Chris si elle ouvrait la porte et le voyait comme cela ? "Qu'elle dise ce qu'elle voudra ! Je n'ai plus rien à craindre de ce côté-là. Elle m'accusera de folie ? Et alors ! Le moment est venu de pouvoir faire ce que je veux."

Il commença à revêtir ses vêtements anciens, l'un après l'autre. Son corps s'était empâté et ils n'étaient plus à sa taille. Il ne pouvait plus fermer la ceinture du pantalon sur son ventre et la chemise le serrait tellement que cela lui faisait mal.

Quant à la veste, il y entra les bras avec difficulté et fut incapable de les remuer ensuite. Malgré l'étrangeté de la situation, il éprouvait une sensation apaisante. Une merveilleuse sérénité l'envahit. Une quiétude humide et sombre se referma sur lui comme s'il se retrouvait dans le sein de sa mère. Il regarda son image dans le miroir qui se trouvait dans un coin de la cave et éclata de rire. Il se souvint des miroirs déformants devant lesquels il jouait, enfant, dans les fêtes foraines, puis une idée lui vint tout à coup et il retourna précipitamment vers la valise ouverte dont les entrailles étaient répandues sur le sol. Il bougeait avec difficulté, tant ses vêtements étaient étroits, et il boitait comme s'il avait les pieds blessés. Il s'accroupit et tendit la main vers la poche intérieure de la valise.

C'est là qu'il le trouva, à l'endroit prévu, exactement là où il l'avait déposé lui-même, trente ans plus tôt. Il le sortit lentement à la lumière, ce carnet d'adresses qu'il portait dans sa mallette médicale, si grand que Zeïneb s'en moquait toujours, en s'écriant jovialement :

— Mon vieux, ce n'est pas une liste d'adresses, c'est l'annuaire téléphonique du Caire. Quand j'aurai le temps, je t'expliquerai la différence.

Il sourit en se souvenant de ses paroles et ouvrit lentement le carnet. Ses feuilles avaient jauni et l'écriture y était devenue un peu floue, avec le temps, mais les numéros étaient encore lisibles.

*

Je vis un spectacle si étrange que j'eus l'impression de rêver. Le ciel s'était obscurci au milieu du jour, puis un vent violent s'était mis à souffler et je me demandais s'il allait arracher les arbres quand, tout à coup, commencèrent à voler de tous côtés des petits morceaux blancs et mous comme des flocons de coton. Ils tombèrent d'abord épars, puis plus denses, au point de tout recouvrir : les maisons, les routes, les voitures. Immobile, ébloui derrière la fenêtre fermée de la chambre, je regardais ce qui se passait. Je n'avais qu'une robe de chambre sur mon corps nu et le chauffage intérieur était si fort que j'avais presque trop chaud, alors que les vitres se recouvraient à l'intérieur de gouttes gelées qui glissaient comme de la sueur, à cause de la différence entre le froid extérieur et la chaleur de la chambre. Je buvais lentement mon verre et tendis les bras pour serrer Wendy, qui était complètement nue. Nous venions de terminer une merveilleuse séance d'amour qui, avec la chaleur et le vin, faisait ressembler son visage à une rose épanouie. Elle murmura à mon oreille :

— Est-ce que tu aimes la neige ?
— C'est magnifique.
— Malheureusement pour moi, cela ne me fait plus rien. J'y suis habituée depuis l'enfance.

Quelque temps plus tard, Wendy prépara le dîner, puis elle éteignit les lumières et alluma deux bougies dans un chandelier qu'elle avait apporté. Nous nous mîmes à manger dans cette atmosphère ensorcelante. Elle me dit :

— C'est de la soupe au poulet selon une recette juive. Est-ce que tu aimes ?

— C'est excellent.

Elle me regardait, les yeux brillants à la lumière des bougies. Parfois, son beau visage changeait mystérieusement d'expression. Il se rembrunissait, se crispait et elle avait alors l'air de se souvenir d'une chose qui la faisait souffrir. C'était comme si elle avait hérité d'une vieille douleur qui continuait à se tapir au fond d'elle-même et qui réapparaissait tout à coup, traversait la surface de son visage, avant de se terrer à nouveau.

— Nagui, tu es quelque chose d'exceptionnel dans ma vie. Je pensais que notre relation serait passagère, rien de plus qu'un moment agréable. Je n'avais jamais imaginé que j'allais t'aimer.

— Pourquoi ?

— Parce que tu es arabe.

— Quel est le problème ?

Elle me répondit en riant :

— Tu es le seul Arabe qui ne rêve pas d'exterminer les juifs.

Je m'arrêtai de manger :

— Ce n'est pas vrai. Les Arabes détestent Israël, pas parce que c'est un Etat juif, mais parce qu'il a usurpé le pouvoir en Palestine et qu'il a perpétré des dizaines de massacres contre les Palestiniens. Si les Israéliens étaient bouddhistes ou hindous, ça ne changerait rien à l'affaire pour nous. Notre combat contre Israël est politique, pas religieux.

— En es-tu sûr ?

— Lis l'histoire. Les juifs ont vécu pendant des siècles dans le monde arabe sans problèmes et

sans oppression. Au contraire, ils jouissaient de la confiance des Arabes. C'est tellement vrai que pendant mille ans les médecins privés des sultans arabes étaient généralement juifs. Au milieu des complots et des intrigues sans fin pour le trône, le sultan avait peut-être plus confiance en son médecin privé juif qu'en ses enfants ou ses épouses. En Andalousie, les juifs ont vécu comme des citoyens jouissant de tous leurs droits et, lorsque l'Andalousie est tombée aux mains des chrétiens espagnols, ceux-ci ont opprimé aussi bien les musulmans que les juifs. Ils leur ont donné le choix entre se convertir au christianisme ou être chassés du pays. Puis leur fanatisme est arrivé à un tel point qu'ils ont créé les tribunaux de l'Inquisition, pour la première fois dans l'histoire, afin de se débarrasser des juifs et des musulmans faussement convertis. Les prêtres leur posaient des questions de théologie pour vérifier si leur conversion était réelle et, lorsqu'ils répondaient d'une façon erronée, on leur donnait le choix entre mourir brûlés ou étouffés s'ils avaient assez d'argent pour acheter la complicité du bourreau.

Wendy ferma les yeux douloureusement, puis, voulant égayer l'atmosphère :

— Comme cela, mon chéri, tes grands-parents et les miens ont souffert de l'oppression ensemble. Il est tout à fait possible que nous soyons, toi et moi, les petits-enfants d'un musulman et d'une juive qui se sont aimés en Andalousie.

— Quelle belle image !

— Pas du tout, c'est une réalité ! Je sens que je t'ai connu avant, dans les temps anciens. Sinon, comment expliques-tu cette attirance l'un pour l'autre dès le premier instant ?

Je me penchai et lui baisai les mains, puis je me levai pour chercher un enregistrement de chansons andalouses. La voix de Fayrouz s'éleva dans la pièce :

O mille nuits, faites revenir les nuages de parfum
… L'amour abreuve l'aimé avec la rosée de l'aube.

— *Je ne comprends pas les paroles, mais la musique me fait battre le cœur.*

Je me mis à les traduire comme je pouvais. Autour de moi, tout était ensorcelant : la neige, la chaleur, l'amour, les bougies, le vin, la musique et mon amour pour Wendy. Le rythme s'empara de moi. Je me levai, la pris par les épaules, la menai lentement vers le centre de la pièce et lui dis en retournant à ma place :

— *Ce lit sur lequel je m'assois, c'est le trône de l'Andalousie. Je suis le prince. Je suis assis maintenant pour m'occuper de mon empire. Lorsque je vais taper dans mes mains, tu commenceras à danser. Tu es la plus belle et la plus douée des danseuses andalouses. C'est pour cela que le prince t'a choisie pour danser pour lui.*

Wendy poussa un cri de joie et se mit en position, un sourire espiègle sur le visage, comme un enfant qui a envie de commencer à jouer. La voix de Fayrouz s'éleva sur un rythme dansant :

O branche immaculée couronnée d'or
Par mon père et par ma mère je rachète ta vie
Punissez-moi si je vous ai blessés dans votre amour,
Car seule en le Prophète est l'innocence.

Je frappai dans mes mains et Wendy commença à danser. Elle bougeait selon l'idée qu'elle se faisait de la danse orientale en secouant fébrilement les bras et la poitrine, comme si elle était prise de tremblements. Elle ressemblait à un enfant qui imite les grandes personnes, suscitant à la fois le rire et l'affection. Elle me regardait en dansant et je lui envoyai un baiser. Sa séduction était alors irrésistible. Je la pris dans mes bras et la couvris de baisers, puis nous fîmes l'amour au son de la voix de Fayrouz qui nous donnait sa bénédiction. A la fin, nous restâmes allongés, collés l'un à l'autre, complètement nus :

Je lui embrassai le nez en murmurant :

— Je te serai à jamais redevable.

— Si tu continues à être gentil comme ça, je vais pleurer de tendresse.

— Je te suis vraiment très reconnaissant. Je suis revenu à la poésie après un an d'interruption. Ce matin, j'ai composé un nouveau poème.

— C'est merveilleux. Et de quoi parle ton nouveau poème ?

— De toi.

Elle me serra très fort. Je lui chuchotai à l'oreille :

— Wendy, tu m'as sauvé de l'infortune, tu m'as offert un beau rêve.

Nous restâmes enlacés. Je sentais son souffle m'effleurer le visage. Puis elle s'écarta doucement et se leva :

— Même les beaux rêves ont une fin. Il faut que je m'en aille.

Elle me posa un baiser rapide sur le front, comme pour s'excuser, puis entra dans la salle de bains et en ressortit habillée. J'étais plongé dans un tourbillon de pensées. Je sautai du lit :

— Attends, je t'accompagne au métro.

— Ce n'est pas nécessaire.

— Pourquoi refuses-tu toujours que je t'accompagne ?

Elle parut gênée et hésita un peu avant de me répondre :

— Tu te souviens d'Henry, mon ancien amoureux dont je t'ai parlé. Il travaille ici, au bureau d'accueil de la résidence universitaire. Je ne veux pas qu'il me voie avec toi.

— *Pourquoi fais-tu attention à lui puisque vos relations sont rompues ?*
— *Je t'en prie, ne te mets pas en colère. Si je l'aimais encore, je ne pourrais pas t'aimer.*
— *Pourquoi as-tu peur qu'il nous voie ensemble ?*
— *Je vais te le dire franchement : Henry est juif, et le fait que tu sois arabe lui donnerait l'occasion de nous causer des problèmes.*
— *En quoi ça le regarde ?*
— *Je le connais bien, il n'est pas du tout tolérant dans ce domaine.*
— *Je ne peux pas croire que nous devions cacher notre relation, ici, en Amérique !*

Elle s'avança vers moi et m'embrassa :
— *Tout ce dont je veux que tu sois* **certain**, *c'est que je t'aime.*

Je ne voulais pas l'ennuyer et je n'insistai pas pour l'accompagner. Je connaissais son ancien ami. J'avais eu plus d'une fois affaire à lui au bureau d'accueil et il se comportait d'une façon naturelle, plutôt aimable, mais quand Wendy se mit à venir régulièrement chez moi je remarquai qu'il me regardait d'un air hostile. Un jour, je lui avais demandé s'il avait du courrier à mon nom, mais il était resté silencieux. J'avais répété la question et il m'avait répondu brutalement sans lever la tête des feuilles qu'il était en train de lire :
— *Lorsque nous aurons du courrier, nous vous l'enverrons. Ce n'est pas la peine que vous le demandiez cent fois par jour.*

Je ne me sentais pas d'humeur pour une dispute et j'étais parti sans rien dire. Je me demandais comment Henry avait appris mes relations avec

Wendy, puis je me souvins qu'il y avait au bureau d'accueil un écran qui permettait de tout voir à l'intérieur de l'immeuble. Bien sûr, comme Wendy était son ancienne amie, il était naturel qu'il la surveille pour voir dans quel appartement elle allait.

Je décidai de l'ignorer complètement et n'eus plus de relations qu'avec sa gentille collègue noire qui travaillait le matin, mais l'affaire ne s'arrêta pas là. Henry avait dû propager la nouvelle de ma relation avec Wendy dans les milieux juifs de l'université, car à partir de ce moment quelques étudiants de deuxième année commencèrent à me chercher noise. J'assistais avec eux au cours d'histologie générale et, comme j'étais plus âgé, ils me traitaient auparavant avec respect, mais leur comportement changea tout à coup. Chaque fois que je passais à côté d'eux, ils se mettaient à parler à voix basse en ricanant. Au début je les ignorais. Je me disais qu'ils riaient peut-être d'autre chose entre eux. Il fallait que je lutte contre ces interprétations négatives si je ne voulais pas que ma relation avec Wendy me donne un complexe de persécution. Mais leurs provocations se firent de plus en plus virulentes. Quand ils me voyaient, ils se mettaient à marcher derrière moi en tenant des propos agressifs. Le plus audacieux était un grand efflanqué aux cheveux roux et aux dents en avant. Il avait une kippa noire sur la tête et jouait le rôle du clown avec ses amis. Il me criait à voix haute : Salamalekoum *et tous se mettaient à rire. Je continuai à les ignorer jusqu'à ce que, après le cours du vendredi, alors qu'il était avec ses amis, il m'arrête tout à coup d'un geste de la main et me demande en se moquant :*

— D'où venez-vous ?

— *Je suis égyptien.*

— *Pourquoi étudiez-vous l'histologie ? Est-ce que vous pensez que c'est utile pour élever des chameaux ?*

Ils éclatèrent tous de rire. Cette fois, je fus incapable de me contrôler et je me retrouvai en train de le saisir par le col de la chemise et de crier :

— *Parle poliment ou je te fracasse le crâne.*

Je le tenais de la main gauche tandis que la droite restait libre, heureusement pour moi, car il me donna un coup de poing dans l'estomac. Je sautai en arrière, ce qui atténua le coup, puis le tirai vers moi et le frappai au visage. Mon poing fut suffisamment rapide, et le coup violent produisit un bruit sourd. Le sang se mit à couler de son nez. Sa déconfiture était totale.

Commença alors un concert de lamentations :

— *Tu es un sauvage. Il faut qu'on te renvoie tout de suite de l'université.*

Ses amis se partagèrent entre un groupe qui lui parlait et un autre qui m'observait en tournant autour de moi. Aujourd'hui encore, je me demande comment est apparue la police de l'université. Nous avons tous été emmenés au bureau de la sécurité, devant un vieux policier aux cheveux complètement blancs. Mon adversaire déclara que cela faisait un moment que je le poursuivais et le provoquais, et il assura que c'était moi qui l'avais agressé et qu'il était dans son droit.

Je restai silencieux jusqu'à ce que le policier m'interroge. Je lui racontai tout ce qui s'était passé et lui dit calmement :

— *C'est vrai que je l'ai frappé parce qu'il avait insulté mon pays.*

— *Qu'a-t-il dit sur ton pays ?*

J'essayais de me souvenir des paroles exactes.

Il se pencha et nota sur la feuille tout ce que je lui disais. Il eut l'air de réfléchir puis conclut d'une voix calme :

— Maintenant, écoutez-moi. Suivant le règlement de l'université, vous avez commis deux infractions : vous (en les désignant), vous avez tenu des propos racistes et humiliants. Quant à vous, vous avez frappé votre camarade. Si je rédige ce procès-verbal, vous serez tous les deux déférés devant le conseil de discipline.

Il sourit, se révélant tout à coup sympathique :

— Bien sûr, si vous le voulez, on peut régler cette affaire à l'amiable. Si vous échangez des excuses maintenant, je me contenterai de votre promesse de ne pas recommencer.

L'autre ne me laissa pas le temps de réfléchir. Il s'approcha de moi en disant à voix haute :

— Je suis désolé.

Ses excuses étaient dépourvues de toute nuance de regret. Il les prononça comme s'il jouait un rôle dans une pièce de théâtre, ou comme s'il voulait me faire comprendre qu'en réalité il ne regrettait rien de ce qu'il avait fait, mais qu'il était obligé de s'excuser par crainte du conseil de discipline.

Je le regardai un moment avant de lui dire :

— Moi aussi, je m'excuse de ce que je vous ai fait.

Toutes ces provocations m'agacèrent mais ne me préoccupèrent pas beaucoup. Je m'étais accoutumé à ma vie nouvelle, mon moral s'était amélioré, je travaillais avec régularité, j'avais terminé mon nouveau poème et mes rencontres avec Wendy me lavaient de tous mes chagrins.

Mais ce qui était encore plus important, j'avais trouvé un ami extraordinaire. Je serai toujours redevable au docteur Doss des moments merveilleux que nous passions ensemble. Nous nous rencontrions le week-end chez Graham et pendant la semaine il m'appelait souvent pour boire un verre à Rush Street. J'avais trouvé en lui un homme formidable, modeste et extrêmement sensible. Un véritable artiste. Nous écoutions ensemble Oum Kalsoum dont il était spécialiste. Il savait l'histoire de chaque chanson et quand elle avait été chantée pour la première fois.

Il aimait l'Egypte et suivait tout ce qui s'y passait avec une extrême attention. Nous passions de longues heures à parler de la situation là-bas. Il en parlait avec enthousiasme, ce qui m'amenait, dès que j'avais une idée, à m'empresser de la lui exposer.

Dimanche soir, nous étions comme d'habitude en train de boire chez Graham. J'attendis que plusieurs verres nous eussent infusé leur chaleur, puis demandai au docteur Karam :

— Etes-vous au courant des manifestations en Egypte ?

— Je les ai vues hier sur Al-Jezirah.

— Qu'en pensez-vous ?

— Croyez-vous que quelques centaines de manifestants vont pouvoir changer le régime ?

— Si les forces de sécurité n'avaient pas encerclé les manifestants, tous les Egyptiens y auraient participé.

— Vous êtes optimiste.

— Bien sûr. Le fait que les Egyptiens sortent dans la rue pour demander le retrait du président de la République, cela montre bien que quelque chose

a changé et que plus rien ne redeviendra comme avant.

— Ceux qui ont manifesté sont des membres de l'élite. Les grandes masses ne sont pas préoccupées par la question de la démocratie.

— Dans l'histoire de l'Egypte, toutes les révolutions ont commencé par un mouvement au sein de l'élite.

— Nous verrons bien.

— Il ne suffit pas d'attendre et de voir.

— Que pouvons-nous faire ?

— Beaucoup de choses, mais cela dépend de vous.

— De moi ?

— Etes-vous prêt à prendre position sur ce qui se passe en Egypte ?

— Est-ce que vous planifiez un coup d'Etat militaire ?

— Je ne plaisante pas. Ecoutez, le président va se rendre en visite à Chicago dans quelques semaines, c'est une occasion à ne pas rater.

Graham qui suivait la conversation s'écria en riant et en se versant un nouveau verre :

— Ah, c'est ça ! Je ne veux pas être témoin d'un complot criminel. Vous planifiez l'assassinat du président égyptien ? Et si nous commencions par tuer George Bush, qu'en pensez-vous ?

J'attendis qu'il eût fini de rire et poursuivis sérieusement :

— Le président va rencontrer les boursiers égyptiens à Chicago et j'ai pensé préparer un manifeste que nous lui remettrons.

— Un manifeste ?

— Oui, nous lui demanderons de se retirer du pouvoir, d'abroger les lois d'exception et d'instaurer la démocratie.

— *Croyez-vous qu'il va écouter vos propos ?*
— *Je ne suis pas naïf à ce point. C'est une simple démarche, mais elle aura de l'impact. Les manifestations se généralisent en Egypte. Les manifestants sont battus et emprisonnés. Les policiers font subir des agressions sexuelles aux manifestantes. N'est-il pas de notre devoir de faire quelque chose pour eux ? Si nous rédigeons ce manifeste et si nous le faisons signer par les Egyptiens de Chicago, nous pourrons le lancer au visage du président, au moment de la conférence de presse, devant les journalistes et les caméras de télévision. Ce serait une belle gifle pour le régime égyptien.*
— *Pensez-vous que les Egyptiens d'ici signeront le manifeste avec nous ?*
— *Je ne sais pas, bien sûr, mais j'essaierai.*
Il resta silencieux et j'ajoutai :
— *Je vois que vous hésitez.*
— *Pas du tout !*
— *Vous avez toujours voulu faire quelque chose pour votre pays.*
— *Dans le domaine de la chirurgie, pas dans celui de la politique.*
— *C'est ce régime corrompu qui est la cause principale de notre déclin. Le doyen de la faculté de médecine d'Aïn Shams qui a refusé votre projet a été nommé à cette place parce que c'est un serviteur du régime, sans qu'on prenne en compte ses capacités administratives ou médicales. Sa principale qualité c'est d'être corrompu et d'espionner ses collègues pour le compte de la Sécurité d'Etat. Si le doyen avait été choisi par des élections, c'est quelqu'un de meilleur et de plus compétent qui aurait eu la place et, bien sûr, il se serait réjoui de coopérer avec vous. Si nous aimons l'Egypte, il faut que nous déployions*

tous nos efforts pour changer ce régime. Tout le reste est une perte de temps.

Le docteur Karam regarda dans ma direction puis, vidant d'un seul coup le fond de son verre :

— Laissez-moi réfléchir à la question.

23

Tout ce qui est arrivé cette nuit-là à Tarek Hosseïb l'a été indépendamment de sa volonté. Il n'avait ni la possibilité d'accepter, ni celle de refuser. Si cela s'était répété cent fois, il aurait recommencé chaque fois exactement pareil.

Il se trouva tout à coup collé à Cheïma. Elle leva les mains pour prendre le pot qui était sur l'étagère et il sentit la présence de ses seins contre lui. Il tendit les bras dans un mouvement incontrôlé et l'étreignit. Elle ne résista pas. Il sentit son corps délicat remplir tout son être. Il plongea la main dans son dos et couvrit de baisers ses lèvres, son visage, ses cheveux, son cou, son menton. Sa peau éclatante, si douce au toucher, ajouta à son émoi. Il continua à embrasser son cou, à lécher ses délicates oreilles puis à avaler ses lèvres, comme il l'avait vu faire dans les films pornographiques. C'est alors que lui échappa un petit soupir brûlant et qu'elle murmura quelques paroles faibles et indistinctes, une sorte de protestation formelle dont elle était la première à savoir qu'elle n'allait rien changer, comme si elle tenait, une dernière fois, à proclamer son innocence, avant qu'elle ne soit emportée par le déluge du désir. Après quelques instants d'une chaude étreinte, il tendit la main et ouvrit la fermeture Eclair, au milieu de sa djellaba. Cela fit un petit sifflement. Cheïma ne protesta pas. Comme hypnotisée, elle avait les yeux fixés sur ses mains. Sa poitrine apparut, tapie sous un corsage de coton rose. Il appuya sur les seins et les fit jaillir comme deux fruits mûrs. Tarek hoqueta, gémit, puis plongea son visage tout entier entre les deux seins. Il se vautra dans un incroyable bien-être et fut tout à coup pris d'une irrésistible envie de pleurer, comme s'il était triste de ne pas avoir fait cela plus tôt ou comme s'il était un enfant longtemps égaré, en proie au désespoir, qui tout à coup avait retrouvé sa mère, comme si cette chaleur qui émanait de sa poitrine, c'était sa lointaine origine qu'il avait connue dans un temps passé, dont il avait été arraché et vers laquelle il revenait maintenant. Il fit pleuvoir un déluge de baisers sur ses seins, les mordit doucement. Elle poussa un cri de douleur faible et languissant, et il comprit alors que son corps lui appartenait, lui obéissait, lui donnait son assentiment, l'implorait d'aller de l'avant. Il descendit la fermeture Eclair de son pantalon et se colla étroitement à elle. Il n'avait pas osé enlever sa djellaba, mais ils étaient tellement enlacés et les muscles de leurs corps se contractèrent d'une manière tellement pulsionnelle et ininterrompue qu'ils franchirent ensemble les portes de l'orgasme. Son corps fut parcouru par le tremblement d'une jouissance grandiose, une véritable jouissance de chair et de sang, pas artificielle comme celle qu'il obtenait tous les soirs dans sa salle de bains. Il avait le sentiment qu'il venait de naître, de ressusciter de la mort, qu'il abandonnait pour toujours sa vie ancienne, si pâle, pour aller vers une autre vie, véritable, merveilleuse. Il ferma les yeux et l'étreignit avec force, comme s'il se réfugiait en elle, se cramponnait à elle, pour qu'elle ne l'abandonne pas. Il inhalait insatiablement son odeur et l'embrassait à nouveau. Il était prêt à faire l'amour avec elle une autre fois, jusqu'à la fin des temps, mais il reprit ses esprits lorsqu'il sentit des larmes mouiller son visage. Il ouvrit les yeux, leva la tête, comme s'il venait de s'éveiller. Lorsqu'il caressa sa joue, elle éclata en sanglots. Elle lui dit d'une voix entrecoupée :

— Comme je me méprise !

— Je t'aime, lui chuchota-t-il en lui baisant les mains.

— Maintenant, je suis une femme sans moralité.

— Pourquoi dis-tu cela ?

— Je suis devenue une prostituée.

— Tu es le plus bel être au monde.

Elle le regarda, à travers ses larmes :

— Tu ne peux plus me respecter après ce que tu as fait avec moi.

— Tu es ma femme, comment est-ce que je ne te respecterais pas ?

— Je ne suis pas ta femme.

— N'allons-nous pas nous marier ?

— Oui, mais maintenant je suis devenue impure pour toi.

— Nous n'avons pas commis le péché de la fornication, Cheïma. Il y a des hadiths sacrés, tous avérés, sur lesquels existe un consensus des théologiens, selon lesquels Dieu, qu'il soit glorifié et exalté, pardonne – à ceux qu'il veut – tout ce qui est en deçà de la fornication. Nous nous aimons et notre intention est pure. Notre-Seigneur pardonne, il est miséricordieux.

Elle le regarda longuement, comme si elle mettait à l'épreuve sa sincérité, puis elle murmura :

— Est-ce que ce que tu as fait avec moi ne va pas changer ton opinion sur moi ?

— Non, elle ne changera pas.

— Jure-moi que tu continueras à me respecter.
— Par Dieu tout-puissant, je continuerai à te respecter.
— Et moi, je te jure, Tarek, par le salut de mon père, que je n'ai jamais fait cela avec personne avant toi et que je l'ai fait avec toi parce que je t'aime.
— J'en suis sûr.
— Ne vas-tu pas me laisser ?
— Je ne t'abandonnerai jamais.

Lorsqu'ils sortirent de la cuisine, sa démarche semblait empreinte de plénitude et de légèreté, comme si elle s'était réalisée, comme si elle s'était libérée de son fardeau. Il la fit asseoir à côté de lui sur le divan et ils échangèrent des propos murmurés, entrecoupés de baisers légers et sincères sur ses cheveux et ses mains. Peu à peu la contrariété s'effaça de son visage, remplacée par une chaude douceur et, tout à coup, comme s'il avait reçu un signal, il tendit les bras et l'attira vers lui, lentement, avec confiance cette fois. Il caressa son cou et ses lèvres du bout des doigts, puis souleva son visage vers lui et se mit à l'embrasser longuement.

24

Lorsque Sarah avait ouvert la porte, Jeff était debout derrière elle, complètement sous l'emprise de la drogue. Il regarda d'un air vague ce qui se passait. Le docteur Raafat tomba sur elle à bras raccourcis et, étrangement, elle ne résista pas. Elle cria une seule fois, après la première gifle, puis se soumit comme si elle recevait une punition réglementaire. Il lui donna ensuite de violents coups de pied qui la firent tomber par terre. Jeff se rendit alors compte de ce qui se passait et se précipita pour retenir Raafat, mais celui-ci le repoussa, ce qui, avec l'effet de la drogue, le fit chanceler. Il lui cria d'une voix rugissante :

— Quant à toi, espèce de sale drogué, je vais te faire mettre en prison ce soir !

Raafat resta debout au milieu de la pièce, comme s'il ne savait plus que faire à présent, puis il tourna le dos et sortit. On entendit rapidement le bruit de sa voiture qui s'éloignait. La porte extérieure resta ouverte et la lumière de l'entrée éclairée. Jeff se mit à aller et venir tout en grommelant des injures. Il s'arrêta tout à coup et sembla un instant hagard, comme s'il venait de se réveiller d'un rêve. Il s'avança lentement, ferma la porte extérieure et la lumière, puis il tendit la main pour aider Sarah à se relever. Il l'accompagna à l'intérieur et ils s'assirent côte à côte sur le canapé qui, peu de temps auparavant, avait été le témoin de leur brûlante jouissance. Il regarda son visage à la lumière et remarqua pour la première fois une ecchymose autour de l'œil gauche ainsi qu'un léger filet de sang qui coulait au coin de la bouche. Il tendit la main et lui palpa tendrement le visage, puis il dit d'une voix rauque :

— Nous avons été agressés d'une façon abjecte.

Elle resta silencieuse et il poursuivit :

— Ton père a montré son vrai visage de sauvage. Il veut commander à sa fille majeure comme s'il vivait toujours dans le désert.

Elle se mit à pleurer silencieusement. Il tendit la main vers le plat qui contenait la drogue et dit d'une voix inquiète :

— Lave bien le plat. Il faut faire vite. Je vais cacher la drogue chez un ami dans la rue à côté. Après nous appellerons la police.

— Nous n'appellerons pas la police.

Il la regarda fixement et lui dit :

— Sarah, c'est une affaire sérieuse. Il faut dénoncer ton père avant qu'il ne nous dénonce.

— Il ne nous dénoncera pas.

— Tu es vraiment contrariante ! D'où te vient cette confiance ?

— C'est mon père.

— Comment peux-tu lui faire confiance après ce qu'il a fait ?

— Ecoute, Jeff, je le connais bien et je sais qu'il n'appellera pas la police. Ça suffit ! C'est tout ce qui t'inquiète ? Laisse-moi tranquille, maintenant.

— Que veux-tu dire ?

— Laisse-moi toute seule. Je veux être tranquille. S'il te plaît !

Elle appuya la tête contre le mur. Elle avait vraiment besoin de calme. Malgré la fatigue et la douleur, un flot ininterrompu d'images d'une force et d'une netteté étonnante défilait dans son esprit. Elle revoyait dans les moindres détails ce qui venait de se passer, comme si elle ne l'avait pas bien compris, ou comme si elle voulait se faire souffrir encore plus. Se déversaient à la surface de son imagination des spectacles anciens qui resplendissaient soudain, puis disparaissaient comme des éclairs dans la nuit du passé. Elle se voyait enfant dans les bras de son père, le visage de sa mère penché sur elle. Elle se rappelait comment, pendant des années, toutes les fois qu'elle entrait dans son petit lit, le soir, elle fermait les yeux, enfonçait la tête dans son oreiller et priait Dieu avec ferveur pour que son père et sa mère ne se disputent pas pendant la nuit, comme cela arrivait souvent, et qu'elle ne soit pas réveillée, effrayée par leurs cris. Elle se remémora sa première nuit avec Jeff, son premier ébranlement de volupté et son effroi devant la goutte de sang qui avait taché les draps et la voix de Jeff lui murmurant :

— Maintenant, tu es une vraie femme.

La première fois qu'elle avait vu Jeff sniffer, elle lui avait fait de violents reproches. Elle lui avait répété tout ce qu'elle avait appris à l'école sur les dangers de la drogue, mais il avait ri et lui avait dit calmement :

— Celui qui n'a jamais pris de la poudre n'a pas le droit d'en parler. Sans ça, je ne verrais pas le monde comme je le peins sur mes toiles.

Il insista longtemps pour qu'elle en prenne avec lui, mais elle refusait avec obstination. Un soir, pourtant, où elle était avec lui dans le lit, il insista plus que d'habitude. Il la suppliait presque :

— Ecoute-moi : c'est ton bien que je veux, la drogue ne te fait pas perdre la conscience, au contraire, elle l'accroît. Essaie une fois et, si ça ne te plaît pas, n'y touche plus jamais.

Jamais elle n'oublierait la première extase. Dès qu'elle eut respiré la poudre, elle eut l'impression de voler, de planer au milieu des nuages. Plus de tristesse, plus d'angoisse, plus de peur de l'avenir, mais une joie impétueuse, chatoyante et pure. Ensuite ils firent l'amour et parvinrent au paroxysme. La fois suivante, il lui tendit la drogue et elle ne protesta pas. La troisième fois, quand ce fut elle qui lui en demanda, il éclata de rire et lui dit en lui tendant le cornet :

— Bienvenue au club du bonheur !

L'acte sexuel devint lié à la prise de drogue. Sniffer la faisait s'envoler vers le plus haut degré de l'orgasme. Cela lui provoquait plusieurs fortes convulsions successives. Elle hurlait, puis son corps se relâchait.

Elle mourait, puis ressuscitait sous le joug de l'amour.

Maintenant, Jeff essayait de faire revenir ce qui avait été rompu. Il se rapprocha encore plus, jusqu'à se coller à elle :

— Maudit soit ton idiot de père ! Il nous a gâché l'effet de la drogue.

Il parlait d'une manière ordinaire, comme s'il faisait un commentaire sur le mauvais temps ou sur un embouteillage. Une voix neutre, avec un léger regret passager. Il n'attendit pas la réponse, comme si c'était une affaire entendue et tendit la main vers une bouteille qui, à l'origine, avait contenu des comprimés de vitamine, il la souleva pour la regarder face à la lampe, puis il l'agita avec soin et vida un peu de poudre sur le plat. Il utilisa un petit couteau pour tracer une ligne. Lorsqu'il commença à prendre l'embout, Sarah se leva tout à coup et se dirigea rapidement vers la fenêtre, comme si elle voulait fuir. C'était une simple tentative, une tentative faible, inoffensive, dont elle savait au fond, avant même de commencer, qu'elle était condamnée à l'échec. Elle détourna le visage et se mit à regarder à travers la fenêtre. Comme d'habitude, Jeff semblait convaincu de sa reddition prochaine. Il la regarda en souriant, comme s'il se moquait de sa révolte enfantine. Il lui tendit le cornet. Ses yeux bleus reflétaient sa totale emprise. Lorsqu'il vit qu'elle hésitait, il lui dit d'une voix assurée :

— Allons, tu as assez joué à l'extérieur comme ça, rentre au jardin.

Elle baissa les yeux et alla vers lui, honteuse, soumise, accablée de tout un désespoir qui allait dans quelques instants se transformer en une jouissance irrésistible et tumultueuse. Elle tomba d'elle-même sur le canapé à ses côtés, prit le cornet, le souleva lentement jusqu'à sa narine, puis ferma les yeux et inspira avec force.

25

Déjà, lorsque le général Safouat Chaker était encore étudiant à l'école de police, ses enseignants lui avaient prédit un avenir brillant grâce à la force de sa personnalité, à sa discipline et à ses capacités intellectuelles et physiques. Après son diplôme, il avait travaillé comme inspecteur adjoint au service des investigations à Ezbekieh où, malgré son jeune âge, il avait réussi à transformer les méthodes de travail. A cette époque, le travail d'un officier des investigations se limitait à arrêter les suspects et à les torturer pour les faire avouer. Les méthodes de torture traditionnelles consistaient à frapper le suspect, à le suspendre à la *falaqa** et à le fouetter avec de grosses cravaches. S'il persistait à nier, on le violait en lui introduisant un épais bâton dans l'anus, on lui écrasait des cigarettes sur les parties génitales et on envoyait des décharges électriques sur son corps nu. La torture se poursuivait jusqu'à ce que le suspect craque et reconnaisse ce dont il était accusé. Ces méthodes traditionnelles étaient bien sûr efficaces, mais

---

* Méthode de torture traditionnelle. La *falaqa* est passée sous les genoux du prisonnier qui y est suspendu. Viennent ensuite les coups, l'électricité et tout ce que l'imagination peut suggérer dans ce domaine.

elles provoquaient la mort de nombreux suspects, ce qui créait des situations embarrassantes. Dans ces cas-là, l'officier des services d'investigation avait recours à deux types de solutions : ou bien il se faisait délivrer un certificat médical concluant que le suspect était mort à la suite d'une chute drastique de tension, puis il ordonnait que l'enterrement ait lieu en secret, en menaçant sa famille d'arrestation et de torture s'ils ouvraient la bouche ; ou bien il ordonnait à ses agents de jeter le cadavre du suspect par la fenêtre du commissariat et faisait ensuite un rapport concluant au suicide.

Le jeune officier Safouat Chaker lança, avec l'autorisation de son chef, une méthode de travail innovante. A la place des coups et de l'électricité, il faisait arrêter l'épouse du suspect (ou sa mère ou sa sœur, s'il était célibataire), puis il ordonnait aux soldats de lui enlever ses vêtements un à un jusqu'à ce qu'elle soit complètement nue, et de tripoter ensuite son corps devant son époux qui s'effondrait et qui avouait tout ce qu'on lui demandait. La nouvelle méthode donna des résultats et, plusieurs années de suite, le commissaire de l'Ezbekieh reçut des lettres de M. le ministre de l'Intérieur, le remerciant pour la rapidité et la rigueur du travail dans son commissariat. Une seule fois survint un problème : un des suspects, incapable de supporter le spectacle de soldats tripotant le sexe de sa vieille mère nue, poussa un cri énorme et déchirant puis perdit connaissance. Il s'avéra par la suite qu'il avait été frappé d'hémiplégie. Mais comme d'habitude Safouat Chaker ne perdit pas son sang-froid et résolut la question avec discernement en ordonnant que le suspect paralysé soit transporté à l'hôpital, où fut délivré un rapport déclarant que le patient avait été victime d'une forte montée de tension ayant entraîné une embolie cérébrale. En dehors de ce cas fortuit, les nouvelles méthodes connurent des résultats éblouissants qui attirèrent l'attention des autres commissariats. Dans les milieux du ministère, les échos du talent de Safouat Chaker se propagèrent, ce qui conduisit à son transfert à la direction nationale de la Sûreté, où il utilisa avec le même succès sa méthode contre les opposants politiques. Cela incita ses supérieurs à avoir recours à lui dans d'autres gouvernorats. A force de pratique et d'expérience, Safouat Chaker améliora sa méthode en y introduisant une dimension théâtrale qui la rendit plus efficace. Par exemple, lorsque l'on avait dépouillé de ses vêtements la femme ou la mère d'un suspect, il regardait la femme nue d'un regard attentif et disait à l'accusé d'un ton neutre :

— Quel idiot ! Ta femme est très belle. Est-ce que tu n'as pas honte de la laisser sexuellement sur sa faim et de faire de la politique ?

Ou bien :

— C'est vrai que ta mère est vieille, mais, une fois déshabillée et toute nue, on voit bien qu'elle peut encore servir pour le sexe. C'est dans les vieux pots qu'on fait la bonne soupe.

A ce moment-là, il arrivait que le suspect se mette à pleurer ou à crier des injures ou à implorer. Safouat, comme les acteurs de théâtre expérimentés, savait se taire jusqu'à ce que l'autre se calme, attendre un instant et lui dire enfin d'une voix basse qui résonnait à son oreille comme le susurrement du diable :

— C'est mon dernier mot. Soit tu obéis et tu parles, soit je laisse les soldats coucher avec ta femme devant toi. Tu devras me remercier. Je vais te faire voir un film porno gratuitement.

Durant toutes ces années, pas un seul prisonnier n'avait résisté à Safouat Chaker. Au contraire, nombre d'entre eux reconnaissaient leur appartenance à plusieurs organisations à la fois et signaient même des feuilles en blanc, sur lesquelles Safouat bey se chargeait d'écrire les aveux qu'il voulait. En plus de son exceptionnelle compétence, Safouat Chaker était connu pour encourager les officiers plus jeunes que lui. Il leur dispensait son enseignement avec patience et essayait sincèrement de leur transmettre son expérience. Il prenait une feuille de papier et un stylo et y dessinait une courbe qui commençait à un point élevé, se maintenait à l'horizontale, puis s'effondrait tout à coup vers le niveau zéro.

Il expliquait à ses élèves officiers :

— Cette courbe représente la résistance des suspects. Vous remarquez sur ce dessin que la résistance au début est toujours élevée, qu'elle reste stable pendant une certaine période, puis s'effondre tout à coup de manière définitive à un point donné. L'officier le plus compétent est celui qui accélère ce point d'effondrement. Ne vous reposez pas seulement sur les coups. A un certain degré de douleur physique, il est possible que le suspect ne ressente plus rien. D'autre part, les décharges électriques risquent de les tuer, ce qui provoque des problèmes inutiles. Essayez ma méthode et vous en saisirez la valeur. Même les plus solides et les plus acharnés des suspects ne peuvent supporter de voir violer leur épouse ou leur mère sous leurs yeux.

Safouat Chaker resta à la Sécurité d'Etat jusqu'à ce qu'il atteigne le grade de colonel. L'Etat voulut ensuite exploiter ses talents dans un autre domaine, et il fut transféré aux renseignements généraux où ses méthodes de travail furent bien sûr différentes. Son rôle, en effet, était de surveiller les réseaux d'espionnage et les courants de l'opinion publique, ainsi que de tenir en main les serviteurs de l'appareil d'Etat, qu'ils soient professeurs d'université, hommes des médias, responsables du parti et du gouvernement, et de leur confier des missions précises. Dans leur riche histoire, les renseignements généraux ont gardé en mémoire un des grands succès de Safouat Chaker. C'était une époque où l'opposition au régime était devenue plus vive, à cause de certains intellectuels égyptiens résidant à Paris. A leur tête se trouvait un écrivain connu qui jouissait du respect des milieux français. Safouat Chaker demanda au chef des services de lui donner carte blanche pour cette opération, ce qui lui fut accordé. Il partit alors pour Paris et, après avoir demandé l'autorisation des services secrets français, il recruta pour un quart de million de francs une prostituée qu'il forma. Elle eut une liaison avec l'écrivain égyptien auquel elle versa un somnifère dans son whisky, puis elle appela Safouat et ses hommes qui lui injectèrent une drogue forte et le transportèrent dans une caisse préparée avec soin à son intention. L'écrivain se réveilla quelques heures plus tard au siège des renseignements généraux, à Héliopolis. Ce fut un coup éclatant. L'enquête française n'aboutit à rien d'autre qu'à une plainte contre X. Après cela et durant une longue période, les opposants égyptiens ne firent plus beaucoup entendre leur voix, de crainte de subir un sort semblable.

A vrai dire, il faudrait un épais volume pour dresser en détail la liste des réalisations professionnelles du général Safouat Chaker : il collectionna les succès jusqu'à ce qu'il soit nommé conseiller des Affaires étrangères (ce qui est le nom officiel donné au responsable des renseignements généraux dans les ambassades égyptiennes). Safouat Chaker travailla à notre ambassade au Ghana, puis à Tokyo et finalement à Washington, la plus importante des capitales pour le gouvernement égyptien. Il savait pertinemment que ce poste était la dernière étape avant la gloire. Il y déploya des efforts extraordinaires et y remporta des victoires fulgurantes. C'est alors que survint l'annonce de la chance de sa vie : la visite du président aux Etats-Unis. Si le président le remarquait et s'il l'appréciait, il le propulserait, dès le premier remaniement, ministre de l'Intérieur ou des Affaires étrangères, ou peut-être même de la Coopération internationale*. Mais s'il commettait une seule faute dans la préparation de la visite, il serait mis à la retraite lors du prochain mouvement.

Mais savons-nous tout sur Safouat Chaker ?

Reste à découvrir deux aspects de sa vie : le pouvoir et les femmes. Au cours de ces longues années où il a été le maître absolu gouvernant le destin de milliers de prisonniers, une force cachée, solide et obscure, difficile à totalement expliquer, s'est formée en lui. La nature de son travail qui lui fait voir les gens en position de faiblesse, qui lui donne la possibilité de violer les secrets les plus personnels existant entre un mari et sa femme, qui lui a appris à écraser l'intégrité des militants les plus endurcis, à leur faire courber l'échine, à les faire pleurer, supplier, baiser

---

* L'intérêt de cette fonction par rapport aux précédentes, plus prestigieuses, tient sans doute au montant des affaires qui y sont brassées.

ses pieds pour qu'il n'ordonne pas de violer leurs épouses sous leurs yeux, cette expérience humaine perverse et profonde lui a donné un étrange ascendant sur tous ceux qui se trouvent près de lui. C'est comme s'il avait brisé le cercle invisible à l'intérieur duquel se meuvent la plupart des gens. Il possède de ce fait une force irrésistible qui le dispense de beaucoup parler. Il n'y a plus rien qui l'étonne et le fasse hésiter. Ses traits de marbre, sévères comme le destin, son regard puissant et redoutable qui perce le cœur, ses mouvements terrifiants, toujours circonspects, suivant leur rythme propre, sans se laisser perturber par ce qui se passe autour de lui, les rares paroles qu'il prononce lentement en les articulant bien, sa simple présence qui crée autour de lui une atmosphère pesante et inquiétante, tout cela redouble jusqu'à son extrême limite, presque divine, l'emprise qu'il exerce. Il décide et ses décisions sont inéluctables, il ordonne au destin et ne lui est pas soumis, il tranche d'un mot ou d'un geste le sort de toute une famille pour les générations à venir.

L'emprise invraisemblable qu'il exerce nous amène à nous interroger : notre volonté peut-elle parvenir à changer le cours des choses ? Est-ce que, si nous souhaitons une chose avec force, nous provoquons d'une certaine façon sa réalisation ? Si cela est vrai, l'emprise qu'exerce Safouat Chaker repose essentiellement sur le sentiment très fort qu'elle existe. La preuve en est qu'il impose immédiatement sa volonté, même à ceux qui ne connaissent pas ses fonctions.

Cette emprise prend un aspect différent avec les femmes pour lesquelles il a hérité de la passion de ses ancêtres : la plupart des hommes de sa famille ont eu deux femmes ou plus en même temps (qu'il s'agisse d'épouses ou de maîtresses). De son enfance, il se souvient de nombreuses disputes entre sa mère et son père à cause des relations féminines de ce dernier. Il se rappelle à ce sujet la liaison qu'il avait eue avec une de leurs domestiques, durant ses études à l'école de police. En la possédant tous les jeudis, quand il rentrait à la maison après avoir passé la soirée avec ses amis, il sentait ce corps de femme se gonfler de plaisir, ce qui lui donna le fort soupçon, encouragé par quelques autres indices, qu'elle partageait sa couche entre son père et lui. Cette sexualité bestiale, tant en désirs qu'en actes, toujours ardente dans le corps de Safouat Chaker, bien qu'il ait atteint les cinquante-cinq ans, n'a pas pour seule origine l'hérédité. Elle a également pour cause la nature de son travail. Ceux qui vivent au bord du danger, comme les combattants, les toreros ou les gangsters pourchassés, voient leur désir sexuel exacerbé et inextinguible, comme s'ils dévoraient avec voracité le plaisir qu'ils risquent de perdre avec la vie, à n'importe quel moment, ou comme si le sexe leur faisait ressentir plus profondément chaque instant de leur vie menacée.

Quoi qu'il en soit, une des plus grandes étrangetés de Safouat Chaker était sa façon de posséder les femmes.

Après des années de prison sans jugement, l'épouse du détenu perd tout espoir de voir son mari libéré, et sa seule préoccupation est désormais d'améliorer dans la mesure du possible les conditions dans lesquelles il se trouve, ou de le faire transférer dans un lieu plus proche, ou bien de lui faire parvenir avec régularité les médicaments dont il a besoin. L'épouse du détenu n'a alors pour recours que de supplier les officiers de la Sécurité d'Etat qui, seuls, ont le pouvoir de rendre moins misérable la vie de son époux. D'où ce spectacle familier, en face du siège de la Sûreté d'Etat, de groupes de femmes voilées de noir, qui attendent dès le matin, en silence, durant de longues heures, ou qui bavardent à voix basse, ou qui s'abandonnent aux larmes jusqu'à ce qu'on les autorise finalement à entrer. Alors commencent immédiatement des scènes d'ardentes supplications accompagnées de larmes et d'invocations, pour faire accéder les officiers à leurs modestes demandes au sujet de leurs époux. D'habitude les officiers examinent ces demandes avec une froideur et une répugnance pleines d'hostilité. Et généralement ils refusent, en menaçant les femmes de les emprisonner et de les torturer si elles ne s'en vont pas. Mais, si la femme du détenu est belle, leur attitude change. Les yeux brillant d'une ironie déguisée, ils lui demandent de rencontrer Safouat bey Chaker. Ils connaissent l'amour de leur chef pour les femmes et en plaisantent secrètement entre eux, ce qui ne les empêche pas de lui en envoyer de jolies, pour lui plaire.

La femme du détenu entre dans le bureau de Safouat Chaker en trébuchant de peur et de détresse. Au premier coup d'œil, il est capable de discerner de quel genre de femme il s'agit et de savoir si elle acceptera ou refusera. Il évalue sa réponse d'un seul regard, long et tranquille, qui examine son corps avec une évidente lubricité et qui en même temps soupèse sa réaction. La femme se tient devant lui, le cœur serré, elle se plaint, pleure et le supplie de répondre positivement à sa requête. Si, grâce à son expérience, Safouat comprend qu'elle se refusera à lui, il remet son dossier à un subordonné pour qu'il prenne les mesures adéquates. Si, en revanche, il sent qu'elle pourrait accepter, il répond tout de suite positivement à sa demande et, au milieu de la tempête de remerciements et d'invocations qui s'empare de la femme, Safouat lance à nouveau le regard sur ses appas et lui dit lentement :

— Tu es belle, toi. Comment fais-tu pour résister ?

Cette transition impromptue et sans ambiguïté est nécessaire pour écarter les derniers risques d'erreur de jugement. Si la femme sourit et se réfugie dans un silence gêné mais sans colère, ou si elle baisse la tête en rougissant, ou même si elle murmure d'une voix faible et chantante, Safouat Chaker a désormais la confirmation que la voie est libre. Il lui parle alors de sexe de façon ouverte, puis il sort une feuille de papier sur laquelle il écrit l'adresse de son appartement privé, rue Chaouarbi, en grommelant comme s'il s'agissait d'une affaire professionnelle :

— Demain à cinq heures de l'après-midi, je t'attendrai à cette adresse.

Jamais il n'est arrivé qu'une femme se soit abstenue de venir. Les causes en sont multiples. En fin de compte, une femme de détenu est une personne dont le désir ronge les nerfs sans qu'elle ait un espoir de le rassasier rapidement et, au fond d'elle-même, cela la satisfait qu'un officier supérieur comme Safouat Chaker veuille d'elle et même qu'il la préfère, elle, une femme pauvre, aux dames de la bonne société qui sont à sa disposition. En même temps, en acceptant d'avoir une relation avec Safouat, elle garantit à son époux de meilleures conditions au centre de détention. Toutefois, le fait que les femmes de prisonniers se soumettent remonte pour l'essentiel à des causes plus profondes, à mettre en relation avec la courbe que dessine Safouat dans son enseignement aux élèves officiers : la femme brisée par la pauvreté et les épreuves, lasse de lutter sur plusieurs fronts à la fois, ayant totalement perdu l'espoir de retrouver une vie normale, devant faire face à la privation et à la convoitise des hommes, contrainte à lutter quotidiennement pour nourrir ses enfants, cette femme est comme un soldat assiégé, épuisé, quelques minutes seulement avant sa reddition. Elle est alors poussée par un profond désir intérieur de déchéance. Oui, sa déchéance la soulagera, elle mettra définitivement fin à la lutte interne qui la torture. Elle est vraiment une putain désormais, il n'y a plus là matière à douter, ni à réfléchir, ni à résister.

Dès qu'elle entre dans l'appartement de Safouat Chaker, celui-ci l'amène au lit et il se rend chaque fois compte du soin que la femme a apporté à sa toilette intime. Elle savait ce qui allait arriver et s'y est préparée. Etrangement, il ne les embrasse jamais et souvent il les possède sans un mot. Il prend soin de caresser leur corps déjà enflammé par le désir. Il allume leur concupiscence jusqu'à la folie et, à un moment donné qu'il connaît intuitivement, exactement comme le torero brandit son épée pour donner le coup de grâce à son énorme adversaire, Safouat prend d'assaut le corps de la femme avec une excessive violence, sans tendresse, sans délicatesse. Il la possède sans pitié. Il la pénètre une fois après l'autre comme s'il la fouettait à l'image de ce qu'il a fait précédemment à son mari. Elle crie comme si elle appelait au secours, et dans ses cris le plaisir se mélange à la douleur, ou peut-être même que le plaisir provient de la douleur. La façon dont il l'agresse lui procure une profonde jouissance qui n'a pas tant sa source dans le sexe qu'elle ne jaillit du fait qu'elle est définitivement libérée de sa dignité. Il prend soin de l'humilier. Il la possède et la méprise, et ce mépris parvient au plus profond d'elle-même, car elle le mérite. Elle est une putain et n'est pas digne que quelqu'un se comporte délicatement et respectueusement envers elle, et il la possède comme on possède les putains. Après qu'ils ont atteint l'orgasme, la femme s'accroche à Safouat. Elle n'ose jamais l'embrasser (un baiser impliquerait qu'elle se met sur le même plan que lui), mais elle l'étreint, s'agrippe à son corps, le palpe, le renifle, parfois le lèche et souvent s'incline pour lui baiser les mains en pleurant, pendant que lui fume, tranquillement allongé, l'esprit ailleurs, comme un dieu qui reçoit les offrandes de ses adorateurs sans trop leur accorder d'importance.

Le général Safouat Chaker était à cet instant assis dans son bureau de l'ambassade d'Egypte à Washington, plongé dans la lecture des rapports de la Sécurité qui venaient d'arriver du Caire. Le silence régnait dans la pièce jusqu'à ce qu'il soit interrompu par la voix de Hassan, le secrétaire, à travers l'interphone :

— Excusez-moi de vous déranger, monsieur.
— Je vous avais dit que je ne voulais aucune communication.
— Le docteur Ahmed Danana est venu de Chicago pour vous rencontrer. Il insiste. Il dit qu'il s'agit d'une affaire importante et urgente.

Safouat resta un moment silencieux puis il dit d'une voix sèche :

— Faites-le entrer.

Un instant plus tard, Danana, aussi essoufflé et couvert de sueur que s'il était venu de Chicago en courant, fit irruption dans la pièce. Il se jeta sur le canapé qui était en face du bureau et dit, d'une voix enrouée, comme s'il appelait au secours :

— Pardon de vous importuner, excellence, mais, monsieur, il vient de m'arriver un malheur, un malheur...

Safouat continua à l'observer en silence et Danana poursuivit d'une voix tremblante :

— Le docteur Denis Baker qui dirige ma thèse de doctorat m'a accusé de fraude sur le résultat de ma recherche et me fait passer devant la commission de discipline.

Safouat ne prononça pas un mot. Il prit une cigarette dans la boîte ouverte devant lui, l'alluma lentement, en tira une bouffée et se mit à fixer Danana qui s'écria d'une voix implorante :

— Si l'enquête me condamne, la décision de me renvoyer sera prise.

Safouat répondit lentement en le fusillant du regard :

— Et que voulez-vous que j'y fasse ?

— Mon avenir est détruit, monsieur, on me renverra de l'université.

— Qui vous a demandé de falsifier les résultats de vos recherches ?

— Je ne les ai pas falsifiés, monsieur. J'étais en retard dans mes recherches à cause des missions que Votre Excellence m'avait confiées et le professeur Baker faisait pression sur moi pour que je lui présente les résultats. Alors, je me suis dit que j'allais lui donner des résultats et qu'après cela je ferais mes expériences plus lentement.

— Ane bâté, il ne vous est pas venu à l'idée qu'il allait vérifier les résultats ?

— Pour les autres thèses, il se contente souvent de vérifier les chiffres... il avait été convaincu par les chiffres que je lui avais donnés, bredouilla Danana, tête basse.

Puis il poursuivit d'une voix faible, comme s'il se parlait à lui-même :

— Ça a failli marcher, mais pour mon malheur il a voulu appliquer une idée nouvelle dans la recherche. Alors il est venu inspecter mes lamelles et il a découvert ce que j'avais fait.

Safouat resta silencieux et Danana se lança dans un intermède d'implorations :

— Je suis à votre merci, Safouat bey. Je sers l'Etat depuis que je suis étudiant à l'université. Je n'ai pas une seule fois failli à vos ordres et j'ai toujours fait avec diligence tout ce que vous m'avez demandé. Cela ne mérite-t-il pas que vous soyez à mes côtés dans cette épreuve ?

— Nous n'apportons pas notre soutien aux fraudeurs.

— Je vous baise les mains.

— Si l'université ne vous avait pas renvoyé, c'est nous qui l'aurions fait. Il ne vous est pas possible d'occuper vos fonctions alors que vous êtes un fraudeur.

— Tous mes efforts perdus, toutes mes nuits blanches de veille pour rien ! Tout cela pour aboutir à un scandale et à un renvoi !

— Taisez-vous, reprit Safouat qui semblait embarrassé.

Danana vit poindre une lueur d'espoir et insista à nouveau :

— Je vous adjure par la mémoire de votre père – que Dieu l'ait en sa sainte garde –, je vous supplie, Safouat bey. Vous êtes mon chef, mon maître, et je suis votre disciple. Vous avez le droit de me tirer l'oreille lorsque j'ai fait une faute. Je ferai tout ce que Votre Excellence voudra, mais ne m'abandonnez pas.

Peut-être Safouat avait-il attendu qu'il en arrive à ce stade. Il se pencha en arrière sur son fauteuil et se mit à contempler le plafond, dans un profond silence qu'il interrompit enfin :

— Je vous aiderai. Pas pour vous, mais pour votre épouse qui a eu la malchance de tomber sur vous.

— Que Dieu vous garde, excellence.

— Quand l'enquête aura-t-elle lieu ?

— Demain.

— Allez-y.

— Je peux obtenir un certificat médical pour repousser l'affaire d'une semaine.

— Non, allez-y demain comme on vous l'a demandé.

— Mais, monsieur, la parole du docteur Baker a beaucoup de poids au département, et je vais être immédiatement renvoyé.

— Laissez-les vous renvoyer. Il faudra qu'ils vous fassent parvenir la décision de renvoi. Nous pourrons l'enterrer ici sans que le service des bourses ne soit au courant.

— Que Dieu vous garde, monsieur, mais je ne pourrai plus poursuivre mes études.

— Une fois que l'affaire sera calmée, je m'efforcerai de vous faire inscrire dans une autre université.

C'était le maximum que pouvait espérer Danana qui resta un moment à scruter le visage de son maître puis il lui dit d'une voix hésitante :

— Je considère cela comme une promesse de Votre Excellence ?

Avant qu'il n'eût terminé sa phrase, Safouat lui jeta un regard de mauvais aloi qui figea Danana sur place, puis il lui dit d'un air dégoûté :

— Repartez maintenant à Chicago et accomplissez la mission que je vous ai confiée. La visite du président approche. Il ne nous reste plus beaucoup de temps.

Danana tenta de placer un couplet de remerciements, même bref, pour exprimer sa reconnaissance, mais Safouat se remit à lire les rapports éparpillés devant lui sur le bureau :

— Ne me retardez pas, j'ai beaucoup de travail.

Danana soupira et se tut. Ses traits s'étaient détendus et il se retourna pour partir, mais, avant qu'il n'eût atteint la porte, la voix de Safouat lui parvint à nouveau. Elle avait une intonation différente :

— A propos, j'ai quelque chose à vous demander.

— A vos ordres, je suis à votre service.

26

Carol était blême de frayeur. Les battements de son cœur s'étaient accélérés, son souffle perturbé, et elle faillit perdre conscience en entrant avec son amie dans l'ascenseur d'un énorme gratte-ciel qui dominait l'avenue Michigan. Emily chuchota quelque chose au garçon d'ascenseur qui appuya sur le bouton du trentième étage. L'ascenseur émit une tonalité musicale et démarra. Elles restèrent silencieuses. Elles avaient si longuement parlé qu'il ne leur restait plus rien à dire. Carol avait posé de nombreuses questions, elle avait longuement hésité et avait failli plus d'une fois renoncer, mais Emily l'avait rassurée. Elle l'avait regardée en souriant et lui avait dit :

— C'est la chance de ta vie. Si j'étais à ta place, je n'hésiterais pas.

— Cela me fait honte, je ne peux pas m'en empêcher.

— Il n'y a rien de déshonorant dans cette affaire si on la considère sous un angle purement esthétique.

Elles sortirent de l'ascenseur. Emily suivie de Carol alla au bout du couloir à gauche et s'arrêta devant une porte de verre opaque, au-dessus de laquelle une enseigne indiquait en caractères élégants : "Agence de publicité Fernando." Emily appuya sur la sonnette et prononça son nom dans l'interphone. Aussitôt la porte s'ouvrit sur un homme d'une quarantaine d'années aux cheveux coiffés en tresses enchevêtrées, à la mode afro. A sa démarche ondulante et au léger maquillage qu'il avait sur le visage, on voyait qu'il était homosexuel. Il fumait un joint d'où émanait une forte odeur de marijuana. Il échangea une exclamation de bienvenue avec Emily qui le prit chaleureusement dans ses bras et l'embrassa sur les deux joues, puis elle dit d'un ton enjoué :

— Mon amie Carol, mon ami Fernando.
— Je suis heureux de vous voir !

Carol lui serra la main et s'efforça de s'arracher un sourire.

L'appartement était vaste et luxueusement meublé dans un style moderne. Sur les murs, Carol remarqua des épreuves agrandies de visages ou de paysages naturels, dont elle supposa que c'étaient des photographies de Fernando. Celui-ci les conduisit à travers un long couloir d'où Carol aperçut une chambre à coucher nageant dans une faible lumière rouge. A l'extrémité, ils entrèrent dans un studio, une petite pièce ronde haute de plafond, avec des caméras de dimensions différentes fixées aux quatre coins et, au milieu, une chaise, une petite table et un canapé. Des projecteurs de lumière jaune, bleue et rouge étaient suspendus au plafond.

Fernando les invita à s'asseoir sur le sofa et s'assit devant elles sur la chaise, puis il dit amicalement :

— Excusez cette pagaille. Je ne suis pas très ordonné.
— Comme tous les artistes.
— Voulez-vous un joint ? C'est de la très bonne.
— Non, merci, marmonna Emily, tandis que Carol restait muette.

— Que voulez-vous boire ?
— Quelque chose de glacé.

Il ouvrit le réfrigérateur et en sortit deux canettes de Pepsi, puis sur un ton professionnel :

— Bien, Carol, je ne veux pas vous faire perdre votre temps. Je crois qu'Emily vous a parlé de l'affaire.

Carol hocha la tête et Fernando poursuivit :

— Il faut d'abord que je voie votre poitrine pour que nous puissions parler sur des bases constructives.

Il éclata de rire, secoua la tête puis passa la main dans ses cheveux pour ramener ses tresses en arrière et se leva d'un pas dansant. Il se plaça derrière la caméra et tendit la main vers l'interrupteur pour allumer le projecteur de lumière blanche qui fit une tache de lumière éclatante sur le plancher. D'un signe, il appela Carol qui se leva lentement. A cet instant, il lui vint vraiment à l'idée de s'enfuir, d'ouvrir la porte de l'appartement et de courir aussi vite qu'elle pourrait, de tout abandonner et de revenir chez elle retrouver Marc et Graham. Malgré tout, elle alla vers lui comme si ses pieds avançaient d'une façon indépendante de sa volonté. Fernando lui sourit gentiment, comme s'il comprenait la situation dans laquelle elle se trouvait. Il lui dit d'une voix calme :

— Enlevez votre chemisier, s'il vous plaît.

C'était au-dessus de ses forces. Elle resta debout devant lui, complètement silencieuse. Il lui dit avec simplicité :

— Je vais vous aider.

Il s'approcha d'elle et commença à le déboutonner lentement, comme s'il y éprouvait du plaisir. Elle se mit à trembler et eut envie de vomir. Elle eut l'impression qu'on lui arrachait l'âme, mais, malgré cela, elle s'abandonna à lui. Il dégrafa son soutien-gorge et le jeta sur la table. Ses seins se relâchèrent, comme libérés de leur joug. Il se retourna et son visage prit une expression purement professionnelle. Il se plaça derrière la caméra et regarda avec soin derrière le viseur, puis il revint vers elle et corrigea plusieurs fois sa position pour étudier sa poitrine avec la caméra sous différents angles. Il soupira, puis s'exclama comme quelqu'un qui va terminer une affaire en instance :

— Bon, et maintenant parlons un peu.

Elle tendit les mains et recouvrit sa poitrine de son chemisier, mais, cela la surprit elle-même, elle le laissa ouvert, sans en agrafer les boutons. Il s'assit devant elle et alluma une nouvelle cigarette de marijuana dont l'extrémité s'enflamma vivement en produisant immédiatement une épaisse fumée. Il toussa violemment :

— Chère amie, voici de quoi il s'agit. Il y a, à Chicago, deux sociétés de confection qui produisent des sous-vêtements féminins. La société Double X et la société Rocky. Je crois que vous en avez entendu parler. La concurrence entre elles est féroce, "sanglante", comme ils disent. Ils sont particulièrement concurrents pour la promotion des soutiens-gorge, car c'est ce qui se vend le plus. La qualité de la fabrication est à peu près équivalente dans les deux sociétés, ce qui redouble l'importance de la publicité. Depuis plusieurs mois, la société Rocky a eu l'initiative d'une campagne de publicité nouvelle, basée sur l'utilisation de femmes ordinaires qui passent à la télévision sous leur vrai nom et leur vraie profession. Les téléspectateurs les voient se déshabiller, revêtir le soutien-gorge Rocky puis parler de ses mérites. Avez-vous vu ces publicités à la télévision ?

— Oui.

— Il faut reconnaître que c'était une campagne géniale pour Rocky. Cela a entraîné une baisse de vingt pour cent des ventes de soutiens-gorge Double X, ce qui signifie la perte de millions de dollars. La société Double X m'a chargé d'organiser une contre-campagne de publicité. C'est une grande opportunité pour moi, sur le plan professionnel. Si je réussis, la petite agence de publicité que je possède va passer au premier plan. J'ai longtemps réfléchi et je suis arrivé à l'idée d'une publicité complètement innovante.

— Emily m'a assurée que mon visage n'apparaîtrait pas sur la publicité, s'écria Carol en regardant son amie, comme si elle l'appelait à son secours.

— Du calme, ma petite, lui répondit Fernando. Nous ne pouvons pas imiter la publicité de Rocky. Notre démarche sera complètement différente. Je vous filmerai simplement en train d'enlever un soutien-gorge Rocky et de revêtir un soutien-gorge Double X. La caméra ne montrera pas votre visage. Grâce aux mouvements de votre corps, je montrerai au téléspectateur à quel point vous vous sentez bien en utilisant les soutiens-gorge Double X. Voilà le difficile défi ! Il va falloir beaucoup travailler. Nous ferons de nombreuses répétitions jusqu'à ce que je vous apprenne à vous exprimer avec votre corps.

— Pourquoi m'avoir choisie, moi spécialement ? lui demanda Carol.

Sa gêne s'était transformée en profond sentiment d'étonnement, comme si elle se trouvait au milieu d'une fantasmagorie susceptible de s'évanouir à n'importe quel instant pour la renvoyer à la réalité. Fernando aspira une grande bouffée de fumée de marijuana puis ferma les lèvres, l'avala, toussa, les yeux rougis :

— Dans cette publicité, il n'est pas nécessaire que la poitrine soit d'une beauté exceptionnelle, car cela créerait une distance entre la cliente et l'article. Je recherche une poitrine ordinaire, d'un modèle courant, comme celle que possèdent la plupart des téléspectatrices, une poitrine noire américaine qui ne soit pas une œuvre d'art et qui ne soit pas laide non plus. Je trouve que votre poitrine me convient. Est-ce qu'Emily vous a informée du cachet ?

— Mille dollars par heure de pause.

— Votre mémoire des chiffres est excellente.

Il éclata de rire puis se leva, sortit de la pièce et y revint peu de temps après avec un verre à la main :

— Nous allons faire le premier essai maintenant. Abandonnez-vous totalement à moi... Buvez.

— Qu'est-ce que c'est ?

— Un petit verre de cognac qui vous donnera du courage devant la caméra.

Elle sentit le liquide lui brûler la gorge. Dès qu'elle eut posé le verre sur la table, Fernando la prit par la main :

— Allons, au travail !

*

"Nous, soussignés, Egyptiens résidant dans la ville de Chicago, aux Etats-Unis, sommes extrêmement préoccupés par la situation dans laquelle se trouve actuellement l'Egypte, tant en ce qui concerne la pauvreté, le chômage, la corruption, que le

montant des dettes extérieures et intérieures. Nous croyons au droit de tous les Egyptiens à la justice et à la liberté. Nous saisissons l'occasion de la visite aux Etats-Unis du président pour lui réclamer ce qui suit :

Premièrement : Abrogation de l'état d'exception.

Deuxièmement : Mise en œuvre d'une réforme démocratique garantissant les libertés publiques.

Troisièmement : Election d'une Assemblée nationale, chargée de rédiger une nouvelle constitution garantissant aux Egyptiens une démocratie véritable.

Quatrièmement : Renonciation du président aux fonctions qu'il occupe depuis une longue période. Non-transmission héréditaire de la présidence à son fils. Mise en place des conditions d'une véritable concurrence en plaçant les élections sous contrôle international."

Nous nous étions réunis pour rédiger le manifeste, le docteur Karam et moi, chez Graham qui nous apportait la contribution de son vieil enthousiasme révolutionnaire. Nous lui avions traduit le texte et il nous avait donné plusieurs idées importantes :

— Il faut que le style du manifeste soit précis et bien défini. Un style littéraire et sentimental ne serait pas pris au sérieux. Un style intransigeant comme si c'était une déclaration de guerre semblerait caricatural.

Nous ajoutâmes quelques revendications telles que la libération des détenus, l'abolition des tribunaux d'exception et l'interdiction de la torture. Nous parvînmes à la version définitive, à une heure tardive de la nuit de vendredi. Je me levai de bonne heure pour dactylographier le manifeste puis j'en fis vingt copies et commençai ma tournée. Je devais entrer en contact avec les boursiers égyptiens et les convaincre de signer. J'en rencontrai cinq dans la journée, qui m'épuisèrent en débats stériles avant de refuser de signer. La réaction la plus étrange fut celle de Tarek Hosseïb et de Cheïma Mohammedi, deux condisciples inséparables du département d'histologie (je crois qu'ils ont une relation amoureuse). Ce Tarek est un type excentrique, très brillant, mais très replié sur lui-même. Il a toujours l'air de mauvaise humeur, comme quelqu'un qui vient de se réveiller. Il m'écouta en silence, Cheïma à ses côtés. Je lui exposai la situation en Egypte et lui dis qu'il était de notre devoir de faire quelque chose pour le changement. Je vis alors une expression sarcastique sur son visage. Dès que je lui mentionnai le manifeste, il me coupa la parole sur un ton persifleur :

— Est-ce que vous plaisantez ? Vous voulez que je signe un manifeste contre le président de la République ?

— Oui, pour votre pays !

— Je ne m'intéresse pas à la politique.

— Lorsque vous reviendrez en Egypte, est-ce que vous n'allez pas vous marier et avoir des enfants ? lui demandai-je tout en regardant dans la direction de Cheïma.

— Si Dieu le veut.

— N'êtes-vous pas intéressé par l'avenir de vos enfants ?

— L'avenir de mes enfants sera meilleur si je termine mes études et reviens en Egypte avec un doctorat.

— Pourquoi acceptez-vous qu'ils vivent au milieu de cette tyrannie et de cette corruption ?

— Leur situation sera-t-elle meilleure si l'on m'arrête ?

— Qui va vous arrêter ?

— *Mais on peut être sûr que tous ceux qui signeront ce manifeste vont s'exposer à des ennuis*, intervint Cheïma qui n'avait pas parlé jusqu'ici.

Je m'armai de patience et tentai de poursuivre mes explications, mais Tarek se leva et m'interrompit :

— *Ne perds pas ton temps, Nagui, nous ne signerons pas ce manifeste et je ne crois pas qu'un seul Egyptien de Chicago le fasse. Un conseil pour l'amour de Dieu, éloigne-toi de ce chemin qui ne te mènera à rien de bon. Retourne à tes études. Occupe-toi de toi et n'essaie pas de changer le monde.*

Il dit cela d'un ton railleur, puis il tira Cheïma par le bras et ils me laissèrent seul.

Lorsque je retrouvai Karam le soir, déprimé, je lui dis :

— *Je ne suis pas loin de renoncer à cette idée.*
— *Pourquoi ?*
— *Tous les boursiers que j'ai vus ont refusé de signer.*
— *Tu t'imaginais que tu allais facilement les convaincre ?*
— *Ils m'ont traité comme un fou.*
— *C'est naturel.*
— *Pourquoi ?*
— *Les boursiers sont tous tenus par le gouvernement. S'ils signaient ce manifeste, ils s'exposeraient véritablement à des représailles.*
— *Mais je suis un boursier comme eux.*
— *Tu es quelqu'un d'exceptionnel et, de plus, tu ne travailles pas à l'université, tu n'as donc rien à perdre.*
— *Si tout le monde raisonne de cette façon, nous ne ferons jamais rien.*
— *Tu es un rêveur.*

— Je ne suis pas un rêveur, mais je trouve leur position égoïste. Ils ne voient rien d'autre au monde que leurs intérêts étroits. C'est parmi des gens comme eux que le régime choisit ses ministres et ses experts qui cachent la vérité et font assaut d'hypocrisie envers le président pour conserver leurs postes.

Le docteur Karam lui dit :

— Ne désespère pas.

— Je ne vois plus l'intérêt de ce que nous faisons.

Il sourit et me tapota l'épaule, puis il sortit de son portefeuille une feuille pliée. Je la regardai et vis que c'était une copie du manifeste avec de nombreuses signatures. Il éclata de rire :

— Reconnais que je suis meilleur que toi !

Je me mis à regarder les noms. C'étaient des coptes et des musulmans. Il poursuivit sans cacher sa joie :

— Au début, je n'étais pas enthousiaste pour cette idée de manifeste, mais ensuite je l'ai trouvée excellente et la plupart de ceux que j'ai rencontrés l'ont bien accueillie. Nous allons réussir, Nagui, mais il faut chercher au bon endroit. Ne perds pas ton temps avec les boursiers. Je t'ai préparé une liste de noms d'Egyptiens émigrés à Chicago, avec leurs adresses et leurs numéros de téléphone. Nous allons les répartir entre nous et entrer en contact avec eux.

Pendant les jours qui suivirent, aussitôt rentré de la faculté, je prenais le téléphone et commençais à les appeler. Je me présentais comme un boursier cherchant à créer une nouvelle amicale d'Egyptiens puis je demandais un rendez-vous à mon interlocuteur. Les réponses étaient variables. Certains me disaient avec franchise que leurs relations avec l'Egypte étaient coupées depuis longtemps et que ce qui s'y passait leur était indifférent, mais *beaucoup se montraient enthousiastes. Je parcourus de nombreux quartiers de Chicago. La plupart des Egyptiens que je rencontrais étaient indignés par la situation. A la fin de mon entretien, je posais à chacun d'entre eux une question directe :*

— Voulez-vous faire quelque chose pour votre pays ?

Je connaissais la réponse à leur regard. S'il était indifférent ou gêné, cela voulait dire qu'ils allaient refuser. S'il restait amical, cela voulait dire qu'ils allaient signer. La semaine suivante, le dimanche à quatre heures de l'après-midi, lorsque je pris la ligne bleue du métro pour retourner à la résidence universitaire, j'étais parvenu à faire signer dix personnes en plus des vingt-neuf signatures qu'avait réunies Karam. Cela faisait en tout trente-neuf noms, sans compter les cinq personnes qui avaient demandé un délai pour réfléchir. C'était, en peu de jours, un résultat au-dessus de nos prévisions. Il nous restait un mois complet. Si nous maintenions cette moyenne, nous parviendrions à des centaines de signatures. Je me souvins d'un article que j'avais lu des années auparavant sur le caractère énigmatique des Egyptiens, qui rendait difficile de prévoir leurs réactions. L'article affirmait qu'en Egypte la révolution se déclenchait toujours d'une manière inattendue. Une réaction fermentait sous le calme de la surface et, au moment où ils avaient l'air d'être soumis à l'oppression, les Egyptiens faisaient éclater la révolution de façon soudaine. Cette théorie semblait avérée. Un sentiment de joie et de fierté s'empara de moi. J'étais enfin en train de faire quelque chose pour mes camarades que l'on battait, que l'on faisait ramper, que l'on violait dans les rues du Caire, qui étaient emprisonnés et sauvagement torturés, simplement pour avoir exprimé leurs opinions. Demain, nous allions mettre en difficulté le régime égyptien devant le monde entier. Devant les caméras et les correspondants de presse internationaux, une personne parlant au nom des Egyptiens de Chicago demanderait au président de se retirer du pouvoir et de mettre en œuvre la démocratie. Il n'y aurait pas de nouvelle plus importante dans les agences de presse.

En traversant le hall de la résidence, je jetai un coup d'œil à Henry, l'ancien ami de Wendy, qui était assis derrière son bureau. Il me lança un regard de mépris que j'ignorai totalement. Je ralentis le pas pour qu'il comprenne que je ne faisais pas attention à lui. Tout à coup, je me sentis fort. Je ne le craignais plus. Qu'il aille en enfer ! A partir de maintenant, s'il dépassait les limites ou prononçait une parole blessante, je lui donnerais une leçon qu'il n'oublierait pas.

Je sortis de l'ascenseur et tournai la clef de la porte de l'appartement et, dès que j'entrai à l'intérieur, je remarquai quelque chose d'étrange. Les lumières étaient allumées alors que je me souvenais très bien de les avoir éteintes avant de sortir. J'avançai lentement, avec précaution. Tout à coup, je vis un homme assis dans le fauteuil du salon. Je me figeai sur place, interloqué, puis criai d'une voix très forte :

— Qui êtes-vous et comment êtes-vous entré ici ?

Il se leva avec assurance, s'avança vers moi et tendit la main pour serrer la mienne :

— Bonsoir, Nagui, désolé d'être venu de cette façon, mais j'avais vraiment besoin de vous voir pour quelque chose d'important. Mon nom est Safouat Chaker, conseiller à l'ambassade d'Egypte.

27

Ce matin-là, Chris répondit à une pulsion intérieure incompréhensible. Elle s'habilla d'une façon stricte : un tailleur vert foncé à manches longues, avec des lunettes noires. Elle avait l'air d'une femme qui veut passer inaperçue dans un film policier. Elle trouva la boutique à quelques pas du métro, exactement comme elle l'avait lu dans le journal. Une vitrine masquée par un rideau noir et une enseigne au néon sur laquelle était inscrit : "Maxime. Instruments de plaisir."

Elle s'arrêta quelques instants, puis la porte s'ouvrit brusquement et une jeune fille d'une vingtaine d'années apparut, la salua d'un sourire amical et l'invita à entrer. Elle la suivit et se dit qu'il était naturel que ce genre d'endroit soit surveillé par des caméras cachées. Elle promena son regard autour d'elle, et sentit la tête lui tourner et son estomac se serrer. Elle voyait des dizaines d'instruments destinés à divers usages sexuels : pour les hommes, les femmes, les homosexuels, les lesbiennes. Au fond était suspendu un grand écran projetant un film pornographique. C'était étrange de voir la vendeuse sourire poliment et parler calmement pendant que, derrière elle, on entendait les ahanements de plaisir du film :

— Puis-je vous aider ?

— Je voudrais acheter un vibromasseur, répondit Chris, d'un ton étranger à elle, qu'elle essayait de rendre indifférent, mais sa voix s'éleva à son insu, ce qui redoubla sa gêne. La vendeuse lui répondit en toute simplicité :

— Quelle sorte de vibromasseur voulez-vous ?

Chris se rapprocha de la vendeuse et lui chuchota d'une voix frémissante :

— A vrai dire, c'est la première fois que j'utilise un vibromasseur, et je ne sais pas lequel choisir.

Le sourire de la vendeuse s'épanouit :

— Si vous voulez les conseils de notre sexologue, cela vous coûtera cinquante dollars la séance.

Son trouble s'accrut et la vendeuse continua :

— Si vous voulez des informations complètes sur les vibromasseurs, une seule séance vous suffira, mais si vous avez des problèmes sexuels ou si vous voulez améliorer vos performances au lit, vous aurez besoin de plusieurs séances dont la sexologue fixera le nombre après s'être entretenue avec vous.

— Je suis simplement intéressée par le vibromasseur.

— Donc, une seule séance : cinquante dollars.

Elle sortit un billet de cinquante dollars que la vendeuse mit dans un tiroir avant de lui faire signe de la suivre. Elle la conduisit à travers un long couloir jusqu'à une porte sur laquelle une plaque indiquait : "Jane Deahan, sexologue diplômée." La vendeuse entra, disparut un instant, puis elle revint et tendit le bras en signe de bienvenue :

— S'il vous plaît.

Avec ses lunettes de vue, sa blouse blanche et ses cheveux gris coiffés en chignon, la sexologue, qui avait dépassé les cinquante ans, ressemblait plutôt à une diététicienne, comme celles que recrutent les chaînes de télévision pour conseiller des régimes alimentaires.

— Bien, madame Chris, que savez-vous du vibromasseur ?

— Ce que je sais, c'est que c'est un appareil avec lequel une femme peut parvenir au plaisir sans avoir besoin d'un homme.

— Et comment opère un vibromasseur ?

— En chatouillant le vagin d'une façon particulière qui fait parvenir à l'orgasme.

La sexologue sourit et dit avec enjouement :

— C'est un excellent début, mais la vérité, c'est que le vibromasseur est beaucoup plus qu'un appareil masturbatoire. Le vibrateur est la quintessence des progrès scientifiques et du changement de point de vue de la société sur la femme.

Chris la regarda en silence. Elle ajouta :

— Tout au long de l'histoire de l'humanité, les connaissances sexuelles sur la femme ont été rares et insuffisantes. La cause en est la vision que la société ancienne avait de la femme. Elle la considérait comme un simple instrument du diable pour tenter l'homme. Et ce préjugé conduisit à une ignorance presque totale de la façon dont une femme parvenait à la volupté. Pendant des siècles, jusqu'à ce que le grand savant allemand Ernest Grafenberg découvre le point G, en 1950, l'idée dominante était que la femme arrivait à l'orgasme par le chatouillement du clitoris. Cette découverte fut confirmée par les études de deux savants, Perry et Wibels, en 1978. Nous avons appris alors que chaque femme a un point G qui est une région extrêmement sensible située sur la paroi frontale du vagin. Son excitation provoque un orgasme différent de l'orgasme clitoridien. Cet orgasme commence par la sensation d'une envie d'uriner, qui se transforme rapidement en une suite continue de jouissances qui amènent certaines femmes à sécréter un liquide consistant et inodore ressemblant à du sperme. Avez-vous expérimenté cela auparavant ?

— Non, en réalité, je ne sais pas. Jusqu'à une date récente, je jouissais d'une vie sexuelle satisfaisante.

La sexologue rit :

— Bien sûr, vous ne savez pas. Vous n'avez probablement connu que la jouissance clitoridienne. C'est notre destin à nous les femmes, que l'ignorance de nos corps nous prive d'en jouir. Prenez cette brochure. Vous y trouverez tout sur le point G, ainsi que des exercices utiles qui vous permettront de le découvrir vous-même.

Chris prit la brochure et la mit dans son sac. La sexologue poursuivit :

— La découverte du point G, l'égalité entre la femme et l'homme, sa libération définitive de la domination qu'elle subissait, tout cela a conduit à réfléchir à la façon de rendre la femme capable de jouir de son corps par elle-même. De simple instrument de plaisir pour l'homme et de simple subalterne physique, la femme est devenue un être égal à lui en droits, et, parmi les plus importants, se trouve le droit à la satisfaction sexuelle. La satisfaction sexuelle de la femme n'est plus dépendante du désir de l'homme ou de la vigueur de ses assauts. C'est précisément là le rôle du vibromasseur. Ce n'est pas un simple instrument pour pratique solitaire, mais, en réalité, c'est un instrument scientifique qui garantit à la femme sa satisfaction sexuelle, indépendamment de la capacité sexuelle de son partenaire ou même de son existence. Parmi mes clientes, nombreuses sont celles qui utilisent le vibromasseur avec leur mari pour arriver à un orgasme plus fort, de même que certains hommes achètent des vibromasseurs à leur épouse pour qu'elles les utilisent avec eux ou lorsqu'ils sont en voyage, ou bien pour les nuits où le mari a un peu trop abusé de la boisson et où il n'est pas capable d'avoir une érection. Le vibromasseur a changé les pratiques sexuelles, à tel point qu'il existe maintenant ce que l'on peut appeler une culture du vibromasseur. Je vous en prie, si vous avez une question, j'aimerais l'entendre.

Chris hésita un peu puis se lança, en s'inspirant des propos de la sexologue :

— Quelle est la différence entre la jouissance clitoridienne et la jouissance provenant du point G ?

— La jouissance qui vient du point G est beaucoup plus forte et elle produit des vagues ascendantes plus longues. Une fois qu'elles en ont fait l'expérience, la plupart des femmes regrettent de ne pas l'avoir connue auparavant.

Le silence se fit à nouveau puis la sexologue lui demanda si elle avait d'autres questions. Elle répondit négativement. La sexologue soupira et se leva de son siège :

— Très bien, allons maintenant choisir votre nouvel ami.

La sexologue, suivie de Chris, franchit une petite porte menant à une pièce latérale. Elles s'arrêtèrent devant une vitrine, pleine de différentes sortes de vibromasseurs. La sexologue posa la main sur son épaule et lui demanda d'un ton amical :

— Puis-je connaître le budget que vous avez prévu pour l'achat du vibromasseur ? Nous avons des modèles à partir de dix dollars jusqu'à deux cents dollars.

— Je peux payer. L'important, c'est que ce soit un bon modèle.

— Ma tâche n'en sera que plus facile.

La sexologue se pencha et sortit un grand instrument de la forme d'un gros et long phallus, d'où bifurquait une partie inclinée ressemblant à une branche d'arbre, avec à la base une partie ronde et blanche dont Chris tira la conclusion qu'elle contenait la batterie. La sexologue le lui montra avec une certaine fierté :

— Nous appelons ce modèle Jack le super lapin. De mon point de vue, c'est le meilleur modèle du magasin. Vous verrez comment il vous conduit au paradis. Il vous coûtera cent cinquante dollars, avec vingt dollars en plus pour les produits de nettoyage. Le prix vous convient-il ?

Chris hocha la tête et la sexologue se mit à expliquer le mécanisme de l'appareil et son mode d'emploi. Elle sortit un CD-ROM :

— Avant de l'employer, je vous conseille de regarder ce CD. Vous payez en liquide ou avec une carte de crédit ?

La sexologue introduisit la carte de Chris dans l'appareil et lui tendit le reçu à signer. Ensuite, elle enveloppa l'appareil, les produits de nettoyage et le CD avec soin et les mit dans un sac élégant sur lequel était inscrit le nom du magasin et qu'elle lui tendit :

— Je vous souhaite beaucoup de bonheur avec Jack le super lapin. Vous pouvez m'appeler n'importe quand si vous avez besoin de quelque information que ce soit. La consultation est gratuite pendant un mois. Je sentirai que j'ai réussi avec vous, non seulement si vous jouissez grâce à l'appareil, mais lorsque vous serez débarrassée du plus petit sentiment de gêne à ce sujet. Souvenez-vous toujours que vous exercez votre droit à la satisfaction sexuelle. Je souhaite que vous considériez le vibromasseur comme un rasoir ou un sèche-cheveux, un simple instrument scientifique qui rend la vie plus facile.

Mais Chris ne pouvait pas se débarrasser aussi facilement de la honte. Non pas exactement de la honte, mais du sentiment d'étrangeté. Elle monta dans le métro avec Jack le lapin tapi au fond de son sac élégant. Au début, elle avait l'impression que la main qui tenait le sac était extérieure à son corps, puis elle fut obsédée par l'idée que le sac pourrait tomber par terre ou se déchirer tout à coup en libérant le vibromasseur. Tous les passagers du métro découvriraient alors que la dame austère en tailleur vert avait acheté un appareil pour jouer avec son vagin. Chris lutta contre cette hantise et vérifia que le sac était solide et ne pouvait pas se déchirer. Ensuite, elle essaya de se remémorer les idées de la sexologue et se dit : "Je n'ai pas à avoir honte de ce que je fais. Mon corps m'appartient et j'ai le droit d'en jouir de la façon qu'il me plaît ! Il n'est pas juste que je souffre de privation parce que Saleh n'est pas satisfait de sa vie. Je ne vais pas ravaler mes désirs et m'enterrer parce que, trente ans plus tard, il a découvert qu'il avait fait une erreur en émigrant en Amérique. J'ai le droit de jouir sexuellement comme je veux."

Ce raisonnement logique qui lui revenait sans cesse à l'esprit était convaincant, mais il ne reflétait pas toute la réalité. Il y avait une phrase qui manquait, qu'elle connaissait bien mais qu'elle voulait ignorer. Son problème sexuel n'était que la croûte de la blessure. Elle était minée par une profonde tristesse. Saleh demandait le divorce. Après toutes les années qu'ils avaient vécues ensemble, il voulait la quitter, comme ça, tout simplement, lui serrer la main et s'en aller, se transformer en personnage du passé, une simple image dans un album qu'elle regarderait parfois et qu'elle rangerait ensuite sur l'étagère.

Pourquoi avait-il cessé de l'aimer ? Etait-il tombé amoureux d'une autre femme ? S'était-il lassé d'elle depuis qu'elle avait vieilli ? Sans s'en rendre compte était-elle devenue une vieille bavarde ennuyeuse ? Peut-être prenait-elle moins soin de son apparence ? Peut-être les hommes arabes ont-ils toujours besoin de jeunes femmes, ce qui expliquerait qu'ils en épousent plusieurs ? Malgré tout le temps passé en Amérique, Saleh avait-il conservé à l'intérieur de lui-même une mentalité d'homme oriental ? Ou bien la vérité était-elle qu'il ne l'avait jamais aimée ? Lui avait-il menti tout au long de ces années ? L'avait-il épousée pour son passeport ? Pour son image dans la société ? Pour être le professeur émigré qui avait réussi et qui avait épousé une Américaine ? Mais si c'était vrai, pourquoi était-il resté aussi longtemps avec elle ? S'il l'avait quittée après avoir obtenu la nationalité américaine, cela aurait été plus facile. Elle aurait eu la possibilité de l'oublier et même de lui pardonner. Elle était encore jeune et elle aurait pu recommencer sa vie. Mais maintenant… c'est comme s'il l'avait utilisée durant tout ce temps pour la jeter maintenant à la poubelle. Comment avait-il pu la blesser à ce point ? Même s'il ne l'aimait pas, ils avaient vécu ensemble toute une vie qu'ils ne pouvaient pas effacer d'un simple coup de gomme. Toutes ces pensées l'aiguillonnaient d'une douleur lancinante. Son sentiment d'infortune redoublait son besoin de jouissance, la poussait à enfermer sa conscience dans les limites de son corps pour se libérer du poids de la tristesse.

Elle prit un bain, puis revint complètement nue dans la chambre à coucher où elle dormait seule depuis que Saleh l'avait quittée. Elle ouvrit son ordinateur, y introduisit le CD-ROM et suivit le mode d'emploi avec attention. Elle s'allongea dans le lit, sortit Jack le lapin et le caressa du bout des doigts. Il avait une extrémité très douce au toucher alors que le corps du phallus était entouré d'aspérités. Pourquoi l'appelait-on le lapin ? Etait-ce à cause d'une ressemblance ou parce qu'il était obéissant comme un animal domestique ? Elle le glissa sous la couverture et l'enduisit d'un liquide rafraîchissant comme l'indiquait le mode d'emploi, puis elle l'introduisit doucement entre ses cuisses. Elle sentit d'abord à quel point il était gros et raide. Dès qu'elle appuya sur le bouton pour le faire fonctionner, elle fut prise d'un violent désir d'uriner qui disparut peu à peu, faisant place à une sensation d'excitation forte et croissante. Des vagues de frissons diaboliques submergèrent implacablement son corps. Elle mordit l'oreiller pour ne pas crier. C'était une jouissance sauvage, forcenée, sans fantasme, sans tendresse et sans partenaire, une jouissance pure, lubrique, brûlante, qui la cravachait brutalement, comme un fouet ou comme la foudre et qui, à la fin, la jeta dans un gigantesque orgasme dont les ondes successives la parcoururent avant de l'abandonner, épuisée de plaisir.

Le lendemain matin, sous la pluie de la douche chaude, elle sentit son corps relaxé, revigoré comme s'il venait de renaître. Elle avait l'esprit clair et les muscles aussi détendus que si elle avait profondément dormi pendant une journée entière.

Jack le lapin l'entraîna vers des cercles de plus en plus élevés de jouissance, qu'elle n'avait jamais encore atteints auparavant, au cours de ses relations sexuelles avec Saleh. Jour après jour, elle fêtait la venue de la nuit, prenait soin de son corps, puis en approchait le lapin comme si c'était un véritable amant dont elle était amoureuse. Elle le traitait avec tendresse, le lavait méticuleusement, l'enduisait de liquide lubrifiant avec une extrême sollicitude. Elle passait doucement les doigts sur lui, comme si elle craignait de le blesser ou de lui faire mal.

Au bout de quelques nuits avec le lapin, elle imagina des pratiques nouvelles. Elle commençait par regarder des films pornographiques en se caressant avec ses mains, puis elle introduisait le lapin. Elle pouvait alors atteindre l'orgasme deux fois, parfois trois. Elle lâcha toutes les brides, se mit à crier de plaisir très fort, jusqu'à ce que sa voix s'enroue. Peu importe que Saleh puisse l'entendre. Elle était convaincue que sa vie avec lui était terminée. Il prenait seul son petit-déjeuner et déjeunait à l'extérieur. Il s'enfermait dans son bureau pour éviter de la voir.

Pourquoi se préoccuper qu'il l'entende crier, la nuit ? Il ne comptait plus du tout pour elle. A dire vrai cependant, elle faisait exprès de crier, poussée par un désir inconscient qu'il l'entende. Elle voulait lui dire : "Voilà, maintenant j'atteins la jouissance dont tu m'as privée. Mon corps que tu as abandonné, que tu as laissé en friche, que tu as torturé par ton impuissance, parvient à l'extase et se libère chaque jour davantage."

Mais le docteur Saleh ne l'entendait pas, d'abord parce que la cave de la maison était isolée et lointaine, mais surtout parce qu'il n'était plus là, parce qu'il était passé de l'autre côté du miroir. Il avait découvert, tapi au fond du sous-sol, un monde ensorcelé, un monde des *Mille et Une Nuits* vers lequel il se glissait le soir pour en dérober un peu de beauté, avant que le jour détestable ne l'agresse. L'existence quotidienne ne comptait plus. Il ne pensait plus à Chris, ni au divorce, ni à son impuissance sexuelle, ni même à son travail. Le jour, il déplaçait de manière éphémère et transitoire un corps à demi attentif. Cela ne le concernait pas. Il attendait le moment du départ. Et le voyage commençait au milieu de la nuit. Il prenait un bain, se parfumait comme pour un rendez-vous amoureux, puis il descendait à la cave et remettait ses habits des années 1970. Il s'était adressé aux meilleurs tailleurs qui avaient rendu la vie à ses vêtements anciens, les avaient agrandis, ajustés à son corps en échange d'émoluments qui auraient suffi à acheter des vêtements neufs. Avant d'effectuer son embarquement nocturne, il prenait soin de verrouiller la porte de la cave pour se sentir complètement séparé du monde extérieur, ou bien par crainte que Chris n'ouvre la porte et ne le voie dans cette situation. A coup sûr, elle le croirait fou. Il serait incapable d'expliquer ce qu'il faisait. Lui-même ne comprenait pas. Son désir impérieux était plus fort que son entendement et que toute possibilité de résistance. Ces vêtements renfermaient dans leurs plis son histoire, le parfum de ses jours véritables. Chacun d'entre eux lui ramenait des souvenirs différents : la chemise Chourbagui en coton léger, qu'il avait achetée dans une boutique de la rue Soliman-Pacha, au centre-ville, le costume Cherkeskine blanc qu'il mettait les soirs d'été, le costume bleu réservé aux promenades du jeudi, et ce costume noir sur mesure qu'il avait spécialement acheté pour fêter l'anniversaire de Zeïneb. Ils avaient dîné au restaurant *L'Union* en face du palais de Justice, puis ils étaient allés voir le film *Mon père est sur l'arbre** au cinéma *Rivoli*. Dans la poche intérieure de la veste, il avait retrouvé un bout de papier plié qui était resté là, enfoui pendant trente ans : le talon du billet pour un récital d'Oum Kalsoum, auquel il avait assisté en 1969. Une idée surgit alors. Il sortit rapidement de la pièce et en revint avec un magnétophone. Il mit la chanson *Al-Atlal* et s'assit pour l'écouter, revêtu du costume qu'il portait lorsqu'il l'avait entendue pour la première fois. Le voilà qui revenait enfin à lui-même, embarqué dans cette "machine à remonter le temps", dont parle H. G. Wells dans ses romans. Il se mit à fredonner avec Oum Kalsoum, à crier d'enthousiasme, à applaudir aux interruptions, exactement comme il l'avait fait le soir du récital. Il prit l'habitude d'écouter tous les soirs Oum Kalsoum puis, lorsque l'on approchait de deux heures du matin, à Chicago, et qu'il était neuf heures du soir au Caire, le docteur Mohamed Saleh éteignait son magnétophone, chaussait ses lunettes, ouvrait son agenda et commençait à passer une série de coups de téléphone. Il appelait ses connaissances et ses vieux amis. Tous les numéros du Caire avaient changé : le 7 avait été remplacé par le 5, et les numéros qui commençaient par 3 commençaient maintenant par 35 ou 79. Chaque fois il se trouvait dans des situations

---

* Film dont le rôle du héros est joué par le grand chanteur Abdel Halim Hafez.

insolites, comme s'il était un des personnages de la sourate de la Caverne* qui aurait dormi trente ans avant de se réveiller enfin et de revenir dans la ville. De nombreux numéros étaient erronés. Il en concluait que la personne qu'il connaissait avait déménagé. Parfois, il trouvait le bon numéro et découvrait que son titulaire était mort, mais parfois aussi il trouvait celui qu'il cherchait et lui disait d'emblée, avec chaleur :

— Tu ne te souviens pas, je suis Mohamed Saleh, ton condisciple à la faculté de médecine du Caire, promotion 1970.

Tous se souvenaient de lui, certains immédiatement, d'autres après avoir réfléchi un peu. C'étaient des exclamations, des paroles de bienvenue, des rires. Puis il poursuivait :

— Je suis maintenant professeur à la faculté de médecine de Chicago.

— Bravo !

Après la surprise, les cris de joie et le souvenir des jours passés, arrivait toujours le moment où se relâchait la chaleur de la conversation, comme si celui à qui il parlait se demandait : "Qu'est-ce qui t'a fait te souvenir de moi maintenant ? Pourquoi me parles-tu ?" Il lui fallait anticiper la question, alors il mentait et se mettait à parler d'un projet imaginaire de réunir les anciens de la promotion, ou bien il prétextait un projet de coopération entre l'université de l'Illinois et l'Egypte. Il parlait rapidement et mentait avec entrain. Son but était de distraire l'attention de celui auquel il parlait pour qu'il ne saisisse pas la bizarrerie de son appel et qu'il n'éprouve pas de pitié à son égard. Il ne fallait surtout pas qu'ils

* Sourate portant sur le même thème que le mythe chrétien des dormants d'Ephèse.

sachent qu'il était écrasé par le poids de la nostalgie, qu'il avait découvert, des années après, combien il avait eu tort de quitter son pays et qu'il regretterait jusqu'à sa mort d'avoir émigré. Il ne fallait à aucun prix les mettre au courant de sa faiblesse et de ses peines. Tout ce qu'il leur demandait, c'était de leur parler un peu du passé, de pouvoir se rappeler avec eux sa vie véritable.

Toute la nuit, il passait des coups de téléphone, jusqu'au lever du jour. Il prenait alors un bain, buvait plusieurs tasses de café et se rendait à l'université. Tous les deux ou trois jours, son système nerveux s'effondrait et il s'endormait d'un sommeil de mort jusqu'au matin suivant, puis il se réveillait et reprenait ses voyages vers le passé.

Il tomba sur un véritable trésor lorsqu'il découvrit sur Internet un annuaire complet de téléphone du Caire. Il n'eut alors plus besoin de son vieux carnet. Il lui était désormais possible de frapper à coup sûr. Il lui suffisait de se souvenir du nom complet puis de le chercher sur Internet, et il ne restait plus qu'à appeler. Il retrouva toute une série de ses anciennes connaissances jusqu'à ce qu'il atteigne le point crucial, son véritable objectif, le terme de son voyage, un nom qui, depuis le début, l'obsédait mais qu'il fuyait toujours. Pour se délivrer de ce nom, il avait fait des efforts exténuants auxquels il avait finalement renoncé. Il s'assit devant l'ordinateur, ouvrit l'annuaire puis il tapa sur le clavier : "Zeïneb Abderrahime Mohamed Redouane." Il fixa l'écran, haletant d'émotion. Quelques instants s'écoulèrent, puis apparut la réponse : "Nom inconnu." Il regarda ces lettres, écrasé par la déception. Il se rappela que Zeïneb avait cinq ans de moins que lui, elle était certainement mariée depuis longtemps et le téléphone devait être inscrit au nom de son mari… si, du moins, elle était vivante. Il suffoqua alors de chagrin. Etait-elle morte ? Mais en supposant qu'elle fût morte : en quoi cela l'affectait-il ? N'était-ce pas dérisoire que sa mort éventuelle lui fasse tant de peine alors qu'il l'avait quittée depuis trente ans ? Il se souvint qu'il y avait également un annuaire qui donnait les numéros de téléphone professionnels. Il y pénétra et frappa à nouveau son nom complet sur le clavier, puis il cliqua sur l'icône "Recherche". Après quelques instants d'attente, son cœur fondit d'allégresse. Sous son nom était écrit "contrôleur général de la planification au ministère de l'Economie", puis son numéro de téléphone au bureau. Elle était donc devenue haut fonctionnaire ! Avait-elle conservé ses idées révolutionnaires ou bien était-elle devenue une femme ordinaire, fonctionnaire du gouvernement, signant la feuille de présence, courtisant ses supérieurs, ourdissant des intrigues contre ses collègues et se précipitant chez elle pour préparer le repas avant le retour de son mari et de ses enfants.

De quoi as-tu l'air maintenant, Zeïneb ? Le temps a-t-il été indulgent envers toi ? T'a-t-il laissé un peu de ton ancienne magie ? Ou bien es-tu devenue une grosse dame voilée comme ces dizaines de milliers que l'on voit à la télévision grouiller dans les rues du Caire. J'en serais tellement triste ! Zeïneb, je te conserve dans ma mémoire telle que tu étais, quand tu t'asseyais à côté de moi au jardin Al-Ormane. Qu'y avait-il de plus beau que toi ? Est-il possible que nous redevenions comme nous étions, Zeïneb ? Il doit bien y avoir un moyen !

Il était dix heures du matin à l'heure du Caire, le bon moment pour appeler. Peut-être arrivait-elle un peu en retard comme le font les hauts fonctionnaires ? Il attendit encore une demi-heure pour être sûr de la trouver à son bureau. Puis il appela. Il fit un effort surhumain pour maîtriser son émotion. La secrétaire lui répondit d'une voix douce. Il lui demanda le professeur Zeïneb et elle demanda son nom. Sa voix était étranglée par l'émotion :

— Je suis un de ses vieux camarades d'études qui l'appelle d'Amérique.

— Un instant, s'il vous plaît.

Elle le laissa avec la musique d'attente qui se répéta interminablement jusqu'à ce qu'elle s'arrête enfin pour faire place à sa voix :

— Bonjour.

— Bonjour, Zeïneb, je suis Saleh.

28

Pas un jour ne s'écoule sans que Tarek Hosseïb ne s'abreuve à la source du bonheur. Il termine rapidement son travail, prend un bain chaud et, dès qu'il se voit dans le miroir, il commence à imaginer ce qu'il va faire quelques instants plus tard. Cela aiguise encore son désir. Il se peigne de droite à gauche pour masquer sa calvitie, s'asperge de *Pino Silvestre* – un parfum coûteux – sur le cou et sur le haut du torse, puis il sort en hâte de l'appartement. Il court presque, il bondit, saute dans l'ascenseur et parvient enfin à l'appartement de Cheïma. Il appuie sur la sonnette et elle lui ouvre si vite qu'il se demande si elle ne l'attendait pas derrière la porte. Il se jette sur elle, l'étreint, l'inonde de baisers. Elle lui murmure doucement, d'un ton de reproche :

— Ça suffit, Tarek !
— Non.
— Est-ce nécessaire que nous nous rencontrions tous les jours ?
— Bien sûr.
— Ce que nous faisons le samedi ne suffit pas ?
— Je te veux à chaque minute.
— Il faut que nous fassions attention. Les partiels approchent.
— Nous les réussirons encore mieux qu'avant.
— *Inch'Allah* !

Les ébats quotidiens ne prennent pas plus d'une demi-heure. Tarek les a qualifiés de "rapides salutations amoureuses". Ensuite, il rentre chez lui, prend un autre bain et dort d'un profond sommeil, comme un enfant.

Le samedi, la "salutation" n'est pas rapide. Ce jour-là, ils vivent comme deux véritables époux. Ils font leurs courses pour la semaine, vont au cinéma puis reviennent à l'appartement de Cheïma où Tarek revêt le pyjama qu'il y laisse en permanence, et il va l'attendre au lit en regardant la télévision jusqu'à ce qu'elle ait terminé sa toilette. Il soupire de désir en la voyant entrer nonchalamment. Dans le lit, elle enlève tous ses vêtements sauf ses sous-vêtements, car ils se sont mis d'accord pour les considérer comme une ligne rouge ne pouvant être franchie en aucun cas. Elle fond dans ses bras comme une épouse soucieuse de le satisfaire. Après avoir terminé, ils échangent de délicieux et fervents propos saturés de bien-être. Ils ne sentent pas le temps passer et restent parfois toute la journée au lit. Ils s'endorment nus, collés l'un à l'autre, puis ils se réveillent, dînent, boivent du thé et font encore une fois l'amour.

Au début, Cheïma était perpétuellement en proie à de profondes crises de remords qui la déstabilisaient, mais elles cessèrent rapidement. Elle fut alors poursuivie par des cauchemars désagréables. Souvent son père lui apparaissait. Il lui criait au visage et la frappait violemment, tandis que sa mère, au fond de la scène, pleurait à chaudes larmes, sans faire un geste pour la protéger des coups. Peu à peu, elle parvint à trouver son équilibre. Elle alla à la section arabe de la bibliothèque de Chicago et y vérifia dans

Bokhari* l'existence des saints hadiths dont lui avait parlé Tarek. La Loi ne prévoyait de châtiment que pour la fornication, et la fornication c'était l'introduction de la chair dans la chair comme le pinceau dans le récipient à khôl. Il y avait un récit authentique** au sujet d'un homme qui avait forniqué et s'était rendu auprès du Prophète de Dieu, prière et salut de Dieu sur lui, pour qu'on lui inflige la peine prévue. Le Prophète, par pitié à son égard, fit semblant de ne pas l'entendre pour lui laisser le temps de se raviser ou de s'enfuir. Mais le fornicateur insista pour que le Prophète le punisse et celui-ci, prière et salut de Dieu sur lui, lui demanda : "As-tu véritablement forniqué ? Peut-être as-tu embrassé, peut-être as-tu caressé, peut-être t'es-tu introduit entre les cuisses ?" Tous ces degrés de la relation sexuelle étaient inférieurs à celui de la fornication, et il n'existait pas de peines légales à leur encontre. Dieu les pardonnait à qui il voulait. Elle ne forniquait donc pas avec Tarek et, de ce fait, ils avaient une grande confiance dans le pardon de Dieu, car, qu'il soit exalté et glorifié, il connaissait leur volonté sincère de se marier. Ils ne pouvaient pas le faire à Chicago sans l'accord de leurs familles et, en même temps, ils ne pouvaient pas interrompre leurs études. Ils se marieraient à la première visite en Egypte que leur permettrait l'administration des bourses, c'est-à-dire dans deux ans. A ce moment-là, il aurait terminé son doctorat et elle serait en congé de

---

* Recueil de hadiths du Persan Bokhari (810-670), dont les préceptes sont largement suivis.
** Récits concernant la vie du Prophète, qui sont reconnus par le consensus des oulémas.

mi-parcours. Elle lui avait fait jurer sur le Livre sacré qu'ils feraient la cérémonie immédiatement après leur arrivée en Egypte. De plus, elle lui avait fait réciter une formule de son invention : "Je t'épouse, Cheïma, selon la loi édictée par Dieu et par son Prophète, et je me lierai officiellement à toi dès notre arrivée en Egypte. Dieu est témoin de ce que je dis."

Elle fut ainsi rassurée. Ses cauchemars cessèrent de la poursuivre et elle reprit la prière. Elle était maintenant une épouse complète selon la loi divine (en deçà de la ligne rouge) et il ne manquait que l'enregistrement du mariage. D'ailleurs, les formalités de l'enregistrement ne faisaient pas partie des fondements de l'islam. Elles n'étaient qu'une exigence récemment imposée par le gouvernement. Au temps du Prophète, prière et salut de Dieu sur lui, le mariage se faisait verbalement. Quelques mots prononcés par l'homme et par la femme, et ils étaient mariés devant Notre-Seigneur, qu'il soit glorifié et exalté. C'est exactement ce qu'elle avait fait avec Tarek. Elle se convainquit ainsi qu'elle était sa femme selon la norme de Dieu et du Prophète. Elle se plongea dans la lecture des obligations de l'épouse musulmane telles qu'elles sont prescrites par les livres de religion et essaya de les mettre en pratique. Elle devait veiller à son honneur et à son bien, que son époux soit présent ou absent. Elle devait être pour lui un repos et un refuge sûr.

Quant à Tarek, sa vie fut complètement bouleversée. C'était comme s'il venait de découvrir un trésor : tant de jouissance et de bonheur ! Il pouvait maintenant comprendre les faits divers qu'il lisait dans les journaux sur les hommes qui en venaient à tuer ou à voler pour conserver leur bien-aimée. A certains moments, cette jouissance devenait plus importante que la vie même. Comme il regrettait de ne pas l'avoir connue plus tôt ! Trente-cinq années sèches et stériles comme le désert ! Il les avait vécues comme un affamé qui essaie de se rassasier en imaginant de la nourriture. Il était maintenant un homme nouveau, différent. Il n'était plus en colère contre le monde entier. Il ne se comportait plus avec les gens d'une manière provocante. Il n'était plus prêt à se disputer à n'importe quel propos. Il était devenu si calme que son visage s'était transformé. "Par Dieu tout-puissant, j'ai changé !" se disait-il en se regardant dans le miroir. Sa peau avait acquis un éclat lumineux, ses yeux étaient devenus moins globuleux, ses muscles moins contractés, sa bouche ne se tordait plus lorsqu'il parlait et, le plus remarquable, les films pornographiques avaient cessé de l'attirer et il avait très rarement envie de voir des combats de catch.

Le bien-être qu'il ressentait lorsqu'il se livrait au jet de l'eau chaude après avoir fait l'amour ne pouvait pas être décrit avec des mots, mais… avait-il vraiment l'intention d'épouser Cheïma ? Il était difficile de répondre et personne, pas même Tarek, ne pouvait le faire de manière claire et tranchée. Certes, il était épris d'elle. Il avait lu un jour que c'était seulement après avoir couché avec une femme qu'un homme pouvait connaître ses sentiments véritables à son égard. S'il s'ennuyait après avoir joui et s'il avait rapidement envie de la quitter, cela voulait dire qu'il ne l'aimait pas, et vice-versa. Lui n'était jamais rassasié de Cheïma. Il restait collé à elle dans le lit, apaisé dans son giron, comme si elle était sa mère. Parfois, emporté par la passion, il embrassait chaque centimètre de son corps, le léchait, avait envie de le dévorer. Ses relations avec elle ne se limitaient donc pas à la simple satisfaction d'un désir charnel. Il l'aimait. Tout au long du jour, elle lui manquait... Mais cela voulait-il dire qu'il allait l'épouser ? Sa réponse était un murmure incompréhensible. Il lui avait promis de se marier, il lui en avait fait le serment. Il lui avait assuré mille fois qu'il continuait à la respecter et qu'il était certain d'avoir été son premier homme et qu'il serait le dernier. Avait-il fait cela pour la convaincre, ou bien par pitié, ou bien – quelle idée horrible – faisait-il traîner les choses en longueur, depuis le premier jour, tout en sachant qu'il l'excluait ainsi de la case mariage ? Etait-ce possible ? Lorsqu'il avait senti qu'elle lui était attachée, il aurait fait exprès d'avoir une relation sexuelle avec elle pour saboter définitivement l'idée de mariage ? Lui-même ne connaissait pas la réponse et avait cessé de s'en préoccuper. Pourquoi gâcher son bonheur par des hantises de cette sorte ? Pourquoi se préoccuper si tôt ? Ils avaient devant eux deux années complètes avant d'affronter le moment de prendre une décision. Qu'il s'abreuve maintenant de bonheur, et ensuite advienne que pourra ! Ainsi raisonnait-il. L'esprit libéré, il passa plusieurs mois paradisiaques, les plus beaux de toute sa vie.

Mais combien de temps – et pour qui – dura le bonheur ? Un après-midi aux environs de trois heures de l'après-midi, Tarek avait terminé de passer en revue les échantillons de sa recherche, il avait fermé son bureau et se préparait à partir, lorsqu'il vit tout à coup le docteur Bill Friedman, le chef du département, debout devant lui, qui le salua d'un geste et lui dit d'un ton sérieux :

— Je suis venu vous voir, Tarek, avez-vous quelques minutes ?

— Bien sûr.

— Alors, suivez-moi.

29

C'était un immeuble élégant de trois étages, entouré d'un beau jardin. Le docteur Raafat passa rapidement le seuil. Le bureau de la psychologue était à droite. Il frappa à la porte, entra en souriant et dit :

— Je suis Raafat Sabet. Désolé du retard ! J'ai eu du mal à me garer.

— Ce n'est rien. Asseyez-vous, je vous en prie.

La psychologue était une vieille dame qui avait l'air d'une gentille grand-mère. Des cheveux blancs et courts encadraient son visage souriant qui procurait un sentiment de familiarité et de tendresse. Elle prit la parole comme si elle présentait sa carte d'identité :

— Mon nom est Catherine. Je suis ici pour vous aider.

— Est-ce que vous travaillez ici depuis longtemps ?

— En réalité, je ne travaille pas. Je fais du bénévolat pour aider les toxicomanes et leurs familles.

— Je vous félicite pour votre dévouement.

Raafat s'efforçait d'éloigner la conversation du sujet pour lequel il était venu. Il ne savait par où commencer.

— Merci, mais ce n'est pas exactement mon sens du dévouement qui m'a poussée au bénévolat. Mon fils unique Teddy est mort victime de la drogue, répondit calmement Catherine dont le sourire s'effaça. J'ai eu le sentiment d'être la première responsable de sa mort. Après m'être séparée de son père, je me suis pendant vingt ans complètement plongée dans le travail. Je voulais me prouver que j'avais réussi. Je possédais une société commercialisant des détergents, à laquelle je consacrais tout mon temps et qui était devenue l'une des plus importantes entreprises de Chicago. Je me suis réveillée trop tard pour sauver mon fils.

Raafat suivait ses paroles en silence. Elle but une gorgée dans un verre d'eau placé devant elle :

— Je crois qu'en tant que père vous ressentez parfaitement le choc qu'a été sa mort pour moi. La première chose que je fis en sortant de l'hôpital fut de liquider ma société. Je m'étais mise à la détester, comme si elle était la cause de sa mort. Je vis maintenant du revenu de mes économies à la banque et je consacre mon temps à aider les toxicomanes et leurs familles. Chaque fois que j'aide un drogué à guérir, j'ai l'impression d'avoir fait quelque chose pour Teddy.

Il y eut un profond silence. Pour s'évader de l'atmosphère lugubre, Raafat regardait sur le mur des témoignages de reconnaissance adressés à Catherine par diverses institutions, et des photographies où elle se trouvait en compagnie de jeunes filles et de jeunes gens souriants. Raafat supposa que c'étaient des toxicomanes qu'elle avait aidés. Catherine soupira, referma cette page triste et sourit aimablement :

— Excusez-moi, je suis ici pour vous écouter et non pour vous parler de moi. Parlez-moi de votre problème. Je suis entièrement à vous.

Il lui raconta tout sur Sarah, comme s'il était dans un confessionnal. Il lui dit ce qu'il avait vu, ce qu'il avait ressenti, et il termina son récit en faisant des efforts démesurés pour contrôler ses sentiments :

— Ma vie est complètement terminée. Je n'ai presque plus la force de travailler. Je veux faire quelque chose pour elle.

La psychologue prit un stylo et l'examina en soupesant ce qu'elle allait dire.

— D'après ce que vous avez décrit, il est fort probable que votre fille s'adonne au crack. C'est une drogue à base de cocaïne. Le traitement de ce genre de drogue n'est pas simple. Le crack séduit les jeunes gens qui l'essaient parce que, les premières fois, il augmente la dopamine dans le cerveau, ce qui provoque une sensation aiguë de joie et de bien-être.

— Avez-vous déjà soigné ce type de drogués ?

Le mot "drogué" résonna étrangement à son oreille.

— Je ne soigne pas. Je suis une psychologue. J'ai reçu une formation pour aider les toxicomanes. Lorsque nous commençons le traitement, nous travaillons avec des psychiatres. Mais j'ai déjà aidé des habitués du crack.

— Quel est le pourcentage de succès ?

— Environ cinquante pour cent.

— C'est une proportion faible.

— Je la trouve élevée. Cela veut dire qu'on a réussi à guérir la moitié d'entre eux. Rappelez-vous que le traitement de l'accoutumance n'est pas simple. Il faut toujours minorer nos pronostics pour ne pas causer de déception.

Raafat baissa la tête en silence et Catherine ajouta immédiatement :

— Maintenant, commençons à travailler. D'après mon expérience, dans le cas de Sarah, une équipe de l'amitié peut être un début efficace.

Il la regarda, interrogatif.

— L'équipe de l'amitié est un processus pour aider les toxicomanes à accepter le traitement. Nous réunissons un groupe de ceux qu'il aime : sa famille, des voisins, des collègues de travail ou d'études. Ils commencent par lui rendre visite avec régularité, et ils l'aident à reconnaître qu'il est toxicomane et qu'il a besoin de soutien. Si l'équipe de l'amitié réussit, alors le drogué est prêt à commencer un programme de soins qui comporte douze étapes. Puis-je vous poser une question qui me déplaît, mais je suis chargée de vous la poser ?

— Je vous en prie.

— Au sujet du coût du programme...

— Il sera pris en charge par mon assurance. J'ai demandé cette semaine d'inclure la toxicomanie dans mon contrat.

— Bon, prenez ce formulaire. Remplissez-le et laissez-le au bureau d'accueil avant de partir.

Raafat prit la feuille qu'il garda un moment à la main tandis que son regard restait fixé sur elle. Elle lui dit :

— Votre tâche, maintenant, est de convaincre deux ou trois amis de Sarah de venir lui rendre visite avec nous. Cette brochure explique le rôle de l'équipe de l'amitié dans le traitement de la toxicomanie.

Raafat sortit du bureau, les bras chargés de nombreuses brochures et de prospectus sur la drogue et sur l'activité de l'association. Arrivé chez lui, il se plongea avec soin dans leur lecture. Le fait que la situation se mue en une série d'informations et de mesures à prendre l'aidait à fuir la catastrophe qui s'était abattue sur lui et se dressait devant lui comme une montagne infranchissable. Sarah était une toxicomane. Ce n'était pas juste de lui faire des reproches. La psychologue avait dit qu'il suffisait d'en prendre deux fois pour que le crack produise une accoutumance. Il se convainquit que ce qui était arrivé à Sarah aurait pu arriver à n'importe qui d'autre : essayer une fois, vouloir une deuxième fois faire revenir la même jouissance, puis la troisième fois, devenir dépendante. Comment la blâmer ? Elle n'était pas consciente et pas responsable de son comportement. Ce n'était pas sa faute. C'était Jeff qui l'avait poussée à se droguer. Pauvre Sarah ! Comme il se reprochait de l'avoir frappée ! Son malaise à ce sujet atteignit un tel niveau qu'il eut l'impression que sa main droite, cette main qui avait frappé Sarah, n'appartenait plus à son corps. Pourquoi l'avait-il frappée, pourquoi ne s'était-il pas contrôlé ? Comme il avait été dur avec elle ! Il passa plusieurs jours avant de pouvoir maîtriser sa peine, puis il se dit qu'il y avait deux façons de se comporter face à cette tragédie : soit en père oriental arriéré, en la reniant et en la maudissant, soit en personne civilisée, en l'aidant à franchir cette épreuve.

Avec sa femme, il passa en revue les amis de Sarah qui pourraient être associés à l'équipe de l'amitié. Lorsqu'il les appela, il se rendit compte qu'ils savaient tous qu'elle prenait de la drogue. Son amie Sylvia lui dit :

— C'est Jeff qui est responsable de son accoutumance. Je l'ai toujours mise en garde contre lui, mais elle s'est laissé entraîner par son amour.

Sylvia accepta immédiatement de faire partie de l'équipe de l'amitié, de même qu'un jeune homme qui s'appelait Jessy et qui était son voisin de table au lycée. Ils apportèrent même leur contribution à ce plan : Sylvia dit qu'elle allait lui acheter une tarte aux pommes et à la banane dont elle était friande, et Jessy, sachant qu'elle aimait les animaux, décida de lui offrir un petit chat. La psychologue approuva avec enthousiasme :

— Ce sont de très bonnes idées : lui rappeler ses plats préférés et lui faire élever des animaux, tout cela est susceptible de lui apporter un antidote à la drogue.

Tout était prêt le dimanche suivant aux environs de dix heures du matin. L'équipe de l'amitié se dirigea vers la maison de Sarah à Oakland. Michelle s'assit à côté de Raafat et Jessy à côté de Sylvia, sur la banquette arrière de la Cadillac. Ils échangèrent quelques propos brefs et désordonnés durant le trajet. Ils éclataient de rire sans raison pour fuir l'angoisse de la situation. Raafat conduisait si vite que Michelle lui demanda :

— Tu cherches à avoir une contravention ?

Mais, poussé par une force irrésistible, il ne ralentit pas avant d'arriver à Oakland. Là, il chercha à retrouver sa route. L'aspect du quartier était différent, de jour, avec ses rues vides comme si elles avaient été abandonnées, et ses murs recouverts de tags noirs et rouges qui étaient le signe de ralliement des bandes de la rue. Raafat gara sa voiture au parking où il avait été agressé la dernière fois. Aussitôt descendus de voiture, ils se tinrent silencieusement devant Catherine, comme des joueurs de football recevant des instructions de leur entraîneur avant le match. Elle dit sans se départir du même sourire calme :

— Je vous en prie, Raafat, attendez-nous dans la voiture. La dernière fois que vous avez vu Sarah, vous vous êtes disputés. Nous ne voulons pas provoquer de sentiments négatifs chez elle. Malheureusement, les personnes accoutumées au crack sont dans un grand état d'excitation nerveuse. Nous lui demanderons si elle veut vous voir.

Raafat obtempéra et s'éloigna d'un pas en baissant la tête tandis que Catherine continuait à dispenser ses conseils à l'équipe :

— Le plus important est de faire comprendre à Sarah que nous l'aimons, sans pitié ni leçon de morale. Souvenez-vous-en bien. Vous allez probablement la trouver dans un état qui ne vous plaira pas. Il se peut qu'elle vous reçoive mal, qu'elle se comporte d'une façon agressive et même qu'elle vous chasse. Préparez-vous au pire. La jeune fille que nous allons voir dans un instant n'est pas la Sarah que nous connaissons. Maintenant, c'est une droguée. Nous ne devons pas oublier cette vérité.

Ils l'écoutèrent tous en silence, puis Sylvia s'écria tout à coup, d'une voix mourante avant d'éclater en sanglots :

— Seigneur Jésus, sauvez la pauvre Sarah !

Michelle la prit dans ses bras et la psychologue intervint à nouveau d'une voix toujours calme, mais plus ferme cette fois-ci :

— Sylvia, contrôlez vos émotions. Il faut que nous lui fassions parvenir des sentiments positifs. Si vous n'êtes pas capable d'arrêter de pleurer, le mieux est que vous attendiez dans la voiture avec Raafat.

Raafat se retourna lentement, ouvrit la porte et s'assit derrière le volant, tandis que les autres se dirigeaient vers la maison, Jessy avec le petit chat dans les bras et Sylvia portant une boîte de gâteaux aux pommes et aux bananes. Ils marchaient lentement et avec recueillement, comme s'ils suivaient un cortège funéraire. Ils trouvèrent la porte du jardin ouverte et les lumières extérieures allumées en plein jour. Ils montèrent les marches du perron et Michelle appuya sur le bouton de la sonnette. Une longue minute s'écoula, personne n'ouvrit. Elle sonna à nouveau. Une autre minute plus tard, apparut un énorme homme noir vêtu d'un bleu de travail.

— Bonjour, Sarah est-elle ici ?
— Qui ?
— Pardon, mais n'est-ce pas la maison de Jeff Anderson et de Sarah Sabet ?

L'ouvrier regarda au loin comme s'il cherchait dans ses souvenirs puis répondit en appuyant sur les syllabes :

— Je crois que c'est le nom de la locataire qui a déménagé.
— Ils ont déménagé ?
— Oui, depuis quelques jours, et le propriétaire de la maison m'a envoyé pour la repeindre. Je crois qu'il va la louer à quelqu'un d'autre.

Au bout d'un moment, Michelle rompit le silence :

— Je suis la mère de Sarah. Ses amis et moi sommes venus prendre de ses nouvelles. Pouvez-vous me donner sa nouvelle adresse ?
— Désolé, madame, mais je ne la connais pas.

*

— *Même si vous êtes un responsable de l'ambassade d'Egypte, vous n'avez pas le droit de rentrer par effraction chez moi ! criai-je au visage de Safouat Chaker.*

Il me scruta d'un regard dominateur, un regard de défi, et il avança vers le centre de la pièce, lentement, comme pour confirmer que c'était bien lui qui contrôlait la situation.

— *Je me suis invité à prendre une tasse de café avec toi. Ecoute, Nagui, tu es un garçon intelligent, un étudiant brillant et tu as un grand avenir...*

— *Que voulez-vous exactement ?*

— *Je veux t'aider.*

— *Qu'est-ce qui vous pousse à m'aider ?*

— *La pitié que j'éprouve pour toi.*

— *Et pourquoi ?*

— *A cause de ton imbécillité.*

— *Venez-en au fait.*

— *Tu fais tes études en Amérique et, au lieu de te préoccuper de ton avenir, tu te cherches des problèmes.*

— *Que voulez-vous dire ?*

— *Tu recueilles des signatures pour un manifeste contre le président de la République. N'as-tu pas honte ?*

— *Au contraire, je suis fier de ce que je fais.*

— *Le problème avec les intellectuels comme toi, c'est que vous êtes prisonniers de vos livres et de vos théories. Vous ne connaissez rien à ce qui se passe réellement dans notre pays. Moi, j'ai été pendant plus de dix ans officier de police dans plusieurs gouvernorats. J'ai parcouru les villages et les quartiers. Je connais les tréfonds de la société égyptienne. Je te garantis que les Egyptiens n'ont rien à faire de la démocratie et qu'ils n'y sont absolument pas préparés. Il n'y a que trois choses au monde qui préoccupent un Egyptien : sa religion, son gagne-pain et ses enfants, mais la plus importante, c'est la religion. La seule chose qui peut pousser les Egyptiens à se révolter, c'est que quelqu'un attaque leur religion. Lorsque Napoléon est venu en Egypte et qu'il a fait semblant de respecter l'islam, les Egyptiens l'ont soutenu et ont oublié qu'il avait envahi leur pays.*

— *On voit que vous ne connaissez pas l'histoire. Les Egyptiens se sont révoltés deux fois en trois ans contre l'expédition française, et ils ont tué le chef de l'expédition**.

Il me jeta un regard furieux. Je me sentais soulagé de lui avoir infligé un camouflet. Il poursuivit sur un ton arrogant :

— *Je n'ai pas de temps à perdre avec toi. Je voulais t'aider, mais je vois que tu t'entêtes dans ta folie. Je t'assure que ce manifeste pour lequel tu rassembles des signatures n'est qu'un enfantillage.*

— *Si ce n'est qu'un enfantillage, pourquoi avez-vous pris la peine de venir ici ?*

— *Tu joues avec le feu.*

— *Vous me menacez ?*

— *Non, je te mets en garde. Si tu ne retires pas ton manifeste, tu ne peux même pas imaginer ce que je te ferai.*

— *Faites tout ce qui est en votre pouvoir, m'exclamai-je.*

Enfin débarrassé de l'effet de surprise, j'eus pour la première fois l'idée de le mettre à la porte. Il se leva et recula de plusieurs mètres vers la porte :

— *Tu laboures la mer. Tu crois que tu mets dans l'embarras le gouvernement égyptien face à l'Amérique. Je te garantis que le régime égyptien est solide comme un roc et qu'il est structurellement lié au régime américain. Tout ce que tu as écrit dans ton manifeste, les Américains le savent et cela leur est complètement indifférent, du moment que le régime égyptien garantit leurs intérêts.*

— *Vous reconnaissez que le régime égyptien est un simple valet des Américains.*

---

* Le général Kléber, nommé commandant en chef après le départ de Bonaparte. Il fut tué le 14 juin 1800.

— *Je te préviens une dernière fois. Tu as tort de croire que ta présence aux Etats-Unis te protège contre nos représailles. Sois raisonnable, Nagui. Si ce n'est pas pour toi, que ce soit pour ta mère, qui a peiné pendant des années pour toi, ou pour ta sœur Noha, qui est étudiante à la faculté d'économie et de sciences politiques. C'est une fille délicate, et elle ne supporterait pas une seule nuit en détention à la Sécurité d'Etat. Là-bas, les policiers sont de vrais voyous et ils aiment les femmes.*
— *Sortez d'ici !*
— *Tu vas le payer cher. Tu vas connaître, quand ce sera trop tard, les moyens que nous avons de t'apprendre la politesse.*

Il prononça ces derniers mots en ouvrant la porte, puis il se retourna tout à coup :
— *A propos, mes salutations à ta petite amie juive Wendy. J'ai reçu des vidéos de vous en train de faire l'amour. Je te remercie. C'était très réjouissant.*

Il éclata de rire puis ferma la porte et disparut.

Ce que je ressentis à cet instant était indescriptible : un mélange de stupeur, de colère et d'humiliation. J'ouvris une bouteille de vin et allumai une cigarette. Comment Safouat était-il parvenu à avoir une copie du manifeste ? Comment savait-il tout sur moi et, pire encore, comment était-il entré dans l'appartement ? Je me levai, ouvris la porte et l'examinai avec soin, mais je ne trouvai aucune trace d'effraction. Il était entré avec un double de la clef. Comment l'avait-il obtenue ? Il y avait certainement une collaboration entre les services secrets égyptiens et l'administration de l'université. Il fallait que je déménage le plus rapidement possible. Je réduirai mes dépenses pour économiser le prix d'un loyer dans le secteur privé. Je fus pris d'une lubie soudaine : j'allai *dans la chambre à coucher, allumai la lumière et me mis à inspecter les murs pour y trouver la caméra cachée qui m'avait filmé avec Wendy, mais vite, me rendant compte que tout cela était dérisoire, j'éteignis la lumière et revins au salon. Peu de temps après, je bondis en entendant le bruit de la clef tournant dans la serrure, mais, avant que je n'aie eu le temps de dire un mot, je vis Wendy qui me dit en souriant :*

— Hello, comment ça va ?

Je l'embrassai comme d'habitude. J'essayai d'avoir l'air normal. Elle s'exclama gaiement :

— Nagui, écoute, je vais entrer dans la salle de bains. Je t'en prie, ferme les yeux et ne les ouvre pas avant que je ne t'y autorise.

— Est-ce qu'on ne peut pas remettre ça à plus tard ?

— Non, ce n'est pas possible, répondit-elle d'un ton enjoué, en me donnant un baiser rapide sur la joue.

Elle entra dans la salle de bains. Je vidai le verre d'un seul trait et m'en versai un nouveau. Je m'en voulais d'avoir laissé Safouat faire irruption dans ma maison et me menacer. Pourquoi n'avais-je pas appelé la police ? Ce qu'il avait fait était un crime pour la loi américaine. Même s'il jouissait de l'immunité diplomatique, j'aurais pu lui causer de gros ennuis. Pourquoi m'étais-je comporté ainsi ?

— Est-ce que tu fermes les yeux ?

La voix de Wendy me parvenait de la salle de bains. Je les fermai, l'esprit ailleurs. J'entendis sa voix plus rapprochée :

— Maintenant, ouvre les yeux !

Le spectacle était singulier : Wendy avait revêtu un costume de danseuse orientale. Ses seins étaient pris dans un soutien-gorge étroit et bas qui en découvrait la moitié. Au milieu de son ventre nu apparaissait une étoile qui recouvrait son nombril, et sa taille était marquée par une ceinture qui faisait ressortir ses fesses et à laquelle étaient suspendues de longues franges qui cachaient à peine ses cuisses nues. Excitée et joyeuse, elle tourna plusieurs fois sur elle-même :

— *Qu'en penses-tu ? Je suis maintenant une danseuse orientale. Est-ce que je corresponds à l'image que tu t'en faisais ?*

— *Tout à fait.*

— *J'ai eu beaucoup de mal à trouver un magasin qui vendait des costumes de danseuse orientale. Sais-tu comment j'ai fait ?*

— *Comment ?*

— *L'an dernier, à un bal masqué, j'ai vu une fille qui avait un costume comme celui-là. J'ai cherché son téléphone et j'ai fini par tomber sur elle, et elle m'a donné l'adresse du magasin.*

J'avais du mal à être en harmonie avec elle. Je la suivais du regard, l'esprit absent. Elle s'en rendit compte tout à coup et son visage se serra. Elle s'assit près de moi et me demanda désappointée :

— *Qu'as-tu ?*

A mes côtés, dans ce costume de danseuse orientale, son apparence était insolite. Elle ressemblait à une actrice assise en habit de scène dans les coulisses. L'idée me vint d'abord de lui cacher ce qui m'était arrivé et de la faire partir ou de partir moi-même sous n'importe quel prétexte. Puis je me suis mis soudain à tout lui raconter. Son visage devint pensif, puis elle me dit d'une voix faible :

— *Vous vivez à ce point sous un régime policier ?*

— *Sans l'appui américain, le régime égyptien ne durerait pas une seule journée.*

Elle me prit dans ses bras, me serra contre elle de si près que je sentais son souffle sur mon visage.

— *Que vas-tu faire ?*
— *Continuer à recueillir des signatures.*
— *Tu n'as pas peur ?*
— *Si, bien sûr. La peur est un sentiment naturel, mais je la surmonterai. Il faut toujours payer le prix de ses idées.*
— *Mais tu n'es pas le seul concerné. Il a menacé de faire du mal à ta mère et à ta sœur.*

Les visages de Noha et de ma mère m'apparurent et j'imaginai des policiers en uniforme et en civil faisant irruption dans la maison pour les arrêter. Je pris un ton ferme :

— *Qu'ils fassent ce qu'ils veulent. Je ne céderai pas.*
— *Tu es libre d'avoir la position que tu veux, mais ta mère et ta sœur, elles n'y sont pour rien.*
— *Elles ne comptent pas plus que les mères et les sœurs des dizaines de milliers de détenus.*
— *Nagui, vraiment, je ne te comprends pas. Pourquoi te cherches-tu des problèmes ?*
— *Que veux-tu dire ?*
— *Pourquoi t'occupes-tu des problèmes de l'Egypte, maintenant que tu l'as quittée.*
— *C'est mon pays.*
— *L'Egypte est comme de nombreux pays du Tiers Monde. Les problèmes s'y sont accumulés depuis des siècles. Ta vie et ma vie ne suffiraient pas à les régler.*

Je ne m'attendais pas à ce qu'elle me dise cela. Je vidai mon verre et la regardai avec étonnement. Elle se leva et, debout contre moi, attira mon visage contre son ventre nu :

— *Notre relation est merveilleuse. J'éprouve pour toi des sentiments que je n'avais jamais connus auparavant. Je t'en prie. Pense à notre avenir.*

— Je ne renoncerai pas à mon devoir.

— Pourquoi ne raisonnes-tu pas d'une autre façon ? L'Amérique s'est construite sur les épaules de jeunes gens doués et ambitieux comme toi. Ils sont venus de tous les coins de la terre à la recherche d'un avenir meilleur. L'Amérique est la terre de l'individu. Si tu restes ici tu pourras construire quelque chose de merveilleux.

— Tu parles comme Safouat Chaker.

— Quoi ?

— Et tu emploies les mêmes expressions.

Ma voix résonna étrangement à mon oreille et je me rendis compte que j'étais ivre. Je savais que la nervosité chez moi redoublait l'effet de la boisson. Pourtant, j'étais aspiré par un sentiment irrésistible et obscur comme le destin et je lui demandai :

— Est-ce que ce n'est pas curieux que Safouat Chaker connaisse notre relation ? Et encore plus curieux qu'il soit parvenu à avoir un double des clefs de l'appartement. Wendy, qui lui a donné toutes ces informations ?

Elle me regarda incrédule, les yeux écarquillés, puis me dit d'une voix tremblante d'émotion :

— Que veux-tu dire ?

— Je ne veux rien dire de précis. Je m'interroge seulement : comment Safouat a-t-il appris les détails de notre relation ? Et s'il a une vidéo sur nous, c'est assurément qu'il y a une caméra dans la chambre à coucher. Qui l'y a mise ?

Elle me regarda un instant puis se précipita vers la salle de bains. Je n'avais ni la force ni le désir de faire quoi que ce soit. J'étais en train de tomber à toute vitesse au fond du précipice et il n'était plus en mon pouvoir de m'arrêter.

Je me versai un nouveau verre dont j'avalai une grande gorgée. Peu de temps après, Wendy réapparut. Elle s'était habillée et avait mis ses habits de danseuse dans le sac avec lequel elle était venue. Son visage avait changé. Elle évita de me regarder et se dirigea rapidement vers la porte. Je me précipitai derrière elle :
— Wendy.
Elle ne se retourna pas. Je m'agrippai à elle. Elle se dégagea et me repoussa. Je vis à cet instant que son visage était trempé de larmes. Je criai d'une voix suppliante :
— Je t'en prie, écoute-moi.
Elle sortit en claquant violemment la porte.

30

— Le docteur Baker est connu pour son racisme contre les musulmans, et moi, grâce à Dieu, je suis un musulman fier de ma religion. Il a essayé plus d'une fois de tourner l'islam en dérision devant moi. Mais comme je lui ai cloué le bec il a décidé de se venger et a inventé cette histoire.

Maroua était assise sur le divan en face de son mari qui baissait maintenant la tête avec l'air de quelqu'un de rompu à toutes les ruses en train de marcher sur des charbons ardents. Maroua avait bien entendu remarqué de grandes failles dans ses propos. Elle lui dit en s'efforçant de conserver un sourire impavide :

— C'est une histoire surprenante.

— Pourquoi surprenante ? Ton ennemi est l'ennemi de ta religion et Dieu, qu'il soit exalté, a dit dans son Livre sacré : "Les juifs et les chrétiens ne seront jamais satisfaits tant que tu ne rejoindras pas leur communauté."

— Mais tu m'avais dit que le docteur Baker aimait les Egyptiens.

— C'est ce que je croyais avant de découvrir la répugnante vérité. Tu sais que j'ai bon caractère et que je me fais facilement des illusions sur les gens.

— Es-tu sûr qu'il n'y a pas un malentendu ?

— Je t'ai dit qu'il allait me renvoyer du département, et toi, tu me dis que c'est un malentendu ! s'exclama Danana, irrité.

Maroua se tut un instant puis demanda :

— Que vas-tu faire ?

— Je ne sais pas.

— Pourquoi ne vas-tu pas à l'enquête leur dire la vérité ?

— Est-ce que tu crois que les collègues américains de Baker vont le démentir et me donner raison ?

Il baissa la tête et poursuivit d'une voix brisée :

— Je suis victime d'une injustice, mais Dieu est grand. Il a envoyé Safouat Chaker pour me secourir.

Maroua sentit que la conversation allait entrer dans une zone trouble, pleine de sous-entendus. Elle se réfugia dans le silence, et Danana poursuivit comme s'il se parlait à lui-même :

— Safouat bey m'a promis de régler le problème avec le service des bourses et de me transférer ensuite dans une autre université.

— Dieu soit loué !

— As-tu vu, dans toute ta vie, quelqu'un de plus aimable et de plus généreux que cet homme ?

— Non, vraiment.

— Que Dieu te garde ! Est-ce que je peux, après cela, lui refuser ce qu'il me demande ?

Maroua le regarda en silence, mais il l'interpella avec vivacité :

— Réponds-moi.

— Dis-moi exactement ce que tu veux.

— Je ne veux que du bien. Maroua, nous sommes mari et femme, unis pour le meilleur et pour le pire. Et maintenant que je traverse une épreuve, Safouat bey me rend un grand service.

— D'accord, mais en quoi est-ce que je suis concernée ?

— Il veut te prendre comme secrétaire dans son service.

— Mais je n'ai jamais travaillé comme secrétaire !

— Ce n'est pas difficile. Tu es intelligente et tu apprendras vite. Si Safouat bey le voulait, il pourrait trouver dix secrétaires américaines, mais le travail dans son service est soumis à des conditions particulières.

— Je ne comprends pas.

— Ceux qui travaillent avec lui peuvent prendre connaissance de documents sensibles. C'est toi qu'il veut parce qu'il a confiance en toi. Les services de renseignements américains et israéliens vont essayer de lui faire recruter une secrétaire qui leur livrerait les secrets de notre pays. Travailler avec Safouat, c'est lui rendre un peu de tout le bien qu'il nous fait, et c'est aussi un travail patriotique.

Maroua se réfugia à nouveau dans le silence. L'avalanche d'événements déconcertants avait jeté le trouble dans son esprit.

— Qu'en penses-tu ?

Il avait posé la question précipitamment et la regardait comme quelqu'un qui vient de jeter les dés et guette le résultat. Il s'était préparé à l'affronter par tous les moyens. Il fallait absolument qu'elle travaille avec Safouat Chaker. Il insisterait. Il la supplierait. Il se disputerait avec elle. Il aurait recours à son père pour la convaincre s'il fallait en arriver là ! Il était assis devant elle sur le qui-vive. Un instant s'écoula, puis elle leva la tête et lui dit calmement avec un sourire énigmatique :

— D'accord.

31

De même que l'hiver laisse la place au printemps, que la neige fond peu à peu, que la vie jaillit des branches sèches et que les fleurs commencent à s'ouvrir, de la même façon, la vie de Carol s'était métamorphosée depuis qu'elle travaillait dans la publicité. Sa douloureuse quête d'emploi avait pris fin. Elle avait remboursé en plusieurs fois l'argent qu'elle avait emprunté à Emily, elle avait acheté de nouveaux vêtements à Marc et l'avait inscrit, comme il en rêvait, au bowling le plus proche de la maison. Elle avait offert à Graham trois ensembles de vêtements d'été et avait insisté pour qu'il recommence à fumer son tabac hollandais préféré (il n'avait pas pu cacher la joie que cela lui procurait), puis elle avait acheté une Buick d'occasion pour ses déplacements, elle avait fait complètement repeindre la maison et planter de beaux arbres dans le jardin.

Un matin, elle prenait son petit-déjeuner sur le balcon, vêtue d'un élégant kimono de coton blanc (acheté dans la célèbre boutique de Tijaouro), Graham était à ses côtés, occupé à lire un article dans le *Chicago Tribune* en fumant la pipe et buvant un café, quand elle lui dit soudain :

— John, notre maison a augmenté de valeur depuis sa rénovation. Si on la mettait maintenant en vente, on en obtiendrait une belle somme. Avec mes économies en plus, nous pourrions acheter une autre maison. Qu'en penses-tu ?

Graham sembla pris de court. Il joua un moment avec sa barbe puis dit calmement :

— C'est une excellente idée, mais je suis attaché à cette maison, Carol, j'y ai vécu vingt ans et chacun de ses recoins me rappelle un moment de ma vie.

— Nous déménagerons dans une maison plus grande et plus belle.

— Peut-être que je suis bêtement sentimental, mais je ne m'imagine vraiment pas dans une autre maison.

Elle sembla découragée. Il lui prit la main et lui dit :

— De toute façon, je te promets de réfléchir à la question.

— Ne le fais pas à contrecœur.

— Je ferai tout ce qui pourra te rendre heureuse.

Elle le regarda, débordante de tendresse, s'élança vers lui, le prit dans ses bras et le couvrit de baisers. Elle l'aimait plus que jamais. Elle était finalement parvenue à aborder avec plus de sérénité son nouveau travail. La première fois, lorsqu'elle s'était déshabillée devant Fernando, lorsqu'elle avait senti sa main froide toucher son corps nu alors qu'il la préparait au tournage, elle s'était sentie écrasée par l'humiliation. Elle avait senti sa tête tourner comme si elle était sur le point de s'évanouir. Puis, peu à peu, sa répugnance avait disparu et elle avait commencé à s'habituer. Comme Fernando était homosexuel, elle se disait que le corps des femmes ne l'excitait pas et, peut-être même, le dégoûtait. Pourquoi alors se sentirait-elle gênée de se déshabiller devant lui ? Après tout, pour l'un comme pour l'autre, il s'agissait simplement d'un travail. Se sentirait-elle honteuse si on lui photographiait la main ou le pied ? Pourquoi cette contradiction ? Sa poitrine n'était-elle pas une partie de son corps comme une autre ? Son sentiment de honte était un reste du vieux préjugé que le corps de la femme ne lui appartenait pas et qu'elle ne pouvait l'utiliser qu'avec l'autorisation de son père ou de son mari. C'étaient là des sornettes et elle n'avait à rougir de rien. Elle était une actrice qui s'exprimait avec son corps devant la caméra, ni plus ni moins. Quelle honte y avait-il à cela ? D'ailleurs, elle n'avait pas eu le choix. Elle n'avait pas eu la possibilité de refuser ce travail. Elle n'aurait pas supporté plus longtemps de causer d'autres misères à Graham. Il l'aimait et aimait son fils, il avait enduré à cause d'elle des tracas incessants et elle ne lui avait apporté en échange que des soucis. L'homme peut supporter la pauvreté à la fleur de l'âge, mais c'est vraiment une tragédie qu'il y soit contraint à soixante ans passés. Et le petit Marc, de quoi était-il coupable ? Il fallait bien qu'elle lui assure une vie décente. Elle n'oublierait jamais son bonheur d'avoir des vêtements neufs, ni la joie débordante avec laquelle il avait lancé sa balle dans les quilles du bowling. Cela ne faisait aucun doute, si on lui avait cent fois proposé ce métier, elle l'aurait accepté cent fois pour Marc et pour Graham, les deux êtres qu'elle aimait le plus.

C'est ainsi qu'elle se convainquit et retrouva sa tranquillité. Elle cacha la réalité à Graham et lui dit qu'elle avait trouvé un travail dans la publicité à la radio, que sa voix leur avait plu, ainsi que son élocution, et qu'ils lui avaient offert un bon salaire. Lorsque Graham lui demanda à quelle heure passait son annonce, sa réponse était déjà toute prête et elle lui répondit en soupirant :

— Les publicités que je tourne sont achetées par de petites stations de Boston qu'on ne peut pas capter à Chicago.

Puis elle murmura d'un ton rêveur, avec un sourire de composition :

— Si je réussis, je signerai peut-être un contrat avec une grande station de Chicago.

Graham lui baisa rapidement les lèvres :

— Il va donc falloir protéger ta gorge, qui est notre richesse nationale.

Le plus étonnant, c'est qu'elle réussit vraiment. Elle plut aux responsables de la société Double X, qui chargèrent Fernando de la filmer dans une nouvelle publicité dans laquelle elle fut encore meilleure, grâce à l'expérience acquise de s'exprimer avec son corps devant les caméras. Deux semaines plus tard, Fernando l'appela pour lui dire qu'il voulait la rencontrer. Il l'accueillit chaleureusement en allumant, comme d'habitude, une cigarette de marijuana :

— Chère Carol, nous allons de succès en succès. Ils m'ont appelé ce matin pour me demander une troisième annonce.

— Formidable !

— Cette fois, nous filmerons vos cuisses pendant que vous enfilerez des sous-vêtements fabriqués par la société.

— Je ne me déshabillerai pas devant les caméras, même s'ils me donnaient un million de dollars.

Fernando éclata de rire et lui répondit en se moquant :

— Si on vous proposait un million de dollars, vous feriez n'importe quoi.

Elle le regarda en silence, mortifiée par sa raillerie. Comme s'il s'en était rendu compte, il se prit la tête entre les mains et murmura d'une voix lasse :

— Qu'est-ce que je raconte ? On dirait que j'ai trop fumé de marijuana. Pardon, Carol !

Elle hocha la tête et s'arracha un sourire. Il poursuivit d'un ton professionnel :

— De toute façon, personne ne vous demande de vous déshabiller totalement.

Il fit plusieurs prises de vue jusqu'à ce qu'elle comprenne son rôle et le joue à la perfection. On allait filmer la partie inférieure de son corps et elle devait pendant trente secondes se prélasser devant la caméra, palper ses sous-vêtements, tendre les jambes, les croiser lentement pour donner l'impression d'une détente totale. C'est alors que s'inscrivait sur l'écran "Sous-vêtements Double X, une mode qui veut votre bien-être".

La séquence eut un grand succès et son cachet passa à mille deux cents dollars par heure de tournage. Rapidement Fernando lui fit une nouvelle proposition :

— Cette fois-ci, nous allons travailler sur une zone décente de votre corps : vos pieds. La prochaine publicité va porter sur les chaussettes Double X.

Pendant une semaine, Carol se livra aux mains d'une pédicure qui, avec soin et persévérance, consacra deux heures chaque matin à tailler ses ongles, assouplir ses talons et adoucir la peau de ses pieds pour que leur apparence soit régulière et douce. Le résultat fut si stupéfiant que Fernando s'écria d'un ton admiratif en faisant ses prises de vue :

— Quels pieds extraordinaires ! Dignes de la maîtresse d'un empereur romain !

Cette fois, elle devait soulever ses jambes avec légèreté devant les caméras, les tendre comme une danseuse de ballet, se dandiner un moment avant d'enfiler ses chaussettes d'une façon excitante. Après la diffusion de la publicité, Fernando lui dit, les yeux brillants de bonheur :

— Notre réussite est prodigieuse. Vous êtes ma muse, Carol. Avec vous, je fais sortir ce que j'ai de meilleur en moi.

Comme chaque fois, il lui fit une nouvelle proposition :

— La nouvelle publicité sera différente des précédentes. Votre cachet montera à mille cinq cent dollars de l'heure. C'est une idée non conventionnelle, mais sur laquelle je ne reviendrai pas. Si vous refusez, je la réaliserai avec un autre modèle.

— Fernando, parlez !

— Bon. Double X produit une nouvelle gamme de soutiens-gorge complètement transparents.

Il se tut un instant, puis reprit avec brusquerie pour cacher sa gêne :

— L'idée est la suivante. Je filmerai votre poitrine nue, puis vous mettrez le soutien-gorge et vous éprouverez alors une excitation sexuelle de façon à ce que je puisse filmer vos deux mamelons en érection.

— Vous êtes un goujat ! s'écria-t-elle, furieuse, en se levant.

Elle prit son sac sur la chaise et se dirigea vers la sortie. Fernando se précipita derrière elle et la prit par le bras en essayant de la calmer :

— Carol, c'est plus facile que vous ne l'imaginez. J'ai photographié des dizaines de fois vos seins nus. Qu'est-ce que cela peut vous faire que je les filme en érection ?

— Je ne ferai jamais ça.

Il la regarda avec exaspération :

— Ecoutez, c'est mon dernier mot : je vous paierai deux mille dollars par heure de tournage. Vous toucherez ce cachet uniquement pour les publicités qui ont un caractère érotique. Pour les publicités ordinaires, votre cachet restera le même qu'avant.

Puis, du ton de quelqu'un qui met fin à l'entretien :

— Vous pouvez réfléchir jusqu'à demain matin. L'entreprise est pressée de lancer sa publicité et il faut que vous me laissiez le temps de trouver une remplaçante si vous refusez.

Carol revint le lendemain et, debout devant lui, elle lui murmura en fuyant son regard :

— Bien, quand commençons-nous ?

Fernando éclata de rire, la serra avec force dans ses bras et la souleva de terre :

— Quelle femme extraordinaire ! Si j'étais intéressé par les femmes, je ferais tout mon possible pour vous séduire. Allons, au travail !

Comme d'habitude, elle entra avec lui dans le studio et se déshabilla. Il passa un long moment à régler l'éclairage et les caméras et, après plusieurs essais, il filma la scène où elle apparaissait les seins nus. Restait la partie la plus difficile. Il lui demanda de mettre le soutien-gorge qu'il lui agrafa lui-même dans le dos, puis il la plaça au milieu du décor qu'il avait préparé :

— Carol, maintenant, je vais vous aider à entrer en érection. Ne soyez pas gênée. Je vais vous caresser d'une façon purement professionnelle.

Il s'approcha d'elle et introduisit ses mains dans le soutien-gorge. Il prit les seins et se mit à les caresser lentement. Ensuite il prit les mamelons et se mit à les faire rouler délicatement entre ses doigts. Une minute s'écoula sans qu'il y ait de réaction :

— Il est clair que je ne vous excite pas beaucoup. Est-ce que je continue ?

Elle ne répondit pas et resta immobile, regardant les mains coincées entre le soutien-gorge et sa poitrine. Il les retira et sauta derrière la caméra pour vérifier qu'elle était bien réglée, puis il revint vers elle :

— Je vous ai préparé quelque chose qui va vous aider. Regardez cet écran.

Elle se rendit compte pour la première fois qu'il avait posé un ordinateur portable à côté d'elle, sur un guéridon. Il appuya sur la touche et elle eut sous les yeux la vision d'un film pornographique où une femme blanche faisait l'amour avec un homme noir en hurlant de plaisir. Elle s'écria :

— Eteignez ça, s'il vous plaît !
— Quoi ?
— Je ne supporte pas ce genre de films.
— Pourquoi ?
— Parce qu'ils sont artificiels et stupides.
— Est-ce que vous êtes frigide ?
— Pas du tout, je suis complètement normale.

Il lui jeta un regard irrité :

— Il faut que je fasse une ou deux prises de vues ce soir. Ne perturbez pas le travail.

— Donnez-moi une chance. Laissez-moi faire toute seule. Vous allez voir que je vais réussir.

Il lui jeta un regard sombre. Elle le repoussa derrière la caméra en murmurant :

— Allez, s'il vous plaît.

Il recula en traînant les pieds comme un élève turbulent grondé par son maître. Carol ferma les yeux et se remémora les moments chauds avec Graham, ce plaisir brûlant qui l'étreignait quand elle était avec lui. Peu à peu, elle oublia tout ce qui l'entourait et s'abandonna à la sensation merveilleuse qu'elle avait fait remonter à la surface. Lorsqu'elle se rendit compte, comme d'une chose venant de loin et à peine perceptible, que l'éclairage augmentait derrière ses yeux clos, elle n'y prêta pas attention et continua à flotter dans ses fantasmes jusqu'à ce qu'elle soit réveillée par la voix de Fernando, la main posée sur son épaule nue :

— Bravo, excellente prise de vue !

Le tournage nécessita plusieurs séances pendant lesquelles Carol utilisa le même stratagème pour s'exciter. La publicité fut un succès total (en dehors d'un article critique du *Chicago Sun Times* qui la présentait comme immorale et comme une agression contre la vie privée des Américains).

Quelques jours plus tard, Fernando l'invita à dîner et, après deux verres de vin rouge dont l'effet s'ajouta à celui de la marijuana, il se mit à fredonner la vieille chanson *Oh Carol*. Puis il lui dit, les yeux brillants d'enthousiasme :

— Où étiez-vous depuis tout ce temps ?

— Mais c'est grâce à votre talent.

Fernando la regarda un peu, comme s'il hésitait ; puis lui dit avec cette spontanéité juvénile qui lui plaisait :

— Le propriétaire de la compagnie veut vous rencontrer.

— C'est vrai ?

— L'ange gardien qui veille sur vous travaille avec une efficacité exceptionnelle. Cette rencontre va changer votre vie. Henry Davis, le propriétaire de Double X, est un des hommes les plus riches d'Amérique. Savez-vous que je ne l'ai encore jamais vu ? J'ai demandé plusieurs fois à le rencontrer, mais cela a toujours été remis sous divers prétextes.

— Ma situation est différente de la vôtre : vous avez demandé à le rencontrer et il a refusé. Quant à moi, c'est lui qui cherche à me rencontrer et je ne sais pas si je vais accepter, lui répondit-elle en badinant.

Cela ne le fit pas rire. Il la regarda dans les yeux et lui dit d'un ton grave :

— J'espère que vous appréciez ma confiance. Un autre, à ma place, ne vous aurait jamais permis de rencontrer le propriétaire de la compagnie avant d'avoir signé avec vous un contrat d'exclusivité.

— J'apprécie tout ce que vous avez fait pour moi.

— Il faut que vous me le prouviez. Je vais vous donner le numéro du bureau d'Henry Davis pour que vous preniez rendez-vous, mais en échange attention à ne pas signer un contrat avec lui sans me consulter !

— Je le ferai.

— C'est promis ?

— Promis.

32

— Zeïneb, c'est Saleh.
Il haletait d'émotion. Sa voix résonnait étrangement comme si elle provenait de quelqu'un d'autre. Après trente années de séparation, c'était comme s'il l'apercevait soudain dans la rue et se mettait à courir pour s'assurer que c'était bien elle. Tout cela était tellement étrange ! Il ne parvenait pas à croire qu'il était en train de lui parler, comme s'il n'avait pas été toute une vie loin d'elle, comme s'il n'avait pas mille fois essayé de l'oublier, comme s'il ne l'avait pas ardemment désirée mille fois et mille fois maudite. Sa voix voulait dire beaucoup plus que ses paroles : Zeïneb, je suis Saleh, te souviens-tu de moi ? Je suis Saleh, celui qui t'a aimée comme personne ne t'a jamais aimée. Je t'ai perdue, Zeïneb, et j'ai perdu ma vie. J'ai vécu trente ans égaré, loin de toi. J'ai essayé et j'ai échoué, Zeïneb, et me voilà qui reviens vers toi.

— Saleh ? Ce n'est pas possible !

Malgré les années, sa voix avait conservé la chaleur d'autrefois.

— Est-ce que je t'appelle à un moment convenable ? Je ne voudrais pas te déranger dans ton travail.

— Je travaille pour le gouvernement égyptien, Saleh. Notre travail ici se limite à notre présence. Nous avons toujours du temps à revendre.

Mon Dieu, son merveilleux rire était toujours le même. Elle lui dit que sa joie de l'avoir retrouvé était indescriptible. Elle lui parla de sa vie. Elle était seule depuis la mort de son mari et le mariage de sa fille unique. Elle évita de parler de son mari. Il lui demanda des nouvelles d'Egypte et elle répondit tristement :

— L'Egypte est au plus bas, Saleh, comme si tout ce pour quoi nous avons combattu, mes camarades et moi, était un mirage. La démocratie n'a pas vu le jour, nous ne nous sommes pas débarrassés du sous-développement, de l'ignorance et de la corruption. Tout a changé pour le pire. Les idées réactionnaires se répandent comme une épidémie. Imagine-toi que sur cinquante employées je suis la seule musulmane de l'administration du plan qui ne porte pas le *hidjab*.

— Comment l'Egypte a-t-elle pu évoluer de cette façon ?

— La répression, la misère, l'oppression, la perte d'espoir en l'avenir, l'absence de tout objectif national... Les Egyptiens ont perdu espoir en la justice sur cette terre et ils l'attendent de l'au-delà. Ce qui se répand maintenant en Egypte, ce n'est pas de la religiosité réelle, mais une dépression nerveuse collective, accompagnée d'exhibitionnisme religieux. Ce qui a aggravé les choses, c'est que les millions d'Egyptiens qui ont travaillé pendant des années en Arabie Saoudite en sont revenus avec des idées wahhabites et que le gouvernement a soutenu la diffusion de ces idées qui le renforçaient.

— De quelle façon ?

— Le rite wahhabite interdit de se soulever contre un dirigeant musulman, même s'il opprime les gens. La seule chose qui préoccupe les wahhabites, c'est de recouvrir le corps de la femme.

— Est-il possible que la pensée des Egyptiens soit tombé à un tel niveau ?
— Pire encore. On voit maintenant en Egypte des femmes qui portent des gants noirs pour ne pas ressentir de concupiscence lorsqu'elles serrent la main d'un homme.

Elle éclata d'un rire qui lui fendit le cœur, puis il ajouta :

— Est-ce que tu veux que nous reprenions nos disputes au sujet de Gamal Abdel Nasser ? Je continue à croire qu'il est un des meilleurs dirigeants qu'ait eus l'Egypte, mais son énorme faute est de ne pas avoir instauré la démocratie et de nous avoir laissé un pouvoir militaire dont ont hérité des gens moins honnêtes et moins compétents que lui.

Elle se tut un instant puis soupira :

— Grâce à Dieu, en dépit de mon fiasco dans les affaires publiques, j'ai été comblée sur le plan familial. Ma fille est ingénieur et elle a réussi à la fois sa vie professionnelle et son mariage, ce qui m'a donné deux merveilleux petits-enfants. Et toi, qu'es-tu devenu ?

— J'ai passé mon doctorat et je suis devenu professeur d'université.

— T'es-tu marié ?

— Je me suis marié et j'ai divorcé.

— Et les enfants ?

— Je n'ai pas d'enfants.

Il eut l'impression que sa réponse l'avait soulagée d'une certaine façon. Ils parlèrent plus de deux heures et à compter de cette nuit sa vie fut transformée. Son monde nocturne atteignait sa plénitude. Son pays des merveilles renaissait, cette cité sur laquelle il gardait le silence parce que personne ne l'aurait cru s'il en avait parlé, tout le monde l'aurait accusé de folie. Il renfermait le secret dans son cœur. Il vivait à demi éveillé le jour, mais dès que la nuit tombait il devenait un être différent, comme les héros des légendes. Il s'envolait à tire-d'aile vers le passé et, revêtu de ses vêtements d'autrefois, regardait un film en noir et blanc des années 1960, écoutait des chansons d'Oum Kalsoum ou d'Abdel Halim Hafez... jusqu'à ce qu'arrive l'heure du départ vers le bureau : il l'appelait puis lui racontait avec franchise et chaleur tout ce qui lui était arrivé, comme un enfant rentrant de l'école se jette dans les bras de sa mère qui l'embrasse, lui enlève ses vêtements, lui lave le visage et les mains de la poussière du chemin.

Un soir qu'ils évoquaient des souvenirs, une douceur pure s'était glissée en eux. Il lui dit soudainement :

— Que dirais-tu si je t'invitais en Amérique ?
— Pour quoi faire ?
— Tu pourrais commencer une vie nouvelle.

Elle se mit à rire :

— Tu raisonnes comme les Américains, Saleh. Quelle vie nouvelle ? A notre âge, tout ce que nous pouvons demander à Dieu, c'est de bien finir.
— Parfois, je suis en colère contre toi.
— Pourquoi ?
— Parce que tu as provoqué notre séparation.
— C'est une vieille histoire.
— Je ne peux pas m'empêcher d'y penser.
— A quoi cela sert-il, maintenant ?
— Pourquoi m'as-tu quitté, Zeïneb ?
— C'est toi qui as décidé d'émigrer.
— Tu aurais pu me convaincre de rester.
— J'ai essayé, mais tu t'es obstiné.
— Pourquoi n'es-tu pas venue avec moi ?
— Je ne peux pas quitter l'Egypte.

— Si tu m'avais vraiment aimé, tu serais venue avec moi.

— C'est dérisoire de nous disputer maintenant sur ce qui est arrivé il y a trente ans.

— Penses-tu toujours que je suis lâche ?

— Pourquoi t'obstines-tu à remuer de mauvais souvenirs ?

— Ne te dérobe pas. De ton point de vue, est-ce que je suis lâche ?

— Si je t'avais trouvé lâche, je ne me serais pas liée à toi.

— La dernière fois, tu m'as dit : Dommage que tu sois lâche.

— Nous nous sommes disputés et ça m'a échappé.

— Cette phrase m'a fait souffrir pendant des années.

— Je suis désolée.

— Je ne crois pas que ta langue ait fourché.

— Que veux-tu exactement ?

— Je veux savoir ce que tu penses vraiment. Est-ce que pour toi je suis lâche ?

— Ton devoir était de rester en Egypte.

— Toi, tu es restée et quel a été le résultat ?

— Je n'attendais pas de résultat.

— Aucun des objectifs pour lesquels tu luttais ne s'est réalisé.

— Mais j'ai fait mon devoir.

— Sans succès !

— Au moins, je n'ai pas fui.

Le mot retomba lourdement. Le silence se fit, puis elle chuchota sur un ton d'excuse :

— Je suis désolée, Saleh. Je te prie de ne pas m'en vouloir, mais c'est toi qui as insisté pour aborder ce sujet.

33

On aurait dit qu'un muscle du visage du docteur Raafat Sabet s'était définitivement contracté pour lui donner un air d'amertume sans rémission, qu'une charge excessivement lourde pesant sur lui ralentissait ses pas et courbait son dos – lui dont la démarche était autrefois sportive, aisée et vive – et qu'il avait perdu son pouvoir de concentration, ce qui lui donnait un regard la plupart du temps perdu dans le vide.

Une seule question le préoccupait désormais : où Sarah avait-elle disparu ? Il l'avait cherchée partout, sans succès. Avait-elle fui avec Jeff dans un autre pays ? Avait-elle été attaquée par des gangsters à Oakland ? Dans les quartiers noirs de Chicago, il y avait des crimes que l'on ne découvrait que par hasard. Peut-être qu'on ne la retrouverait plus jamais. Qu'es-tu devenue, Sarah ? S'il t'est arrivé un malheur, je ne me le pardonnerai jamais. Comme j'ai été dur avec toi ! Comment ai-je pu te traiter de cette façon ?

Après des jours de recherches désespérantes, il se décida à informer la police. Il fut reçu par un officier noir, très courtois, qui écouta son récit avec attention avant de soupirer :

— Je suis désolé, monsieur, je suis un père comme vous et je comprends vos sentiments, mais votre fille n'est plus une adolescente et d'après la loi américaine c'est une citoyenne libre qui a le droit de se déplacer comme elle veut. Par conséquent, il n'existe pas de procédure légale de recherche si elle disparaît.

Raafat revint tristement à la maison où il retrouva Michelle étendue sur le canapé de la salle de séjour. Elle le regarda d'un air vide :

— Qu'as-tu fait ?

Il l'informa d'une voix faible, puis il s'assit à côté d'elle et lui prit la main. Ils avaient tous les deux l'air de deux vieux époux à qui une longue intimité avait permis de rester ensemble sans paroles. L'épreuve les avait réunis et ils avaient cessé de se disputer. Une profonde solidarité les réunissait comme celle qui rassemble des gens lorsqu'ils affrontent un incendie ou une catastrophe naturelle. Elle se leva en écartant doucement sa main :

— As-tu de nouvelles idées ?

— Je vais faire passer une annonce.

— Crois-tu qu'elle va la lire ?

— Je me souviens qu'elle les regardait parfois dans les journaux.

Elle le regarda longuement puis elle l'étreignit en tremblant. Il entreprit de la consoler et de la tranquilliser, puis il l'accompagna à son lit et revint lentement s'allonger lui-même sur le canapé. Il avait une terrible migraine et un lourd sentiment de détresse pesait sur sa respiration. Depuis la disparition de Sarah, il ne pouvait plus dormir sans somnifère et était incapable de rien faire, ni la nuit ni le jour. Comme ses absences en cours se répétaient, le docteur Friedman, le chef du département, l'avait convoqué et lui avait dit en souriant :

— Raafat, au département nous comprenons tous votre situation. Permettez-nous de faire un petit geste pour vous aider : si vous ne vous sentez pas en état de faire cours, appelez-moi auparavant et je gérerai la situation.

C'était un très beau geste de la part de ses collègues auprès desquels il travaillait depuis vingt ans, mais il savait que cette tolérance ne durerait pas éternellement. Son contrat avec l'université se terminait en avril et s'il persistait dans cet état, quelle que fût leur affection, ils ne le lui renouvelleraient pas. Le travail, c'était le travail ; et son poste au département était convoité par de nombreux professeurs qui avaient des diplômes et une expérience semblables à la sienne, peut-être même meilleurs.

Il se leva lentement et avala un somnifère. Il lui restait quarante minutes avant de s'endormir. Que faire ? Au fond de lui, il savait que, comme tous les soirs, il allait se préparer un cocktail, défiant les mises en garde du médecin contre le mélange de somnifère et d'alcool. Puis il sortirait le grand album de photos que Michelle gardait dans le salon, à côté du piano. Il allait boire et regarder des photographies anciennes. Et soudain, les jours heureux apparaissaient à ses yeux. Les années d'amour et de jeunesse, enlacé avec Michelle au Lincoln Park ou pendant le réveillon de la Saint-Sylvestre au *Davis Club*. C'était en quelle année ? La date devait être au dos de la photo. Puis, un peu plus tard, apparaissait Sarah, d'abord bébé, puis petite fille, dans un costume bleu de marin qu'il lui avait acheté pour son anniversaire. Ensuite, c'était une splendide photo d'elle faisant de la bicyclette dans le jardin de la maison. Il regarda son visage souriant. Comme elle était belle ! Où se trouvait-elle maintenant ? En regardant ses photos, il lui vint une idée étrange : Serait-il possible que les gens portent leur destin sur leur visage depuis leur enfance ? Avec un certain degré de concentration ou de clairvoyance, pouvait-on y lire leur avenir ? Savoir dès le début que cette petite fille mourra jeune ou qu'elle sera malheureuse ? Ou que cet enfant paresseux que rien ne distingue parviendra à une réussite professionnelle extraordinaire ou gagnera une grande fortune ? Sur ses photos d'enfance, Sarah avait l'air souriant et épanoui, mais en fait il pouvait d'une certaine façon voir imprimé sur son petit visage ce qui lui arrivait maintenant. Au milieu des sourires et des regards innocents et surpris, il apercevait l'ombre d'un nuage. Il y avait dans son regard quelque chose d'imperceptiblement brisé, le signe d'une destinée triste et fatale.

Il mit l'album de côté et se leva. Comme chaque nuit, le chagrin qui s'accumulait le rendait incapable de continuer à regarder les photographies. Il avala un autre verre devant la fenêtre jusqu'à ce que l'effet cumulé du whisky et du somnifère le fasse sombrer dans un profond sommeil, noir comme la mort.

Il s'imagina tout à coup entendre des bruits au rez-de-chaussée, celui d'une porte qui s'ouvre puis se referme, le grincement de pas sur le plancher. Mon Dieu, la mise en garde du médecin était-elle en train de se réaliser ? Le mélange de l'alcool et du somnifère était-il en train de lui donner des hallucinations ?

Voilà qu'il entendait le bruit à nouveau. Non, ce n'étaient pas des hallucinations. Cette fois, il en était certain. Quelqu'un était en train de bouger au rez-de-chaussée. Etait-ce sa femme qui s'était réveillée et était descendue pour une raison quelconque ? Il posa le verre sur la table et se précipita dans la chambre à coucher. Il ouvrit doucement la porte et distingua dans l'ombre sa femme Michelle qui dormait. Il était maintenant complètement attentif. Son sentiment du danger lui avait rendu sa capacité de concentration. Le bruit recommençait. Celui qui était entré par effraction dans la maison ne prenait même pas la peine de cacher ses mouvements. Il ne se glissait pas furtivement comme le font les cambrioleurs. Peut-être était-ce un drogué ou bien avait-il une arme pour se rassurer sur sa capacité de trancher la situation à tout moment. D'ailleurs, qui disait qu'il n'y avait qu'une seule personne ? Le plus probable, c'est qu'il s'agissait d'un groupe d'hommes armés. Que lui voulaient-ils ? Malheureusement, il n'avait pas de revolver comme Saleh. Il avait toujours refusé de porter une arme, et l'idée de tirer sur quelqu'un dans quelque circonstance que ce soit lui avait toujours semblé bizarre et effrayante. Il alluma son téléphone portable et composa le numéro de la police. Il allait descendre au rez-de-chaussée, ferait face aux agresseurs et, au moment opportun, il déclencherait l'appel. Il s'agrippa à la rampe de l'escalier et descendit les marches avec une extrême précaution.

Soudain, il s'arrêta. Quelques instants s'écoulèrent avant qu'il ne saisisse la réalité de ce qu'il voyait. La porte de la pièce était grande ouverte. Dans la faible lumière du couloir, il aperçut une personne qui se tenait de dos. Il connaissait cette silhouette. Il la connaissait par cœur :

— Sarah ! cria-t-il en se précipitant vers elle.

Il appuya sur l'interrupteur et la lumière révéla tous les détails de la scène. Sarah pivota un instant vers lui et lui jeta un regard absent, puis elle se retourna à nouveau comme si elle ne l'avait pas vu. Elle cherchait quelque chose avec impatience, ouvrait l'un après l'autre les tiroirs du bureau et les refermait violemment. Raafat s'approcha et la regarda. Son apparence était singulière, avec son corps maigre, son visage livide et des cernes noirs autour des yeux. Elle transpirait. Ses cheveux étaient ébouriffés et poussiéreux et ses vêtements sales, comme si elle passait ses nuits sur le trottoir.

— Sarah, où étais-tu ? lui demanda-t-il précipitamment.

Mais comme si elle ne se rendait pas compte de sa présence elle ne répondit pas, ne se retourna pas et continua à ouvrir et refermer brutalement les tiroirs, à chercher dans l'armoire. Elle en tira violemment le battant et se mit à en jeter le contenu sur le lit : un tas de chemises pliées, de tenues d'intérieur et de serviettes de couleur. Raafat lui prit le bras et lui demanda :

— Que cherches-tu ?

Elle le repoussa et cria d'une voix atone :

— Laisse-moi.

— Qu'as-tu, Sarah ?

— Ça ne te regarde pas.

Elle regarda à l'intérieur de l'armoire vide, puis elle se jeta sur le lit en se cachant la tête dans les mains, et elle dit comme si elle se parlait à elle-même :

— Merde, où est passé l'argent ? Je suis sûre de l'avoir laissé ici.

— Sarah !

— Laisse-moi tranquille.

— Je sais que tu es en colère contre moi. Je t'ai traitée durement, mais fais-moi confiance, je suis la personne qui t'aime le plus au monde.

— Arrête de me faire du chantage avec des sentiments qui m'ont gâché la vie.

Elle avait la voix cassée et regardait d'une drôle de façon. Son visage se crispa et se couvrit de sueur, et elle se mit à hoqueter comme si elle respirait avec difficulté. Il se rapprocha d'elle et tendit les bras pour la serrer, mais elle se leva brusquement, recula de deux pas, puis se retourna face à lui en le regardant, sur le qui-vive. Il lui dit d'une voix douce :

— Je veux parler un peu avec toi.

— Je n'ai pas le temps.

— Où habites-tu maintenant ?

— Dans un endroit mille fois mieux que ta maison.

— Pourquoi te comportes-tu de cette façon ? Tu as un grave problème. Il faut que tu t'arraches à la drogue.

Elle le regarda avec colère et cria :

— Qu'est-ce que tu connais à la drogue ? Tu ne connais rien du monde en dehors des échantillons de cellules avec lesquels tu as passé ta vie.

— Je t'en supplie Sarah, je vais te conduire chez une psychanalyste.

— Je n'en ai rien à faire de ces bêtises. Je n'ai pas besoin de psychanalyste, et s'il y a un problème dans ma vie, c'est toi qui en es la cause.

— Moi ?

— Comme d'habitude, tu ne vois pas le mal que tu fais.

— Sarah !

— Assez de mensonges. C'est toi la cause de mes malheurs. Il n'y a pas une seule chose vraie dans cette maison. Ma mère ne t'aime pas, elle ne t'a jamais aimé. Toi non plus tu ne l'aimes pas et vous continuez à faire semblant d'être des époux parfaits. Le moment est venu que tu saches ce que je pense de toi. Tu es un imposteur, un comédien raté, jouant un rôle stupide qui ne convainc personne. Qu'est-ce que tu es ? Egyptien ou américain ? Toute ta vie tu as voulu être américain et tu as échoué.

— Toutes ces calamités à cause de ce voyou de Jeff ! s'exclama tout à coup Raafat.

Elle hurla :

— Ne l'insulte pas. Il est meilleur que toi. Il est pauvre et chômeur, mais il est sincère. Il m'aime et je l'aime. Nous ne sommes pas des tricheurs comme vous deux.

Elle se retourna tout à coup pour se diriger vers la porte, mais il la suivit et la prit par la main pour la faire rester. Elle le repoussa, mais il la poursuivit et la saisit dans ses bras en criant :

— Je ne te permettrai pas de te détruire.

— Laisse-moi ! cria-t-elle en le repoussant à nouveau de toutes ses forces. Il supporta ses coups. Elle fit de grands efforts pour se dégager et, soudain, ses muscles se contractèrent violemment et elle se mit à pleurer. Il l'étreignit fermement et elle retrouva son calme dans ses bras. Au bout de quelques instants, elle lui dit d'une voix différente, calme et profonde, comme si elle se réveillait d'un rêve ou reprenait conscience après une crise de nerfs :

— Il faut que je m'en aille maintenant.

— Est-ce que tu veux de l'argent ?

Elle sembla hésiter, puis lui dit à voix basse :

— Donne-moi cent dollars. Je te les rendrai dans une semaine.

Il sortit l'argent de son portefeuille et lui tendit les billets qu'elle glissa pêle-mêle dans la poche de son pantalon.

— En veux-tu plus ?

— Nous ne sommes pas en crise. Dans quelques jours, Jeff va commencer un nouveau travail.

Il a trouvé un emploi extraordinaire dans une agence de voyages.

Il était sûr qu'elle mentait. Il la regarda tendrement :

— Tu ne veux pas me donner ta nouvelle adresse ?

— Je ne peux pas.

— Je veux seulement savoir ce que tu deviens. Je ne t'ennuierai pas. Je ne te rendrai visite que si tu me le demandes.

— C'est moi qui te téléphonerai. Je te le promets.

Elle semblait tout à coup avoir retrouvé son ancienne gentillesse. Il la serra à nouveau dans ses bras et couvrit son visage et ses cheveux de baisers jusqu'à ce qu'elle le repousse gentiment. Elle le regarda en souriant puis lui déposa un baiser rapide sur la joue et s'enfuit à l'extérieur.

34

Le docteur Friedman prit place derrière son bureau et demanda à Tarek de s'asseoir. Il baissa la tête et regarda ses mains croisées devant lui, puis il rougit un peu comme toutes les fois qu'il commençait à parler :

— Depuis que j'ai pris la direction du département, je me suis toujours efforcé d'y accepter les Egyptiens, car ils sont intelligents et travailleurs. Bien sûr, de temps en temps il y a un mauvais élément comme Ahmed Danana, mais c'est une exception, pas la règle. Vous, par exemple, vous êtes un très bon étudiant. Vous êtes rapidement parvenu à des résultats remarquables dans votre recherche et vous avez toujours eu la mention d'excellence dans toutes les matières que vous avez étudiées.

— Je vous remercie, balbutia Tarek avec gratitude.

Le docteur Friedman se racla la gorge et poursuivit en évitant toujours de regarder son interlocuteur :

— Vos très bons résultats scientifiques font qu'il est de mon devoir de vous parler avec franchise. Votre niveau s'est fortement détérioré au cours de ces derniers mois. Et là, c'est la quatrième épreuve où vous avez de mauvaises notes, alors qu'autrefois vous aviez toujours le maximum.

Tarek le fixait, le visage livide, et semblait avoir perdu l'usage de la parole. Friedman prit une copie d'examen et dit d'un ton irrité :

— J'ai été stupéfait en passant en revue vos derniers résultats. Vous faites des fautes si élémentaires qu'on ne peut pas croire qu'elles proviennent de vous. Cela ne vous fait-il pas réfléchir aux causes de cet effondrement ?

Tarek resta silencieux, mais son visage était de plus en plus pâle. Friedman sourit et lui dit d'une voix affectueuse :

— Ecoutez, Tarek, vous avez devant vous une chance extraordinaire de pouvoir construire votre avenir. La vie en Amérique a beaucoup de défauts, mais son côté très positif est de donner ses chances à tout individu : si vous travaillez sérieusement, vous atteignez votre but. C'est le secret de la puissance de ce pays. Ce que vous pouvez réaliser ici, vous ne le réaliserez nulle part ailleurs. Je vous conseille de ne pas laisser votre vie privée perturber votre travail.

— Mais…

— Je ne veux pas faire preuve de curiosité au sujet de votre vie, mais je voudrais vous faire part de mon expérience personnelle. Je crois que vous m'avez très bien compris. J'ai été jeune comme vous et, pendant mon cursus universitaire, j'ai affronté des crises sentimentales, j'ai eu des relations heureuses et malheureuses qui ont affecté mes résultats, mais j'ai toujours su rester maître de mes sentiments et me remettre au travail. Il n'y a rien de plus difficile dans la vie que le travail, mais c'est la seule valeur qui dure.

Friedman se leva et serra chaleureusement la main de son étudiant :

— Attention à votre travail, Tarek. Je me considère comme votre père. Si vous avez besoin de quoi que ce soit, demandez-le-moi, et même, si vous éprouvez le besoin de parler de vos problèmes, je trouverai toujours le temps de vous écouter.

— Je vous remercie, docteur, lui répondit Tarek avec gratitude. Friedman lui posa la main sur l'épaule et lui dit en le raccompagnant à la porte :

— Malheureusement, la baisse de vos résultats obligera l'administration du département à vous envoyer un avertissement. C'est ce que prévoit le règlement. L'avertissement vous parviendra dans deux jours. C'est une mauvaise chose, bien sûr, mais ce n'est pas la fin du monde. Si vous vous mettez à travailler sérieusement et si vous retrouvez votre niveau, nous pourrons vous enlever l'avertissement, comme s'il n'avait jamais existé.

Tarek regarda en silence le professeur Friedman. Il n'avait pas la force de parler. Il le quitta, incapable de se concentrer, l'esprit troublé. Il marcha d'un pas lourd dans le corridor. Il vacillait comme s'il avait reçu un coup sur la tête. Des images brumeuses se mirent à défiler à la surface de son esprit. Il poursuivit sa marche, tellement plongé dans ses pensées qu'il dépassa sans s'en apercevoir la résidence universitaire. Il savait que son niveau était vacillant ces derniers temps, mais il ne pensait pas que cela se verrait. Chaque fois qu'il avait une mauvaise note, il se disait : "Je n'ai pas réussi cette épreuve, mais je redresserai la situation la prochaine fois." Le docteur Friedman l'avait obligé à se regarder dans le miroir de la vérité. Il était tombé dans un précipice : son avenir scientifique était menacé. Aujourd'hui, on lui avait formulé un avertissement légal et, demain, on le renverrait tout comme Danana. La différence, c'était que Danana avait derrière lui le gouvernement égyptien, tandis que lui, si on le renvoyait, il était perdu pour toujours. Mon Dieu, que lui était-il donc arrivé ? Comment lui, Tarek Hosseïb, le génie, le légendaire premier de la classe, en était-il venu à craindre l'échec et le renvoi ? Il ferma calmement la porte de sa chambre et se jeta sur le lit, tout habillé, sans même enlever ses souliers et resta pendant une demi-heure silencieux à regarder le plafond. Ensuite, il se leva, sortit de l'appartement et prit l'ascenseur en direction du septième étage. Il s'arrêta, hésitant, devant l'appartement de Cheïma puis appuya deux fois sur la sonnette. C'était leur signal convenu. Lorsque Cheïma le reconnaissait, elle se précipitait pour lui ouvrir la porte, immédiatement, comme si elle attendait derrière. Mais cette fois elle n'ouvrit pas. Il pensa qu'elle était sortie pour une raison quelconque et l'appela, mais son téléphone était éteint. Il sonna à nouveau. Un long moment s'écoula et il faillit s'en aller. Elle finit par ouvrir. Elle était en vêtements d'intérieur et ses cheveux étaient attachés par une écharpe. Elle ne s'était pas maquillée comme d'habitude, pour son arrivée. Elle ne prononça pas un mot, se retourna et lui fit signe d'entrer, puis elle s'assit devant lui sur le divan du salon. Il vit dans l'ombre que ses yeux étaient congestionnés et son visage mouillé de larmes :

— Qu'as-tu ?

Elle resta silencieuse et évita de le regarder, ce qui redoubla son inquiétude. Il s'approcha d'elle et posa la main sur son épaule, mais elle le repoussa violemment.

— Qu'as-tu, Cheïma ?

Elle baissa un peu la tête puis éclata en sanglots et lui dit d'une voie entrecoupée :
— Une catastrophe, Tarek.
— Qu'est-il arrivé ?
— Je suis enceinte.

Il resta debout à la regarder, pétrifié, comme s'il ne comprenait pas. Brisé en mille éclats, l'esprit en miettes, il était incapable de réfléchir. Il se mit à regarder les objets autour de lui comme des images isolées que rien ne reliait entre elles : la lampe posée sur la table, le réfrigérateur qui vrombissait, le sol couvert d'une épaisse moquette brune...

Cheïma se leva soudain et se mit à se frapper le visage en criant :
— Tu vois quelle catastrophe, Tarek ! Je suis enceinte dans le péché ! Dans le péché !

Il se précipita vers elle, lui prit les mains et, avec difficulté, parvint à l'empêcher de se frapper, mais elle se jeta sur le fauteuil et s'abandonna à des sanglots qui lui fendirent le cœur. Il parla enfin, et sa voix était grave comme si elle provenait du fond d'un puits :
— Tu te trompes.
— Que veux-tu dire ?
— Il n'est pas possible que tu sois enceinte.
— J'ai fait deux fois le test.
— Je t'assure que ce n'est pas possible.

Elle le regarda d'un air furieux :
— Tu es médecin et tu sais très bien que ce qui est arrivé est possible.

Un profond silence s'établit et elle recommença à pleurer, puis elle dit d'une voix tremblante :
— Ce matin, j'ai pensé me suicider, mais j'ai eu peur de Notre-Seigneur, qu'il soit glorifié et exalté.

Elle se leva tout à coup, se rapprocha de lui, lui prit la main et lui dit d'une voix blessée :

— Protège-moi, Tarek, je te baise les pieds.

Il continua à la regarder en silence. Elle lui dit d'une voix implorante :

— Je me suis renseignée sur les formalités. Nous pouvons nous marier ici, au consulat.

— Nous marier ici ?

— Nos familles seront fâchées que nous ne leur ayons pas demandé l'autorisation, mais nous n'avons pas le choix. J'ai demandé au consulat. Les démarches sont simples et ne prennent pas plus d'une demi-heure. Ensuite, une copie du document de mariage est envoyée à l'état civil au Caire.

Elle avait prononcé cette dernière phrase comme s'il s'agissait de détails purement pratiques, comme s'ils étaient d'accord sur le principe du mariage et qu'il ne restait pas d'autre problème que celui des formalités, mais un lourd silence s'installa entre eux. Il détourna le visage pour ne pas la regarder, puis il dit d'une voix faible, comme s'il se parlait à lui-même :

— Moi aussi, je passe par de grandes difficultés. J'ai reçu un avertissement en bonne et due forme de l'université. Ma moyenne a beaucoup baissé.

— Il faut d'abord régler notre problème. Quand irons-nous au consulat ?

— Pour quoi faire ?

— Pour nous marier.

— Notre situation ne nous permet pas de nous marier maintenant !

Le silence régna à nouveau. Elle commença à haleter d'une façon audible et Tarek poursuivit d'un ton suppliant :

— Je t'en prie, Cheïma. Comprends-moi. Je ne t'abandonnerai jamais. Je ferai tout ce qui est en mon pouvoir pour t'aider, mais je ne peux pas me marier de cette façon.

Elle le regarda en face et tenta de lui dire quelque chose, puis tout à coup elle poussa un profond soupir et le repoussa en criant :

— Sors d'ici, sors ! Je ne veux plus jamais voir ton visage.

*

Ce fut une des plus mauvaises nuits de ma vie, sans un seul instant de sommeil. J'appelai plusieurs fois Wendy, mais elle ne me répondit pas puis elle éteignit son téléphone. Le matin de bonne heure, je m'habillai et pris le métro en direction de la bourse de Chicago – je l'avais plusieurs fois accompagnée là-bas – et je restai au croisement à l'attendre. La neige qui était tombée pendant la nuit avait tout recouvert. J'ajustai sur moi mon manteau épais, j'enfonçai mon bonnet et m'emmitouflai le visage dans mon écharpe. Je me rappelai comment Wendy avait choisi ces vêtements pour moi. J'avais si peu l'expérience de l'hiver à Chicago que j'avais acheté un imperméable, croyant qu'il me permettrait d'affronter les grands froids. Wendy avait ri en me voyant et m'avait dit d'une voix douce, comme pour s'excuser :

— Cet imperméable est trop léger. L'hiver à Chicago, il faut un gros manteau, doublé en fourrure.

Elle m'avait conduit vers le grand magasin Marshall Fields *et m'avait dit dans le grand ascenseur vitré :*

— Ici, on vend les vêtements coûteux des grands couturiers, mais, grâce à Dieu, on n'a pas oublié les pauvres comme nous. On leur a laissé le

dernier étage où l'on trouve à bas prix des vêtements qui ont un défaut ou d'anciens modèles.

Comme elle m'avait aimé et combien j'avais compté pour elle ! Autant elle avait été gentille avec moi, autant, moi, je m'étais comporté grossièrement à son égard. Hier, elle était venue pour faire la fête avec moi. Elle voulait ressembler à mes yeux aux danseuses andalouses telles que je les imaginais, et, tout cet amour, je l'avais accueilli avec une dureté incroyable. Je l'avais accusée de m'espionner, de me trahir. Dès que je la verrais, j'allais m'excuser, embrasser ses mains et la supplier jusqu'à ce qu'elle me pardonne. Comment avais-je pu être aussi dur avec elle ? Je n'étais pas dans mon état normal. J'étais nerveux et misérable et j'avais fait retomber mon désespoir sur elle. L'incursion de Safouat Chaker chez moi, sa connaissance de tous les détails de ma vie, ses menaces au sujet de ma mère et de ma sœur, tout cela m'avait mis les nerfs à vif. Je ne pouvais pas imaginer qu'ils arrêtent ma sœur Noha. S'ils la touchent, je tuerai ce Safouat Chaker ! Mon Dieu, ces gens-là sont-ils vraiment des êtres humains ? Ont-ils été un jour des enfants innocents ? Comment le travail d'une personne peut-il consister à frapper et à torturer les gens ? Comment un tortionnaire peut-il manger, dormir, faire l'amour avec sa femme, caresser ses enfants ? Le plus étrange, c'est que tous les officiers de la Sécurité d'Etat ont le même aspect. L'officier qui m'avait torturé, quand j'avais été arrêté à l'université, ressemblait à Safouat Chaker. La même peau luisante, visqueuse et froide. Ces yeux cruels et morts, ce visage rembruni et crispé qui transsude l'amertume.

Un vent glacé se mit à souffler et me fit fermer les yeux. Je marchai sur le trottoir à pas rapides *pour ramener le sang à mes extrémités. Cette méthode pour repousser le froid, je l'avais également apprise de Wendy. Nous partagions ainsi des dizaines de détails et d'attitudes. Il me serait impossible de l'oublier. Je regardai ma montre. Il était sept heures et demie. Pourquoi ne venait-elle pas ? C'était pourtant son trajet quotidien. Elle devait passer par là. Avait-elle changé de route pour éviter de me voir ? Je sentis la tristesse m'engloutir. Avec le froid et l'épuisement, je commençais à m'abstraire de tout ce qui m'entourait, comme si j'étais tout à coup transporté vers un autre espace, lointain, ou comme si ce que je voyais arrivait à d'autres personnes que je regardais à travers une vitre. C'était le procédé auquel recourait inconsciemment mon esprit pour alléger une sensation de douleur. Peu à peu, un brouillard enveloppa mon champ de vision comme si je voyais la rue et les passants à travers des lunettes nébuleuses. Je ne sais pas combien de temps je restai dans cet état, mais tout à coup je pris conscience de son image. Je la vis arriver. C'était elle, avec cette démarche nonchalante que j'aimais. Elle avançait d'un pas régulier et alerte, comme si elle dansait. (Je lui avais demandé pourquoi elle ne marchait pas rapidement comme les Américains. Elle m'avait répondu en riant : Parce que je porte le sang de ma grand-mère andalouse, celle qui était amoureuse de ton grand-père.)*

Je m'élançai de toutes mes forces vers elle, puis je m'arrêtai et la regardai : on voyait sur son visage qu'elle n'avait pas plus dormi que moi.

— Wendy !

— J'ai du travail maintenant.

— Je t'en supplie : une minute seulement !

Le vent se mit à souffler violemment et recouvrit de neige nos visages. Je lui fis un signe et elle hésita un peu avant de me suivre dans l'entrée du bâtiment le plus proche. La chaleur nous enveloppa. Suffoquant d'émotion, je la pris par les épaules et lui dis :

— Je t'en supplie, pardonne-moi. Je ne sais pas comment j'ai pu faire cela. J'étais désespéré et ivre. Je n'étais pas dans mon état normal.

Elle baissa la tête pour fuir mon regard.

— La dispute d'hier a révélé la vérité.

— Je ferai n'importe quoi pour que tu oublies ce que j'ai dit hier.

— Je ne l'oublierai pas. Je ne peux pas me mentir à moi-même.

— Que veux-tu dire ?

— Notre relation a été merveilleuse, mais sans avenir.

— Pourquoi ?

— Parce que nous appartenons à deux mondes différents.

— Wendy, j'ai eu tort et je suis venu te présenter mes excuses.

— Il n'y a pas de tort dans cette affaire. En fin de compte, je fais partie des ennemis de ton pays. Tu as beau m'aimer, tu n'oublieras jamais que je suis juive. J'aurai beau être sincère avec toi, ta confiance en moi sera toujours fragile. Je serai toujours la première suspecte à tes yeux.

— Ce n'est pas vrai. J'ai confiance en toi et je te respecte.

— Notre histoire est terminée, Nagui.

Je tentai une dernière protestation désespérée, mais elle me sourit d'une manière indéchiffrable, et tout à coup apparut sur son visage cette douleur ancestrale qui parfois la mettait à nu. Elle s'avança vers moi, me prit dans ses bras et m'embrassa furtivement sur les joues, puis elle me dit *d'une voix faible en me tendant la clef de l'appartement :*

— Je te prie de ne pas m'appeler. Je veux que notre relation se termine bien, comme elle a commencé. Je te remercie pour toutes les émotions merveilleuses que tu m'as fait connaître.

Elle se retourna et partit paisiblement. Je la suivis des yeux pendant qu'elle traversait le portail de verre en direction de la rue et jusqu'à ce qu'elle disparaisse dans la foule.

*

Une inquiétude apparut sur le visage de Karam Doss :

— Alors, la guerre a commencé.

— Je ne sais pas comment Safouat Chaker a pu tout savoir sur nous.

— C'est son travail d'espionner les gens. Souviens-toi que nous avons rencontré beaucoup d'Egyptiens pour les convaincre de signer le manifeste. C'est normal que l'un d'entre eux nous ait dénoncés.

— Et comment a-t-il obtenu les clefs de l'appartement ?

— La coopération entre les services de renseignements américains et égyptiens est étroite et ancienne. Ils envoient les suspects en Egypte où la Sécurité d'Etat les torture et leur arrache des aveux avant de les renvoyer en Amérique.

— Je croyais qu'ici les droits de l'homme étaient inviolables.

— Depuis les attentats du 11 Septembre, l'administration américaine a donné aux services de Sécurité le droit de faire tout ce qu'ils jugent nécessaire, en commençant par espionner les gens et en allant jusqu'à les emprisonner sur de simples présomptions.

— Qu'allons-nous faire ?

— Es-tu toujours déterminé au sujet du manifeste ?

— Qu'est-ce que tu dis !

— Je sais que tu es courageux et patriote, mais j'estime également que tes craintes pour ta famille peuvent te pousser à revoir ta position.

Je lui lançai un regard qui devait être tranchant, car il leva la main et me dit :

— Ne te mets pas en colère. Il fallait que je te pose la question.

Nous étions assis au piano-bar où nous avions rencontré Wendy pour la première fois. Je m'efforçai d'arrêter le courant des souvenirs. L'image de Wendy ne quittait pas mon esprit. J'avais perdu avec elle une des plus belles expériences de ma vie. Je me remémorai notre dernière rencontre. Avait-elle raison ? Appartenions-nous vraiment à deux mondes différents ? Notre hostilité à nous, les Arabes, devait être dirigée contre le mouvement sioniste et non contre la religion juive. Nous ne pouvions pas être ennemis des fidèles de telle ou telle religion. Ce comportement fasciste était étranger à la tolérance de l'islam, et il donnait aux autres le droit de se conduire envers nous avec le même racisme. C'était là mon opinion que j'avais dite et écrite des dizaines de fois, mais j'avais échoué à la mettre en pratique. Si Wendy n'avait pas été juive, l'aurais-je accusée de traîtrise ? Pourquoi avais-je aussi facilement douté d'elle ? Mais d'un autre côté Wendy ne pouvait-elle pas être considérée comme une juive exceptionnelle ? La plupart des juifs à travers le monde n'aident-ils pas Israël de toutes leurs forces ? N'est-ce pas en tant qu'Etat juif qu'Israël perpètre ses massacres contre les Arabes ? Ma relation avec Wendy n'avait-elle pas suscité la colère des juifs de la faculté ? Ne m'avaient-ils pas cherché querelle et n'avaient-ils pas tenté de m'humilier ? Combien y a-t-il de juifs comme Wendy, et combien y a-t-il d'étudiants comme celui qui s'était moqué de moi ?

J'ingurgitai le reste du vin et commandai un nouveau verre. J'observai le visage du docteur Karam. Il fronça les sourcils et me dit d'un ton sérieux :

— Nous devons bien analyser la situation. Puisque Safouat Chaker sait tout, il interdira à coup sûr aux signataires du manifeste de rencontrer le président.

— Est-ce qu'ils en ont le droit ?

— Bien sûr, la visite du président est supervisée par les hommes de la Sécurité égyptienne et américaine, et ils ont le droit d'interdire à n'importe qui d'entrer dans la salle.

— Même s'ils nous interdisent d'entrer, nous manifesterons à l'extérieur et nous lirons le manifeste aux journalistes.

— Les manifestations sont importantes, c'est évident, mais la force de notre idée reposait sur le fait qu'un Egyptien surprenne le président de la République et lui jette le manifeste au visage.

— Tu as raison, mais comment faire ?

— Nous avons deux semaines devant nous. Il faut que nous trouvions un Egyptien parmi ceux qui n'ont pas encore signé le manifeste et que nous le convainquions de le lire. Il faut que nous choisissions quelqu'un à qui Safouat Chaker ne s'attende absolument pas.

— Connais-tu quelqu'un qui ferait l'affaire pour cette mission ?

— J'ai plusieurs noms, nous allons les passer en revue ensemble.

35

Pourquoi Maroua avait-elle accepté de travailler avec Safouat Chaker ? La réponse résidait dans de petits détails : les regards inquisiteurs et soupçonneux qu'elle jetait à son mari alors qu'il lui présentait la proposition. Son sourire teinté de défi lorsqu'elle se maquillait devant le miroir avant d'aller au consulat. La jupe bleue étroite qu'elle avait choisie pour mettre en relief les courbes de son corps. Le parfum capiteux qu'elle mettait derrière ses oreilles et entre ses seins. Le mouvement furtif et subreptice par lequel elle détachait le bouton supérieur de sa robe avant d'entrer au bureau. Son dandinement, ses soupirs, sa voix tendre et mélodieuse.

Une pulsion incoercible la poussait à encourager Safouat Chaker, à lui donner le champ libre pour annoncer son intention, non qu'il lui plût ou qu'elle fût perverse ou stupide, mais simplement elle voulait mener son plan jusqu'à sa complète réalisation, pousser les événements à leur terme, aborder une terre ferme, la protégeant du déferlement des vagues de la vie qui sans cesse la minaient. Elle était fatiguée de ses hésitations et de ses appréhensions, entre sa peur du divorce et son aversion pour Danana. Elle ne supportait plus de vivre dans cette zone grise : soit ses craintes se réaliseraient, soit elles seraient dissipées. Quelle que soit la dureté de la réalité, elle valait mieux que des chimères.

Elle avait compris dès le premier jour qu'elle n'avait pas de véritable travail au bureau de Safouat Chaker. Les tâches les plus importantes incombaient à son secrétaire Hassan. Il était clair que Safouat brûlait de convoitise pour elle. Plusieurs fois par jour, il la faisait venir et lui demandait de fermer la porte. Il l'invitait à s'asseoir devant lui et lui parlait sur un ton qu'il voulait amical tout en la dévorant du regard. Sa voix était enflammée d'un désir effréné dont elle sentait presque la brûlure. Parfois, lorsque sa lubricité débordait et submergeait l'atmosphère, il se réfugiait dans le silence. Il ne trouvait alors plus rien à dire. Maroua pensa qu'il ne tiendrait pas longtemps et qu'il allait bientôt se dévoiler. Qu'allait-il lui faire ? Lui prendrait-il la main ou se collerait-il à elle en essayant de l'embrasser de force ?

Un jour passa, puis deux et, à la fin du troisième, Safouat la fit rester après l'heure du départ. Il alla vers le petit bar derrière le paravent où il prépara un verre pour lui et un jus d'orange pour elle. Ensuite, il revint s'asseoir, s'adossa et regarda dans le vague :

— Je voudrais vous parler de moi.

— C'est un honneur que vous me faites.

— Je suis au sommet de ma vie professionnelle et, à la première occasion, je vais être nommé ministre.

— Mes félicitations, lui dit-elle d'une voix enjouée.

Tout au fond d'elle, quelque chose se mit en éveil. Elle trembla. Elle croisa les jambes et le tissu de ses vêtements épousa les formes de son corps. Il poursuivit d'une voix sérieuse :

— Je suis parvenu au maximum de ce à quoi peut prétendre un membre des services de

Sécurité. Peut-être ne comprenez-vous pas ce que veut dire la Sécurité en Egypte. C'est la Sécurité qui gouverne l'Egypte et personne d'autre. Un seul mot de moi peut faire bouger le président de la République comme je le souhaite. Je peux faire modifier l'itinéraire prévu pour ses déplacements ou lui faire abandonner un palais pour dormir dans un autre que j'ai choisi. Une seule décision de moi peut détruire l'avenir de n'importe quel responsable de l'Etat.

— Je commence à avoir peur de vous.

— Au contraire, je veux que vous vous appuyiez sur moi.

— Je vous remercie.

— Votre mari est venu me voir à Washington. Il a pleuré et m'a supplié pour que je sauve son avenir de l'effondrement.

— Je le sais.

— Je le sauverai pour vous.

— Merci beaucoup.

— Je veux que vous me remerciiez d'une autre façon.

— Laquelle ?

— Je suis plus vieux que vous et j'ai une plus grande expérience. La vie m'a appris que la chance ne se présente qu'une fois : soit nous la saisissons, soit nous la laissons passer pour toujours.

— Je ne comprends pas.

— Vous comprenez parfaitement.

— Que voulez-vous ?

— Je vous veux, vous.

Il se leva de derrière son bureau, marcha nonchalamment vers elle, lui prit la main et l'attira vers lui. Elle se leva. Il tendit le bras et entoura sa taille. Elle s'agita un peu mais ne s'éloigna pas.

Il chuchota, tandis que son parfum emplissait ses narines :

— Vous êtes belle.

Elle se dandina, comme pour résister, ce qui redoubla son excitation. Il lui retint plus solidement le bras et lui dit d'une voix rauque :

— Je ferai de vous la femme la plus heureuse du monde.

— Et si je refuse ?

— Vous ne refuserez pas.

— Comment le savez-vous ?

— Parce que vous êtes intelligente.

— J'ai besoin de réfléchir.

Safouat la regarda, le visage rembruni, haletant de désir, mais il se ressaisit et lui dit en s'écartant d'elle :

— Je vous donne jusqu'à demain.

Maroua ne fut pas choquée ni déconcertée. Elle n'était même pas vraiment irritée. Au contraire, intérieurement, elle ressentait une sorte de soulagement, comme un enquêteur qui a finalement trouvé une preuve irréfutable pour faire condamner un coupable. Maintenant, elle tenait la vérité. A partir d'aujourd'hui, il n'y avait plus de doute ni d'hésitation. Safouat Chaker voulait qu'elle soit sa maîtresse. C'était aussi simple que cela. Elle retourna chez elle et attendit Danana, assise dans le salon. Dès qu'il passa la porte, celui-ci comprit au premier coup d'œil qu'il s'était passé quelque chose. Il la salua puis lui dit en bâillant exagérément pour préparer sa dérobade :

— J'ai eu une journée exténuante.

— Je veux te parler.

— Remettons ça à demain.

— C'est une affaire qui ne peut pas attendre.

Elle lui raconta lentement tout ce qui s'était passé. Elle appuyait sur les syllabes en rapportant les propos de Safouat Chaker. Elle lui jeta un regard résolu et conclut :

— Tu te rends compte de l'infamie ! Celui que tu considérais comme ton ami veut attenter à ton honneur !

Danana était assis face à elle, encore en tenue de ville. Il l'observa à travers ses lunettes puis se frappa les paumes à plusieurs reprises.

— Il n'y a de force et de puissance qu'en Dieu. Quel homme indigne !

Maroua trouva l'expression trop douce et lui demanda d'une voix forte :

— Qu'allons-nous faire avec lui ?

— Nous allons lui demander des comptes et cela lui coûtera cher.

Un moment de silence s'écoula, puis il se leva tout à coup et s'assit à côté d'elle. Il posa sa main sur son épaule :

— Je lui ferai payer très cher sa goujaterie. Je trouverai un moyen de faire parvenir l'affaire à ses supérieurs, mais… il faut que nous nous donnions un peu de temps parce que la visite du président va avoir lieu dans quelques jours et que Safouat m'a promis de m'inscrire à l'université De Paul.

— Que veux-tu dire ?

— Il ne faut pas qu'il se fâche contre nous.

— Mais il m'a dit clairement qu'il voulait avoir une relation sexuelle avec moi. Est-ce que tu comprends ?

— Bien sûr, je comprends, et nous allons lui donner une leçon qu'il n'oubliera pas. Tu pourras le constater toi-même. Tout ce que je te demande, c'est de patienter un mois, pas un jour de plus. S'il se met en colère maintenant, il peut me perdre d'un coup de plume. J'attendrai seulement que la visite du président ait eu lieu et qu'il m'ait transféré dans la nouvelle université. Après cela, nous commencerons à régler nos comptes.

Elle le regarda posément, profondément, comme si elle voulait enregistrer ce qui lui arrivait, le graver une fois pour toutes au plus profond de sa conscience. Elle ne dit pas un mot, se leva lentement, entra dans la salle de séjour et ferma la porte.

36

Ce matin-là, le bâtiment du consulat d'Egypte avait un aspect différent de l'ordinaire, comme s'il avait acquis une dimension mythique, comme s'il avait été touché par une baguette magique. De simple bâtiment diplomatique élégant sur les bords du lac Michigan, il était devenu le théâtre d'événements considérables que retiendrait l'histoire.

Il y eut d'abord les mesures de sécurité. Le bâtiment fut ausculté avec des appareils perfectionnés qui envoyaient des rayons à travers les murs pour vérifier qu'aucun corps étranger n'y était enfoui. Ensuite apparurent dix énormes chiens policiers qui se mirent à arpenter le bâtiment en long et en large, à la recherche d'explosifs dissimulés. En même temps, un groupe de tireurs d'élite égyptiens équipés de fusils à longs canons et à lunettes grossissantes montèrent sur le toit, suivi d'un autre groupe de gardes républicains armés de fusils automatiques rapides. Tous se dispersèrent vers les positions d'où l'on pouvait voir dans toutes les directions le quartier entourant le consulat. Peu de temps après furent installés quatre portails électroniques : deux furent placés devant chaque entrée de façon à effectuer deux vérifications de suite. Dix mètres à l'avant avaient été installés des points de contrôle derrière lesquels étaient assis des officiers américains du FBI, accompagnés d'officiers égyptiens des services de renseignements et de la Sécurité d'Etat. Lorsque les invités commencèrent à affluer, ils furent soumis à des contrôles extrêmement rigoureux. Les Américains faisaient entrer leurs cartes d'invitation dans un appareil au laser pour vérifier qu'elles n'étaient pas falsifiées. Quant aux Egyptiens, ils étaient soumis à des mesures supplémentaires : on photographiait leur passeport sur un ordinateur spécialisé pour vérifier qu'ils n'étaient pas fichés. Ensuite, un officier de la Sécurité égyptienne leur demandait des détails sur leur vie avec un sourire professionnel et un regard pointilleux et perçant. Si l'on remarquait la moindre gêne ou la moindre contradiction dans leurs réponses, on les accompagnait immédiatement dans un bureau voisin pour les interroger de façon plus précise. Les mesures de sécurité étaient inflexibles et aveugles comme la justice. Elles s'imposaient à tous, sans égard pour leur profession ou leur situation sociale. A tel point que l'on empêcha d'entrer le responsable du buffet au consulat, un vieil Américain noir qui s'appelait Jack Mahony, parce qu'il avait oublié son badge. Pendant plus d'une demi-heure, on resta sourd à ses tentatives suppliantes pour prouver son identité et aux témoignages des employés qui se solidarisaient avec lui. Il fut finalement contraint de retourner à son lointain domicile pour pouvoir présenter le badge. La plupart des agents de la Sécurité égyptienne ressentaient au plus profond d'eux-mêmes le caractère auguste et l'importance de leur mission : assurer la sécurité personnelle de M. le président. Ils l'aimaient de tout leur cœur et prononçaient son nom avec vénération et humilité. Sans cette proximité avec lui, ils n'auraient pas joui de cette vie confortable et de cette énorme influence sur tous les appareils d'Etat. Ils étaient tellement liés à lui que leur avenir dépendait de son avenir. S'il lui advenait un malheur – qu'à Dieu ne plaise –, s'il était victime d'un attentat comme son prédécesseur, ils seraient complètement perdus. On les soumettrait à une enquête et ils seraient peut-être jugés. Si le pouvoir passait entre les mains des ennemis du président, la plupart d'entre eux seraient emprisonnés. Toutes ces hantises faisaient office de piqûre de rappel chaque fois qu'ils sentaient le relâchement ou l'ennui s'insinuer en eux. Elles leur rendaient immédiatement leur ferveur.

Cette totale allégeance au président était personnifiée par le commandant de la garde républicaine, le général Mennaoui, qui avait passé un quart de siècle auprès de Son Excellence, ce qui en faisait une des rares personnes à jouir de sa confiance absolue ainsi que de l'honneur de subir ses plaisanteries parfois grossières. Si Son Excellence le président était de bonne humeur, il tapotait son ventre proéminent et lui disait d'une voix joviale que chacun pouvait entendre :

— Mennaoui, mon fils, arrête de manger, te voilà devenu comme le bœuf Apis !

Ou bien il lui lançait une moquerie, en reprenant l'allusion populaire à sa faible capacité sexuelle (due à l'âge) :

— Mennaoui, mon fils, tu as rendu les armes !

Alors le général Mennaoui rougissait de fierté à cause du grand honneur dont il venait d'être gratifié. Cette céleste simplicité était un signe de la confiance et de l'affection de Son Excellence, ce qui faisait de nombreux jaloux. Il s'inclinait et balbutiait d'une voix humble :

— Aux ordres de Votre Excellence, monsieur. Que Dieu vous garde pour l'Egypte, monsieur !

Pendant que les mesures de sécurité se poursuivaient avec vigilance, de l'autre côté du consulat, plusieurs centaines d'Egyptiens s'étaient rassemblés, conduits par Nagui Abd el-Samad et Karam Doss qui étaient accompagnés de John Graham. Grâce à son charisme naturel, la présence du vieil Américain luttant pour leurs droits contribuait à enflammer l'enthousiasme des manifestants qui répétaient des slogans et brandissaient des pancartes sur lesquelles était écrit en anglais et en arabe : "Libérez les détenus", "Arrêtez les tortures", "Arrêtez l'oppression des coptes", "A bas le tyran", "La démocratie pour les Egyptiens".

Les manifestations contre le président étaient une chose courante pour les officiers de la garde républicaine, pendant ses visites en Occident, mais ils furent frappés cette fois par le grand nombre de manifestants dont les cris commençaient à résonner de tous côtés, ce qui inquiéta le général Mennaoui qui s'adressa au commandant de la Sécurité américaine pour lui demander de l'autoriser à les disperser. Ce dernier lui répondit :

— C'est interdit par la loi américaine.

Le général Mennaoui lui sourit :

— Nous pouvons mener cette opération sans que la plus petite responsabilité ne vous incombe. Des hommes à moi en civil vont s'infiltrer parmi les manifestants et leur donner une correction. Les journalistes croiront qu'il s'agit d'une simple bagarre.

Le commandant américain le fixa dédaigneusement, puis il lui fit un signe négatif de la main et s'éloigna. L'arrogance du commandant américain rendit furieux le général mais, bien sûr, il n'était absolument pas question de susciter un problème avec lui. Il savait d'expérience que rien au monde n'inquiétait autant Son Excellence le président qu'un problème avec un citoyen américain, si modeste que fût sa fonction. Son Excellence avait l'habitude de répéter comme un adage : "Le dirigeant qui défie l'administration américaine est comme l'idiot qui met sa tête dans la gueule du lion."

L'histoire du secrétaire de presse du président, le docteur Naïl el-Toukhi, était toujours présente dans les esprits. Il avait eu une altercation au volant avec un employé de l'ambassade américaine, pour une question de priorité, dans une rue de Maadi. C'était une querelle banale comme il s'en produit des dizaines de fois par jour au Caire, mais celle-ci tourna aux échanges d'injures en anglais, après quoi le docteur Toukhi perdit le contrôle de ses nerfs et repoussa son adversaire, les mains sur sa poitrine. Cela amena le fonctionnaire à déposer une plainte auprès de son ambassadeur, lequel appela la présidence de la République pour l'informer de ce qui s'était passé. Le lendemain, l'ambassade américaine reçut une réponse officielle, l'informant que M. le président, très irrité par ce qui était survenu, avait immédiatement ordonné une enquête sur l'incident, puis avait décidé de se passer des services de son secrétaire de presse pour le punir de son comportement irresponsable.

L'ardeur des manifestants redoubla et leurs voix s'unirent dans un cri unique, grondant comme le tonnerre, appelant successivement en arabe et en anglais à la chute du président. De l'autre côté de la vaste avenue, le général Mennaoui se mit à les observer puis ordonna à l'un de ses officiers en tenue civile de traverser pour les filmer avec une caméra vidéo portant le sigle d'une chaîne de télévision imaginaire. Il décida d'envoyer le film à la Sécurité d'Etat pour découvrir l'identité des manifestants et les soumettre à une enquête. Le rythme des slogans devenait de plus en plus soutenu à mesure qu'approchait l'heure de l'arrivée du président dont le cortège ne tarda pas à apparaître au loin. Tandis qu'il se rapprochait, on pouvait en distinguer plus clairement la composition : une énorme Mercedes noire blindée, à l'épreuve des balles, escortée et encadrée par deux autres voitures blindées.

Le général Mennaoui poussa un grand cri qui se répercuta dans l'atmosphère, lugubre comme une sirène d'alarme :

— Gaaaaarde à vous !

Tous les officiers de la garde se redressèrent et prirent les positions qui leur avaient été assignées, brandissant leurs armes dans toutes les directions pour faire face à tout imprévu. Le cortège ralentit puis s'arrêta devant l'entrée et, en un clin d'œil, les gardes du corps bondirent pour former autour de la voiture un cercle de plusieurs mètres de diamètre, surveillant la route de tous les côtés, sans toutefois apparaître sur les photographies. C'étaient des hommes au corps massif, au crâne rasé, munis d'oreillettes, et ils pointaient leurs armes en direction d'un ennemi virtuel dont l'apparition pouvait survenir à n'importe quel instant. Le chef du protocole se précipita vers la voiture du président, s'inclina profondément et ouvrit la porte. Le président apparut aussitôt et descendit avec la lenteur et la majesté d'un roi couronné. Sur son visage apparut son célèbre sourire dépourvu de gaieté dont il n'avait jamais changé, depuis un quart de siècle, parce qu'il le trouvait photogénique. Il portait un costume gris clair d'une grande élégance, une cravate rayée bleue et blanche et des chaussures italiennes reluisantes avec une boucle dorée sur le côté qui attirait les regards.

Mais ceux qui se trouvaient face à Son Excellence, en dépit du respect et de la crainte révérencielle qu'ils éprouvaient, se rendaient compte immédiatement de tout ce que son aspect pouvait avoir d'artificiel : cette chevelure teinte de la couleur du charbon et dont des rumeurs fiables assuraient qu'il s'agissait d'une perruque – entière ou partielle – parmi ce qui se faisait de mieux au monde dans ce domaine, cette peau épuisée par les gommages, les polissages et l'emploi quotidien de cosmétiques pour lui redonner l'éclat de la jeunesse, ce visage couvert de plusieurs couches de maquillage afin de paraître plus jeune que son âge sur les photographies, cette présence vitreuse, isolée, froide et lointaine, sans aucune trace de poussière ni de transpiration, comme s'il était stérilisé, tout cela laissait chez ceux qui voyaient le président une sensation désagréable, dérangeante, comme celle qui s'empare de nous lorsque nous voyons des enfants qui viennent de naître et qui sont encore de petits agglomérats de chair aux traits indistincts, encore plongés dans la viscosité de la matrice.

Alourdi par ses soixante-quinze ans, le président avait perdu de sa vivacité et ne se rendait compte qu'avec un temps de retard de ce qui se passait autour de lui. Il se tourna de l'autre côté de la rue et agita la main pour saluer les manifestants. Lorsque s'élevèrent leurs cris appelant à sa chute, il comprit et se retourna vers l'entrée du consulat. Comme d'habitude, il avança en se pavanant et tendit la main pour toucher les boutons de sa veste. (Ce tic ne l'avait pas quitté depuis qu'il avait changé l'uniforme militaire pour la tenue civile et qu'il avait découvert que les boutons se détachaient souvent à son insu.) Le président serra les mains de ses hôtes par ordre de préséance : l'ambassadeur d'Egypte aux Etats-Unis, le consul d'Egypte à Chicago, puis Safouat Chaker dont le visage reflétait la tranquillité, tout se déroulant d'une façon parfaite, ensuite les membres de l'ambassade par rang d'ancienneté. Au bout de la file, se tenait Ahmed Danana, si élégant qu'il avait l'air déguisé. Il portait un costume bleu de chez Christian Dior, spécialement acheté pour l'occasion et qui lui avait coûté (avec la chemise, les chaussettes et la cravate) mille cinq cents dollars payés de bon cœur avec sa carte de crédit et dont – selon son habitude – il avait conservé la facture en caressant l'espoir qu'il pourrait ensuite rendre le vêtement et récupérer l'argent, comme il l'avait fait avec son costume de mariage.

Il savait que sa rencontre avec le président pouvait changer sa vie. Combien de fois avait-il entendu dire que de hauts responsables de l'Etat avaient trouvé leur chance dans une occasion semblable ! Ils avaient rencontré le président à qui ils avaient fait bonne impression. Leurs visages s'étaient gravés dans sa généreuse mémoire et, au premier remaniement, il leur avait confié des postes. C'était un moment décisif où le plus léger détail acquérait de l'importance. Un simple bouton arraché ou mal cousu, un nœud de cravate de travers, des souliers poussiéreux ou simplement moins reluisants qu'il ne faudrait, n'importe quel détail superficiel pouvait altérer l'impression du président et avoir une influence négative sur l'avenir de Danana.

Une autre raison l'avait poussé à prendre soin de son élégance : il voulait se prouver à lui-même qu'il s'était définitivement libéré du choc que lui avait causé Maroua. Quand il s'était réveillé, le mardi précédent, il ne l'avait pas trouvée. Interloqué, le visage ensommeillé, il avait parcouru l'appartement en long et en large jusqu'à ce qu'il remarque finalement une feuille collée sur le frigidaire, sur laquelle était écrit en grandes lettres irrégulières : "Je suis partie en Egypte. Mon père t'appellera pour les formalités du divorce." Il avait fait de grands efforts pour encaisser le choc. Il se dit qu'il n'avait jamais été heureux avec elle et qu'il pourrait à coup sûr en trouver des dizaines qui soient mieux qu'elle. Il divorcerait comme elle le demandait, mais elle allait devoir payer le prix de tous les désagréments et de toutes les dépenses qu'elle lui avait causés. Quelques jours après la fuite de Maroua, le hadj Naoufal l'appela et commença un discours sur les aléas de la fortune et sur "la plus détestable des solutions aux yeux de Dieu". Danana lui répondit en lui disant que Maroua lui avait fait un affront en s'enfuyant de la maison et qu'il avait besoin de temps pour surmonter la crise morale que cela lui avait provoqué, puis il lui promit de le rencontrer lorsqu'il viendrait en Egypte et de s'asseoir avec lui, entre hommes, pour discuter de leurs demandes respectives. Danana avait fait exprès d'utiliser le mot "demande" pour le préparer à l'idée qu'il allait demander de l'argent. Bien sûr qu'il allait en demander ! Sa vie, son nom, sa réputation n'étaient pas des jouets dans les mains de Mme Maroua, avec lesquels elle pouvait jouer comme elle l'entendait. Prétextant la colère pour assouvir son avidité, il décida de demander au hadj Naoufal un million de livres en échange du divorce de sa fille. Un million, ce n'était rien pour Naoufal. Danana le déposerait à la banque Ahli où il lui procurerait un revenu. "Tu paieras un million, Naoufal, même si tu ne le veux pas. Si tu refuses ou si ta fille intente contre moi une action en *khalaa**, je vous montrerai mon autre visage. Je salirai sa réputation, chien de Naoufal, et elle ne pourra plus jamais se marier. Je dirai que je ne l'ai pas trouvée vierge."

Sa décision prise, il se rasséréna et concentra ses efforts sur la préparation de la visite du président. Il pensa longuement au moment de la rencontre. Que devrait-il faire lorsqu'il verrait Son Excellence ? Comment se comporter devant lui ? Que lui dirait-il ? Combien de fois baiserait-il la main de Son Excellence, et jusqu'à quelle limite pourrait-il garder sa main dans la sienne ?

Le président salua toutes les personnes qui étaient dans la file et, lorsque vint le tour de Danana, celui-ci se précipita, le serra dans ses bras et l'embrassa sur les deux joues avant de s'écrier avec un accent campagnard :

— Que Dieu vous protège et vous donne la victoire ! Qu'il vous conserve pour l'Egypte, monsieur le président. Je suis votre fils, monsieur,

---

* La *khalaa* est une forme de divorce à l'initiative de la femme qui a été introduite récemment dans la loi égyptienne en s'appuyant sur une interprétation *ad hoc* de la loi religieuse. L'adoption de cette réforme favorable aux droits de la femme avait suscité des débats très vifs à l'Assemblée du peuple, y compris au sein du parti gouvernemental.

Ahmed Abd el-Hafez Danana de Shouhada, dans la province de Menoufieh.

Il avait ainsi opté pour un interlude folklorique qui exprimerait tout à la fois son amour pour le leader et son authenticité égyptienne. Le plan réussit et la gaieté apparut sur le visage du président.

Elle se transmit immédiatement aux visages de ceux qui l'entouraient qui se mirent à regarder Danana avec amitié et bienveillance. Le président posa la main sur l'épaule de Danana :

— Tu es de Menoufieh ! Alors, nous sommes voisins.

— C'est un honneur pour moi.

— On voit que tu es un authentique paysan*, dit le président en éclatant de rire.

Les flashs se mirent à crépiter et Danana eut l'honneur de paraître sur une photographie présidentielle qui serait diffusée dans les journaux gouvernementaux, avec la légende : "M. le président s'entretient amicalement avec un de ses enfants, étudiant boursier, au cours de sa visite historique aux Etats-Unis."

Le président traversa le couloir. Deux pas derrière lui marchait modestement l'ambassadeur. Ils étaient suivis par le reste du comité d'accueil qui formait autour de lui un croissant de protection, en gardant la distance qu'impose le respect. La salle était vaste, décorée dans le style oriental. Les murs étaient recouverts de motifs décoratifs

---

* Les Egyptiens d'origine purement nilotique, quelle que soit leur classe sociale et qu'ils soient musulmans ou coptes, aiment à se qualifier de "paysans", par opposition aux minorités autrefois dominantes d'origine plus ou moins allogène (Turcs, juifs, Grecs, chrétiens de rite malékite ou maronite, etc.).

islamiques et des lustres de cristal étincelants étaient suspendus au plafond. A l'origine, cette pièce était destinée à la tenue de conférences ou à la projection de films, mais aujourd'hui, pour l'hôte de marque, on y avait dressé une luxueuse tribune entourée de bouquets de fleurs, sur laquelle on avait placé une photographie du président de la moitié de la grandeur nature, avec une énorme banderole sur laquelle était écrit en arabe : "Les Egyptiens d'Amérique souhaitent la bienvenue au leader-président et lui font pour toujours allégeance, pour plus de bien-être et de démocratie."

Tout ce qui se passait dans cette pièce était retransmis par des caméras sur un large écran accroché à l'extérieur, près de la porte principale du consulat. Rangés sur les sièges de l'amphithéâtre, les invités – peut-être pour cacher leur nervosité – échangeaient propos et rires. Dès que le président entra, tous se levèrent et la salle croula sous d'interminables applaudissements. C'est alors que Danana donna le signal convenu à l'ensemble des boursiers qu'il avait fait asseoir sur la droite de l'amphithéâtre. Leurs voix s'élevèrent en scandant des slogans à la gloire du président, qui furent accompagnés de deux bans d'applaudissements successifs, comme il le leur avait appris. Le vacarme s'amplifia jusqu'à ce que le président tende en avant ses mains généreuses pour signifier : "Cela suffit, je vous remercie."

Tout se déroula pour le mieux en dehors d'un incident singulier qui eut lieu quelques instants plus tard. Quelques participants s'étaient précipités et avaient demandé à être photographiés avec Son Excellence le président qui accepta et fit signe aux gardes du corps de les laisser passer.

Ils lui serrèrent tous la main et se disposèrent fièrement autour de lui. Le photographe de la présidence s'approcha d'eux avec une caméra dernier cri. C'était un gros homme chauve de plus de cinquante ans (on apprit par la suite de source sûre qu'il était nouveau à la présidence et qu'on avait décidé pour la première fois de l'envoyer couvrir un déplacement, le titulaire étant malade). Le président et ceux qui l'entouraient arborèrent un sourire de circonstance, mais un bon moment s'écoula sans que le photographe, un œil sur le viseur, ne prenne la photo. Tout à coup, il tendit la main en avant :

— S'il vous plaît, monsieur le président, poussez-vous un peu à droite.

Il se fit un profond silence plein d'expectative et de menaces. Le président ne bougea pas en dépit de ce que lui avait demandé le photographe. Il resta à sa place et regarda en l'air, comme s'il observait un détail du plafond. Quand survenait quelque chose qui ne lui plaisait pas, il regardait en l'air. C'était un signe bien connu qu'il était en colère. Il fallait alors que ceux qui l'entouraient corrigent rapidement la faute. Le photographe n'était visiblement pas assez intelligent pour comprendre ce qui se passait, ou bien peut-être s'imagina-t-il que le président ne l'avait pas bien entendu. Il éloigna son œil de l'appareil et lui dit d'une voix forte :

— Monsieur le président, Votre Excellence est en dehors du cadre. Poussez-vous à droite, s'il vous plaît.

Avant qu'il ne termine ces derniers mots, une claque retentissante s'abattit sur son visage. Le chef du protocole lui arracha l'appareil qu'il jeta en l'air et qui vola en éclats avant de retomber avec fracas. Puis il prit le photographe par le col de la chemise et rugit de colère :

— Tu oses dire à Son Excellence de bouger, espèce d'âne, fils de chien ? L'Egypte entière bouge, mais Son Excellence, elle, ne quitte jamais sa place. Sors, espèce d'animal !

Il le poussa dans le dos sans ménagement et lui donna un grand coup de pied qui le projeta en avant et faillit le faire tomber. Le photographe se précipita vers l'extérieur, complètement abasourdi par ce qui venait de lui arriver et par le mépris avec lequel il avait été traité, tandis que le chef du protocole continuait à l'abreuver de malédictions et d'insultes. Ceux qui avaient demandé la photographie avaient commencé à s'éloigner lorsque les coups s'étaient mis à pleuvoir. Ils étaient revenus à leur place dans un silence circonspect en détournant les yeux de la scène. Quant à Son Excellence le président, son visage laissait voir qu'il était satisfait du châtiment reçu par le photographe impertinent. Il jeta autour de lui un regard lourd et lent, comme pour réaffirmer que Son Elévation était à nulle autre semblable, puis il reprit sa marche dans un silence tendu qui se dissipa soudain lorsqu'il s'approcha de la tribune et que retentit une vague impétueuse d'applaudissements. Son Excellence s'assit sur son luxueux fauteuil. La rencontre commença par des versets du Coran qu'entonna Maamoun, le boursier barbu expert en psalmodie, qui choisit la sourate de la Victoire : "Nous vous avons donné une victoire éclatante..." Les applaudissements et les slogans reprirent, puis le leader commença à lire son discours sur une feuille posée devant lui sur la tribune et qui était écrite en gros caractères (car il ne portait jamais de lunettes devant les caméras). Dans ce discours, il parla des réalisations auxquelles il n'aurait jamais pu parvenir sans la bénédiction de Dieu et sans la grandeur du noble peuple égyptien. Puis il conclut son propos par un appel aux boursiers, en leur rappelant que chacun d'eux était un ambassadeur de l'Egypte et qu'ils devaient toujours la garder dans leur cœur, leur raison et leur être. C'était un discours convenu, besogneux et ennuyeux comme tous ceux qu'écrivait Mohamed Kamel, le rédacteur en chef du quotidien *Biladi*, publié par le parti au pouvoir.

Dès que le discours fut terminé, les applaudissements reprirent ainsi que les slogans scandés sous la conduite de Danana qui agitait les bras et dont l'enthousiasme était à son paroxysme. Les veines du cou toutes gonflées, il hurlait : "Vive le président, le chef, vive le héros de la guerre et de la paix, vive le fondateur de l'Egypte moderne !" Se succédèrent ensuite les propos de bienvenue de l'ambassadeur, du consul et du président de l'Union des étudiants, Ahmed Danana, dont la voix tonna dans la salle :

"Monsieur le président, nous proclamons notre engagement à aimer notre patrie comme vous nous l'avez appris, à aligner nos pas sur les vôtres, monsieur le président, à nous consacrer au travail jusqu'au sacrifice, comme vous-même vous êtes sacrifié, et à arborer droiture et fidélité telles que vous-même les arborez. Longue vie à vous, trésor et fierté de l'Egypte !"

Les slogans et les applaudissements reprirent, puis l'ambassadeur d'Egypte commença à donner la parole aux intervenants dans l'ordre prévu. Les textes avaient été sélectionnés et préparés à l'avance et ils avaient tous été soigneusement revus. C'étaient tous des avatars divers de panégyriques du président. Les questions elles-mêmes reflétaient plus l'intention de le glorifier que le désir de connaître la réponse. Quelqu'un lui demanda : "Comment Votre Excellence a-t-elle pu faire surmonter à l'Egypte de si grands défis ?" Un autre : "Comment Votre Excellence a-t-elle mis à profit son expérience militaire pour diriger les affaires de l'Etat ?" Dans ses réponses, le président répétait les phrases habituelles que l'assistance avait lues des dizaines de fois dans les journaux et, de temps en temps, il lançait une plaisanterie dont tous riaient immédiatement. Celui qui riait le plus fort était Danana qui faisait exprès de commencer à rire après les autres pour attirer sur lui l'attention de M. le président. Finalement, l'ambassadeur dit d'un ton plein de componction :

— Maintenant, la parole est au docteur Mohamed Saleh, professeur à la faculté de médecine de l'université de l'Illinois. Qu'il veuille bien s'approcher.

Quelques pas seulement séparaient le deuxième rang où était assis le docteur Saleh et la tribune où il devait prononcer son discours, mais ce mince espace marquait la fracture entre deux vies, entre son histoire au cours de ces soixante dernières années et l'avenir qui allait prendre forme maintenant. Le moment était arrivé où il allait franchir le pas, comme il s'y était engagé auprès de Karam Doss et de Nagui Abd el-Samad. La sécurité avait demandé à vérifier le texte qu'il allait prononcer et il leur avait remis une feuille de deux lignes qu'ils approuvèrent immédiatement, dans lesquelles il glorifiait le président. En même temps, il conservait dans sa poche intérieure le manifeste qu'il allait lire au nom des Egyptiens. Ce qu'il craignait le plus en entrant dans la salle, c'était qu'on le fouille au corps et qu'on découvre le manifeste, ce qui aurait tout fait échouer, mais, visiblement, son apparence digne avait rassuré les inspecteurs et il n'avait pas eu à subir de contrôle renforcé.

Le docteur Saleh se leva et se dirigea lentement vers la tribune, la tête baissée afin de ne regarder personne. Il fallait qu'il vérifie d'abord qu'il était bien dans le champ des caméras pour frapper à coup sûr. Il allait lire le manifeste d'une voix forte, claire et rapide, de façon à pouvoir le terminer avant qu'on ne l'en empêche. Il aurait été naïf d'imaginer qu'on le laisserait parler jusqu'à la fin. Pendant quelques instants, ils allaient être frappés de stupéfaction, mais ils reprendraient rapidement leurs esprits et ne tarderaient pas à réagir. Qu'allaient-ils faire ? Il était exclu qu'ils tirent sur lui. Ils l'arrêteraient, le frapperaient et même le bâillonneraient de force pour l'empêcher de terminer son manifeste. Tout cela ajouterait à leur opprobre. Ce qui se passerait ensuite ne lui importait pas. D'où lui venait cette force ? S'il l'avait eue trente ans plus tôt, sa vie aurait changé, lorsque Zeïneb lui avait dit : "Dommage que tu sois lâche."

Mais maintenant il franchissait le dernier pas. Il allait faire face au président de la République et lire un manifeste en faveur du droit des Egyptiens à la démocratie et à la liberté. Il allait le faire devant le monde entier et les caméras transmettraient partout son image.

Lorsque Nagui lui avait proposé de lire le manifeste, il lui avait semblé que le destin lui avait envoyé la délivrance de ses tourments. Nagui avait lui-même été étonné de la rapidité

avec laquelle il avait accepté. La veille, Saleh avait dit à Zeïneb au téléphone :
— Je vais te prouver que je ne suis pas un lâche.
Elle l'avait interrogé et il avait répondu en riant fièrement :
— Tu verras demain : le monde entier le saura.
Il arriva à la tribune et approcha sa tête du micro... Je ne suis pas lâche, Zeïneb, tu vas pouvoir le constater toi-même. Je n'ai jamais été lâche. J'ai abandonné l'Egypte parce qu'elle m'avait fermé ses portes. Je ne l'ai pas fuie. Je vais te montrer maintenant ce que c'est que le courage. Ce que je vais faire, les théologiens le considèrent comme le plus haut degré du djihad. Une parole de vérité à un sultan inique... A cet instant, il allait se délivrer de son existence triviale. Il allait s'en dépouiller et la rejeter comme un manteau usé. Il allait inscrire son nom dans l'histoire qui le transmettrait de génération en génération... Le héros qui a affronté les tyrans. Il redressa la taille et cala ses lunettes, puis il tendit la main vers la poche de sa chemise et en sortit plusieurs feuilles pliées. Il les déplia et commença la lecture. Sa voix se fit entendre, hésitante et un peu embarrassée :
— Manifeste des Egyptiens résidant à Chicago...
Il s'arrêta soudain et regarda le président assis à la tribune. Il vit sur son visage ce qui ressemblait à un sourire de bienvenue. Un profond silence s'abattit. Il parut un peu décontenancé et épongea son visage qui transpirait abondamment. L'interruption subite de sa lecture avait suscité un léger murmure qui commençait à poindre à l'horizon. Soudain son visage s'altéra. Il regarda en l'air comme s'il cherchait

quelque chose. Il plia subrepticement les feuilles qu'il avait à la main et les rangea dans la poche de sa veste. Il sortit de l'autre poche une petite feuille qu'il étala devant lui et se mit précipitamment à lire d'une voix tremblante d'émotion :

— De tout mon être et au nom de tous les Egyptiens de Chicago, nous souhaitons la bienvenue à Votre Excellence, monsieur le président, et vous remercions du plus profond du cœur pour toutes les réalisations historiques que vous avez apportées à la nation. Nous vous promettons de suivre votre exemple et de continuer, comme vous nous l'avez appris, à aimer notre pays et à offrir tout ce que nous avons de plus précieux pour lui. Que vive l'Egypte et que vous viviez pour l'Egypte !

Lorsqu'il eut terminé, de vifs applaudissements retentirent et il retourna vers son siège d'un pas qui sembla lent.

37

L'employée de la réception était une belle jeune fille au visage avenant et épanoui, mais dès qu'elle entendit le nom de Raafat Sabet son sourire disparut et elle baissa un peu la tête. Elle essaya de dire quelque chose d'approprié, mais se troubla et ne put prononcer qu'un murmure incompréhensible. Elle contourna le comptoir en marbre du bureau d'accueil et se mit à avancer, suivie de Raafat. Elle traversa la salle, prit un long couloir, tourna à gauche et entra dans un autre couloir. Sa démarche, d'abord lourde et hésitante, devint plus régulière et prit un rythme d'une gravité éloquente.

Ils arrivèrent enfin devant une pièce. L'employée de la réception saisit la poignée de la porte et avança la tête, comme si elle tendait l'oreille, puis elle gratta à la porte et une voix grave s'éleva de l'intérieur. Elle ouvrit la porte et fit signe au docteur Raafat d'entrer. La pièce était d'une superficie moyenne, calme et propre. Il y avait une fenêtre à droite qui laissait entrer la lumière du jour. Le médecin avait une quarantaine d'années. Il était chauve et revêtu d'une blouse blanche. Ses lunettes étaient cerclées de métal. Il se tenait debout, en silence, à côté du lit. Raafat vit Sarah étendue avec les mêmes vêtements que ceux qu'elle portait la dernière fois : un jean déchiré et un tee-shirt jaune au col sale. Son visage était complètement calme. Elle avait les yeux clos et les lèvres desserrées sans être entrouvertes. Le médecin dit d'une voix grave dont les ondes résonnèrent dans le vide silencieux :

— La nuit dernière, vers trois heures du matin, une voiture l'a jetée devant la porte de l'hôpital et s'est enfuie rapidement. Nous avons fait tout notre possible pour la sauver, mais l'overdose a entraîné une chute drastique des fonctions cérébrales. Je vous prie d'accepter mes sincères condoléances.

*

La manifestation prit fin et nous rentrâmes en voiture, Karam Doss, John Graham et moi. Je laissai le siège avant à Graham et montai à l'arrière. Nous restâmes un moment silencieux. Un nuage de mélancolie pesait sur nous. Karam nous proposa de boire un verre et Graham grommela qu'il était d'accord tandis que je restai silencieux. Nous allâmes à notre endroit préféré dans Rush Street. La boisson nous redonna un peu de chaleur. Karam entama la conversation :

— Je ne comprends pas ce qu'a fait le docteur Saleh. Pourquoi a-t-il agi ainsi ? Il aurait pu depuis le début refuser de lire le manifeste. Il a tout fait capoter.

Amer à cause de ce qui était arrivé, j'ajoutai :

— Vous n'imaginez pas à quel point je suis en colère contre cet homme. Je ne sais pas comment je vais me comporter avec lui, à partir de maintenant, au département.

Le silence se fit à nouveau et Karam l'interrompit :

— Je crois que tout ce qu'a fait Saleh était parfaitement calculé. Il s'est mis d'accord avec Safouat Chaker pour tout faire rater.

Je ne répondis rien. Mon dépit était mêlé d'un sentiment de responsabilité. C'était moi qui m'étais mis d'accord avec Mohamed Saleh pour qu'il lise le manifeste. Je me souvenais, lorsque je lui avais proposé cette mission, de la manière dont il avait exprimé un enthousiasme qui m'avait stupéfié. Je demandai à Karam, l'esprit en miettes :

— Croyez-vous qu'il travaille pour les services de Sécurité ?

— Bien sûr !

— Non, dit Graham.

Il but une petite gorgée et poursuivit :

— Je crois que cet homme voulait vraiment lire le manifeste, mais qu'au dernier moment il a eu peur.

— Pourquoi alors a-t-il accepté avec enthousiasme au début ?

— Parfois l'homme lutte pour vaincre sa peur et il échoue.

Je revins à la résidence universitaire vers minuit. Je me déshabillai, me jetai sur le lit et plongeai dans un profond sommeil. Jusqu'à aujourd'hui, je ne me souviens de ce qui m'est arrivé que d'une manière imprécise, comme si je me remémorais un rêve.

J'ouvris les yeux et distinguai des ombres qui bougeaient dans l'obscurité de la pièce. A mi-chemin entre le rêve et l'éveil, la frayeur s'empara de moi. La lumière s'alluma tout à coup et je les vis clairement : c'étaient trois Américains aux corps massifs. Deux d'entre eux portaient une tenue militaire. Le troisième qui était en civil apparut dès le premier instant comme le chef. Il s'avança vers moi et me dit en sortant une carte de sa poche intérieure :

— FBI. Nous avons un mandat de perquisition pour l'appartement et un mandat d'arrêt contre toi.

Un moment s'écoula avant que je ne retrouve mes esprits. Je l'interrogeai sur le motif. Il me répondit :

— Nous te donnerons plus tard les informations dont nous disposons.

Il me parlait pendant que les deux autres fouillaient avec soin la maison. Il me permit finalement de m'habiller, puis s'avança vers moi et me mit les menottes. Le plus étrange, c'est que je me soumis totalement à lui, comme si j'étais hypnotisé et que j'avais perdu toute volonté. Nous montâmes dans une grande voiture conduite par un chauffeur noir à côté duquel s'assit le chef, tandis que les soldats me plaçaient sur la banquette arrière. Tout à coup je retrouvai mes esprits :

— Je veux voir à nouveau cette carte.

Il sursauta puis remit la main dans sa poche avec une colère contenue et fit voir sa carte. Nous maintînmes ensuite un silence absolu. Approximativement une demi-heure plus tard, nous arrivâmes au nord de Chicago dans un bâtiment isolé, entouré par un jardin avec un chemin en lacets dont nous fîmes l'ascension en voiture avant de nous arrêter devant la porte d'entrée. Il y avait là des gardes qui se mirent au garde-à-vous. Nous entrâmes dans un bureau à gauche du hall. Dès qu'il eut refermé la porte sur nous, les traits du chef se transformèrent. Les muscles latéraux de son visage se crispèrent comme s'il serrait les dents. Il me jeta un regard dur :

— Bon. Nous avons des informations sûres selon lesquelles tu appartiens à une cellule qui planifie des opérations terroristes aux Etats-Unis. Qu'as-tu à dire ?

Je restai silencieux. Le déroulement des événements était plus rapide que ma capacité de raisonnement. Il s'approcha de moi assez près pour que l'odeur d'un parfum bon marché atteigne mes narines. Il cria avec colère :

— Parle, es-tu devenu muet ?

Alors, tout à coup, il me gifla. Je ressentis soudain une chaleur cuisante et une tache sombre commença à obscurcir mon œil gauche. Je répondis d'une voix mourante :

— Vous n'avez pas le droit de me frapper. Ce que vous faites n'est pas légal.

Il me gifla à nouveau plusieurs fois, puis me donna des coups de poing dans le ventre. Cela me donna la nausée et j'étais sur le point de perdre conscience.

— Les services de renseignements égyptiens nous ont tout donné sur l'organisation à laquelle tu appartiens. Ça ne sert à rien de nier.

— Ce sont des informations forgées de toutes pièces.

Il me frappa à nouveau. Je sentis un sang visqueux couler lentement de mon nez sur mes lèvres. Il cria d'une voix furieuse :

— Parle, fils de pute. Pourquoi veux-tu détruire notre pays ? Nous t'avons ouvert les portes de l'Amérique. Nous t'avons accueilli pour que tu étudies et deviennes un homme respectable, et toi, en échange, tu complotes pour tuer des Américains innocents. Si tu n'avoues pas, je te ferai ce *qu'ils font dans ton pays. Nous te fouetterons, nous te torturerons à l'électricité, nous te violerons.*

38

Le docteur Friedman baissa la tête et la prit entre ses mains. Chris était assise devant lui et ils étaient tous les deux plongés dans un profond silence, au point que la petite musique diffusée par le système interne de radiodiffusion semblait résonner tristement dans tous les recoins de la pièce. Il la regarda :

— Quand ont commencé les problèmes de Saleh ?

— Depuis un an.

— Est-il allé voir un médecin ?

— Il y est allé une seule fois et a refusé de suivre le traitement.

— J'attribuais au surmenage le changement que j'avais remarqué chez lui.

— Mais il est vraiment malade, Bill. Depuis qu'il est revenu de la rencontre avec le président égyptien, sa situation s'est fortement aggravée. Il est resté trois jours sans boire ni manger. Le médecin dit que dans les situations de ce genre il faut transporter le malade à l'hôpital.

— De force ?

— Oui, le mieux est de faire une piqûre de somnifère puis de le transporter à l'hôpital.

— Si c'est le seul moyen de l'aider, nous n'avons pas le choix.

Le silence régna à nouveau. Chris éclata en sanglots :

— C'est très dur pour moi de le voir dans cet état-là.

Friedman lui prit la main et lui dit d'un ton réconfortant :

— Tranquillisez-vous. Tout ira bien.

— Vous êtes un vieil ami. Je suis venue demander votre aide.

— Je ferai tout ce que je peux.

— J'ai peur qu'il ne perde son emploi.

Le visage de Friedman devint pensif :

— Du point de vue de l'administration, il faut signaler la cause de son arrêt de travail. Je ne mentionnerai pas qu'il subit un traitement psychiatrique, car ce serait un point négatif dans son dossier professionnel. Je considérerai son arrêt de travail comme un congé annuel et je chargerai un collègue de donner ses cours à sa place.

— Merci, Bill.

— C'est la moindre des choses.

— Je vais partir maintenant.

Bill Friedman se leva, lui serra chaleureusement les mains et l'embrassa en disant :

— Si vous avez besoin de quelque chose, n'hésitez pas à m'appeler.

Chris quitta le bâtiment de la faculté et lorsqu'elle fit démarrer sa voiture elle se dit qu'elle avait réussi sa mission la plus facile. Saleh n'allait pas perdre son emploi. Pas tout de suite, en tout cas. Restait la mission la plus difficile, celle de le faire transporter à l'hôpital pour qu'il y soit soigné. Malheureusement elle allait devoir se comporter brutalement avec lui pour qu'il puisse guérir et qu'il redevienne comme avant. C'était son intérêt qui l'imposait. Elle ne se souvenait plus de leurs différends et avait oublié tous leurs problèmes ainsi que leur décision de divorcer. Tout ce à quoi elle pensait maintenant, c'est qu'il était malade et qu'il avait besoin d'elle. Ce n'était pas possible qu'il s'effondre devant elle et qu'elle ne fasse rien pour venir à son secours. Même s'il ne l'aimait plus, même s'il voulait divorcer, même s'il aimait une autre femme, même s'il l'avait trompée tout au long de ces années…

Elle ne pouvait pas l'abandonner. Il était complètement seul. Si elle l'abandonnait, il ne trouverait personne à ses côtés. Ses larmes se remirent à couler. Elle les sécha, gara sa voiture et attendit un instant jusqu'à ce qu'elle ait retrouvé le contrôle d'elle-même, puis entra d'un pas rapide dans le bâtiment d'où elle ressortit une demi-heure plus tard, accompagnée d'un jeune médecin qui monta à ses côtés dans la voiture. Derrière eux une ambulance se tenait prête. Ils s'étaient mis d'accord pour qu'elle rentre seule chez Saleh et qu'elle s'efforce de le convaincre d'aller à l'hôpital. S'il refusait, le médecin se joindrait à elle, et si Saleh continuait à s'obstiner dans son refus, ils auraient finalement recours aux infirmiers pour lui faire une piqûre. La voiture s'arrêta devant la maison. Chris s'avança, ouvrit la porte et regarda à l'intérieur. Elle soupira et dit :

— Bon, il est dans le bureau. Cela va nous faciliter la tâche.

Elle monta rapidement l'escalier, suivie du médecin. Lorsqu'ils se trouvèrent devant la porte, elle l'arrêta de la main et lui dit :

— Asseyez-vous ici.

Le médecin hocha la tête et se dirigea vers le siège le plus proche. Chris s'avança lentement. Dès qu'elle eut ouvert la porte, lui apparut un spectacle qui ne quitterait jamais plus son esprit.

Le docteur Mohamed Saleh, professeur d'histologie à la faculté de médecine de l'université de l'Illinois, vêtu d'un pyjama de soie bleu, était allongé par terre. Il regardait dans le vide comme saisi pour l'éternité par une violente et ultime surprise. Du sang coulait abondamment d'une blessure à la tempe et formait sur la moquette une tache qui s'agrandissait peu à peu. A côté de sa main droite mollement étalée, jeté sur le sol, se trouvait le vieux revolver de marque Beretta.

39

C'était une nuit merveilleuse. Celle du jour de la Victoire. Graham et Carol allèrent au cinéma puis dînèrent dans le restaurant tournant de la tour Sears. Chaque fois que le restaurant tournait, le panorama qu'ils surplombaient à travers la paroi de verre changeait et Carole criait et applaudissait avec une joie enfantine. Elle était éblouissante dans son élégante tenue de soirée qui découvrait ses épaules et sa poitrine. Elle avait remonté ses cheveux, ce qui découvrait son joli cou, et elle avait mis une parure de bijoux composée de boucles d'oreilles et d'un collier de perles. Elle insista pour que l'on ouvrît une bouteille d'un grand vin français. Dès que le sommelier s'éloigna, Graham demanda en riant :

— Es-tu certaine d'avoir les moyens de payer ce dîner ?

— Ne t'inquiète pas, mon chéri.

Elle rit avec entrain :

— Le contrat que j'ai signé cette semaine est la chance de ma vie. Beaucoup de présentatrices travaillent de longues années pour un contrat comme celui auquel je viens de parvenir. J'ai fait un bond vers le sommet, John.

— Je te félicite, lui dit Graham en la regardant amoureusement.

Elle savourait le vin et il proposa de lever son verre à l'amour et au succès. Comme d'habitude, le vin fit rapidement de l'effet sur elle. Ses yeux se mirent à briller et elle dit avec émotion :

— Comme j'ai beaucoup souffert dans ma vie, Dieu a voulu me dédommager de toutes mes douleurs passées.

— Pourquoi Dieu t'accorde-t-il un traitement privilégié alors qu'il ne fait aucun cas de millions de malheureux ?

— Arrête de blasphémer, au moins aujourd'hui.

Elle lui jeta un regard à mi-chemin du reproche et du badinage. Ils parlèrent et rirent beaucoup et, lorsqu'ils montèrent dans la nouvelle voiture de Carol, tout annonçait une chaude nuit d'amour.

Dès qu'ils arrivèrent à la maison, elle courut voir Marc pour se rassurer et elle le trouva dormant paisiblement comme elle l'avait laissé. Elle tendit doucement les mains et le borda dans son lit, puis elle revint vers Graham qui l'accueillit avec un désir pressant. Il l'étreignit avec force. Elle sentit ses bras puissants lui broyer les épaules et elle poussa un petit soupir qui fit redoubler son excitation. Les baisers ardents se mirent à pleuvoir sur son visage et sur son cou. Elle recula avec la légèreté d'un oiseau et lui chuchota d'une voix suave :

— Je reviens tout de suite.

Il l'attendit, assis dans le lit. Elle revint un instant plus tard de la salle de bains, revêtue d'une robe de chambre blanche sur son corps nu. Devant le miroir, elle se maquilla et se parfuma. Graham éteignit rapidement sa pipe et lui dit, d'une voix troublée :

— Moi aussi, je vais prendre un bain.

Quelques minutes plus tard, ils se vautraient dans le lit, complètement nus, à la faible lumière d'une lampe de chevet. Un impérieux désir s'était emparé d'eux. Il couvrit son visage, ses mains, ses épaules, sa poitrine d'une tempête ininterrompue de baisers et lorsque finalement il entra en elle elle poussa un soupir d'agonie en murmurant son nom. Son excitation atteignit un paroxysme qui le fit vibrer à l'intérieur d'elle, avec une fermeté qui la fit hurler de plaisir.

C'était une de leurs séances d'amour fou. Elle eut l'impression de se dissoudre dans ses bras. Elle sentit son âme fondre, son corps s'alléger et planer à haute altitude. Derrière ses yeux clos, elle aperçut une lumière colorée qui étincelait dans l'obscurité. Elle sentait approcher l'orgasme.

Mais soudain une étrange sensation angoissante fondit sur elle. Elle tenta de l'éloigner, mais le charme commençait à s'évanouir. Graham ralentit peu à peu ses mouvements qui finirent par s'arrêter. Un instant s'écoula avant qu'elle ne reprenne ses esprits. Elle sentit s'éloigner son corps massif. Il s'appuya sur les coudes et s'arracha à elle. Elle tendit les bras, se cramponna à ses épaules et lui dit d'une voix suppliante :

— Reste avec moi.

L'écho de sa voix dans l'obscurité la convainquit que ce qui venait de se passer était bien réel. Toujours très lentement, Graham continua à s'éloigner en haletant, non pas de plaisir cette fois-ci, mais d'émotion. Il posa les pieds sur le sol et s'assit sur le bord du lit en lui tournant le dos. Une autre minute s'écoula avant qu'elle ne rassemble ses idées. Elle se leva, alluma la lumière de la chambre et s'écria avec effroi :

— Que se passe-t-il ?

Il resta la tête baissée. Elle se précipita vers lui et son corps noir, nu, tremblant, svelte et beau apparut. Elle s'assit à côté de lui et reprit sur un ton indécis :

— Qu'est-ce qui t'arrive ?

Graham éloigna son bras. Il leva la tête et regarda le plafond. Il ouvrit la bouche pour dire quelque chose puis baissa la tête à nouveau, et sa voix enrouée se fit entendre :

— Qui est-ce ?

— De qui parles-tu ? lui demanda-t-elle avec un éclair de frayeur furtive dans les yeux.

Graham mit du temps à se lever. Elle le suivit et se mit en face de lui. Il lui dit d'une voix forte :

— Quel est celui avec qui tu as fait l'amour ?

— John, es-tu devenu fou ?

Il avait un air bizarre. Complètement nu, il alluma sa pipe et dit avec un sourire accablé :

— Toi et moi, nous sommes trop intelligents pour perdre notre temps en accusations et en reproches. Tu as couché avec quelqu'un. Qui est-ce ?

— John !

— Je veux savoir son nom.

Elle se réfugia dans le silence jusqu'à ce qu'elle eût dépassé l'effroi de la surprise, puis elle dit d'un ton tellement fragile qu'il en était émouvant :

— Tu n'as pas le droit de m'accuser.

En un clin d'œil, la main de Graham s'éleva et s'abattit sur sa joue. Elle poussa un grand cri et il s'éloigna d'elle en criant :

— Je suis peut-être vieux, je suis peut-être attaché à des idées archaïques, mais je ne suis pas dupe. J'ai suffisamment d'expérience de la vie pour que personne ne puisse me tromper.

Tu m'as trompé, Carol. Ce que j'ai ressenti dans ton corps ne ment pas. Je ne comprends pas pourquoi tu as fait cela. Nous ne sommes pas mariés pour devoir nous comporter aussi stupidement. Pourquoi ne m'as-tu pas laissé quand tu es tombée amoureuse de quelqu'un d'autre ?

Il prononça des phrases incohérentes, l'esprit au bout du rouleau, tout en remettant ses vêtements, ajustant sa ceinture et chaussant ses souliers. Il se retourna et se mit debout en face d'elle. Elle était toujours nue, la main sur la joue depuis qu'elle avait reçu sa gifle. Il lui dit d'une voix plus calme :

— Désolé de t'avoir giflée. Je m'en vais. Je vais vivre dans un hôtel en attendant que tu trouves un autre endroit. Tu es riche maintenant et tu peux facilement te trouver un logement.

— John !

Il ignora son appel et avança de deux pas vers la porte. Elle sauta derrière lui.

— Je ne t'ai pas trompé.

— Mentir ne sert à rien.

— John ! cria-t-elle une dernière fois en essayant de le retenir.

Mais il repoussa violemment ses bras et elle dit en pleurant :

— Je ne t'ai pas trompé. Le président de la société a utilisé mon corps. C'est la vérité. Il a mis cela comme condition – une seule fois – pour m'accorder le nouveau contrat. Je ne pouvais pas refuser. Je n'ai pas pu. Je t'assure que je ne t'ai pas trompé. Tous mes sentiments sont pour toi. Ce que j'ai fait avec cet homme-là est une chose dégoûtante qui me donne presque envie de vomir toutes les fois que j'y pense. Je ne t'ai pas trompé, John, je t'aime. Je te supplie de rester avec moi.

Il avait la main sur la poignée de la porte. Pendant qu'elle avouait, il continuait à la regarder. Il inclina un peu la tête et se pencha en avant. A ce moment-là, il avait l'air d'un vieillard malheureux, à bout de ressources, accablé de chagrin. Il dit en fermant la porte :

— Demain matin, quand Marc se réveillera, dis-lui que j'ai été obligé de partir en voyage et que je l'aime beaucoup.

40

Dans le hall de la résidence, l'horloge indiquait cinq heures et demie du matin. Depuis son arrivée à Chicago, Cheïma n'était jamais sortie à une heure pareille, mais cette fois elle avait un long chemin à faire. Elle poussa la porte vitrée et fut giflée par un vent froid, plein de flocons de neige. Elle fit un pas en arrière, resserra l'épais foulard de laine qui entourait sa tête et mit ses mains protégées par des gants doublés en fourrure dans les poches de son manteau afin de conserver le maximum de chaleur dans son corps. Elle s'élança d'un pas rapide comme pour couper court à toute hésitation. La rue était plongée dans les ténèbres et complètement vide. La neige recouvrait tout. Elle se précipita le plus vite possible en direction de la station de métro, résolue à ne pas regarder autour d'elle. Et si quelqu'un l'attaquait maintenant ou si on l'enlevait sous la menace des armes ! Elle se mit à réciter les deux sourates du Coran destinées à la protection, celles qui commencent par "J'ai recours à Dieu", tout en accélérant le pas. Elle parvint enfin au métro. Elle avait dix stations à faire avant de changer de ligne, puis vingt autres stations jusqu'à l'adresse qu'elle avait apprise par cœur. A cette heure-ci, les usagers du métro étaient un mélange d'employés noirs et asiatiques des services de nettoyage qui allaient faire le ménage dans les lieux de travail avant l'arrivée des employés, et de clochards ivres qui avaient passé la nuit à boire. Elle était effrayée par les ivrognes qui n'arrêtaient pas de crier et de rire en emplissant le wagon tout entier de l'odeur aigre de l'alcool qui émanait d'eux.

Son esprit était troublé, brumeux comme la surface d'un miroir recouvert de buée, comme si ce qu'elle voyait n'était pas réel. Elle ouvrit son sac et en sortit un petit exemplaire du Coran qu'elle commença à lire à voix basse : "J'ai recours à Dieu contre le diable – le lapidé. Au nom de Dieu tout-puissant et miséricordieux. *Ya Sin*. Par le Coran plein de sagesse, tu es certes au nombre des messagers, venu guider les hommes sur une voie droite, c'est une révélation du Tout-Puissant, du Tout Miséricordieux, pour que tu avertisses les peuples dont les ancêtres n'ont pas été avertis. Ils sont donc insouciants. En effet, la parole s'est déjà réalisée contre la plupart d'entre eux. Ils ne croiront donc pas. Nous leur mettrons des carcans du cou jusqu'au menton, et ils iront la tête dressée. Et nous mettrons une barrière devant eux et une barrière derrière eux. Nous les recouvrirons d'un voile et ils ne pourront rien voir."

L'impact des versets était si fort sur elle qu'elle se mit à pleurer. En coulant, ses larmes mouillèrent même le Coran. Elle détourna le visage et l'approcha de la fenêtre pour sentir le froid de la vitre. Elle se mit à murmurer : "Mon Dieu, il n'y a de Dieu que toi. Sois glorifié ! Je suis au nombre des injustes, pardonne-moi. Mon Dieu, j'implore ta miséricorde. Ne t'éloigne pas de moi, fût-ce de l'espace d'un battement de paupières, oh ! toi, le Vivant, l'Etre par essence."

Elle changea de métro et effectua la deuxième étape de son voyage. Lorsqu'elle sortit du métro, elle dut marcher un peu avant d'arriver au centre. La lumière du matin s'était déployée. Elle allongea le pas et finit par apercevoir une grande enseigne encore éclairée depuis la nuit : "Centre d'aide sociale de Chicago." Elle remarqua sur le trottoir opposé un groupe de personnes, Noirs et Blancs mélangés et d'âges divers, avec quelques prêtres parmi eux. Ils s'étaient regroupés en une sorte de manifestation et portaient des pancartes sur lesquelles était écrit : "Arrêtez le massacre", "Honte aux assassins". Ils agitaient leurs banderoles, criaient et sautaient en cadence comme s'ils accomplissaient un rite religieux. L'angoisse de Cheïma redoubla et elle accéléra le pas vers la porte du centre, mais son apparition en *hidjab* et en tenue islamique réveilla de toute évidence l'ardeur des manifestants dont les vociférations augmentèrent. Ils se mirent à crier depuis le trottoir opposé :

— Sale criminelle !

— Est-ce que votre Dieu vous permet de tuer les enfants ?

Cheïma détourna le regard, mais elle tremblait de frayeur. Elle bondit presque pour franchir les quelques pas qui la séparaient de l'entrée. Ils commencèrent à lui jeter des tomates et des œufs crus. Un œuf frôla sa tête et alla s'écraser contre le mur. Des policiers en faction devant le centre se précipitèrent vers eux pour tenter de les calmer. Cheïma franchit rapidement la porte du centre où elle fut accueillie par une hôtesse noire au sourire encourageant :

— Ne faites pas attention à ces fous.

Cheïma la regarda et lui demanda, essoufflée :
— Que veulent-ils ?

— Ce sont des associations opposées à l'avortement. Ils savent que nous faisons les opérations tôt le matin et viennent nous créer des problèmes.

— Pourquoi la police ne les arrête-t-elle pas ?

— La loi des Etats-Unis autorise l'avortement, mais elle permet également les manifestations pacifiques. Ne vous en faites pas. Ce sont des groupes d'extrémistes fascistes, ni plus ni moins. Je crois que vous avez rendez-vous avec le docteur Karine ?

— Oui.

— Venez avec moi.

Le docteur Karine était une jeune femme mince d'une trentaine d'années. De longs cheveux châtains tombaient sur son élégante blouse blanche. Elle accueillit Cheïma avec une extrême amabilité. Elle lui serra la main, la prit dans ses bras et l'embrassa, puis elle la regarda en souriant et lui chuchota comme une mère qui dorlote sa fille :

— Comment allez-vous ? Ne soyez pas inquiète. Tout se passera parfaitement.

Cette tendresse subite fut plus qu'elle n'en pouvait supporter et elle éclata à nouveau en sanglots. Le docteur Karine tenta de l'apaiser puis lui dit de se passer de l'eau sur le visage. Elle se rendit dans la salle de bains et, à son retour, s'assit devant la doctoresse qui lui remit quelques feuilles :

— Voici quelques formalités nécessaires : une fiche de renseignements personnels, une déclaration comme quoi vous acceptez l'opération, ainsi que le devis. Avez-vous une carte de crédit ?

Cheïma fit signe que non de la tête, et la doctoresse lui demanda d'un ton purement pratique :

— Pouvez-vous payer en liquide ?

Les formalités prirent une demi-heure. Pendant une autre demi-heure, Cheïma subit des examens médicaux : analyse de sang, pression, échographie, puis elle enleva ses vêtements avec l'aide des infirmiers et revêtit la blouse bleue des salles d'opération sur son corps nu. La doctoresse prit sa main qui tremblait :

— N'ayez pas peur, l'opération n'est pas dangereuse.

— Je n'ai pas peur de la mort.

— De quoi donc avez-vous peur ?

Cheïma resta un moment silencieuse avant de répondre d'une voix tremblante :

— De la punition de Dieu. Ce que j'ai fait est un péché capital dans notre religion.

— Je ne connais pas beaucoup l'islam, mais je crois que Dieu doit être juste. Non ?

— Oui.

— Est-il juste d'interdire à la femme d'exprimer ses sentiments envers ceux qu'elle aime ? Est-il juste que la femme supporte seule la responsabilité d'une grossesse non désirée ? Est-il juste de faire venir au monde un enfant que personne ne désire ? Et que nous le condamnions à une existence malheureuse avant même qu'elle ne commence ?

Cheïma la regarda en silence. Elle n'avait plus la force de discuter. L'instant était plus grave que tout ce qu'elle aurait pu exprimer à ce sujet. Elle se trouvait maintenant dans une clinique d'avortement parce qu'elle avait conçu dans le péché. Cheïma Mohammedi Hamed était tombée enceinte dans le péché et elle allait maintenant se faire avorter. Elle n'avait certes pas les moyens de décrire tout cela, mais peut-être allait-elle précipiter ce que le destin lui tenait en réserve. Si elle mourait pendant l'opération, si ces instants étaient les derniers de sa vie, elle accepterait la juste punition. Tout ce qui lui importait, c'était de ne pas causer à sa famille un scandale qui la stigmatiserait éternellement. La responsable du centre l'avait rassurée sur le secret de l'opération. Même si elle mourait, les papiers officiels ne mentionneraient pas qu'elle s'était fait avorter. Cheïma se leva, revêtue de sa blouse. Elle regarda d'un œil vide la doctoresse Karine qui la prit dans ses bras et lui dit :

— Nous aurons tout le temps après de discuter plus longuement. Nous sommes devenues amies, n'est-ce pas ?

Cheïma hocha la tête et marcha lentement avec elle le long du petit couloir qui conduisait à la salle d'opération. Elle franchit la porte à deux battants et la doctoresse la confia à une infirmière qui l'aida à s'allonger sur un lit mobile. Un vieil homme blanc, aux cheveux complètement blancs, apparut et lui sourit :

— Bonjour, je m'appelle Adam. Je suis anesthésiste.

Il lui prit le bras, lui demanda son nom puis lui fit prestement une piqûre. Rapidement elle sentit son corps se détacher, et peu à peu son esprit se modifia comme si l'émission s'interrompait sur un grand écran qui resta un moment plongé dans l'obscurité, puis sur lequel se succédèrent des images en couleur, pleines d'étranges sensations débridées. Elle revit tout : son père, sa mère et ses sœurs, leur maison à Tantâ, Tarek Hosseïb et le département d'histologie. Les êtres et les choses avaient des contours différents de leur forme naturelle. Elle les distinguait avec une extrême difficulté et elle se sentait angoissée par ces images grises et difformes. Plus d'une fois, elle ouvrit la bouche pour protester contre leur apparence, mais elle découvrit alors qu'elle n'avait pas de voix, comme si sa gorge lui avait été arrachée. Cela l'effraya profondément et elle se mit à crier, crier sans interruption, mais toujours sans produire de son. Elle resta prisonnière de cet espace étrange et effrayant pendant un certain temps jusqu'à ce qu'apparaisse enfin dans le lointain un filet de lumière, comme si l'obscurité résultait de lourds rideaux noirs qui commençaient lentement à s'entrouvrir. A mesure que la lumière augmentait, des formes nouvelles apparurent, confuses au début, mais elles ne tardèrent pas à s'individualiser et à devenir de plus en plus claires. A la fin, elle put distinguer avec difficulté la doctoresse Karine. Elle la vit sourire et l'entendit dire :

— Bravo, Cheïma, tout s'est très bien passé ! Vous serez bientôt à la maison.

Elle sourit autant qu'elle put. La doctoresse poursuivit d'une voix qui était maintenant devenue parfaitement claire :

— En plus du succès de l'opération, il y a une surprise pour vous.

Cheïma la regarda d'un air épuisé et absent. Karine lui fit un clin d'œil. Elle lui dit en riant :

— Vous êtes sans doute impatiente de connaître la surprise. Bien ! Nous avons un visiteur qui se préoccupe beaucoup de vous et qui a insisté auprès de nous pour vous voir.

Cheïma tendit le bras pour protester, mais Karine se précipita vers la porte, l'ouvrit et fit un signe de la main. Aussitôt apparut Tarek Hosseïb. Sa barbe n'était pas rasée et son visage était pâle et épuisé comme s'il était resté longtemps sans dormir. Il avança de quelques pas et s'arrêta à côté du lit. Il regarda Cheïma de ses yeux écarquillés, puis un large sourire se dessina sur son visage.

OUVRAGE RÉALISÉ
PAR L'ATELIER GRAPHIQUE ACTES SUD
ACHEVÉ D'IMPRIMER
SUR ROTO-PAGE
EN OCTOBRE 2007
PAR L'IMPRIMERIE FLOCH
A MAYENNE
POUR LE COMPTE DES ÉDITIONS
ACTES SUD
LE MÉJAN
PLACE NINA-BERBEROVA
13200 ARLES

DÉPÔT LÉGAL
1ʳᵉ ÉDITION : OCTOBRE 2007
N° impr. : 69506
(Imprimé en France)